Un amor inadecuado

books4pocket

Jo Beverley

Un amor inadecuado

Traducción de Claudia Viñas Donoso

EDICIONES URANO

Argentina - Chile - Colombia - España
Estados Unidos - México - Perú - Uruguay - Venezuela

Título original: *A Most Unsuitable Man*
Copyright © 2005 by Jo Beverley Publications, Inc.

© de la traducción: Claudia Viñas Donoso
© 2006 by Ediciones Urano
              Aribau, 142, pral. – 08036 Barcelona
              www.edicionesurano.com
              www.books4pocket.com

1ª edición en books4pocket junio 2010

Diseño de la colección: Opalworks
Imagen de portada: Fort Ross
Diseño de portada: Epica Prima

Impreso por Novoprint, S.A.
Energía 53
Sant Andreu de la Barca (Barcelona)

Fotocomposición: books4pocket

ISBN: 978-84-92801-38-1
Depósito legal: B-20.100-2010

Impreso en España – *Printed in Spain*

Para los lectores de
«Que te sorprendan leyendo junto al mar».
Lo pasé muy bien con vosotros, sobre todo
en el «antro de juego»

Prólogo

Rothgar Abbey, Inglaterra
26 de diciembre de 1763

Ese día, el siguiente al de Navidad, el inmenso salón vestíbulo de Rothgar Abbey estaba alegremente engalanado con ramilletes de acebo, hiedra y muérdago, todos atados con festivas cintas. El inmenso tronco de Yule ardía en el hogar y fragantes naranjas con especias perfumaban el aire.

El marqués de Rothgar había invitado a muchos de sus familiares a pasar las fiestas navideñas en su casa, y esa sala había sido el centro de las celebraciones. Pero en esos momentos los invitados estaban reunidos allí atraídos por un tipo de diversión muy diferente.

Escándalo.

Acababa de irrumpir, pisando fuerte, la marquesa de Ashart viuda, baja, rechoncha y feroz. Acababa de apartar de un manotazo al nieto que salió a darle la bienvenida, el marqués de Rothgar, y de ordenar al otro nieto, el marqués de Ashart, que abandonara inmediatamente esa odiada casa.

Eso no sorprendió a nadie. La familia Trayce, cuya cabeza era lord Ashart, estaba enemistada desde hacía muchísimos años, toda una generación, con la familia Malloren, cuya cabeza era lord Rothgar. Lo que sí asombraba a todos era que Ashart hubiera asistido a esa celebración, por lo que a nadie le extrañaba la indignación de la marquesa viuda. Pero ¿cómo reaccionaría él a que le dieran órdenes como a un crío? Todos los ojos estaban pues fijos en el apuesto joven de pelo moreno que era famoso por su mal genio.

—¿Por qué no te quedas? —la invitó él, con notable amabilidad—. Hay cosas de la familia que deberíamos hablar.

—¡No me alojaría en esta casa ni que fuera la última que quedara en Inglaterra!

Después de una breve reprimenda a la viuda por parte de sus ancianas cuñadas, él miró a su abuela y se encogió de hombros.

—Permíteme que te presente a la dama que va a ser mi esposa, la señorita Genova Smith.

No pocos de los invitados ahogaron exclamaciones, mientras otros empezaban a componer mentalmente cartas a sus amigos explicándoles el sorprendente anuncio. ¡Ashart se iba a casar con la dama de compañía de sus tías abuelas!

—¡¿Qué?! —chilló la viuda, con la cara colorada como una baya de acebo. Luego miró alrededor, con ojos furiosos—. Supe que la muchacha Myddleton estaba aquí. ¿Dónde está?

Todos los ojos se volvieron a la jovencita de hombros erguidos y vestido a rayas verdes cuyas mejillas se habían teñido repentinamente de rojo. Ese color no le sentaba bien, y eso aparte del hecho de que no era exactamente una belleza. Su pelo era de un color castaño vulgar y corriente, sus ojos azules, y sus labios demasiado delgados para lo que estaba de moda. En ese momento tenía los labios apretados de rabia.

A Damaris Myddleton no le gustaba nada ser el centro de la atención, pero había estado observando la escena con horrorizada fascinación. Ashart era de ella.

En el instante en que descubrió que era rica decidió hacer un fabuloso matrimonio. Le pidió a sus abogados fideicomisarios que le hicieran una lista de los nobles más pobres de Inglaterra, y después de analizarla detenidamente eligió al marqués de Ashart.

Una vez hecha su elección fue a visitar la casa señorial del marqués en el campo y recibió la aprobación de la viuda. En esos momentos sus abogados estaban negociando con los de Ashart para redactar las cláusulas del contrato de matrimonio. Todo estaba acordado y sólo faltaban la proposición formal y las firmas. ¡Él no podía casarse con otra! Necesitaba su dinero y era la clave para que a ella la aceptaran en el mundo de la aristocracia.

¿Qué debía hacer? Su primera reacción instintiva fue alejarse para esconderse de todas esas miradas no amistosas, pero se contuvo. No sería una cobarde. Avanzó y se inclinó en una reverencia ante la anciana.

—Aquí —dijo—. Me alegra que haya venido, lady Ashart. No sabía qué hacer. Como sabe, milady, Ashart ya está comprometido conmigo.

Se hizo el silencio, y Damaris tuvo la sensación de que le pasaba una corriente de aire frío por el cuello, tal vez a modo de sutil advertencia de que acababa de cometer un terrible error. Miró alrededor, dolorosamente consciente de ser una extraña ahí. No tenía ningún parentesco sanguíneo con los Malloren, y sólo estaba en esa casa porque su tutor era lord Henry Malloren. Procedía de una familia sencilla y no conocía las reglas de ese mundo. ¿Habría faltado a una importante?

Una parte de ella deseó echar a correr para esconderse. Pero no, no podía permitir que Genova Smith le arrebatara a Ashart ante sus mismas narices.

La hermosa y rubia señorita Smith rompió el silencio:

—Debe de estar equivocada, señorita Myddleton.

—Claro que lo está —exclamó Ash.

Eso le hizo subir sangre caliente de furia a las mejillas a Damaris, y le atizó el valor.

—¿Cómo podría estar equivocada en eso? —Bruscamente se volvió a mirar a la viuda—. Es cierto, ¿verdad?

Dio la impresión de que todos los interesados oyentes hubieran retenido el aliento.

Lady Ashart fijó sus fríos ojos en su nieto.

—Sí —contestó.

Damaris se giró triunfante hacia el marqués, pero antes que pudiera exigirle disculpas, reaccionó la señorita Smith.

—¡Pescado putrefacto! —le gritó al marqués—. ¡Escoria de la cloaca de la vida!

Después entró corriendo en la sala del desayuno, seguida por él, y se giró a arrojarle comida de las fuentes.

Damaris observaba tan pasmada como todos los demás, pero se sentía inclinada a aplaudir a las señorita Smith. Ella misma deseaba arrojarle una compota de frutas a ese sinvergüenza.

Entonces, después de aguantar varios ataques, él hincó una rodilla en el suelo, todo manchado, hecho un desastre, pero magnífico, y suplicó:

—Dulce Genni, misericordiosa Genni, formidable Genni, cásate conmigo, ¿quieres? Te amo, Genni, te adoro...

—¡No! —gritó Damaris.

Su grito chocó con el rugido de la viuda:

—¡Ashart!

Damaris corrió hacia ellos, furiosa, pero unas fuertes manos la cogieron por detrás.

—No —le susurró una voz masculina al oído—. Sólo va a empeorar las cosas.

Era Fitzroger, el amigo de Ashart, que esos días pasados no la había dejado a sol ni a sombra, impidiéndole estar todo lo cerca de Ashart que habría querido. ¡Y ese era el resultado! Se debatió, pero él la llevó hacia atrás, implacable, alejándola más aún de Ashart.

Entonces oyó decir a Genova:

—Sí, Ash querido, me casaré contigo.

—¡No! —gritó ella—. ¡Ashart es mío!

Una mano le cubrió la boca y otra le presionó el cuello. Y la envolvió la oscuridad.

Damaris recuperó el conocimiento al sentirse mecida, y cayó en la cuenta de que la llevaban a peso por la escalera. La llevaba Fitzroger. No logró encontrar la voluntad para protestar, porque detrás oía sonidos de conversaciones y risas.

Ay, Dios. Había perdido a Ashart. Pero peor aún, todos se estaban riendo de ella. Se había humillado delante de esas personas que tanto se había esforzado en impresionar, personas entre las que esperaba ser acogida. Y ahora todos se estaban riendo de la tonta señorita Myddleton, que creyó que la riqueza podía comprarle un lugar entre ellos. La señorita Myddleton, hija y heredera de un hombre que, al fin y al cabo, había sido sólo un poco más respetable que un pirata.

La depositaron en su cama y oyó la voz angustiada e interrogante de Maisie. Continuó con los ojos cerrados, como si eso pudiera cambiarlo todo, corregirlo todo. Alguien la incorporó un poco y le puso un vaso junto a los labios. Reconoció el olor: láudano. Detestaba el opio y sus prolongados efectos, pero se lo tragó, agradecida. Ojalá eso tuviera el poder de borrar la hora pasada y hacerla reaccionar con más dignidad.

Se cerraron las cortinas alrededor de la cama y las voces bajaron a apagados susurros. Mientras esperaba que el láudano hiciera su efecto, su mente giró y giró en torno al desastre.

No soportaría volver a ver a ninguna de esas personas.

¿Quién era ella, después de todo? Los primeros veinte años de su vida no había conocido un hogar mejor que la casa Birch en Worksop. Era una casa decente para un caballero médico como su abuelo, pero nada comparada con Rothgar Abbey y ni siquiera con la decrépita casa señorial de Ashart, Cheynings.

En realidad, hasta hacía un año había vivido en digna pobreza, porque su padre, a los pocos meses de casarse con su madre, se marchó a la aventura, y el poco dinero que enviaba no permitía lujos; al menos eso era lo que le decían. Entre ella y su madre se hacían toda la ropa y la remendaban una y otra vez. La comida era de lo más sencilla, en su mayor parte de lo que cultivaban en la huerta. Tenían sirvientes, pero jóvenes y torpes, porque tan pronto como aprendían se marchaban a otras casas que pagaban mejor.

Pero a la muerte de su madre se enteró de la verdad. Su padre había amasado una extraordinaria fortuna y se la había dejado casi toda a ella. Incluso había dispuesto las cosas para que cuidara de ella un notable tutor en el caso de que él y su madre murieran cuando ella era muy joven. Ese tutor era lord Henry Malloren, el anciano tío del gran marqués de Rothgar.

Y por eso se encontraba en Rothgar Abbey. Lord Henry y su esposa deseaban asistir a la fiesta navideña y no tuvieron más remedio que llevarse consigo a su desagradable responsabilidad: ella.

A ella le encantó la idea de escapar de la aburrida casa de lord Henry y tener la oportunidad de conocer más de cerca el rutilante mundo aristocrático que pronto sería de ella cuando se convirtiera en la marquesa de Ashart.

¿Cómo se le ocurrió la idea de elevarse tanto?

Tendría que haber sabido que una persona no cambia porque lleve ropa fina y magníficas joyas. Cubrir con seda un montón de estiércol; llamaban a eso en Worksop.

No pertenecía a ese mundo y no soportaría enfrentar sus sonrisas burlonas al día siguiente. Mientras se iba haciendo la oscuridad en su mente, comprendió que debía marcharse.

1

Empezaba a despuntar el alba al día siguiente cuando salió un coche de Rothgar Abbey a la mayor velocidad que le permitía la nieve caída durante la noche. En su interior, Damaris iba rogando que no quedaran atrapados en un montón de nieve. Briggs, el cochero de su tutor, había predicho severamente que no lograrían llegar muy lejos y que si lo lograban volvería a nevar y tendrían que interrumpir el viaje, pero ella le fue poniendo guineas en la mano hasta que aceptó.

Ser una de las mujeres más ricas de Inglaterra tenía que servir para algo, ¿verdad?

Y ¿si la seguían? El ruido de las ruedas del coche y de los cascos de los caballos le impedía oír cualquier sonido que indicara persecución, o igual estaba sorda por los retumbantes latidos de su corazón.

—Esto acabará en desastre, lo sé —profetizó Maisie, tal vez por vigésima vez—. ¿Cómo vamos a hacer todo el camino de vuelta a casa sin que nos cojan, señorita?

A sus veinticinco años, Maisie era gordita, fea, y por lo general alegre, pero en esos momentos tenía marcados todos los surcos de su redonda cara y las comisuras de la boca curvadas hacia abajo.

Le habría gritado, pero tal vez Maisie era la única persona amiga que le quedaba en el mundo.

—Te lo he dicho. Sólo tenemos que llegar al camino de Londres y comprar pasajes para el norte. Tengo veintiún años. Los Malloren no pueden sacarme de una diligencia pública.

El lúgubre silencio de Maisie dijo: «Ojalá pudiera estar tan segura de eso».

Damaris sentía la misma duda. Los Malloren parecían seguir sus propias leyes, y su tutor, lord Henry, era un tirano.

Igual no les importaría. Tal vez estarían contentos de no volver a verla.

El coche se balanceó al salir del parque de la propiedad. Podía ser irracional, pero sintió un inmenso alivio al no estar ya en la propiedad Malloren.

Comenzó a mirar hacia delante. En Farnham se cambiaría a una diligencia pública y luego, en Londres, compraría pasajes para el norte. Una vez que estuviera de vuelta en la casa Birch... Ahí se le acabó la visión. No tenía la menor idea de lo que haría entonces. Volvería a la pobreza, lo más probable, porque el testamento de su padre le permitía a su tutor retener el dinero si ella no vivía donde se le ordenaba que viviera. Le fastidiaría, pero era capaz de sobrevivir con muy poco. Y sólo sería hasta que cumpliera los veinticuatro años...

Por el rabillo del ojo vio movimiento a la derecha.

Un jinete pasó como un rayo junto a la ventanilla. Hermoso caballo. Hermoso jinete, sus cabellos rubios volando al viento.

¿Fitzroger?

¡No!

Le cortó el paso al coche. Este paró con un estremecimiento y el cochero preguntó:

—¿Algún problema, señor?

La respuesta llegó en esa voz resuelta, tranquila, que la había atormentado esos días.

—Necesito hablar con la señorita Myddleton.

Maisie emitió un gemido. Damaris también deseó gemir. En lugar de un medio para escapar, el coche parecía haberse convertido en una trampa.

Fitzroger cabalgó hasta la ventanilla y miró dentro. Siempre vestía con mucha sencillez, pero en ese momento parecía la imagen misma de un vagabundo. Sus cabellos rubios ondulados le caían sueltos sobre los hombros; tenía el cuello de la camisa abierto y no llevaba chaleco debajo de su sencilla chaqueta azul. ¡Igual podría haber venido desnudo!

Sus ojos azul hielo se veían... ¿qué? ¿Exasperados? ¿Qué derecho tenía el pobretón amigo de Ashart a estar exasperado con ella?

Ella bajó el cristal de la ventanilla, pero sólo para asomar la cabeza y gritar:

—¡Continúa, Briggs!

Le dio el aire frío en la cara y Briggs, la peste se lo lleve, no obedeció.

Fitzroger puso la mano sin guante sobre el borde del marco. No podía retener el coche por la fuerza, pero esa mano autoritaria la amilanó, impidiéndole levantar el cristal para ponerlo entre ellos.

Mano desnuda. Cuello desnudo. Cabeza desnuda.

Ojalá se congelara hasta morir.

—¿Qué desea, señor?

—Sólo un momento de su tiempo, señorita Myddleton.

Él soltó el marco de la ventanilla, se apeó, y ordenó al mozo que bajara y cogiera el caballo. Eso despabiló a Damaris y la lanzó a la acción. Sacó más la cabeza por la ventanilla y gritó:

—¡Continúa la marcha, cochero holgazán!

Debería haberse ahorrado la saliva, y el vaho que se congeló. Pese a la abundante cantidad de dinero que le había dado para sobornarlo, Briggs la abandonaba a la primera dificultad. Si supiera conducir, subiría al pescante y cogería las riendas.

Apareció junto a la ventana el joven mozo de cuadra, los ojos agrandados, ataviado con su gruesa chaqueta de lana, guantes y sombrero, y se hizo cargo del caballo. Fitzroger abrió la puerta y sonrió, pero a Maisie no a Damaris.

—Vuelve a la casa a la grupa del mozo. Yo llevaré de vuelta a tu señora dentro de un momento.

—No, Maisie, no va a llevarme. ¡No te atrevas a obedecerle!

Maisie, la muy traidora, deslizó el trasero hasta la puerta. Damaris le cogió la falda para impedirle bajar. Fitzroger le dio un golpe con el canto de la mano, obligándola a abrirla, y liberó a Maisie.

Damaris lo miró boquiabierta, con la mano todavía hormigueándole.

—¡Cómo se atreve!

Alargó la mano hacia la puerta para cerrarla, pero de un salto Fitzroger subió al coche y la cerró él. Se sentó en el asiento de enfrente y por la ventanilla abierta le ordenó al mozo:

—Lleva a la doncella hasta la casa y guarda silencio sobre esto.

—Sí, señor.

Damaris sintió una oleada de pura furia y alargó la mano para sacar la pistola envainada junto al asiento. No sabía nada de armas, pero seguro que sólo era cuestión de apuntar y apretar el gatillo.

Una fuerte mano se cerró sobre la de ella. Él no dijo nada, pero de pronto ella fue incapaz de moverse, paralizada por su mano desnuda dominando la de ella y sus ojos fríos y firmes.

Se soltó la mano, se reclinó en el respaldo, metió las manos en el manguito y dirigió la mirada a un punto detrás de la cabeza de él.

—Lo que sea que tenga que decir, señor Fitzroger, dígalo y márchese.

Él se asomó por la ventanilla.

—Mueve los caballos, cochero, y hazles dar la vuelta.

De vuelta a la casa. No, no podía volver, no podía, pero en ese momento no veía cómo impedirlo. La ahogaron las lágrimas, pero se las tragó. Lo único que le faltaba era echarse a llorar.

Fitzroger subió el cristal de la ventana, dejando fuera el aire frío, pero dejándola atrapada en ese reducido espacio con él. Era casi imposible evitar que se tocaran sus piernas, y casi sentía su calor.

—En realidad no desea huir, ¿sabe?

Ella contestó con silencio.

—Me impresiona que haya persuadido a los criados de lord Henry de que la llevaran. ¿Cómo lo logró?

—Guineas —repuso ella secamente—, de las que tengo en abundancia y de las que usted carece, señor.

—Mientras yo tengo conocimiento del mundo en abundancia del cual usted carece, señorita Myddleton.

Ella lo miró indignada.

—Eso quiere decir que comprende que estoy deshonrada.

—No lo está, pero esta disparatada huida podría conseguir eso.

Ella desvió la vista otra vez, hacia el triste paisaje.

—No estaré aquí para verlo.

Pero ¿cómo escapar? Fitzroger se veía insensible a toda razón o lágrimas. Pese a su evidente pobreza, no creía que se fuera a dejar sobornar.

—Tiene espíritu luchador, pero un luchador debe entender el terreno. Huir no le servirá de nada, porque algún día tendrá que encontrarse nuevamente con todas esas personas. A no ser que pretenda vivir como una ermitaña.

En caso de duda, ataca.

—Es Ashart el que debería estar avergonzado. Tenía que casarse conmigo, usted lo sabe.

—Tenía que casarse con su dinero.

A ella le dolió oír la verdad dicha tan sin tapujos, pero lo miró a los ojos.

—Un trueque justo. Mi riqueza por su título. Él no sobrevivirá sin mi dinero.

—Un penique ahorrado es un penique ganado.

A ella se le escapó una risita amarga.

—¿Piensa hacer economía? ¿Ashart? ¿El de los botones de diamante y los magníficos caballos?

—Le concedo el punto, pero lo hecho, hecho está. Es su futuro el que importa ahora.

De pronto a ella se le ocurrió que tal vez veía el motivo de esa intervención. Fitzroger era un misterio para ella, pero su pobreza era evidente. Sobrevivía como acompañante sin sueldo de Ashart.

—No trocaré mi fortuna por menos, señor, si ese es su plan.

Si a él le dolió esa verdad, lo ocultó muy bien.

—No aspiraría a elevarme tanto en mi posición. Considéreme sir Galahad, señorita Myddleton, cabalgando a rescatar a la doncella por motivos puros y nobles.

—No necesito que me rescaten. Sólo necesito que se me permita continuar mi camino.

Él dio la impresión de que sentía deseos de zarandearla, pero luego se relajó y estiró las piernas, rozándole con ellas la ancha falda. Ella estuvo a punto de cambiar de lugar, pero consiguió detenerse a tiempo.

—Hice el ridículo una vez —dijo él—. Tenía quince años, alférez recién nombrado, orgulloso de mi uniforme, pero consciente de que todos sabían que era un muchacho simulando ser soldado. Un día iba a toda prisa por una calle entre bloques de barracas y retrocedí para dejarle paso a la esposa de uno de los oficiales. Ay de mí, se me enredó la espada en la falda de otra señora. Se enredó en una cinta o algo así y no logré liberarla, así que me giré, y eso empeoró las cosas. La espada le subió la falda dejándole las piernas al descubierto hasta más arriba de las rodillas, y ella me chillaba que parara. Yo estaba sudando de desesperación. Intenté retroceder. Algo se rasgó... Estaba seguro de que nadie olvidaría eso jamás. Me habría embarcado en un navío para las Indias si hubiera podido. Pero después de algunas bromas, el asunto dejó de importar.

Ella se lo imaginó todo muy bien, y sintió cierta compasión, pero dijo:

—No es lo mismo.

—Cierto. Mi desventura fue un accidente, mientras que la suya fue voluntaria hasta cierto punto. Usted deseaba el premio que había elegido, y si yo no se lo hubiera impedido ayer...

—¡Impedido! Todavía tengo los moretones. —Pero todo el horrible incidente volvió a ella como si estuviera ocurriendo en ese momento; se inclinó, desesperada, y sacó las manos del manguito para suplicarle—: Déjeme que me vaya, por favor. ¡Por favor! Volveré a mi antigua casa. Estaré segura allí.

Él le cogió las manos. Ella trató de soltarlas, pero al parecer la fuerza la había abandonado, y tenía borrosa la visión, por las lágrimas.

—Huya y su mal comportamiento quedará fijado en las mentes. Vuelva, aparente buen ánimo, y todo el mundo dudará de su recuerdo del incidente.

Ella pestañeó, tratando de ver si había verdad en su cara.

—Todos los detalles deben de estar grabados en sus mentes.

—Todos los detalles están grabados en su mente, tal como mi desventura con la espada quedó grabada en la mía. En las mentes de los demás es sólo una pieza más de muchas que formaron un drama fascinante, y usted fue la parte principalmente dañada. Podemos volverla a eso, al punto en que las personas sienten compasión.

Ella se liberó las manos.

—Por una criatura lastimosa, plantada porque todas sus joyas y riquezas no pueden compensar una cara fea, modales desmañados y una cuna inferior.

Se quedó inmóvil, sin poder creer que acababa de exponer su vergüenza secreta ante ese hombre; después se cubrió la cara con una mano.

Él se levantó para sentarse a su lado y le bajó suavemente la mano.

—¿Busca cumplidos, señorita Myddleton?

Damaris tuvo que mirarlo, pero no podía pensar al sentir de repente su cuerpo tan cerca en ese estrecho asiento de coche. Había vivido la mayor parte de su vida en un mundo sin hombres, sin sentir su efecto tan de cerca. Y ahora ese hombre le tenía presionada la pierna y el brazo con su cuerpo y su fuerte y cálida mano le tenía cogidas las de ella.

—No puede competir con Genova Smith en belleza —continuó él—. Pocas pueden. Pero fea no es. Y no he visto nada malo en sus modales, fuera de cuando pudo con usted la tensión nerviosa por causa de Ashart. Vuelva a la casa conmigo. Le prometo que estaré por usted y haré todo lo posible para que todo resulte como desearía.

Su tono, más que sus palabras, le vibraron por los nervios, estremeciéndola, debilitándole la voluntad. ¿Sería posible?

—¿Cómo podría? ¿Qué tendré que hacer?

—Enfrentarlos y sonreír.

Damaris sintió la boca reseca, pero reconoció la segunda oportunidad por la que había rogado esa noche. No sabía si sería posible recuperar pie, pero tenía que aprovechar la oportunidad aunque sólo fuera para demostrarse a sí misma que no era una cobarde además de estúpida.

Pero la lógica no derrotó al miedo, y tuvo que tragarse el nudo que tenía en la garganta para poder hablar:

—Muy bien, volveré y pondré una cara alegre. Pero le haré cumplir su promesa. ¿Estará a mi lado?

—Sí —repuso él, su sonrisa notablemente dulce.

Tenía que tener un ojo puesto en su fortuna, seguro, ningún otro motivo explicaría su aparente amabilidad.

—Antes de que vaya más lejos, señor Fitzroger, entienda, por favor, que si bien agradezco su ayuda, nunca jamás le ofreceré mi mano ni mi fortuna.

—Damaris, no todos los hombres que te hacen un servicio van detrás de tu dinero.

—¿Quiere decir que no tiene el menor deseo de casarse por dinero? No me lo puedo creer.

Él se encogió de hombros.

—Aceptaría su fortuna si me la ofreciera, pero no hará algo tan estúpido, ¿verdad?

—No.

—Entonces sabemos qué terreno pisamos.

¿Cómo podía enmarañarla así estando de acuerdo con ella?

—Lord Henry la llevará a Londres a pasar la temporada de invierno, ¿verdad? —continuó él—. Allí tendrá para elegir entre la flor y nata de la nobleza. Un duque, incluso. Piénselo. Como duquesa, tendrá un rango superior al de Genova, marquesa de Ashart.

Por lo visto él lo veía hasta el fondo de su mezquina alma, y no podía negar lo atractivo que le resultaba. En la lista de nobles pobres había un duque, el duque de Bridgewater. Lo había pasado por alto porque le pareció aburrido, pero un rango elevado tenía sus encantos.

—¿Qué está tramando ahora? —le preguntó él, en tono indolente, como si estuviera divertido—. Me pone nervioso.

—Ojalá eso fuera cierto.

—Cualquier hombre sensato se pone nervioso ante una dama sin experiencia urdiendo planes.

—¿Sin experiencia? —objetó ella, pero la verdad era que no podía afirmar otra cosa.

—Muy sin experiencia. ¿Tiene experiencia, por ejemplo, para elegir juiciosamente un marido?

—¿Acaso se ofrece para orientarme?

En ese instante, tal vez por la reacción de él, cayó en la cuenta de que había hablado con coquetería. Habría dicho que no sabía coquetear, pero eso era lo que estaba haciendo, y la estremeció.

Si quería coquetear, no debería hacerlo jamás con ese hombre. Si hubiera pedido a sus abogados que le hicieran la lista de los hombres menos convenientes que podría conocer en la buena sociedad, Octavius Fitzroger estaría bastante arriba.

Octavius era el nombre que se le daba a un octavo hijo, así que procedía de una familia numerosa y probablemente pobre. No tenía empleo, al parecer le gustaba la ociosidad, y en Rothgar Abbey se rumoreaba que había un tenebroso escándalo en su pasado. Y ella estaba tan absorta en su persecución de Ashart que no hizo ningún intento de averiguar más, pero sí sabía que algunos de los invitados se sorprendieron, incluso se horrorizaron, de que lo hubieran recibido en la casa.

De todos modos, vaciló su firme sentido común cuando él le cogió la mano, la llevó a sus labios y musitó:

—Podría ser su guía en muchas cosas.

Sólo te ha besado la mano, nada más, le dijo a su nebulosa mente, pero no le sirvió de nada. El corazón se le aceleró y se le llenó de agua la boca, por lo que tuvo que tragársela para que no le cayera la baba. Entonces él se le acercó más y ella se recuperó lo suficiente para ponerle una mano en el pecho.

—¡No, señor!

—¿Está segura?

No lo estaba. Sentía su cuerpo caliente como fuego en la palma, porque sólo la camisa le cubría el pecho. Si subía un poco más la mano, tocaría su piel desnuda en la base de la garganta...

—La práctica lleva a la perfección —musitó él.

—¿La práctica? —graznó ella—. ¿En qué?

—En coqueteo. —Le rozó la mandíbula caída con el dorso de la mano—. Si la ven coqueteando feliz conmigo, nadie podrá creer que sigue suspirando por Ashart, ¿verdad?

—¿Por qué habría de elegirle a usted por encima de él?

La pregunta fue grosera, pero era la desesperada verdad.

A él le bailaron los ojos de picardía.

—Como diversión de Navidad. Es una joven rica que pronto se va a ir a Londres a casarse bien, y que por el momento se divierte conmigo.

Cada uno estaba clavado en su lugar: él acariciándole la mandíbula, ella manteniéndolo a raya. Eso creaba la extraña ilusión de estar dentro de un círculo mágico, uno que ella no deseaba romper.

—Muy bien —dijo, pero, aferrándose a la razón, le empujó el pecho—. No hay ninguna necesidad de que nos abracemos aquí.

Lo único que consiguió presionándole con más fuerza el pecho fue sentir más su calor en la palma y tener más dificultades para respirar.

—¿Ningún beso de recompensa, hermosa dama? —Pasó los dedos por entre el forro de piel de su capuchón y la piel de su cuello—. Chinchilla —musitó, y en sus labios la palabra sonó como un susurro pecaminoso.

Ah, sí que era pícaro, y ella debería empujarlo con más fuerza, incluso gritar pidiendo auxilio, pero deseaba su beso. La boca le hormigueaba de deseo.

—Sólo un beso —dijo él dulcemente—. Nada más, lo prometo.

Le apartó la mano que seguía intentando débilmente mantenerlo a raya y la cogió en sus brazos. Ella no logró recordar ninguna ocasión en que la hubieran abrazado con ese poder tan tierno.

¡Resístete, resístete!

Él acalló cualquier protesta con un beso.

Estaba impotente, pero no sentía nada agresivo en el abrazo, aparte de una fuerza de la naturaleza. Se le evaporaron los pensamientos y dejó que él le ladeara la cabeza para hacer más profundo el beso. Después la estrechó fuertemente contra su duro cuerpo, envolviéndola, protegiéndola.

Él le liberó los labios. Damaris abrió los párpados, pasmada, y lo miró a los ojos; unos ojos azul plateado alrededor de un negro infinito. Pero él se veía insoportablemente complacido consigo mismo.

Le cogió el pelo. Él agrandó los ojos. Estupendo. Antes que él pudiera resistirse, lo empujó hasta el costado del coche y lo besó, tan concienzudamente como la había besado él. Jamás había hecho algo así en su vida, pero se dejó llevar por el instinto, girando con él de vuelta a la tormenta.

Cuando apartó los labios para respirar, cayó en la cuenta de que estaba montada a horcajadas sobre él. Le hormigueaban los pechos, así que los apretó contra el pecho de él, volviendo a aliviar los labios besándolo, besándolo una y otra vez.

Él se movió hacia un lado, apartándose.

—¡Damaris, tenemos que parar!

—No.

—Sí.

Entonces oyó lo que había oído él.

Ruido de gravilla. ¡Estaban acercándose al establo!

Estaba de vuelta en Rothgar Abbey, inmersa en el desastre otra vez.

¿En que había estado pensando?

Pues no había estado pensando. La había arrastrado una fuerza tan potente como el terror que la impulsara a huir. Sólo el cielo sabía lo que habría ocurrido si no hubieran tenido que parar. Cuando el coche iba entrando en el patio del establo, lo miró de reojo.

Su mirada se encontró con la de él. Al instante la desvió, tratando de interpretar su expresión sombría, incomprensible.

Entonces lord Henry Malloren abrió bruscamente la puerta del coche.

—¡Maldita sea, engorro de muchacha! ¿Qué demonios pretendes hacer ahora para avergonzarnos a todos?

2

Fitz miró detenidamente la cara roja del nervudo hombre, tratando de discernir cuál sería la mejor manera de actuar. Pero cuando lord Henry le cogió el brazo a su pupila, pudieron más sus instintos. Le golpeó la mano tal como se la golpeara antes a ella, pero mucho más fuerte. Lord Henry soltó una maldición y retrocedió, pero movió el látigo de montar que tenía en la otra mano. ¿Es que pensaba usar el látigo en su pupila?

—¡El diablo se lo lleve, señor! —gritó lord Henry—. Lo llevaré a la justicia por rapto y asalto.

Fitz bajó, se volvió para ayudar a bajar a Damaris, y se puso entre ella y el peligro.

—Calle y sea sensato, lord Henry. ¿Quiere montar un espectáculo en medio del patio del establo?

Lord Henry era viejo, flaco y una cabeza más bajo, pero se le acercó más.

—Ella ya ha hecho el ridículo convirtiéndose en el hazmerreír. ¿Qué importa una tontería más?

—¡Basta! —siseó Damaris poniéndose al lado de Fitz.

Pero Fitz no apartó los ojos de su contrincante.

—Podemos hablar de esto en la casa...

—¡No vamos a hablar de esto en ninguna parte, gallito!

—Y sin dejar de mirar a Fitz le dijo a su pupila—: Vuelve a

subir al coche, muchacha, y quédate ahí. Dentro de una hora nos marcharemos, puesto que nos has hecho pasar esta terrible vergüenza.

—No se marchará a menos que lo desee.

Lord Henry curvó los labios.

—Sus deseos no cuentan, gallito. Ella está bajo mi tutela hasta que tenga veinticuatro años o se case con mi consentimiento. Así que tendrá que esperar años para que caiga en las garras de un cazadotes marcado por el escándalo como usted.

—No tengo ninguna intención... —exclamó Damaris.

—¡Haz lo que te he dicho! —la interrumpió lord Henry, furibundo.

Fitz tuvo que hacer acopio de todas sus fuerzas para dominarse.

—Lord Henry, nadie va a llegar muy lejos hoy. Pronto va a volver a nevar.

El hombre miró furioso el cielo gris como si fuera una ofensa personal, y se volvió hacia Damaris.

—Entonces vendrás conmigo y te encerrarás en tu habitación.

Alargó la mano para cogerle el brazo, pero Fitz volvió a ponerse en medio.

—No.

Temió que a lord Henry le diera un ataque de rabia; la cara no podía estar más roja, pero entonces, este ladró:

—Pues sea. Ya sabes las consecuencias, muchacha.

Y dicho eso se dio media vuelta y echó a andar hacia la casa.

Fitz se lo quedó mirando.

—¿Qué quiso decir con eso?

—Que si no hago lo que dice, retendrá mi dinero.

Entonces él se giró a mirarla. Estaba casi tan blanca como la nieve.

—¿Todo?

—Hasta el último cuarto de penique. Hasta que tenga veinticuatro años o me case con su consentimiento, como dijo.

—Vaya por Dios. Tres años no es toda una vida, pero es bastante tiempo para vivir sin un penique. Pero ¿huir no tendría el mismo efecto? ¿Cómo esperaba sobrevivir?

—En la pobreza —repuso ella secamente—. Pero eso no me es desconocido. La casa de Worksop es mía. Era de mi madre, así que no está regida por el testamento de mi padre. Tengo una casa, y venderé lo que contiene, hasta las ollas y las sábanas si es necesario.

—No hace falta ser tan dramática, ¿verdad? Las esmeraldas que lució el día de Navidad mantendrían a muchas personas durante unas cuantas vidas.

Ella lo miró muy seria.

—Pero esas sí están regidas por el testamento de mi padre.

Dios de los cielos, pensó él. Una de las mujeres más ricas de Inglaterra podría verse obligada a vender cosas de la casa para sobrevivir. Claro que no llegaría a eso, porque no podían permitirle vivir desprotegida. Eso sería como dejar pepitas de oro en la calle y esperar que nadie se las robara.

Tenía que haber una manera de solucionar eso, pero él necesitaba más información, además de calentarse un poco junto a un hogar. Ya le escocía de frío la piel al descubierto. Fue un idiota al salir corriendo tan mal vestido, pero cuando se asomó a la ventana y vio el coche, un instinto le dijo a quién llevaba dentro y por qué. Tuvo que correr para impedir que ella huyera sin reflexionar.

Ahora bien, ese beso y el deseo que sentía le advertían de un problema que de ninguna manera necesitaba añadir a los que ya tenía. No debía intimar demasiado con Damaris Myddleton. Al menos en eso contaría con toda la colaboración de ella. Ella tenía la intención de casarse con el mejor título que pudiera comprar y jamás consideraría la posibilidad de casarse con un hombre como él; ya se lo había dejado cristalinamente claro.

La rodeó con un brazo y la instó a salir del patio del establo.

—Tenemos que volver a la casa. Tengo frío, y aunque usted está cubierta de pieles, según mi experiencia las damas nunca llevan zapatos lo bastante abrigados.

—¿Cree que debería usar botas?

—¿Por qué no? Una gran heredera como usted puede hacer lo que le venga en gana.

—Está claro que no —observó ella, sarcástica.

Eso lo hizo reír. Era franca e inteligente, y esos días pasados muchas veces se había sentido encantado con ella, aun cuando lo exasperaba su indecorosa persecución de Ashart.

Mientras iban caminando hacia la casa, haciendo crujir la nieve, le expuso la situación.

—Escúcheme. Olvídese de Worksop. No puede vivir desprotegida. Todos los cazafortunas de Inglaterra le van detrás.

—Supongo que eso usted lo sabe.

—No soy un cazafortunas.

Ella lo miró de reojo, escéptica.

—No veo ningún problema, en todo caso. Si no tengo el dinero no hay nada para cazar.

—Eso demuestra su ignorancia. Su marido podría pedir préstamos avalados por lo que espera.

—Ah —dijo ella, ceñuda, y él creyó que tenía terreno ganado, pero entonces ella lo miró—. Entonces yo podría pedir préstamos avalada por lo que espero.

Fitz tuvo la impresión de que se le ponían los pelos de punta.

—Nadie lo permitiría.

—¿Cómo podrían impedírmelo?

—Encontrarían la manera. En realidad, yo encontraría una manera.

—Me parece muy injusto.

—¿Y eso la sorprende?

Tal como él sospechaba, en el fondo ella era práctica.

—No me sorprende ninguna injusticia cometida contra las mujeres. Pero es un alivio saber que si ocurre lo peor, no necesito mendigar en las calles.

¿Lo peor? Ella no tenía la menor idea de lo peor. Era una ovejita en medio de un bosque lleno de lobos hambrientos. Una ovejita que creía tener dientes afilados.

Necesitaba un protector fuerte, alguien que la guiara en ese peligroso mundo y le enseñara a sobrevivir. Lógicamente él no podía ser ni su protector ni su guía, ni aunque tuviera los conocimientos. Estaba precariamente cogido por las uñas a los círculos sociales elevados y, además, pensaba marcharse de Inglaterra tan pronto como le fuera posible.

La nieve tapaba los senderos, por lo que iban caminando en línea recta hacia la casa. De pronto se le hundió bastante una bota. Le impidió a ella pisar ahí, buscó otra parte más firme y continuaron caminando.

—¿Por qué es lord Henry su tutor? —le preguntó, mientras con una parte de la mente trataba de recordar la disposición del terreno; por lo menos estaban lejos del hondo foso que impedía a los ciervos entrar en los jardines—. No tiene ningún parentesco con los Malloren, ¿verdad?

—Ninguno. Parece que mi padre lo convenció.

—¿Cómo?

Los ojos de ella sonrieron con verdadero humor. Tenía los ojos ligeramente rasgados, ojos de gata, y lo fascinaban.

—Con dinero —contestó—. Lord Henry es un hombre rico, pero es del tipo que siempre desea más. Tal como lo entiendo, se interesó en invertir en uno de los barcos de mi padre, o tal vez vio la oportunidad ante él. Mi padre le sugirió que en lugar de poner dinero simplemente le prometiera ser mi tutor si yo quedaba huérfana. A lord Henry debió parecerle una apuesta segura. Por aquel entonces yo tenía catorce años; en diez años sería independiente y mis padres estaban en la flor de la vida. Cierto que mi padre llevaba una vida peligrosa, pero mi madre era la personificación de una vida segura. Quiso la mala suerte para lord Henry que mi madre muriera a los cuarenta y ocho años. Si mi padre no hubiera llevado ya cuatro años muerto, me imagino que se las habría agenciado para que yo pudiera entrar en los círculos más elevados de la sociedad, como no pudo hacer él. Lord Henry detestaría reconocerlo, pero fue capturado y encerrado con llave por un pirata, con su linaje y sus conexiones sociales.

Y eso explicaría por qué a lord Henry le fastidiaba tanto esa tutoría, pensó él.

Era probable que ella tuviera razón respecto a su padre. Él había leído el informe que tenía Ash acerca de su posible novia. Marcus Myddleton fue la oveja negra de los Myddleton de Huntingdonshire, que cogió la modesta dote de su mujer y viajó a Oriente a hacer su fortuna. Y amasó una fortuna, brillantemente, pero como pirata y como comerciante al mismo tiempo.

Tal vez a Myddleton lo divirtió hacer esa apuesta por la posibilidad de que su hija entrara en círculos elevados. Pero ¿pensaría en el peón que usaba en esa jugada? ¿Su única hija?

También le extrañaba, y le había extrañado durante bastante tiempo, que Damaris y su madre hubieran llevado una vida tan sencilla en Worksop antes de la muerte de la señora Myddleton. Él y Ash habían supuesto que tanto la madre como la hija lo preferían así. Pero lo mucho que disfrutaba ella con la ropa elegante y las joyas, y su evidente deseo de hacer un matrimonio brillante, sugerían otra cosa.

Ella se detuvo a mirar la enorme casa que se elevaba gigantesca ante ellos.

—¿Lord Henry puede prohibirme la entrada? —preguntó, sin poder evitar un pequeño temblor en la voz.

Él no había considerado eso. La tocó suavemente para instarla a caminar hacia una puerta.

—No —dijo—. Eso le correspondería a lord Rothgar, y no creo que sea tan injusto.

—Lo llaman el Marqués Negro.

—Debido a su posición de poder detrás del trono, no por su naturaleza.

Ella volvió a detenerse.

—Mató a un hombre en un duelo no hace mucho. Lord Henry andaba cacareando sobre eso.

—No tenga miedo de él. Además, yo soy su Galahad, ¿recuerda? ¿A prueba contra todas las fuerzas de las tinieblas?

Ella lo miró, como para evaluar la sinceridad de sus palabras. Después hizo una honda inspiración, se giró y caminó hacia la puerta.

Él había dicho las palabras a la ligera, pero por lo visto ella las aceptó como una promesa, Dios lo amparara. Fue a ponerse a su lado junto a la puerta y declaró lo obvio:

—La manera más fácil de escapar de lord Henry es elegir a un hombre conveniente y casarse con él pronto. —Al ver que ella lo miraba desconfiada, levantó una mano y añadió—: Yo no. Soy el más inconveniente.

Eso la hizo sonreír.

—Cierto. Pero no me daré ninguna prisa, sobre todo después de este desastre. —Puso la mano en la manilla pero volvió a detenerse—. No sé si me ha traído de vuelta al infierno o al cielo, señor Fitzroger, pero le agradezco sinceramente sus buenas intenciones.

—El camino al infierno, dicen, está pavimentado de buenas intenciones. Pero ahora entremos en el paraíso, que en este momento es el calor de la cocina.

Puso la mano sobre la de ella, abrió la puerta y la empujó suavemente haciéndola cruzar el umbral. La sintió estremecerse. Eso podría deberse al alivio por estar dentro de la casa, a miedo a lo que la aguardaba o una simple reacción al calor. A él las manos comenzaban a picarle al llegar a sus dedos helados el calor que salía de la cocina cercana.

Se encontraban en un sencillo corredor cuyas paredes estaban recubiertas por armarios de provisiones y cuyo olor era fuerte, por los ramos de hierbas y ristras de ajo que colgaban del cielo raso. Los sonidos y olores procedentes de la cocina hablaban de preparativos para el desayuno.

Más allá estaba la doncella de Damaris llorando a mares apoyada en una pared, consolada por otra criada. La doncella levantó la cara, limpiándose las lágrimas con un pañuelo empapado.

—Ay, señorita Damaris. Está terriblemente furioso. Me tiró de las orejas y me despidió sin un penique.

Damaris corrió a abrazarla.

—Cuánto lo siento, Maisie. Pero no te puede despedir. Eres mi criada.

La otra criada se apresuró a volver a sus quehaceres. Damaris miró a Fitz, ceñuda.

—Si no la hubiera hecho bajar del coche, no habría tenido que enfrentarse sola a lord Henry.

—Cierto. ¿La ha golpeado?

—No.

—Pero... —terció la doncella.

—Una vez. Pero es que fui imprudente.

—Esa vez le dio una bofetada, señorita.

Estaba claro que a Damaris la avergonzaba que se hubiera revelado eso, pero a él lo enfureció, fuera lo que fuera lo que hubiera hecho.

—Chhss, tranquila, Maisie —dijo ella—. Vamos. Tenemos que volver a mi dormitorio para poder prepararme para... para lo que sea.

—Entonces, ¿no nos vamos, señorita? Yo encontraba estúpido huir, pero eso era antes. Ahora que lord Henry sabe que trató de marcharse, nos lo hará pagar, y la vida será un infierno.

—No habrá que pagar nada. Se ha lavado las manos de mí.

La doncella puso unos como platos.

—¡Misericordia, Señor!

Entonces Damaris se volvió hacia Fitz, y él vio la batalla que libró consigo misma antes de pedirle ayuda:

—¿Qué debo hacer?

—A mí se me ocurre una solución, pero tenemos que hablarlo. La acompañaré a su dormitorio.

—¡¿Qué?!

—En presencia de su doncella no habrá ningún escándalo. —Al verla titubear, añadió—: No es mi intención comprometerla, pero este no es el lugar para hablar de asuntos delicados.

Como para confirmar su argumento, en ese momento salió un criado de la cocina con una fuente cubierta y pasó a toda prisa por el corredor.

Los aturdidos ojos de Damaris siguieron al criado un momento. Luego se volvió hacia él.

—Muy bien.

La doncella pareció estar a punto de poner objeciones, pero se limitó a sorber por la nariz, lo cual igual podía deberse al llanto de hacía unos momentos, y luego se dio media vuelta y echó a caminar para guiarlos hacia la escalera de servicio.

Después de mirarlo a él sombríamente, Damaris la siguió.

Ella era prudente al desconfiar, pero él deseaba, sin ninguna lógica, que confiara en él.

Subieron la sencilla escalera y pasaron por la puerta que por un lado estaba recubierta de fieltro verde y por el otro era de roble pulido, y que marcaba el paso del dominio de los sirvientes al dominio de la familia. Continuaron por un lujoso corredor con puertas a ambos lados hasta llegar al dormitorio de Damaris. Fitz entró detrás de ella y la doncella.

Damaris se giró a mirarlo, quitándose los guantes.

—Su solución, ¿señor?

Estaba claro que había intentado ocultar su desesperación, pero no le resultó. Fitz fue hasta el hogar a calentarse las manos, sin acercarlas demasiado; no le hacía ninguna falta añadir sabañones a sus demás problemas.

—¿Y si le pidiera a lord Rothgar que reemplazara a lord Henry como su tutor?

Ella lo miró boquiabierta.

—¿Qué? ¿Es posible eso? ¿Lo haría él? No soy nada para él. ¿No sería una imposición? ¿Una carga? —Se tapó la boca—. Estoy parloteando.

Él no pudo evitar sonreír. Hablaba como si nunca en su vida hubiera parloteado.

—Me parece que convertirse en su tutor sería tanta carga para Rothgar como un botón extra en su chaqueta. Además, como cabeza de la familia Malloren, es la opción lógica para reemplazar a su tío.

—Pero ¿no parecería un insulto a lord Henry? Aunque no es necesario preocuparse, ya que él mismo ha renunciado a la responsabilidad.

—No. Si hubiera renunciado no tendría ningún poder para tenerla en la pobreza. ¿Recibe una buena suma por el trabajo?

Ella captó el sentido de la pregunta al instante.

—¿A la que no renunciaría? Son quinientas guineas al año además de cualquier gasto, por ejemplo en preceptores, ropa, viajes. Es una cantidad considerable, pero no para él. —Se interrumpió—. ¿Por qué sonríe así?

—Muchas mujeres consideran que los asuntos de dinero, incluso de su propio dinero, están por encima o por debajo de ellas.

—Lord Henry encontraba antinatural mi interés.

—Nos olvidaremos de lord Henry.

—Por mí, encantada, pero es mi tutor.

—A no ser que usted cambie eso. —Se acercó a su escritorio portátil y abrió la tapa—. Solicite una entrevista con Rothgar y entonces le hace su petición.

Ella se estaba frotando las manos, pero a él le pareció que no era de frío. Entonces ella miró el reloj de la repisa del hogar.

—Aún no son las nueve.

—Dicen que el Marqués Negro no duerme nunca. —Y poniendo autoridad en su voz, añadió—: Envíe la nota.

Ella reaccionó acercándose, sentándose y sacando una hoja de papel. Él le quitó la tapa al tintero y le afiló la pluma. Cuando se la pasó, ella seguía dudosa, pero sacudió la cabeza, mojó la pluma y escribió un corto mensaje, con letra sencilla, sin adornos, pero muy pareja.

Una semana atrás, Damaris Myddleton no era otra cosa que un nombre para él: la rica heredera con la que pensaba casarse Ash. A su llegada a Rothgar Abbey, descubrió que su amigo tenía un problema pertinaz: había entregado el corazón a otra mujer. Aun cuando para sus adentros opinaba que Ash debía casarse con el dinero de la señorita Myddleton, hizo todo lo que pudo por distraer a esta de la caza. No tardó en comprender que esto lo hacía tanto por el bien de ella como por el de Ash. Ella se merecía algo mejor que casarse con un hombre que no la amaba.

Ella secó la tinta con arena y dobló el papel, alineando perfectamente los bordes. Pulcra y eficiente, pensó él, pero salvaje y voluntariosa.

Una jovencita fascinante.

Se quitó de la cabeza esos peligrosos pensamientos y fue a tirar del cordón para llamar, diciéndose que Damaris Myddleton nunca podría ser para él.

Había servido más de diez años en el ejército, y muy bien, llegando al rango de comandante. Pero Damaris Myddleton no tendría el menor interés en un simple comandante, ni siquiera si su reputación fuera gloriosa y su nombre estuviera limpio de escándalos.

Y ni su reputación era gloriosa ni su nombre estaba limpio de escándalos.

Hacía cuatro años cometió el grave error de salvarle la vida al tío del rey, el duque de Cumberland. La recompensa por esto fue apartarlo de sus deberes en el regimiento para convertirlo en guardaespaldas secreto. Y para que su misión fuera secreta se vio obligado a aparentar ser un caballerizo del rey ocioso en diversas embajadas y cortes. Y eso llevó a muchos a la conclusión de que eludía el campo de batalla.

Lógicamente eso no contribuyó nada a restablecer su buena fama, que tan gravemente quedó dañada por su pecado con Orinda. Cuando, sólo hacía cuatro meses, vendió su comisión y volvió a Inglaterra, por primera vez en todos esos años, esperaba que ese escándalo ya se hubiera olvidado. Pero nadie había olvidado el escándalo Fitzroger. Y eso no lo sorprendía nada, puesto que su hermano Hugh desahogaba a gritos su furia por aquellos hechos siempre que estaba borracho, y lo estaba la mayor parte del tiempo.

Contempló a Damaris mientras ella vertía lacre sobre el cierre de la carta y presionaba su anillo encima. No, aun en el caso de que ella manifestara algún interés por él, él no podía permitir jamás que eso llegara a algo. Sólo lo toleraban en los mejores círculos por Ash.

Conoció a Ash no mucho después de regresar a Inglaterra, y al instante descubrió a un amigo en él. Dado que en esos momentos Ash no gozaba de aprobación en la corte, por causa de una mujer, lógicamente, su propia situación no representaba un gran problema. Y de pronto Ash decidió impulsivamente aceptar la invitación de Rothgar a su celebración de la Navidad.

Él lo aprobó, porque pensaba que ya era hora de que su amigo respondiera a los ofrecimientos de paz de Rothgar, pero no sabía cómo lo recibirían allí a él. Gracias a la amistad de Ash y la tácita aceptación de Rothgar, nadie le volvió la espalda, aunque era consciente de cómo algunos evitaban hábilmente algo más que una breve conversación con él.

Un golpe en la puerta anunció la llegada de un lacayo de librea. La doncella Maisie fue a entregarle la nota y el lacayo se marchó. Ya estaba hecho y, Dios mediante, muy pronto Damaris sería responsabilidad de Rothgar. Entonces él podría retirarse a una distancia prudente de ella.

Ella se levantó y comenzó a pasearse por la habitación.

—Esto lo encuentro muy atrevido. ¿Y si lord Rothgar se entera de que intenté huir?

A él se le ocurrió mentir, pero no, ella no se merecía eso.

—Seguro que lo sabe. Tiene fama de omnisciente.

—Ay, Dios.

—Señorita Damaris —dijo la doncella, revoloteando alrededor—, tiene que cambiarse antes de visitar a su señoría.

Una dura mirada de la doncella le dijo a Fitz que debía marcharse inmediatamente.

Y tenía razón, pero Damaris estaba hecha un manojo de nervios. Él hizo entonces lo que hacía con un subalterno nervioso antes de la batalla: distraerla.

—¿Qué tipo de hombre era su padre?

Damaris lo miró desconcertada.

—¿Mi padre? Sólo lo vi durante sus breves visitas, que fueron exactamente tres.

Fitz reflexionó sobre eso. Según el informe que tenía Ash, Marcus Myddleton vivió la mayor parte del final de su vida en el extranjero, pero no hasta ese punto.

—¿A qué se debió eso?

Ella se encogió de hombros.

—Prefería vivir en el extranjero.

Algo en su actitud le sugirió que ocultaba algún detalle, pero eso no era asunto suyo.

—Por lo visto, tuvo un éxito espectacular en el comercio exterior, aun cuando muriera tan joven. ¿Qué edad tenía cuando murió?

—Cincuenta y dos.

—Y ¿cómo murió?

—Les atacó un barco pirata por ahí cerca de Borneo.

—¿Sabe algo de sus negocios en Asia?

Repentinamente ella lo miró ceñuda.

—¿Por qué lo pregunta?

Él decidió ser sincero.

—Quería distraerla.

Ella agrandó sus ojos azules.

—Gracias. En cuanto a los negocios de mi padre, tiene que comprender que hasta su muerte yo lo creía un soñador fracasado, puro teatro y fanfarronería.

—Buen Dios, ¿cómo pudo ser eso?

—Sólo sabía lo que me decía mi madre. Vivíamos frugalmente y ella decía que eso se debía a que mi padre enviaba poco dinero. Eso no era cierto. Él nos descuidaba de otras maneras, pero enviaba sumas generosas. Ella me lo pintó como un monstruo siempre que pudo. ¿Cómo iba a saber yo que no era así?

—¿Descubrió la verdad cuando él murió?

—Ah, no. Entonces ella dijo que se había acabado incluso la pequeña cantidad de dinero que él enviaba, así que durante cuatro años nos apretamos el cinturón y ahorramos; nos quedamos solamente con Maisie, como criada para todo. —Sonrió a la doncella, que seguía mirándolo con desconfianza—. Creo que Maisie continuó con nosotras sólo por consideración a mí.

—Eso es cierto, señorita. El cielo sabe qué habría sido de usted sin mí. ¿No se va a cambiar, señorita Damaris, para ir a hablar con su señoría?

Damaris se miró la falda de lana marrón y la chaqueta acolchada.

—No es necesario —dijo Fitz.

—Su pelo, entonces, señorita. Lo tiene todo revuelto.

Damaris se miró en el espejo y se llevó la mano a su pelo castaño, ruborizándose. Tal vez recordó cómo se le desordenó en el coche, con esos besos.

Se sentó y la doncella comenzó a quitarle y volverle a poner horquillas para arreglarle el peinado de delgadas trenzas que le recogían el pelo bien pegado a la cabeza. Era un peinado severo, pero tenía la cabeza muy bien formada y el cuello delgado, así que le sentaba bien.

Mientras tanto, Fitz tomó conciencia de que la doncella opinaba que él debía marcharse, pero estaba decidido a quedarse hasta estar seguro de que todo estaba completamente arreglado.

—¿Cuándo descubrió que era rica? —le preguntó.

—Después de la muerte de mi madre —contestó ella, mirándolo a los ojos en el espejo.

La imagen de ella en el espejo le permitió verle mejor los rasgos. No era una belleza clásica, pero de ninguna manera era fea. Tenía la cara acorazonada, pero con la mandíbula cuadrada, bien definida. No tenía los labios llenos, pero sí bellamente curvados.

—Uno de mis abogados fideicomisarios fue a verme a la casa Birch —continuó ella—. Yo ni siquiera sabía que tenía abogados fideicomisarios. Dinwiddie y Fitch siempre trataban con mi madre, porque ella tenía mi custodia. Yo no logré asimilar la enorme cantidad de que me habló el señor Dinwiddie, pero inmediatamente ordené que se encendiera fuego en los hogares y se preparara carne asada para la cena. ¿Te acuerdas de ese solomillo, Maisie? Después de eso, nada me ha sabido nunca tan delicioso.

—Sí que me acuerdo, señorita Damaris —dijo la doncella, poniéndole una horquilla con mucho cariño—. Y los pasteles después.

—Pasteles de la tahona —musitó Damaris, como si eso fuera una maravilla.

—Y contrató unos cuantos sirvientes.

—Y me compré medias nuevas para no zurcir las viejas. Y jabón blando y perfumado. Y chocolate. —Cerró los ojos y sonrió—. Nunca había tenido chocolate para beber.

—Y me dio a mí, señorita, pero a mí no me gustó.

Damaris la miró sonriente.

—Eso porque a mí me gusta con muy poco azúcar y a ti te gusta todo muy dulce.

—Yo me quedo con el buen té inglés de siempre, señorita. Fuerte y dulce.

Fitz consiguió no echarse a reír. El «buen té inglés de siempre» lo traían de India y China, y probablemente había estado en la base de la gran fortuna de Marcus Myddleton. Pero lo conmovía ver el evidente cariño entre la señora y la doncella, y haber tenido un atisbo de la vida anterior de Damaris. Qué crianza más extraña la suya.

—Entonces —dijo Damaris, en otro tono—, llegó lord Henry.

A eso siguió un silencio. Fitz lo rompió preguntando:

—¿Fue cruel?

Damaris se giró hacia él, su peinado ya arreglado.

—No, pero era un absoluto desconocido, y sin embargo estaba al mando de mi vida. Además, era brusco y frío. Me llevó a vivir a su casa en Sussex sin siquiera pedir mi consentimiento. Yo estaba feliz de marcharme de la casa Birch, pero tuve que pelear para llevarme a Maisie. Él quería contratar para mí a una mujer que él llamaba «una doncella de señora como es debido». Pero yo gané, gracias a Dios. —Volvió a sonreírle a la doncella—. No sé cómo habría sobrevivido sin ti, Maisie. Y tú te has convertido en doncella de señora como yo me he convertido en una dama.

El reloj dio las nueve, arrancándola de su pasado. Miró hacia la puerta, como suplicando que volviera el lacayo. Movió las manos, nerviosa, jugueteando con sus anillos.

Era necesaria más distracción.

—¿Todos los negocios de su padre están en Oriente?

Ella volvió a mirarlo.

—Parece demasiado interesado en mi fortuna para ser un hombre que asegura que no tiene el menor interés.

—Estoy fascinado —dijo él, sinceramente—. Por ejemplo, si su herencia está en el extranjero, ¿quién la administra?

Ella continuó con expresión desconfiada, pero contestó:

—Dejó sus empresas comerciales, o casas, como las llaman, a los subalternos que se las administraban. Yo simplemente recibo parte de los beneficios.

—¿Y si no los pagan? Lo encuentro un convenio peligroso.

—No se preocupe, no me moriré de hambre. Mi padre invirtió en propiedades aquí, y dan ingresos suficientes para pasar. Supongo que él pensaba volver algún día, convertido en *nabab*. —Empezó a contar con los dedos—. Tengo casas en Londres, cinco propiedades rurales; en dos de ellas hay carbón, los intereses de una compañía naviera de Bristol, más los muelles ahí y en Liverpool, diez barcos mercantes, creo, y buena parte de la ciudad llamada Manchester.

Estaba claro que lo de «suficientes para pasar» fue una ironía. Fitz estaba pasmado. Tal vez los abogados ocultaron la información sobre la cuantía de su riqueza, porque no recordaba haber visto esos detalles en el informe sobre ella que tenía Ashart.

Pero era extraordinaria la riqueza que poseía esa jovencita esbelta de mente aguda, espíritu osado y desastrosa falta de experiencia mundana. Era asombroso que no la hubieran estafado, seducido o al menos secuestrado para cobrar un rescate.

Y esa mañana había intentado huir.

A él se le ocurrió la idea de que Rothgar asumiera su tutoría simplemente para sacarla de las garras de lord Henry. Pero ya veía claro que eso era esencial. Necesitaba al protector más fuerte y poderoso posible.

Por fin sonó un golpe en la puerta. Maisie la abrió y el lacayo anunció:

—El marqués la recibirá en su despacho cuando le venga bien, señorita Myddleton.

Estaba claro que eso significaba inmediatamente, porque el hombre continuó allí, listo para acompañarla.

Fitz observó que ella se limpiaba el sudor de las manos en la falda, y sintió deseos de cogerla en sus brazos. Deseó ir con ella, incluso hablar por ella. Eso no serviría, debía hacerlo ella, pero sí podía acompañarla hasta allí.

Se lo dijo, añadiendo:

—Por si lord Henry tratara de intervenir.

Ella le dirigió una sonrisa valiente, aunque estaba muy pálida, y se puso el chal que le ofrecía la doncella. Rothgar Abbey estaba mantenida con lujo, pero ninguna casa podía mantener abrigados los corredores en invierno.

Salieron de la habitación y siguieron al lacayo hacia el centro de la casa.

—Gracias al cielo no me cambié la ropa —comentó ella, rompiendo el silencio—. Me habría fastidiado llegar a la entrevista temblando.

Él la habría besado por su espíritu valiente.

—¿Acaso el rey Carlos no fue a su ejecución con una muda extra de ropa interior de lana, no fueran a confundir con miedo un estremecimiento de frío?

Ella levantó la vista para mirarlo.

—¿Sí? Creo que yo temblaría si estuvieran a punto de cortarme la cabeza, por muy abrigada que estuviera.

—Sobre todo considerando lo mal que lo hacen muchas veces los verdugos. —Hizo un mal gesto—. Perdone. Esto no es un tema para una dama.

—Ah, eso no lo sé. A mi madre le encantaba leer historias sobre los mártires cristianos. Incluso tenía libros con ilustraciones.

Habían llegado a la escalera principal, que iba a parar al inmenso vestíbulo central. Los festivos adornos navideños le daban mucha alegría, pero él sabía que verlos le recordaría irremediablemente a Damaris que el día anterior se había humillado allí.

Le ofreció el brazo para bajar. Cuando llegaron al pie de la escalera, el lacayo le indicó a Damaris que debía seguirlo hasta los aposentos donde el marqués llevaba sus asuntos de la propiedad y de negocios. Fitz comprendió que debía detenerse ahí.

—No me cabe duda de que todo irá bien —le dijo—, pero le deseo buena suerte, porque la suerte nunca viene mal.

Ella le hizo una reverencia.

—Le agradezco su ayuda, señor Fitzroger.

Acto seguido echó a caminar: el paso seguro, la espalda recta, la cabeza en alto, aun cuando él sabía que por dentro iba temblando.

3

Fitz habría querido quedarse por ahí paseándose hasta que Damaris saliera de la entrevista, pero comprendió que iba a llamar la atención. A esa hora la mayoría de los invitados estarían todavía en la cama o tomando el desayuno en sus habitaciones, pero había dos lacayos en el vestíbulo, y el sonido de voces le decía que había personas en la sala del desayuno. Prefería no volver a su dormitorio, porque estaba compartiendo el de Ash y lo había dejado durmiendo.

Cuando Ash recibió la invitación de Rothgar a pasar las navidades en su casa, la declinó; para ser exactos, arrojó la invitación al fuego. Fue su paciente secretario el que escribió y envió la educada negativa. Resultó que, pasados unos días, Ash se encontró con sus tías abuelas cuando estas iban de camino a Rothgar Abbey, y decidió acompañarlas. La hermosa acompañante de las tías abuelas, Genova Smith, fue parte del motivo, pero Fitz sospechaba que a Ash lo alegró tener un pretexto para aceptar la invitación. Y por lo visto la enemistad ya había acabado.

A la llegada de Ash, claro, tuvieron que buscarle de inmediato un dormitorio debidamente grandioso. Según había oído él, a lord Henry le pidieron que compartiera el dormitorio de su antipática esposa, lo cual tal vez explicaba su humor agrio.

Lógicamente a él no iban a poder encontrarle una habitación y por eso compartía la de Ash. Ya habían compartido habitación muchas veces antes, en posadas y en otras casas llenas a rebosar, por eso en esos momentos prefería no molestar al durmiente.

Se dirigió al enorme hogar, donde seguía ardiendo el macizo tronco de Yule, como si quisiera buscar su calor, aunque en esa inmensa sala no era mucho lo que calentaba. Lo había impresionado ver que Rothgar daba a sus lacayos chaquetas forradas de piel y guantes de abrigo para cumplir sus deberes, como ese de estar vigilantes en el enorme vestíbulo, listos para servir. La mayoría de los amos no eran tan considerados.

¿Qué pensaría Rothgar de su participación en las aventuras de Damaris?, pensó. ¿Lo creería también un cazadotes? En ese caso, ¿qué haría?

Fue a ponerse al lado del hogar, a contemplar el pesebre, como llamaban a la escena italiana de la natividad que pertenecía a Genova Smith. La escena era tan encantadora como ella. En realidad, Genova era más que encantadora; era inteligente, fuerte y valiente, y sería una excelente esposa para Ash, si fuera rica.

El plan era que Ash se casara con una fortuna, porque su abuela, la marquesa de Ashart viuda, había llevado casi a la ruina sus propiedades con su administración, y sólo de esa manera podría repararlas.

Las semillas de la destrucción se sembraron en esa casa hacía ya casi cuarenta años, cuando la tía de Ash, lady Augusta Trayce, se casó con el padre de Rothgar. Al año dio satisfactoriamente a luz un hijo, Rothgar, pero dos años después, cuando dio a luz una hija, cayó en una profunda depresión y estranguló a la criatura recién nacida. Ese horroroso acto se mantuvo fuera de las manos de la ley, pero la lady Augusta quedó encerrada ahí, y murió no mucho después, posiblemente a causa de la aflicción y el sentimiento de culpabilidad; aún no tenía veinte años. Su madre, la marquesa de Ashart viuda, le echó toda la culpa a los Malloren. Los Malloren habían destruido a su hija, aseguraba, y por lo tanto ella los destruiría a todos ellos. Por desgracia, pudo intentarlo, ya que sus dos hijos eran hombres débiles, indolentes, que la dejaron administrar sus propiedades, que Ash heredó cuando aún era un niño. Ella empleó todo el dinero, hasta el último cuarto de penique, en intentar aniquilar a los Malloren en política, en la sociedad y en la corte. En general, sus intentos no sirvieron de nada, y en los últimos decenios los Malloren se habían enriquecido y prosperado gracias a la brillante administración de Rothgar.

—¡Ja! Usted, señor.

Fitz se giró a mirar y vio a lord Henry caminando hacia él.

—¿Dónde está mi pupila, señor? ¿Dónde está, eh?

—Con lord Rothgar, señor. —Lo pensó un momento y añadió—: Solicitándole que transfiera a él su tutoría.

—¿Qué? —Se intensificó el color rojo permanente en la cara de lord Henry—. ¡Muchacha insolente! —Pero añadió—: Caramba, igual él acepta.

De repente Fitz comprendió que para lord Henry esa tutoría era tan desagradable como para Damaris. Eso no lo disculpaba, desde luego, pero era de suponer que no pelearía por el derecho a continuarla.

—No tuve hijos, ¿sabe? —continuó lord Henry—. No estaba acostumbrado a tener gente joven en la casa. Esto le produce jaquecas a mi mujer. Y es una joven difícil, señor. Muy difícil. Voluntariosa, poco femenina, atrevida. Muy atrevida. No apruebo el atrevimiento en las mujeres. Siempre conlleva problemas, como ha pasado con ella.

Fitz pensó qué habría hecho Damaris para fastidiarlo así, pero también pensó que las cualidades que molestaban a lord Henry eran justamente las que a él lo atraían.

Lord Henry se giró a mirar hacia el despacho de su sobrino, como si quisiera ver a través de las paredes. Pero finalmente emitió unos gruñidos y echó a andar en dirección a la Sala de los Tapices, el más acogedor de los salones de Rothgar Abbey.

Bueno, pensó Fitz, todo se estaba arreglando.

Entonces su despreocupada mirada sorprendió a uno de los lacayos mirándolo con una sonrisa burlona. La expresión se borró al instante de la cara del lacayo, pero le sirvió para caer en la cuenta de que seguía vestido como cuando salió a caballo en persecución de Damaris, con el cuello de la camisa abierta y el pelo suelto.

¡Demonios! Con la esperanza de no estar ruborizado, se apresuró a subir a su dormitorio a componer su apariencia. Entró silenciosamente, pero encontró a Ash levantado y vestido. Su ayuda de cámara, Henri, revoloteaba a su alrededor dándole los últimos toques.

—Debe de ser el amor —comentó.

Ash le arrojó el cepillo para el pelo. Fitz lo cogió al vuelo, sonriendo. A pesar de los problemas causados por su compromiso, le encantó ver que su amigo estaba alegre al enfrentar el día. No era triste ni violento por naturaleza, pero al haber sido criado con esas tétricas cargas tenía sus estados de ánimo tan oscuros como su pelo y sus ojos. Con la entrada de Genova Smith en su vida, llegó la luz. Que brillara mucho tiempo.

—¿Hoy vas a tomar el desayuno abajo? —preguntó.

—Donde espera Genova, sin duda. —Ash se levantó, cogió la corbata blanca ribeteada con encaje de las manos de Henri y se la anudó sin ningún esmero—. Ya está, Henri, no voy a ir a la corte. Ah, por cierto —añadió, dirigiéndose a Fitz—, hoy me marcho con la viuda.

Fitz se lo quedó mirando fijamente.

—¡Zeus!, ¿por qué?

—¿Qué alternativa tengo? Nani no se quedará aquí, y no puedo despedirla agitando la mano desde la puerta después de la escenita que armó ayer.

Nani era como llamaba Ash a lady Ashart viuda. En su opinión, pensó Fitz, la vieja era una víbora, irremediablemente torcida por la tragedia de su hija, pero Ash le tenía cariño. Sus padres se distanciaron a las semanas de la boda y nunca manifestaron ningún interés por su hijo, por lo que lo crió la viuda. Era difícil imaginarse que esta hubiera sido una madre ideal, pero algo había hecho para inspirar ese cariño. Y por lo visto ese cariño había sobrevivido incluso a lo ocurrido el día anterior.

—Dudo que alguien pueda marcharse hoy, Ash —dijo, mirando por la ventana—. Está nevando otra vez.

Ash se giró a mirar.

—Perdición. Le dará un ataque.

—Míralo por el lado positivo. Más tiempo para tender puentes entre ella y los Malloren.

Ash negó con la cabeza.

—Ha aceptado que la tía Augusta era inestable, pero para eximir de culpa a los Malloren tendría que aceptar una parte de culpa ella, y eso no lo hará jamás. —Luego añadió, sarcástico por lo corto que se iba a quedar—: No tiene una naturaleza flexible. Pero quiero ser todo lo amable que pueda con ella. Si se marcha, la acompañaré a su casa.

—Y ¿Genova? —preguntó Fitz, pues veía que Ash no soportaría estar separado de ella.

—Viene con nosotros, por supuesto.

—¿A Cheynings? ¿En invierno?

Cheynings, la casa principal de Ash, era el lugar más incómodo que había visitado en su vida, por no decir que era una verdadera ruina. La humedad y las corrientes de aire se colaban por todos los rincones; un vago olor a pudrición impregnaba aquella enorme casa, y el yeso tendía a caerse a trocitos de los cielos rasos o a deshacerse al menor contacto.

—Genova no es una florecilla delicada —repuso Ash—. Después de vivir la mayor parte de su vida en barcos de la armada, con su padre, ni siquiera Cheynings le parecerá insoportable.

—Supongo que no. Pero yo creía que a partir de ahora pretendías que el decoro fuera perfecto.

Ash cogió el pañuelo al que Henri le había estado vertiendo perfume y se lo metió en el bolsillo.

—Estará Nani ahí.

—Y se mantendrá retirada en sus aposentos, como siempre. Ingenioso. La apariencia de decoro que te permite hacer exactamente lo que deseas.

Ash se volvió bruscamente hacia él.

—Si pudiera hacer exactamente lo que deseo me casaría hoy con Genova. Tal como están las cosas, es posible que le convenga ver lo que acepta al casarse conmigo.

Dicho eso salió de la habitación y Henri corrió a meterse en el cuarto contiguo, el vestidor, sin duda para seguir ocupándose más aún de la ropa de Ash.

Fitz se sentó a quitarse las botas de montar, pensando si Cheynings podría disuadir incluso a Genova de casarse.

No, seguro que no. El amor la tenía en sus garras, y Ash tenía razón respecto a su experiencia. Su padre había sido capitán de la Marina y ella y su madre habían surcado los mares con él. Incluso participó en una batalla en el mar con corsarios bereberes y, según se contaba, la ganó ella matando de un disparo al capitán de los corsarios. Si eso era cierto, tenía la fuerza para habérselas con Cheynings y con la marquesa viuda.

Damaris Myddleton había llevado una vida menos aventurera, pero al parecer tenía mucho de ese mismo valor. Se quedó completamente inmóvil, con una bota en la mano, recordando las palabras que le dijo: «Le prometo que estaré por usted y haré todo lo posible para que todo resulte como desearía».

Podía decirse que una vez que Rothgar aceptara hacerse cargo de ella, su obligación ya no tendría importancia, pero su palabra significaba mucho más para él. Quiso decir que estaría atento a ella durante el resto de la fiesta familiar, y estaba seguro de que ella lo entendió.

Sin embargo, tendría que marcharse con Ash. Había muchos motivos para hacerlo, pero el principal es que era su guardaespaldas. Ash no lo sabía, por supuesto, ni siquiera sabía que su vida estaba en peligro, pero su seguridad debía estar en primer lugar.

Tres semanas antes, cuando estaba en Londres con Ash, se llevó la gran sorpresa de ser llamado a la casa Malloren.

Dado que la hora especificada era antes del mediodía, no se hizo ninguna ilusión de que eso fuera una invitación social del marqués de Rothgar.

Fue a la cita con el fin de enterarse de qué se trataba, con la esperanza de que fuera algo que tuviera que ver con sanar las viejas heridas entre las familias Trayce y Malloren.

La verdad resultó ser algo totalmente inesperado.

Rothgar, todo fría cortesía, le informó que Ash corría el peligro de que lo asesinaran. No, no podía decirle quién deseaba verlo muerto ni por qué motivo. Sin embargo, puesto que daba la casualidad de que alguien de su talento estuviera alojado en la casa Ashart, se le pedía que pusiera una vez más ese talento al servicio del rey, manteniendo vivo a Ash.

Su talento como guardaespaldas, vale decir.

Rothgar le aseguró que no tendría que hacer ese servicio mucho tiempo. Cuando comenzara la temporada de invierno el 18 de enero, el peligro ya debería haber acabado y él estaría libre para hacer lo que se le antojara. También sería mil guineas más rico, suponiendo, claro, que Ash continuara vivo.

Él analizó la proposición en busca de alguna trampa, pero no vio ninguna. De todos modos, encontró extraña y frustrante dicha proposición, porque estaba claro que Rothgar sabía más de lo que estaba dispuesto a decir y, como dicen, en el conocimiento está el poder.

Por lo menos Rothgar le aseguró que quienes deseaban ver muerto a Ash no querían que quedara ningún indicio de asesinato. Cualquier intento que hicieran lo harían parecer un accidente. Eso descartaba las maneras más obvias de asesinar, usando la daga o veneno. Por otro lado, a Ash le gustaban las aventuras activas, y a él se le había prohibido advertirlo del peligro.

Tomando en cuenta eso, estuvo a punto de negarse, pero claro, sabía que él era tal vez el mejor hombre para hacer el trabajo. Una y otra vez había demostrado su habilidad para mantener a salvo a las personas. Percibía las señales de peligro antes que los demás, el sonido de un paso, algún movimiento en una multitud, la expresión en una cara, incluso a veces una agitación del aire que le erizaba el vello de la nuca. La mayoría de las veces simplemente era muy, muy concienzudo en las medidas de seguridad.

Fuera cual fuera la explicación, era bueno en su oficio. ¿A qué otro se le podía confiar la seguridad de Ash?

Hasta el momento, la advertencia parecía carecer de fundamento. Las semanas anteriores a su ida a Rothgar Abbey, Ash había cabalgado por el campo, participado en competiciones de esgrima, asistido a desmadradas fiestas y antros de juego y pasado alborotadas noches bebiendo y con mujeres. Eso lo había aliviado pero no sorprendido. En el invernáculo de las cortes y la política, suelen magnificarse las insignificancias.

Pero de todos modos, no podía permitir que Ash viajara a Cheynings sin él. Lo cual significaba que no tenía otra opción que abandonar a Damaris. Le dió rabia, pero no podía partirse en dos.

Eso le recordó un viejo chiste del ejército acerca de ser partido en dos de arriba abajo o por la cintura. ¿De cual manera querría una mujer que partieran en dos a su marido, y en el caso de que lo partieran por la cintura, qué parte querría quedarse, la de arriba o la de abajo?

Lo menos que podía hacer era atender a Damaris todo el tiempo que le fuera posible. Terminó de vestirse bien, se peinó y volvió al gran vestíbulo.

A Damaris la llevaron a una sala muy elegante pero con aspecto de asuntos serios. Un enorme escritorio de madera taraceada dominaba el espacio, su superficie iluminada por una lámpara suspendida de la mano levantada de una dama de bronce en vestimenta clásica. Las paredes estaban revestidas por armarios llenos de libros, libros de cuentas e incluso pergaminos, y el aire estaba agradablemente impregnado del olor a humo de leña y piel.

El marqués, vestido con un sencillo traje azul oscuro, había estado trabajando con unos documentos a la luz de la lámpara, pero se levantó cuando ella entró. La acompañó para que se sentara en uno de los dos sillones situados a cada lado del hogar. Una vez allí frente a él, trató de encontrar las palabras apropiadas.

Él tenía la misma coloración y los ojos profundos de párpados caídos de su primo Ashart, pero se veía más formidable, y eso que Ashart ya era bastante formidable. Rothgar era mayor, por supuesto, pero, además, todo el mundo sabía que era consejero del rey. ¿Y ella iba a pedirle que se hiciera cargo de sus vulgares asuntos?

—¿En qué puedo servirla, señorita Myddleton? —le preguntó él.

—Milord —dijo, sintiendo una terrible opresión en la garganta—, lord Henry ha hecho todo lo que podía hacer para cuidar de mí, pero... —Se le olvidó el discurso que tenía preparado.

—Pero no sabe qué hacer con una jovencita briosa. Ya empezaba a sospechar eso. Creo que usted está a su cargo hasta que cumpla veinticuatro años o se case con su aprobación.

Omnisciente, tal como dijera Fitz.

—Sí, milord.

—Y ¿ahora tiene veintiuno?

—Desde octubre, milord.

—¿Qué desea que haga yo, señorita Myddleton?

La franca pregunta la aturdió.

—Tenía la esperanza... esperaba que pudiera, a ser posible... —le falló el valor—, que otra persona lo sustituyera como mi tutor. —Entonces le dio vergüenza ser tan cobarde—. Le pido humildemente que asuma esa responsabilidad, milord.

—Pero claro.

Y ¿ya está? ¿Así de simple? Su enorme alivio fue matizado por el fastidio. Pues sí, para él no significaba algo más que un botón extra en su chaqueta. Pero el alivio cantó más fuerte. La aturdió tanto que no escuchó sus palabras siguientes.

—...llevar a la señorita Smith a Londres para presentarla en la corte antes de su boda con Ashart. Usted la acompañará.

Ese anuncio le sentó como un chorro de agua fría.

—¿Eso no le agrada? —preguntó él.

Desesperada, buscó las palabras.

—Sí, sí, por supuesto. Sólo que no creo estar preparada para la corte.

—Usted y la señorita Smith se prepararán juntas en Londres.

Damaris sonrió, pensando si en su expresión se notaría que lo que deseaba era hacer una mueca. Deseaba ir a Londres y entrar en la corte, pero no deseaba hacer su entrada al lado de su victoriosa rival. Su victoriosa rival pasmosamente bella a cuyo lado parecería una mona. Pero no tenía elección.

—Gracias, milord. Sí que necesito ir a la corte para elegir un marido conveniente.

—¿Está empeñada en casarse de inmediato?

Ella lo miró sorprendida.

—Nunca he considerado que tenga elección, milord. La mujeres que pueden se casan. Las herederas siempre se casan. Es como si una heredera sólo existiera para regalar su fortuna a algún hombre.

Pero bueno, ¿de dónde le salió ese agrio comentario?

A él se le curvaron los labios.

—Sin duda a los hombres les gusta creer eso. Pero siendo una mujer rica, tiene elección. Una vez que cumpla veinticuatro años, puede, si lo desea, vivir libre del dominio de nadie.

Vivir libre. La idea la deslumbró, pero por ella se abrió paso el sentido común.

—Me imagino que ese rumbo no sería fácil, milord.

—La libertad nunca es fácil, y el manejo de la riqueza supone pesadas responsabilidades y trabajo arduo.

—Estoy acostumbrada al trabajo arduo.

—Pero ¿está preparada para el desafío, el riesgo y el peligro?

Qué manera tenía él de hacer brotar nuevos ángulos en la conversación.

—¿Peligro?

—La soledad es peligrosa para cualquiera —dijo él—, pero en especial para una mujer. Carece de parientes próximos, ¿verdad?

—Sí, milord.

—¿Y la familia de su padre?

—Se libraron de él mucho antes que conociera a mi madre.

—Y su madre era hija única de padres hijos únicos.

¿Cómo sabía todas esas cosas? La amilanaba.

—Los hombres del mundo se pasan muchísimo tiempo construyendo alianzas —continúo él—, utilizando a sus familiares como los ladrillos. Una mujer sola se queda fuera de eso. Pero usted ha adquirido una familia.

—¿Sí?

—Ahora está dentro del círculo de los Malloren, si desea estarlo.

¿Lo deseaba?, pensó ella. Tuvo que hacer un esfuerzo para no reírse. Durante esa última semana había observado, con admiración y tristeza, la tranquila afabilidad y simpatía de lord Rothgar y la de sus hermanos y hermanas presentes en la celebración. Eso era algo que nunca había experimentado, ni en la casa Birch de su madre ni en la casa de lord Henry, Thornfield Hall.

—¿Por qué? —preguntó; la pregunta le salió sola—. No me he portado bien.

—Ha cometido errores, en parte porque no tiene formación para este mundo. Eso se corrige fácilmente. Además, es fuerte y voluntariosa, lo cual no es malo.

—Mi madre lo consideraba un pecado mortal.

—Tal vez esa fue la raíz de sus problemas. Si una mujer no tiene voluntad propia, necesariamente se deja gobernar por la voluntad de otros.

—¿No es ese el estilo del mundo, milord?

—¿Es eso lo que desea?

Damaris intentó pensarlo.

—No lo sé.

Él sonrió.

—Piénselo. En cuanto a su preparación para la corte, ¿su vida social ha sido más bien escasa últimamente?

Damaris hizo el cambio mental para seguir esa nueva dirección.

—Hasta venir aquí, milord.

—¿Lord Henry no ofrecía fiestas o reuniones para usted en Sussex?

—Yo estaba de luto, milord, pero hubo algunas pequeñas reuniones con vecinos.

—Ni el luto por una madre exige un año tan inactivo. Y antes de eso, ¿hacía vida social en Worksop?

Ella sintió deseos de echarse a reír.

—A mi madre no le gustaban esas cosas.

—Y ¿a su padre?

Damaris sintió el impulso de poner objeciones a ese interrogatorio, pero se tragó la respuesta áspera. Cuidado, ten cuidado.

—Mi padre vivía en Oriente, milord, como estoy segura que ya sabe. —Eso último se le escapó—. Sólo nos visitó tres veces, que yo recuerde, y en visitas muy breves.

Él asintió.

—¿Tenía institutriz?

—Mi madre me daba clases.

—¿Baile? ¿Porte, modales?

—No, pero el año pasado lord Henry contrató preceptores y recibí clases.

—Y de música, supongo. Toca bien y tiene una voz extraordinaria.

Ella se ruborizó ante el placer de ser elogiada por algo.

—Sí, milord. Mi madre me enseñó el teclado, pero a cantar aprendí sola. Y después, claro, lord Henry me puso un profesor.

—Entonces sólo tendrá que aprender los detalles más sutiles de la etiqueta de la corte. Pero puesto que usted y Genova van a ser presentadas en el baile de cumpleaños de la reina, sólo tendrá tres semanas de preparación.

Eso le produjo a ella un revoloteo de pánico, sobre todo dado su reciente desastre social. Pero podría, y quería, hacerlo.

—Gracias, milord, por todo, por aceptar actuar como mi tutor, por la educación y por la presentación.

Él hizo un gesto como diciendo que no era necesario darle las gracias.

—No trataremos de alterar las disposiciones legales. Tengo entendido que mi tío aprobará que otra persona actúe en su lugar.

Era como si él ya hubiera investigado esa posibilidad.

—¿Lord Henry no pondrá objeciones, milord?

A él le sonrieron los ojos.

—Espero que esto no la ofenda, querida mía, pero por los comentarios que ha dejado escapar, creo que se sentirá aliviado.

—Entonces no sé por qué se aferra a su poder. Yo habría estado feliz de volver a Worksop en cualquier momento este año pasado.

—Responsabilidad —dijo él, en un tono abrupto que a ella le dolió como un varillazo de su madre en el dorso de los dedos—. Su padre la dejó al cuidado de mi tío. Él no tenía otra opción que tomarse eso en serio. ¿Hubo un cazafortunas, tengo entendido?

Alleyne. Sintiéndose sola y desgraciada en Thornfield Hall, había sido presa fácil para el capitán Sam Alleyne. Él era apuesto y gallardo, y ella le permitió que la besara. Creyó que él la amaba, y le habría permitido hacer más si lord Henry no los hubiera sorprendido.

Ese fue el motivo de la bofetada, como también de un control mucho más estricto de sus movimientos. Eso último no habría sido necesario; lord Henry le dijo que las listas de herederas se vendían a los cazadotes y que su nombre ocupaba el primer lugar en ellas. Entonces fue cuando se decidió por un matrimonio arreglado.

—Aprendí la lección, milord.

—Entonces debería entender que no podría ni debe vivir sola. Ya pasó la época de los matrimonios por rapto, pero un premio como el que usted presenta sigue haciéndola vulnerable en muchos sentidos. Esta mañana intentó huir.

Otro doloroso varillazo.

—Sí, milord. Pido disculpas. Fue una tontería.

—No habrá ninguna otra tontería similar mientras esté a mi cargo.

—No, milord.

—No encontrará molesta mi autoridad. Es decir, a no ser que se incline a desmadrarse.

Tal vez el agotamiento le soltó la lengua.

—¿Y la libre voluntad, milord?

—Esa la tendrá cuando le llegue su independencia.

Dicho eso, se levantó, indicando que se había acabado el tiempo.

Damaris también se levantó y se dirigió a la puerta, pensando rápidamente si habían cubierto todos los puntos importantes. El cambio de tutor. Libertad de lord Henry y de Thornfield Hall. Presentación en Londres, donde elegiría el marido perfecto, probablemente el duque de Bridgewater...

Fitzroger. No habían hablado de Fitzroger. En la puerta se giró.

—Está el asunto de las habladurías, milord. Acerca de ayer. Entre el señor Fitzroger y yo ideamos un plan.

—¿Sí?

¿Fue sólo idea suya, o detectó molestia en el tono?

—Me sugirió que simuláramos un alegre coqueteo para que nadie crea que tengo el corazón roto por Ashart. Pero ¿tal vez eso ahora no sea necesario?

Él pareció pensarlo.

—Parecerá tonta por haberlo elegido a él en vez de a un marqués.

—¿Elegido? —preguntó ella, tratando de parecer divertida—. Una simple diversión de Navidad, milord. Él es bastante apuesto para eso.

—¿Sí?

Ella sintió subir los colores a las mejillas.

—Le aseguro, milord, que no tengo ningún interés duradero. Él no ofrece nada de lo que yo exijo en un marido.

—¿Que es?

—Título, posición y poder.

—Lord Ferrers tenía título, posición y poder. Maltrató a su esposa y casi la mata, y luego lo colgaron por asesinar a su sirviente.

La horrible historia era sabida.

—Estaba loco, creo, milord. Usted me lo advertiría para que me alejara de un loco o un canalla, ¿verdad?

Demasiado tarde cayó en la cuenta de que había sido impertinente otra vez, pero él no se molestó.

—Fitzroger está mancillado por un escándalo, pero eso no debe preocuparla, puesto que no tiene ningún interés duradero.

Damaris no supo por qué, pero esa advertencia la hizo sentirse hueca. No pudo evitar preguntar:

—¿Y si yo tuviera un interés duradero en un hombre así?

—Mientras seas mi pupila, Damaris, puedes casarte con cualquier hombre honrado que elijas. Un hombre honrado te cortejará y me convencerá de que es digno. No aprovechará la debilidad de la carne para torcer tu juicio ni para sellar tu destino.

Al instante Damaris recordó la manera como se habían besado ella y Fitzroger en el coche. Temiendo que ese hombre se lo leyera en la cara, se apresuró a hacer su reverencia, volvió a agradecerle sus muchos favores, y escapó.

Una vez fuera se detuvo junto a la puerta, con la mano en el pecho, para respirar y calmar el corazón. Aún debía enfrentarse a los invitados, pero se aferró firmemente al punto principal: ¡había ganado! Si resultaba el resto del plan, habría recuperado un futuro lleno de gloriosas posibilidades.

Y todo se lo debía a Octavius Fitzroger. Él se merecía una recompensa. Era muy posible que un exceso de orgullo le impidiera aceptar dinero, pero había otras maneras de recompensar a alguien. Podría comprar influencia para conseguirle un puesto lucrativo en la corte o en el gobierno, por ejemplo. O comprarle su propio regimiento en el ejército. Sólo debía descubrir qué deseaba él y allanarle el camino.

Echó a andar, sintiéndose como si hubiera salido el sol dentro de ella. Cuando entró en el gran vestíbulo sonriendo, encontró a Fitzroger esperando.

Llevaba la misma ropa con que salió a detener su coche, chaqueta y calzas azul oscuro y camisa blanca, pero con los debidos añadidos. Las botas estaban reemplazadas por zapatos, y su pelo revuelto domado por una cinta. Una sencilla corbata le rodeaba el cuello, y se había puesto chaleco; un chaleco gris sin adornos, típico de él. Era como si quisiera proclamar su pobreza al mundo. Incluso en las veladas nocturnas, cuando los invitados se ponían sus galas, la ropa de Fitzroger era sencilla y apagada.

Deseó poder vestirlo con sedas y terciopelo y, sí, incluso con botones de diamante. Con su pelo rubio, se vería espléndido con el traje de terciopelo crema bordado en oro que lució Ashart el día de Navidad.

Mi Galahad oro claro, pensó, pero desechó esa imagen.

—¿Bien? —preguntó él.

Por un instante ella creyó que él le preguntaba por el resultado de su evaluación, pero claro, se refería a la entrevista.

—Aceptó.

—Enhorabuena.

—Y voy a ir a Londres. A la corte, para elegir un buen marido. Todo está bien, y le concedo el mérito, señor.

Él inclinó la cabeza.

—Su seguridad y felicidad son agradecimiento suficiente, señorita Myddleton.

Ya estaba dicho todo lo necesario, pero ella lamentó el tono formal, sobre todo al compararlo con el comportamiento de ambos en el coche. Pero dada esa desmadrada pasión, sin duda la formalidad de ese momento era dudosa también. El recuerdo seguía chisporroteando en su mente, y tal vez incluso chisporroteaba entre ellos.

Ay, Dios. Le hizo una venia y a toda prisa subió a la seguridad de su dormitorio.

4

Fitz se quedó observando a Damaris mientras esta subía la escalera. Contaba con la protección de Rothgar, pero pronto entraría en un mundo plagado de peligros, y Rothgar no podría estar revoloteando a su lado. Estaba la esposa de Rothgar, Diana, que también sería su guía. Pero era a su vez la condesa de Arradale, par del reino por derecho propio, y tenía ocupado su tiempo con casi tantas obligaciones como su marido. Damaris necesitaba una persona con más tiempo libre para guiarla.

Se dio media vuelta, física y mentalmente. Los asuntos de Damaris ya estaban arreglados, por lo tanto él estaba libre para pensar en la seguridad del viaje del día siguiente. Pensaría mejor con el estómago menos vacío, por lo que se dirigió a la sala de desayuno.

En ese mismo instante una voz llamó:

—¡Señor!

Se giró y vio a un lacayo caminando a toda prisa hacia él, con una nota en la mano.

Pensando «¿ahora qué?», abrió la misiva sin sello y se encontró con una sucinta llamada de Rothgar. Maldito fuera. Estuvo tentado de ir a comer primero, pero ante una llamada del Marqués Negro un hombre se apresura a obedecer. Siguió al lacayo. Cuando entró en el despacho, vio a Rothgar de pie junto al hogar, con aspecto tranquilo e inescrutable. La inquietud se le elevó a vigilante alerta. ¿Le habría contado Damaris lo ocurrido en el coche? Hizo su venia.

—Milord.

Rothgar le correspondió el saludo y le hizo un gesto hacia un sillón. Cuando los dos estuvieron sentados, le dijo:

—Haz el favor de informarme de los hechos ocurridos esta mañana en torno a la señorita Myddleton.

Tratando de evaluar su humor, Fitz le contó la historia, saltándose la parte del beso, lógicamente. No logró interpretar nada en la cara de Rothgar.

—Viste salir el coche. ¿Cómo?

Fitz estuvo a punto de decir «Mirando por la ventana», pero controló la lengua.

—Me levanto temprano, milord. Y lo primero que hago es mirar por la ventana para ver cómo está el día. Y así fue como vi un coche saliendo al alba.

—¿Por qué sospechaste que llevaba a la señorita Myddleton?

—Era una posibilidad que valía la pena investigar.

—Pero tu investigación dejó desprotegido a Ashart.

Fitz tenía años de experiencia en ocultar su irritación delante de oficiales superiores.

—Acordamos que no podría seguirlo en todos sus movimientos, milord, sin decirle la causa. Supuse que estaba a salvo en la cama, aquí en su casa. —Vio una forma de escapar y la cogió al vuelo—. Pero ahora mismo está en la sala del desayuno —dijo, incorporándose—. Debo ir a cumplir mi deber.

—Vuelve a sentarte, por favor, Fitzroger. —A pesar del tono cortés, esas palabras fueron una orden—. Ashart está seguro en estos momentos, y se me informará de cualquier cambio en su situación.

Fitz se sentó, consciente de que algo había cambiado. Esa reunión navideña había sido organizada a la perfección para que fuera una diversión elegante pero relajada, y, como acababa de decir, él supuso que Ash estaba seguro allí. De todos modos había tomado precauciones y estado vigilante, pero con tranquilidad.

—Los acontecimientos de ayer podrían haber puesto aún más en peligro a Ashart —dijo Rothgar.

Inquieto, Fitz hizo un rápido repaso de todo lo ocurrido el día anterior, tratando de ver algo que pudiera haber pasado por alto. En Rothgar Abbey el día de aguinaldos se daba asueto a los criados, por lo que los invitados se las arreglaban solos en todo lo posible.

Al menos la mayoría. La hermana del marqués, lady Walgrave, acababa de dar a luz, por lo que habrían sido necesarias las criadas que atendían la sala cuna en los aposentos de los niños. Además, estaba seguro de que lady Ashart no había dejado libre a sus propios criados para asistir al festín ni al baile de los criados de la casa. La llegada de la viuda con el drama resultante había sido apasionante, pero no peligroso.

—¿La viuda? —preguntó—. ¿Cree que es un peligro para Ash? Le aseguro, milord, que lo adora.

Rothgar levantó una mano para interrumpirlo.

—No, por supuesto que ella no le haría daño. Al menos no empleando la violencia. El desastre es su compromiso, sobre todo su naturaleza apasionada.

—No digna, milord, estoy completamente de acuerdo, pero ¿desastrosa?

—Cuando hablamos en Londres, mi primo iba avanzando sin prisas hacia una unión con la fortuna de la señorita Myddleton. Ahora va como un rayo hacia un matrimonio con la señorita Smith. He ganado tiempo persuadiéndolo de aplazar la boda hasta después que Genova se presente en la corte, pero eso sólo nos da unas semanas.

A Fitz se le acabó la paciencia.

—¿Semanas antes de qué?

—Antes de que el asesino se desespere. La intención de Ashart de casarse lo pone en peor situación. Su decisión de marcharse de aquí para acompañar a nuestra abuela añade ciertos grados al peligro.

—El viaje presenta dificultades, sí, milord, pero se puede hacer en un día.

—Pero Cheynings no es un lugar tan seguro como este.

Tenía razón.

—Es grave la falta de personal allí, cierto.

—Enviaré jinetes de escolta extras con el grupo, y pueden quedarse para acompañarles en el viaje a Londres después. También pondré las personas convenientes para que vigilen los alrededores de la propiedad, y estarán a las órdenes tuyas si es necesario. Te recomiendo que mantengas a Ashart dentro de la casa todo lo que puedas.

—Eso no será fácil, pero haré lo posible, milord. ¿Así que después de la boda Ash estará a salvo? Entonces, ¿por qué no celebrar la boda pronto? No me cabe duda de que se lo podría persuadir.

La expresión de Rothgar fue de preocupación.

—La boda será el desastre definitivo. Hemos de esperar que para entonces el problema ya esté resuelto.

Frustrado, Fitz se levantó.

—Si no hay más información que pueda darme, milord, continuaré cumpliendo mi deber lo mejor posible.

—Pareces molesto.

Esa insinuación fue la gota que rebasó el vaso.

—Es condenadamente agotador pelear con sombras, milord. Cuando me ocupo en asuntos de vida o muerte prefiero un terreno sólido y un día despejado.

—Todos los hombres prudentes prefieren eso —dijo Rothgar, levantándose para acompañarlo a la puerta—. Te pido disculpas, pero tengo órdenes estrictas de guardar en secreto los detalles. Esto es en beneficio tuyo —añadió—, el conocimiento puede ser una posesión peligrosa.

Ante esas palabras, la mente de Fitz se estremeció y se lanzó a hacer conjeturas. Había supuesto que esa amenaza amorfa venía del tipo normal de enemigos. De hombres que le envidiaban a Ash su suerte con las mujeres o incluso su manera de llevar una chaqueta. De hombres que habían sido víctimas de su mal genio, o incluso de hombres que creían que les había puesto los cuernos.

Pero las palabras de Rothgar trasladaban la amenaza a aguas más profundas y oscuras, a asuntos y secretos de Estado, cosas de las que él creía haber escapado. Pero ¿qué asunto de Estado podía afectar a Ash? Participaba en política menos de lo que debía.

—La ignorancia también puede ser peligrosa —dijo.

—Elige tu veneno.

—Elijo el conocimiento —repuso Fitz luego de titubear un instante.

La leve sonrisa de Rothgar podría ser aprobadora, pero dijo:

—Entonces lamento no poder dártelo. Eso está prohibido.

—¿Por quién? —preguntó Fitz, consciente de que su tono era agresivo, pero ya no le importaba.

—Por el rey.

Todo se detuvo. Fitz podría haber creído que el reloj dorado había dejado de dar la hora y que las llamas del hogar se habían quedado inmóviles.

En la primera entrevista, Rothgar le había dado las órdenes diciéndole que provenían del rey, pero son muchas las cosas que se hacen en nombre del rey y en las que Su Majestad tiene poco o nada que ver. Si el rey tenía un interés personal en el asunto, entonces él no tenía ni el más mínimo deseo de saber nada. Salvo que tal vez él era la única persona capaz de mantener vivo a Ash. Estaba entrenado, tenía experiencia y se encontraba allí.

Reunió los fragmentos dispersos de su sesera.

—Entonces, milord, Ash está en peligro por asuntos de Estado, yo debo mantenerlo a salvo pero sin que él detecte ni un asomo del peligro que corre. Su boda aumenta el peligro, pero usted no va a impedir que se marche de esta casa, donde supongo que está a salvo.

—No veo ninguna manera de lograr que se quede. Él tiene razón en que no puede dejar que la afligida viuda vuelva a Cheynings sola, y ella no se quedará aquí ni un momento más del necesario. En todo caso, pronto Ashart se trasladará a Londres, para la presentación de Genova. ¿Qué tal es con la espada?

Fitz lo pensó.

—Bueno.

—¿Sólo bueno o eres parco con los elogios?

Después de pensarlo otro poco, Fitz repitió:

—Bueno.

Entendía por qué Rothgar le preguntaba aquello. Antes ya se había usado un reto a duelo para asesinar a un hombre.

Rothgar estuvo un rato mirando en la distancia, pensativo.

—Me gustaría evaluar personalmente su destreza —dijo al fin—. Tendremos una demostración de esgrima. Poco antes de la comida. A las dos. —Volvió a mirar a Fitz—. Aparte de en un duelo, ¿cómo lo matarías?

Esa conversación ya era en sí un rápido combate a espada.

—Una daga delgada durante una contradanza. Si se entierra bien, la víctima sólo siente el pinchazo, y sale poca sangre. Hay tiempo para escapar. Pero no, tiene que parecer un accidente. ¿Podría explicar ese aspecto, milord?

—El rey, como he dicho, se ha tomado un interés personal y ha dejado claro que la vida y el bienestar de Ashart son sacrosantos.

—Tenía la impresión de que se tenían cierta antipatía.

—Ningún súbdito leal siente antipatía por su rey —lo reprendió amablemente Rothgar—, pero sí, Su Majestad no le tiene mucho afecto a Ashart. Eso se remonta a una rivalidad en la infancia.

El asombro debió reflejarse en la cara de Fitz, porque Rothgar sonrió.

—Hay muy poca diferencia de edad entre ellos, un año o algo así, y la viuda aprovechó eso como una oportunidad para establecer a Ashart en la corte. Organizó las cosas para que jugaran juntos. Ashart tenía muchos dones desde la cuna, pero el tacto cortesano vino después.

—Le ganaba.

—En todo. Claro que Su Majestad está por encima de esos frívolos agravios, pero no logra olvidarlos del todo.

—Es muy generoso de su parte protegerlo tanto, entonces.

—Su Majestad es justo. Por lo tanto aquellos que ven deseable la muerte de Ashart no desean que los pillen. Así pues, ¿qué tipos de muerte accidental idearías?

—Comida en mal estado, un mal caballo, una herida sin importancia que no se cura. Una aguja enterrada en el corazón puede pasar inadvertida. Hay venenos que producen fallo cardiaco, apoplejía y ataques, todo aparentemente natural. ¿Conocerá cualquier asesino los detalles más sutiles del oficio?

—Es posible, por eso te recomendaron para defenderlo.

Fitz no tenía nada más que decir. La situación era extraña, pero ni por un instante dudaba de que Rothgar, y posiblemente el rey, estaban verdaderamente preocupados.

—En cuanto al viaje —continuó Rothgar—, Ashart tiene dos coches aquí, el que trajo a las tías abuelas y el coche en que llegó la viuda. Bien podrían volver los dos, junto con dos coches para el equipaje y los criados. Mi gente viajará en el primero de esos dos, el que preparará las paradas en el camino para cambiar caballos o para comer o tomar refrigerios. Se les puede confiar que vigilen que esas paradas sean seguras.

Fitz comprendió que el Marqués Negro tenía experiencia en organizar su propia seguridad a veces. Pensó en la logística del viaje.

—La viuda insistirá en viajar en el mejor coche, milord, así que Genova puede viajar en el otro. Sería cruel ponerlas juntas.

—Eso seguro. Pero Genova tendrá una acompañante. Nuestra tía abuela Thalia ha aceptado ir con ella.

Fitz esperó que sus ojos no hubieran reflejado su alarma. Estaba comenzando a sentirse como el camello al que van cargando con más y más paja. Su prioridad era tener seguro a Ash. Además, tenía que transportar a una viuda furiosa y a la persona con quien estaba más furiosa, Genova. Y encima, ahora se añadía la cuñada de la viuda, lady Thalia Trayce, y entre las dos ancianas no había el menor afecto. Lady Thalia era la hermana del difunto marido de la viuda, por lo tanto, Cheynings había sido en otro tiempo su hogar. Según rezaba el rumor, después de la boda, la madre del marqués y sus hermanas solteras se fueron a vivir en Tunbridge Wells y desde entonces no volvieron nunca a Cheynings.

No era para sorprenderse, tal vez, que lady Thalia deseara visitar su antiguo hogar, pero era excéntrica, por emplear una palabra amable. A sus setenta y tantos años se vestía como si tuviera diecisiete, parloteaba como una lunática y le encantaba entrometerse en la vida de los demás. Además, era adicta al whist. A él no le gustaba particularmente ese juego, pero sabía que tendría que hacer el cuarto. La viuda no lo haría, seguro.

—Supongo que va bien que en el pelo rubio no se noten las canas, milord.

Rothgar sonrió.

—Sobre todo que tengo la intención de enviar a Damaris Myddleton en esta expedición también.

Fitz rara vez pensaba si no serían reales los sueños, pero tal vez estaba dormido, porque seguro que estaba alucinando.

—Es la última persona que Ash y Genova desearían llevar consigo, y Cheynings es el último lugar al que ella desearía ir.

—Eso la apartará de la atención de la gente de aquí, por lo que me dará tiempo a mí para reparar las impresiones de ayer. También espero que ella y Genova aprendan a tratarse con cordialidad. Cuando se presenten en sociedad, los ojos seguirán estando sobre ellas.

El manipulador marqués estaba tramando algo, y Fitz deseó entender qué había detrás de todo eso.

—Va a poner en peligro a la señorita Myddleton, milord.

—Este asesino sabe cuál es su objetivo y no será descuidado.

—La manera más fácil de disfrazar una muerte es hacerla una de muchas.

Rothgar frunció el entrecejo.

—Argumento aceptado. Sin embargo, Genova insistirá en ir, y lady Thalia lo desea. Pongo mi fe en ti. Y debes entender que en realidad no servirá dejar aquí a Damaris. Se vería constantemente puesta a prueba, y se inclina a pelear primero y pensar después. Tal vez tú puedas corregir eso mientras estáis en Cheynings.

—¿He de ser yo su tutor?

—En eso y en otras cosas. Deseo que la hagas comprender que es una mujer atractiva, deseable. —Tal vez Rothgar vio su espanto, porque añadió—: Solamente con coqueteo y halagos, no hace falta decirlo. Pero es la hija de un pirata y se inclina a alargar la mano para coger lo que desea. Es mejor para ella que no coja al primer cortesano galante que la estremezca, ¿no te parece?

—Eso es improbable, milord. Está resuelta a hacer un buen trueque.

—Yo deseo algo más para ella.

—¿Es un romántico, milord?

La intención de Fitz había sido hacerle una broma mordaz, pero Rothgar enarcó las cejas.

—Me casé por amor no hace ni cinco meses. ¿Qué otra cosa podría ser?

Fitz no supo qué decir. El amor conyugal no estaba de moda.

—Es vergonzoso, lo sé —añadió Rothgar, divertido—, pero como la mayoría de los recién conversos, soy muy devoto. Deseo amor para todos. Ashart se ha convertido en un verdadero creyente. Deseo lo mismo para Damaris y, cuando llegue el momento, para ti también, por supuesto.

—Gracias, señor, pero no.

—Según mi experiencia, el amor tiene una voluntad propia y no es fácil rechazarlo. Por lo tanto, no permitas que se te descontrole el juego del coqueteo.

Fitz se puso nervioso, como si fuera avanzando por un terreno cubierto por una densa neblina, temiendo una emboscada en cualquier momento.

—Si no se fía de mí, señor, me extraña que me encomiende esa tarea.

—Al parecer tú y Damaris ya habíais ideado un plan así. Yo simplemente lo adorno. La competición de esgrima será una excelente oportunidad para demostrar que Damaris no tiene el menor interés en Ashart y está feliz divirtiéndose contigo. Es decir si... ¿sabes esgrima?

—Sí, milord.

—Entonces la acompañarás, encantándola y complaciéndola, para que quede claro que ella no se está recuperando de un desengaño amoroso. Durante la competición, ella se encontrará con Ashart y Genova sin la menor insinuación de discordia.

—¿Sabe esto Ashart?

—Se lo diré. Damaris y Genova se sentarán juntas como amigas.

—¡Amigas!

—Amigas —repitió Rothgar.

—¿No teme que algún invitado aproveche el combate a espada para intentar un asesinato?

—No —repuso Rothgar—, pero si alguno lo hiciera, eso aclararía la situación, ¿no te parece? Pero usaremos floretes —añadió—. Es muy difícil matar a alguien con un florete. ¿Apruebas este plan?

Fitz se sintió asediado, manipulado y con la paciencia al límite.

—¿Se me permite ganar? —preguntó.

Los ojos profundos de párpados caídos se agrandaron ligeramente.

—¿Te crees capaz?

Se decía que Rothgar era un excelente espadachín, pero Fitz contestó:

—Sí.

Rothgar lo contempló en silencio un momento y sonrió.

—El acontecimiento se va poniendo más y más interesante. Muy bien, una vez terminados los combates comeremos animados por la armonía y la alegría. Después habrá baile, que te dará más oportunidades para el coqueteo y para que Damaris se muestre animada y contenta. Y luego, si lo permite el tiempo, puede marcharse mañana antes que se le caiga la máscara.

—¿Usted informará de todo esto a la señorita Myddleton, milord?

—No, eso lo harás tú. No me cabe duda de que encontrarás la manera de persuadirla de aceptar.

Fitz pensó si ese no sería el castigo por los pecados que pudiera haber cometido al traer a Damaris de vuelta a la casa.

—¿Ha terminado nuestra conversación, milord? —preguntó, sin importarle ya si Rothgar desaprobaba su tono.

—No. ¿Puedes permitirte una apariencia elegante?

—No, así que en la corte tendrá que buscarle otra protección a Ashart.

—¿Frecuentas los antros de juego?

Era imposible esperar que Rothgar no supiera que él solía acudir a esos antros cuando sus bolsillos ya estaban casi vacíos.

—De vez en cuando.

—¿Conoces el Sheba's de Carlyon Street?

—He oído hablar de ese. Es algo selecto para ser un antro.

Rothgar sonrió.

—Un encantador capricho, un antro selecto. Estoy seguro de que nuestros pecadores más nobles esperan por lo menos acabar en un infierno selecto antes que arder junto con la chusma. En todo caso, juega en el Sheba's. Ganarás a la banca, lo cual explicará que puedas permitirte comprar ropa elegante.

Parecía que Rothgar tenía sus bien cuidados dedos metidos en algunos pasteles muy especiales. Pero él no deseaba ir a la corte ni moverse en ningún círculo elevado, ni siquiera convenientemente vestido.

—Unas ganancias razonables de una noche no me equipararán, milord.

—Entonces te recomiendo comprar en Pargeter's, discreto establecimiento donde los ayudas de cámara se descargan de prendas regaladas demasiado grandes para usarlas ellos.

Fitz conocía ese tipo de tiendas, pero Rothgar tenía que saber que le volverían la espalda en la corte y le negarían la entrada en muchas casas.

—¿Y si prefiero no moverme en círculos cortesanos, milord?

—Me decepcionarás. Y yendo a lo más importante, Ashart estaría menos que bien protegido.

—¿A pesar de su constante presencia, milord?

Rothgar pareció verdaderamente divertido.

—Mi querido Fitzroger, en la corte estoy ocupadísimo en duelos con muchos contrincantes, y saltando y bailoteando para evitar a los tiburones que me rondan por los pies. No tengo tiempo para distracciones.

La simple sinceridad de esas palabras desarmó a Fitz, y descubrió que no podía seguir insistiendo más. Tal vez el favor de Rothgar y de Ashart le evitarían hacer el ridículo, pero moverse en esos círculos sería condenadamente desagradable. Rogó que el asunto se solucionara antes de llegar a eso.

—Muy bien, milord.

Ejecutando una de sus más floridas reverencias, se retiró de la presencia del marqués, contemplando el único lado bueno del embrollo. Podría proteger a Ash sin abandonar a Damaris. Eso si lograba convencerla de aceptar el plan de ir a Cheynings como la querida acompañante de Genova Smith.

No podía enfrentar eso con el estómago vacío.

Se dirigió a la sala del desayuno. Allí encontró a Ash y Genova, sentados uno al lado del otro, con el aspecto de poder vivir del aire mientras estuvieran juntos. También estaba lord Bryght Malloren, hermano de Rothgar, que a los pocos minutos de llegar él, se disculpó y se marchó.

¿Coincidencia?

¿O tal vez lord Bryght había estado de guardaespaldas temporal, incluso allí, en Rothgar Abbey?

5

Cuando Damaris llegó a su habitación ya se le había acabado la energía de la desesperación que la sostuviera e impulsara esa mañana. Los efectos del láudano la habían hecho dormir casi todo el día anterior, pero luego la certeza del desastre la mantuvo despierta la mayor parte de la noche.

Estaba agotada, de modo que después de comunicar la noticia a Maisie, se quitó la ropa, se metió en la cama y al instante se quedó profundamente dormida. Cuando despertó, Maisie la estaba remeciendo.

—Es la una menos cuarto, señorita. Tiene que levantarse ya.

Damaris se frotó los ojos.

—¿Para qué? La comida será a las tres.

—Sí, pero ese Fitzroger vino aquí a decir que usted tiene que bajar con él a una competición de esgrima o algo así, a las dos. Esa parte de su plan de no parecer molesta por lo de lord Ashart, ¿se acuerda? Y no es que yo crea que deba tener mucho que ver con ese. Es un cazafortunas, seguro.

—¿Lord Ashart? —preguntó Damaris, haciéndose como que entendía mal—. Pues claro que lo es. O era.

—¡Fitzroger! —exclamó Maisie—. Y acaban de traer una nota de la marquesa viuda, y su criado dice que es urgente. Está esperando fuera.

Damaris se sentó, frotándose los ojos.

—¿Qué podría querer?

Desdobló el papel y leyó una lacónica orden de presentarse inmediatamente en la habitación de la viuda. Pensó en la posibilidad de negarse, pero no, no demostraría que temía a la vieja tirana, de modo que se bajó de la cama.

—Por ahora me pondré el mismo vestido de viaje, pero prepara algo para cuando vuelva. —Mientras se ponía a toda prisa la gruesa falda y la chaquetilla acolchada, revisó su guardarropa—. Este, el de «crepúsculo otoñal».

«Crepúsculo otoñal» era el rebuscado nombre que daba la modista a la seda de vivos colores rosa y fuego que usó para hacer ese vestido. Aun no se lo había puesto, porque al encontrarse en un mundo desconocido había elegido colores mucho más discretos. Pero ese día pedía, más que nada, osadía.

—Tiene el pelo todo desordenado —dijo Maisie.

Damaris se sentó para que se lo arreglara.

—Date prisa. Después ya podrás peinarme mejor.

—Entonces será mejor que no se retrase, señorita.

—No te preocupes, no habrá nada que me tiente a hacerlo.

Salió al corredor y siguió al lacayo por una serpentina ruta hasta una puerta que él golpeó. Al oír la orden, la abrió.

La anciana lady Ashart estaba en la cama, con la espalda apoyada en almohadones, sin la menor apariencia de ser la tirana que era. Era baja y gorda, lo que daba la engañosa impresión de blandura, sobre todo vestida con un camisón de color claro, adornado con volantes de encaje. Un verdadero lobo bajo piel de oveja.

Su gorro de dormir, aunque acolchado, estaba ribeteado por volantes de encaje azul inglés bordado, y atado con cintas bajo su doble papada. Por las orillas sobresalían rizos plateados, a juego con un esponjoso chal de lana gris. Y en la habitación no se sentía ningún olor a persona vieja, sólo un delicado aroma a lavanda.

Todo eso había sido parte de la perdición de Damaris. Aquella vez que visitó Cheynings en calidad de posible esposa de Ashart, lady Ashart le pareció amable, altiva pero cortés. En ese momento no había ni un asomo de amabilidad en ella. Después de despedir con un gesto a su doncella de edad madura, ladró:

—No estoy contenta contigo, señorita Myddleton.

Damaris no se iba a rebajar a reñir.

—Lamento su decepción, lady Ashart.

—¡Decepción! Es un desastre, hija, y todo es culpa tuya.

—Yo no...

—La venida de Ashart aquí no entraba en mis planes. Pero puesto que ocurrió, ¿no podías haberla aprovechado en lugar de permitir que esa gata le enterrara las uñas?

Damaris contó hasta tres.

—Ashart llegó aquí con la señorita Smith, milady. Creo que ya se tenían afecto...

—¡Afecto! ¡Afecto! ¡Todo el país comenta que los sorprendieron juntos en la cama de una posada!

—Entonces es necesario que se casen, ¿verdad?

—¡Ja! Si Ashart se casara con todas las mujeres con las que se ha acostado, necesitaría un harén.

—Pero él ama a...

—¡Amor! —chilló la viuda—. Maldito amor. Rocío de primavera que nunca dura. He visto más desastres en matrimonios por amor, hija, que en arreglos sensatos. No lo permitiré. Tiene que casarse contigo.

Damaris contempló un momento a la insoportable tirana y luego dijo secamente:

—Yo no me casaría con lord Ashart ahora, milady, bajo ningún concepto.

—¿Tan tonta eres? No encontrarás un marido mejor, hija, ni con todas tus guineas pirateadas.

—Estoy seguro de que lo encontrará.

Damaris se giró y descubrió que había entrado lord Ashart en la habitación. Nunca se imaginó que se sentiría tan feliz de verlo.

Él avanzó.

—Deja de maltratar a la señorita Myddleton, Nani. Nada de esto es culpa suya, y enredándola en esto le hemos hecho daño.

—Si se puso en ridículo fue por tu culpa, bribón, y te corresponde a ti repararlo. Eres capaz de aplacar a cualquier mujer con tu encanto...

—Quiero a Genova, Nani. Si peleas conmigo por esto, perderás.

El marqués no habló con dureza, pero aunque llamó a su abuela con ese apodo cariñoso, Damaris pensó que nadie podría dejar de captar la autoridad en su voz. Estaba equivocada.

—¡Cachorro! —ladró la anciana.

Ashart no reaccionó mal, se limitó a continuar:

—Como bien ha dicho la señorita Myddleton, es demasiado sensata como para aceptarme ahora, aun en el caso de que me obligaran a renunciar a Genova, lo que no ocurrirá, porque no puedo. Llega un momento, milady, en que hay que aceptar la derrota.

Damaris alzó las cejas al oír las palabras «milady» y «derrota».

La viuda se irguió, acomodándose mejor entre los almohadones, con manchas rojas en las mejillas.

—Me marcharé de Cheynings y no volveré a dirigirte la palabra.

—Pues que así sea.

Cogida en medio del tiroteo, Damaris dio unos discretos pasos hacia la puerta. Pegó un salto al sentir el contacto de la mano de lord Ashart, pero él simplemente iba a acompañarla hasta la puerta.

—Mis disculpas, señorita Myddleton —dijo, abriendo la puerta y llevándola hasta el corredor.

—¡No te creas que...! —gritó la viuda en ese momento.

Pero Damaris no oyó el resto porque la puerta se cerró, quedándose Ashart dentro; un hombre valiente.

—¿Rescatada de las fauces del dragón por un intrépido héroe?

Sobresaltada, Damaris se llevó una mano al pecho.

—¿Qué? ¿Es usted el perro de Ashart, señor, que lo deja esperando a la puerta?

—¡Guau! —exclamó Fitzroger, pero sonriendo—. Vine de escudero de san Jorge, pero al parecer no me necesita para nada, a no ser para acompañar a la doncella a un lugar seguro.

Ella miró hacia la puerta.

—Un dragón, en efecto.

—Piense en la afortunada escapada que ha tenido.

—Suponía que la viuda se marcharía de Cheynings cuando Ashart se casara.

—Muy improbable.

—Lo ha amenazado con marcharse si se casa con la señorita Smith.

—Deliciosa perspectiva, pero improbable de todos modos. Ha vivido sesenta años allí, y mandado a la mayor parte de ellos. Pero hablando de Cheynings...

—¿Sí?

—¿Ha visitado la biblioteca que hay aquí?

Ella no vio ninguna conexión.

—Brevemente, cuando nos hicieron el recorrido de la casa.

—Venga entonces, está cerca.

Damaris titubeó, percibiendo algo raro en la atmósfera. Pero no se comprometerían estando juntos en la biblioteca, y en cierto modo eran conspiradores. Tal vez él necesitaba hablar con ella sobre el plan.

—No tengo mucho tiempo —dijo, imponiendo un paso enérgico—. Tengo que vestirme para esa competición de esgrima. ¿Qué finalidad tiene eso?

—Simple diversión.

Ella lo miró, tratando de ver a través de esa tranquila fachada.

—¿Cómo es que usted y Ashart han venido a salvarme?

—Omnisciencia. Rothgar supo que ella la había hecho llamar y le pidió a Ashart que interviniera.

—Gracias al cielo, la viuda se marchará pronto.

Él abrió la puerta y ella entró en la magnífica sala, sin sorprenderse de no encontrar a nadie allí. A pesar de sus molduras doradas y el cielo raso pintado, la biblioteca de Rothgar Abbey era una sala seria, incluso severa. De ninguna manera se podía describir como acogedora.

No había sillones tapizados junto al crepitante hogar, para comodidad de las personas que quisieran sentarse a leer un diario o echar una cabezada. Por el contrario, delante de cada ventana saladiza había un severo escritorio medieval, y las sillas que rodeaban las tres mesas situadas en hilera en el medio de la sala eran sencillas y de respaldo recto, para los que desearan sentarse a consultar algún pesado libro.

¿Gritarían horrorizados los eruditos y filósofos pintados en el cielo raso al ver entrar a personas con la simple intención de conversar allí?

—¿Bien? —preguntó, caminando hacia uno de los escritorios medievales, como si la fascinara, pero en realidad para poner una de las mesas entre ella y Fitzroger.

Él seguía teniendo ese perturbador efecto en ella.

—Yo también me entrevisté con lord Rothgar —dijo él.

Ella se giró a mirarlo.

—¿Estaba muy enfadado?

—¿Porque la traje de vuelta? Todo lo contrario.

—Me alegro, entonces. Tal vez se convierta en su protector.

Por la cara de él pasó fugazmente una expresión extraña.

—Tal vez, pero eso exige que yo le haga un favor.

—¿Qué le ha pedido que haga?

—Que vaya a Cheynings con Ashart y Genova. Ashart desea acompañar a casa a su abuela, y lógicamente su prometida debe ir con él.

A Damaris se le escapó una risita.

—Pobrecilla. Yo estuve allí en octubre y ya estaba húmedo y helado. —Pero entonces comprendió—. ¡Me va a abandonar!

—Lamento la necesidad, pero me encuentro ante obligaciones contradictorias...

—¿Ashart es tan crío que necesita una niñera?

—¿Lo es usted?

Ella irguió bruscamente la cabeza, como si hubiera recibido una bofetada, y se dirigió a la puerta. Él le interceptó el paso entre dos mesas.

—Mis disculpas, no debería haber dicho eso.

—No se moleste, por favor, señor. Le libero de toda obligación. Ahora que lord Rothgar es mi tutor, ya no necesito...

Él la interrumpió con un beso. La sorpresa le impidió reaccionar; y el beso fue breve pero de todos modos le dejó hormigueando los labios.

—Por supuesto que no me necesita —dijo él. Sus ojos se veían tormentosos, como si se sintiera tan asustado como ella—. Eso no significa que tenga que estar sola aquí.

—Entonces, ¿no irá?

—Debo ir.

—¿Por qué?

—Una vez que Ashart se marche, no tengo cabida en el nido Malloren. ¿Cómo y para qué me quedaría?

—Para cortejarme —ladró ella—. ¿A quién le sorprendería que un aventurero sin un céntimo se quedara más tiempo del que es bienvenido para perseguir a una heredera?

—Maldita sea su afilada lengua de arpía.

Ella alzó el mentón.

—Siempre he deseado ser una arpía.

—¿Una arpía? ¿Una fiera?

—Una mujer que se comporta como un hombre. Una mujer que habla claro, que desafía los errores, que toma sus decisiones y va en pos de lo que desea con toda la fuerza razonable. ¡Como lo haré!

—Me aterra.

—Estupendo —atacó ella—. Entonces tendrá que quedarse para vigilarme, ¿verdad?

—No puedo.

Ella se rió, disgustada, y se giró para escapar dando la vuelta a la mesa.

Él le cogió la muñeca.

—No vuelva a huir.

Damaris se quedó inmóvil sintiendo subir chispas por el brazo, por el contacto de él.

—Dejar su engorrosa presencia, señor, no es, de ningún modo, huir.

—Supongo que no —dijo él.

Se le acercó y le besó la nuca, mordisqueándosela incluso. Esa nueva sensación le hizo bajar estremecimientos por todo el cuerpo.

—Por amabilidad, dulce señora —dijo él, con la boca en su nuca—, quédese.

Ella intentó aferrarse a su vigorizadora rabia, pero cuando él la giró hasta dejarla de cara a él, con las manos sobre sus hombros, no pudo resistirse. Él le presionaba los hombros con los pulgares, describiendo pequeños círculos, de una manera que le hacía girar la mente también.

—Tengo que acompañar a Ashart a Cheynings, Damaris. Esa obligación prima sobre mi promesa. Lamento esto, porque mis promesas son sagradas para mí.

—Tendrá que explicar mejor esa obligación.

—No puedo.

—¿Qué demonios quiere decir? ¿Secretos de Estado? —Por la cara de él vio pasar una expresión que la indujo a mirarlo fijamente—. ¿En Cheynings?

—No diga eso.

La suave advertencia la silenció, pero lanzó a girar sus pensamientos. ¿Secretos de Estado en Cheynings? No tenía lógica, pero todos sus instintos gritaban peligro, y no el tipo de peligro elemental entre un hombre y una mujer. Eso debería haberla amilanado, pero la fascinó.

—¿Qué pasa? ¿Hay espías? Ojalá pudiera ir con usted, entonces.

—Entonces venga. Podría ser una buena acompañante para Genova.

Ella se apartó.

—¿Qué? Soy la última persona que ella desearía tener a su lado, y no tengo la menor intención de estar encerrada con ella y Ashart una semana o más.

Él cerró la pequeña distancia que los separaba.

—Estará encerrada conmigo también.

Pecaminosos revoloteos le subieron y bajaron por el centro del cuerpo.

—En Cheynings —dijo, retrocediendo—. Moho, humedad, tacañería y hielo.

—Encontraremos maneras para mantenernos abrigados.

La espalda de ella chocó con una estantería.

—Hará un frío horrible. Antes cogeremos una neumonía.

Él apoyó las manos en la estantería a ambos lados de ella, y se acercó más.

—Usted es más fuerte que una neumonía, y tiene esas preciosas y gruesas pieles.

Las últimas palabras las dijo arrastrando la voz, convirtiéndole en neblina los pensamientos. Debido a su altura, se sentía rodeada, pero no le importó, sobre todo cuando su voz dulce y grave le agitó la piel como si la rozaran esas pieles.

—Venga —la tentó él—. Eso asegura la victoria. Después de hoy, toda la gente aquí estará convencida de que está contenta, con el corazón entero, y que puede marcharse con el estandarte del triunfo.

A ella le encantó esa imagen.

—Béseme, y tal vez vaya —susurró.

Sintió los labios de él sobre los suyos y se relajó, entregándose al placer. Había deseado eso desde los besos en el coche. Le echó los brazos al cuello y ladeó la cabeza para saborearlo mejor, sorprendida de que un beso, ese contacto de labios, le agitara de placer todo el cuerpo.

Se apartó de la estantería para apretarse a él. Entonces él la rodeó con los brazos, amoldándola a su cuerpo, exactamente como deseaba ella. Se fundiría con él si pudiera. Jamás había conocido una dicha así, ni siquiera sabía que existía. Giró un poco la cabeza para estar más cerca, y abrió más la boca, para explorarlo, sentir su calor y sabor, tan especial, tan correcto...

Él se apartó y ella abrió los ojos.

—Pareces sorprendido —dijo sonriendo. No podría haberlo evitado.

—Aterrado más bien. Pero vendrás a Cheynings. Pusiste un beso de precio y yo lo he pagado.

Ella lo apartó, pero él le cogió los brazos.

—No fue mi intención que fuera así.

—Está claro que dices muchísimas cosas que no quieres decir —ladró ella.

—Sólo contigo.

Ella dejó de debatirse para que la soltara.

—Creo que me gusta eso.

—Arpía —dijo él, pero con afecto en los ojos—. Tiene sentido, Damaris. No te conviene continuar aquí.

—Pero ¿Cheynings...?

—Y yo. —Trasladó las manos a su cintura y ella puso las suyas en los hombros, moviendo los dedos ahí—. Gata, guarda las uñas.

Ella sabía que sus ojos rasgados le daban la apariencia de una gata. Hasta ese momento lo había encontrado un defecto.

—¿No será indecoroso? —preguntó—. ¿Ashart y la señorita Smith? ¿Tú y yo?

—Y la viuda. Y también estará lady Thalia; le tiene cariño a Genova y desea visitar su hogar de la infancia. —Comenzó a depositarle besos en la nariz, las mejillas, y en los labios otra vez—. ¿Vendrás?

—Satán —masculló ella, tratando de pensar.

La lúgubre casa. La viuda. Ashart y la señorita Smith enfermos de amor.

Fitzroger. El misterioso Fitzroger, al que deseaba explorar. Más besos...

Estando Ashart y la señorita Smith tan enamorados y siendo sus vigilantes dos ancianas que necesitarían dormir la siesta, ¿no tendría mucho tiempo para estar a solas con él? Una mujer juiciosa evitaría eso como a la peste, pero ¿cómo podía ser juiciosa mientras los labios de él le acariciaban suavemente los suyos?

Era poco lo que le quedaba para olvidarse de la sensatez. Sólo hasta que llegara a Londres, y encontrara un marido conveniente.

Cambió de posición, sintiendo el roce de la ropa en su sensible piel. La tentación batalló con la sensatez, y la sensatez no perdió del todo. Le cogió la cara entre las manos.

—¿Me prometes que no me seducirás allí?

Él agrandó los ojos, pero le sostuvo la mirada.

—Prometo no seducirte en ninguna parte, Damaris. No porque mi naturaleza baja no lo vaya a desear, sino porque mi honor no me lo permitirá. Además —añadió, pesaroso—, tengo un sano instinto de conservación. Mis disculpas si esto lo encuentras baladí, pero no quiero hacer de Rothgar un enemigo mortal.

Damaris hizo una respiración profunda, sintiéndose como si fuera la primera que hacía en mucho tiempo.

—Entonces, faltaría más, si Genova Smith lo soporta, os acompañaré a todos a Cheynings.

Él se apartó y retrocedió unos pasos.

—Estupendo.

En ese mismo instante se abrió la puerta y los dos se giraron a mirar. Entró Ashart.

—¡Alégrate! Sigo de una pieza. ¿Acepta venir con nosotros la señorita Myddleton?

Damaris miró a Fitzroger, tremendamente herida. Acababa de besarla para que aceptara un plan ya establecido. ¿Por qué no se limitó a decírselo, sencillamente? ¿Y por qué, ahora que lo pensaba, Ashart hablaba como si ella no estuviera allí?

—La señorita Myddleton acepta —ladró él, con lo que por lo menos consiguió que Ashart la mirara.

Y receloso, observó satisfecha. No la enorgullecía su reciente comportamiento, y si tuviera la oportunidad lo borraría, pero le gustaba que el poderoso marqués de Ashart estuviera nervioso a causa de ella.

Él se inclinó ante ella.

—Mis disculpas, señorita Myddleton. Y disculpas por adelantado por las incomodidades de Cheynings.

—Ya he estado allí, milord.

Él frunció el ceño un instante y luego dijo:

—Ah, sí.

Damaris apretó los dientes. ¿Es que aquel petimetre ni siquiera se acordaba? Él también estaba allí, ofreciéndole encantadoras atenciones. Mejor dicho, a su dinero.

—Ahora estará más incómoda aún —dijo él.

Ella comprendió que él estaría encantado si ella se negara a ir. Bueno, estupendo. Disfrutaría siendo un incordio constante en las conciencias de él y de la señorita Smith.

—Sobreviviré, milord. A «mí» no me criaron entre algodones.

Él le dirigió una mirada poco amistosa.

—En la competición de esgrima —terció Fitzroger—, Ashart será el favorito de Genova. ¿Podría ser yo el suyo?

Dicho eso recogió el chal, que debió caérsele durante el beso y se acercó a ella para ponérselo. Damaris se lo arrebató y se lo envolvió bien ceñido. Sabía que no le haría ningún bien a su causa negarse a ese último plan, pero estaba furiosa con él.

—Muy bien —dijo—. ¿Significa eso que van a combatir usted y Ashart?

—Probablemente.

—Entonces espero que se maten —dijo ella dulcemente y salió de la biblioteca.

—Antipática arpía —masculló Ash.

Fitz tuvo que dominar el deseo de golpearlo hasta convertirlo en pulpa, y no sólo porque los interrumpiera y metiera la pata.

—Lo ha pasado muy mal —dijo—, y tú tienes parte de culpa.

—Nunca le hice una proposición.

—La viuda le hizo promesas en tu nombre, y tú no pusiste ninguna objeción. Antes de conocer a Genova, y después de conocer a Genova, pretendías casarte con el dinero de la señorita Myddleton.

A Ash se le colorearon las mejillas.

—Ya no. ¿Por qué entonces ha aceptado ir a Cheynings? Ahora Rothgar es su tutor.

—Está claro que has hablado con él.

—Brevemente. Me envió a rescatarla y me informó del plan. Supuse que se negaría.

—Tuve que convencerla. Estará mejor lejos de aquí. No forma parte de la familia y aquí no tiene verdaderos amigos. Y no quiero abandonarla.

Deseó no haber dicho eso. Al parecer se le estaban evaporando muchas facultades.

Ash arqueó una ceja.

—¿Tienes esperanzas? Te deseo suerte, pero no hagas las cuentas de la lechera. Va detrás del más elevado título que pueda comprar. Por cierto, Rothgar me ha hecho una extraña petición.

A Fitz lo alegró el cambio de tema.

—¿Cuál?

—Me preguntó si en Cheynings hay documentos relativos a Betty Crowley. Ya sabes, mi... ¿tatarabuela?

—¿Una de las muchas amantes de Carlos segundo y por lo tanto origen de la sangre real que supuestamente corre por las venas de los Trayce? Creo que la viuda podría haber hablado de ella en una o dos ocasiones.

Ash se echó a reír, porque su abuela procuraba hablar de la «conexión real», como la llamaba ella, con la mayor frecuencia posible, aunque el cielo sabía que los descendientes de bastardos del Alegre Monarca no eran pocos.

—¿Qué interés tiene Rothgar en eso?

—Es tataranieto de Betty también. Tal vez está llenando huecos en su árbol genealógico. Me parece una petición inocua, y he decidido que es juicioso que intentemos conservar la paz entre nosotros.

—Gracias al cielo. ¿Y hay algún documento que pueda acreditarlo?

—Tiene que haberlo. Aunque Betty se casó con Randolph Prease, solamente tuvo un hijo, el de sangre real. Se llamó Charles Prease, y después se convirtió en lord Vesey. De sus hijos, la única que sobrevivió fue Nani, así que el título murió con él y la casa Storton se vendió. Después Nani se convirtió en la marquesa de Ashart, así que los documentos de los Prease se llevaron a Cheynings. Creo que están guardados en el ático. Le dije que buscaría mientras estaba allí.

—¿Tú o yo? —preguntó Fitz.

Ash sonrió.

—No esperarás que descuide a Genova. Pídele ayuda a la señorita Myddleton y hazle el amor sobre esos papeles mohosos. Simplemente trata de evitar que fastidie a Genova. No permitiré que la haga desgraciada.

—Genova sabe defenderse. Y lo siento si esto hiere tu orgullo, pero dudo que la señorita Myddleton siga deseando tu título y tu grandeza.

—Eso le dijo a la viuda, y ahora me cae mejor.

—Es simpática, Ash. No es una doncella ruborosa y dócil, pero tiene temple.

—¡Estás enamorado! Creí que pensabas echar raíces en Virginia.

—Y eso es lo que pienso hacer —repuso Fitz caminando hacia la puerta, deseoso de escapar—. Tengo que ir a prepararme para la competición. ¿Cómo se ha organizado?

—Tú, yo, Rothgar y lord Bryght, además de cualquier otro caballero que quiera participar.

—Hay unos treinta hombres aquí. Podría durar todo el día.

—Dada la pericia de Rothgar, dudo que sean muchos los que quieran probar su espada. Lord Bryght es muy buen espadachín también. ¿Debería haberte preguntado si querías participar?

Sin duda Ash estaba recordando que su actuación en esgrima no había sido impresionante.

—Ah, no me importa.

—¿Por qué tienes esa expresión lobuna?

—No he mostrado toda la gama de mis habilidades. Espero derrotar a Rothgar.

—¡Rayos!, ¿te crees capaz?

—Nunca lo he visto combatir, pero sí, es posible.

Ash se echó a reír.

—¿Por qué escondes tu lámpara bajo un celemín?

Fitz se encogió de hombros.

—He preferido no atraer la atención, pero a esto no me puedo resistir.

—Entonces espero que lo derrotes. Un golpe a favor de los Trayce.

—Mis disculpas, pero será un golpe a favor de los Fitzroger.

—Tal vez eso le conquiste el corazón a la heredera y le haga olvidar su caza en pos de una corona de marqués o de duque. Te lo he dicho, Fitz, no me gusta nada como están las cosas en las colonias, y aquí tienes la posibilidad de hacerte con una fortuna lista para coger.

—¡Zeus!, Ash, no tengo profesión, no tengo casa, un escándalo me tiene atrapado como un pez, y tengo una familia que no desearía que conectara con nadie que yo quiera. Si Damaris Myddleton se me ofreciera en bandeja, tendría que rechazarla.

Ash puso una expresión como si le hubiera golpeado la cabeza.

—¿Quieres que yo te encuentre un puesto? ¿Administrador de una propiedad, tal vez? ¿O algún cargo en el gobierno?

El ofrecimiento era generoso, pero inútil, pensó Fitz. Nunca le habían ofrecido un empleo así, pero en esos momentos eso era el menor de sus problemas. Puso fin al embarazoso momento saliendo de la sala.

Fue al dormitorio a vestirse para la comida, que sería después de la competición de esgrima. Lo hizo rápido, pues prefería eludir a Ash por el momento, y después pasó el rato paseándose por los corredores de la grandiosa casa haciendo planes para tener un viaje seguro al día siguiente.

Por lo menos lo intentó. Sus pensamientos insistían en volver a Damaris Myddleton.

¿Por qué no se había dado cuenta de que sería peligroso coquetear con ella para convencerla de ir a Cheynings? Se encendía la pasión como fuego entre ellos cuando se tocaban. Si estuviera libre para hacerlo, la cortejaría, pero no lo estaba. Había dicho la verdad: no metería a ninguna persona querida en el desastre de su vida.

Pero la tentación lo pinchaba de todos modos. La fortuna de ella podría permitirle salvar a su madre y a sus hermanas de su hermano Hugh. Respecto a Hugh no podía hacer nada, pero con dinero podría permitirse llevarse con él a Libby y Sally a Estados Unidos y allí protegerlas.

Hizo a un lado la agitación. Dudaba que eso resultara, y no maltrataría a una mujer casándose con ella por un motivo como ese.

6

A las dos menos cuarto Fitz fue a la habitación de Damaris, golpeó la puerta y ella misma la abrió, resplandeciente, con todo el aspecto de estar lista para conquistarlo. Tuvo que reprimir una sonrisa del más puro placer al ver sus hombros erguidos, su mentón firme y sus ojos desafiantes.

—Entra —le ordenó ella.

Él obedeció y sólo cuando ella cerró la puerta vio que la doncella no estaba.

—No deberías haber tratado de engañarme para que aceptara ir a Cheynings —dijo ella—. Simplemente deberías haberme dicho que estaba planeado y por qué.

—Pero eso no habría sido tan delicioso.

Sabía que no debía hacer eso, hacer bromas así, estando los dos solos, pero sencillamente no lo pudo resistir.

El color de ella casi igualó el de su vestido.

—No volverás a hacer nada semejante.

—¿Besarte así?

—¡Tratar de persuadirme así! Ni besarme.

—Damaris, tú me pediste que te besara.

—Lo reconozco, pero tú te aprovechaste.

—También lo disfruté. Deseaba besarte. Como lo deseo ahora. Estás cautivadora con ese color.

Ella frunció el ceño.

—Se llama crepúsculo otoñal. Es un nombre idiota, porque los crepúsculos no son de distinto color en las otras estaciones.

Él le cogió las manos.

—No tienes temperamento poético, veo.

—Ninguno.

—Un temperamento poético no es una debilidad, ¿sabes? La poesía puede combinarse con el valor y el poder.

No debía hacerlo, pero le besó una larga y elegante mano, hermosa y flexible por sus años de práctica en el teclado. Manos que podía imaginarse acariciándolo, incluso en partes íntimas. La cama la enmarcaba. No estaba lo bastante loco para llevarla allí a hacer lo que deseaba hacer, pero no estaba exactamente cuerdo tampoco.

—¿Tienes algún ejemplo que pruebe eso? —preguntó ella.

—¿Qué? —No tenía ni idea de a qué se refería.

—Un ejemplo de un poeta que sea también valiente y poderoso.

Él se rió suavemente y se dejó llevar a la sensatez, si una conversación tonta podía hacer eso. Tenían que bajar, y la cama era demasiado tentadora. Cogió un pesado chal de seda, tejido en tonos marrón, dorado y rosa, y se lo puso sobre los hombros.

—Veamos. —Pasó el brazo de ella por el de él doblado y la llevó hasta la puerta—. Muchos de los poetas del siglo pasado se vieron obligados a luchar en la guerra civil. Luego tenemos a sir Phillip Sidney, que murió en la batalla en la época Tudor.

—¿Era buen soldado? —preguntó ella, apretando los aros del miriñaque para poder pasar por la puerta—. ¿O buen poeta?

—Las dos cosas, dicen, pero confieso que no sabría citarlo.

—Teniendo cosas mejores que hacer que estudiar el arte literario. —Lo miró a los ojos—. ¿Cuál es tu verdadera finalidad en esto, Fitzroger?

Su sagacidad lo hizo retener el aliento.

—Disfrutar de las fiestas navideñas.

—¿Y antes de eso? Has sido compañero inseparable de Ashart durante meses, lo cual no puede ser muy difícil.

—Te sorprendería —dijo él, pero en tono alegre, como si fuera un juego—. Cuando dejé el ejército, decidí complacerme en diversiones por un tiempo.

Ella emitió una especie de canturreo, pensativa.

—Mi vida en Worksop era tranquila, pero me permitía dedicarme a observar. Las personas se divierten de acuerdo con sus naturalezas. Las ociosas se divierten en otro tipo de ociosidad. Las activas se divierten en distintos tipos de actividad. Incluso afecta a la enfermedad. Los ociosos se apegan demasiado al descanso en la cama, mientras que los activos se agitan y se levantan para meterse en problemas.

—¿Y qué problema podría haberme agitado para meterme en esto?

—¿Yo?

La verdad lo silenció.

—Más aún —continuó ella—, me da la impresión de que eres un halcón metido en una jaula con pájaros canoros.

Era fácil reírse de eso.

—¿De verdad ves a Rothgar, Ashart, lord Bryght y al resto como pájaros canoros? Pronto comprenderás tu error.

—Tal vez sea tu experiencia en el ejército.

—¿Qué?

—El resplandor que te rodea.

—¿Es que ahora me ves como un santo?

—No he dicho nimbo, señor. Es como si tuvieras una finalidad cuando todos los demás están ociosos.

Rayos. Decididamente tenía que estar más en guardia. Se sentía más vivo cuando estaba en una misión importante, y ella era terriblemente observadora.

Delante de ellos salieron dos mujeres de un corredor y viraron en dirección a la escalera, pero no sin antes mirarlos a ellos con interés. Él recordó la finalidad que tenía en esos momentos: convencer a todo el mundo de que Damaris no tenía el corazón roto.

—Tal vez el resplandor viene de ti —musitó—. Mi bonito crepúsculo otoñal.

Ella lo miró.

—No seas tonto.

—Intentaba un valiente galanteo poético. Para el efecto.

Vio que ella se acordaba. Se iban acercando a la escalera principal, donde había un grupo de personas que se disponían a bajar. De abajo llegaba el murmullo de voces que indicaba que ya se estaba reuniendo gente para el combate a espadas. Del otro lado del corredor se acercaba una pareja de edad madura. Los Knightsholme eran personas amables que no le habían dado la espalda, por lo que comenzaron su actuación delante de ellos.

Fitz retrocedió un paso y declamó:

—Entra Damaris vestida de fuego, que le sienta tan bien como la capa color espliego. Sus ojos tan vivos me perforan el corazón, y pronto me harán perder la razón.

Todos se rieron, y Damaris también.

—Espero que combata mejor de lo que rima, señor.

Él se llevó una mano al pecho, fingiendo estar herido.

—Me pareció ingeniosa improvisación y brotó sincera de mi roto corazón.

—En mal verso quebrado, Fitzroger —bromeó lady Knightsholme, provocando más risas—. Se la ve bien recuperada, señorita Myddleton.

Damaris palideció, pero Fitz le levantó la mano y se la besó, mirándola a los ojos.

—Acompáñeme en la poesía, dulce dama, que eso a los dos nos reparará.

Ella lo miró y él pensó que no podría hacerlo, ni siquiera con una rima sencilla, pero entonces ella dijo:

—¿Su sólida presencia me prestará?

—Aun cuando el cielo caiga partido.

—Entonces, gracias, amigo querido.

Lady Knightsholme inició los aplausos, y Fitz volvió a coger del brazo a Damaris y continuaron avanzando hacia la escalera. Los demás se apartaron para dejarlos pasar, de modo que los dos dirigieron la marcha por la escalera, seguidos por su público. Oyó comentarios sobre el ingenioso diálogo.

¿Se habrían sorprendido tanto como él por su rápido ingenio? No, no lo había sorprendido en realidad, sino más bien impresionado por haberlo hecho a pesar del terror. Damaris Myddleton era una joven extraordinariamente valiente y podría ser una de esas personas que sólo logran la excelencia cuando se ven empujadas al límite. Pensó si Dios no cometería errores a veces. Si ella hubiera nacido varón, podría ser ahora como su intrépido padre pirata.

Cuando llegaron al pie de la escalera, le recordó:

—Sonríe y adórame.

—Sólo temporalmente —dijo ella, con una dulce sonrisa.

Damaris deseó que su sonrisa no se viera tan grotesca como se sentía. Esa tontería de las rimas sirvió, pero seguía sintiéndose insegura ante las personas que presenciaron su comportamiento el día anterior, muchas de las cuales la miraban como si esperaran que repitiera la escena.

—Relájate —le susurró él al oído cuando llegaron al grupo de invitados ya reunidos en el gran vestíbulo.

Había sillas dispuestas en círculo esperando al público y algunas ya estaban ocupadas. Damaris se sintió como si estuvieran ahí para observarla a ella, y no el espectáculo de esgrima.

Trató de actuar como si el día anterior no hubiera ocurrido. Sonrió a la señorita Charlotte Malloren, que le correspondió la sonrisa indecisa. Comentó el tiempo con el doctor Egan. Preguntó por el bebé de lady Walgrave a lady Bryght Malloren.

Luego miró a Fitzroger, tratando de pensar algo ingenioso para decir, pero los nervios le dejaron la mente en blanco.

—No hay nada que temer aquí —dijo él—. Nada te va a hacer sufrir. —Entonces hizo una mueca—. Demonios, ni siquiera intenté hacer una mala rima.

Eso la hizo reír, y se lo agradeció en silencio.

—¿Crees que rimar es adictivo? Creo que he encontrado algo curativo. ¿Qué podría rimar con «adictivo»?

Él enarcó una ceja y entonces fue ella la que hizo una mueca.

—También me salió sin querer. La rima nos ha atrapado.

—Como un surtidor desatado.

—La lengua nos ha soltado.

—Fitz.

Los dos se giraron medio riendo. Junto a ellos estaba Ashart, y cogida de su brazo Genova Smith, su rubia belleza realzada por la felicidad. Damaris mantuvo la sonrisa. Tenía un papel que representar allí, ¿y qué sentido tenía fastidiarse por la belleza de la señorita Smith? Era lo mismo que maldecir al cielo por ser azul. Además, la futura marquesa de Ashart se veía tan nerviosa y recelosa como ella.

—Buenos amigos —declamó Fitz— os saludamos en este día feliz, dispuestos como siempre a un elegante combate sin desliz.

Ashart se rió, pero desconcertado.

—¿Qué diant...?

—Con la señorita Myddleton, la rima nos ha atrapado como una maldición.

A Damaris se le soltaron el cerebro y la lengua.

—La cual, os lo aseguro, no podría ser más perdición.

—No sé —terció la señorita Smith—, todos podríamos estar atrapados en una mortal competición. —Frunció el ceño—. Oh, eso ha estado mal.

Ashart le besó la mano.

—Gracias a Dios, somos indestructibles.

—A no ser por el amor —dijo Fitz—. Cupido os da la ignorancia como bendición; tal vez eso es la principal protección.

—¿Un antídoto mágico derivado de la afección? —aventuró Damaris—. Entonces debemos buscar la devoción. Pongámosla en acción.

Ashart aplaudió, imitado por otros. Volvían a ser el centro de la atención, pero causando la impresión correcta.

—Los dos sois hábiles para rimar —comentó Ashart—. Pero la métrica es atroz. De todos modos, sobre un escenario podríais convertir esa maldición en beneficio.

—¿Una maldición que lleva a una fortuna con mala versificación? —preguntó Damaris.

Fitz sonrió.

—Un destino así podría hacer carraspear a un hombre.

—Ahora rima dentro de un verso —dijo Ashart—. Esto es malo, esto es muy malo.

—Triste, muy triste —aventuró Fitzroger.

Y Damaris cayó en la cuenta de que estaba disfrutando muchísimo. Armó una frase y se giró hacia Fitzroger.

—Señor, para que esta maldición no sea nuestra perdición, hemos de recurrir a mucha precisión. Con una única palabra no hay versificación.

—¡Bravo! —exclamó Ashart, iniciando el aplauso general—. Desde ahora sólo palabras únicas, Fitz. Es mi deber de amigo mantenerte a salvo.

—Sí —dijo Fitzroger.

—¿Por qué? —preguntó lady Arradale, que estaba entrando.

Hubo una explosión de risas. Ashart se lo explicó y ella se echó a reír.

—Un duelo de rimas. Tendríamos que volver a probarlo. Pero por ahora, por favor, todos a sus asientos para el duelo de espadas.

Damaris ocupó su lugar al lado de Genova Smith, agradeciendo la oportunidad para calmarse. Se había dejado llevar por el momento, pero la última vez que le ocurrió eso acabó en desastre. Al parecer, el interés en ella ahora estaba teñido de diversión e incluso de amabilidad, aunque captó la mirada furiosa que le dirigía lord Henry. Sin duda la encontraba demasiado atrevida. Estuvo a punto de corresponderle con una mirada igual, pero alcanzó a recordar que ya estaba libre de él y bajó la cabeza. Él se puso colorado, lo cual era en cierto modo una victoria.

Rothgar entró en el óvalo central por un estrecho espacio en que no había sillas. La sorprendió verlo casi desvestido; sólo llevaba las medias, las calzas y la camisa. ¿Fitz combatiría así también?

—Amigos míos, hace tiempo que mi primo Ashart y yo deseamos medir nuestra destreza con la espada. De ahí este torneo, simplemente para divertirnos, os lo aseguro. No se derramará ni una sola gota de sangre.

A eso siguió una oleada de risas, porque sólo unos días antes el duelo entre los primos podría haber sido a muerte.

—Un torneo con un pequeño premio para estimular el entusiasmo. —Con un ademán de mago, Rothgar hizo aparecer una rociada de piedras preciosas colgando de una cadenilla de oro—. Sólo es una chuchería, pero también un bonito regalo para una dama especial. De momento los concursantes somos Ashart, lord Bryght y el señor Fitzroger y yo, pero se invita a competir a cualquier caballero presente que lo desee. Acaba el asalto al primer contacto; un asalto de tres minutos sin contacto se considera empate. Sir Rolo ha aceptado ser el cronometrador.

Sir Rolo sonrió enseñando un enorme reloj de bolsillo.

—Yo querría participar —dijo el teniente Ormsby, dando un paso adelante.

Damaris reprimió un gemido. El teniente había sido un constante pretendiente esos días, y a veces ella lo había alentado con el fin de poner celoso a Ashart. No deseaba que él hiciera el ridículo allí por ella, pero tampoco deseaba que ganara.

También se levantó otro caballero joven, el señor Stanton, que se alejó con Ormsby a quitarse la ropa que obstaculizaría sus movimientos. Lord Bryght fue a situarse junto a su hermano dentro del óvalo, llevando dos floretes, y también semidesnudo.

—Tened muy presente —dijo lord Bryght a todos, lanzándole un florete a su hermano— que nunca he asegurado ser mejor espadachín que Rothgar.

De todos modos, tan pronto como comenzó el combate, a Damaris, que los contemplaba impresionada y boquiabierta, le pareció que era excelente. Nunca antes había visto una competición de esgrima y se había imaginado que sería una especie de delicada danza de zapateo, sobre todo si era «amistosa».

Pero ellos saltaban, abalanzándose y retrocediendo, con piernas fuertes y flexibles, cada uno ciego a todo lo que no fuera el adversario, buscando el lugar donde tocarlo con el botón que protegía la punta de la delicada hoja. Ella no lograba seguir todos sus movimientos, y sólo podía reaccionar al violento peligro que simulaba ser. El botón del florete de lord Rothgar tocó el pecho de su hermano, y la hoja se dobló como una ramita de abedul. Fin del asalto.

—Caramba —musitó, poniéndose una mano en el pecho.

—Caramba, sí —dijo la señorita Smith.

Damaris la miró de reojo. La señorita Smith estaba sonrojada por la impresión.

—¿Esto es nuevo para usted también? —le preguntó.

—No, pero nunca había visto tanta velocidad. Dudo que Rothgar tenga miedo de tener que ceder su chuchería.

—¿Ashart no sabe competir?

La señorita Smith se puso rígida.

—Estoy segura de que sabe.

Entonces entró Ashart en el óvalo, acompañado por el señor Stanton. Pronto quedó muy claro que Ashart sí sabía competir, y que incluso podría ser tan bueno como su primo. Cuando, transcurrido el tiempo, el asalto terminó en empate, Damaris sospechó que fue un acto de generosidad por parte de Ashart. Y el señor Stanton, riendo y jadeante, cedió el triunfo inclinándose en una reverencia ante su adversario.

Los siguientes fueron Fitzroger y Ormsby. A Damaris la decepcionó que ninguno de los dos mostrara la pericia de los espadachines anteriores. Tal vez la vida de un soldado no dejaba espacio para la esgrima deportiva de salón.

Tampoco la esgrima era siempre puro deporte, recordó. No hacía mucho lord Rothgar mató a un hombre con ese arte letal, y casi parecía que Ormsby deseaba matar a su contrincante. Al final perdió, y la miró brevemente a ella con expresión frustrada y furiosa. Después salió del círculo a esperar la siguiente competición.

Ella sintió entonces el peso de su riqueza; los hombres podrían matar por esa riqueza.

Ya se sentía la tensión en el aire, y cuando entró Ashart a combatir con lord Bryght, vio que los dos tenían las camisas pegadas a sus cuerpos. Incluso esos cortos estallidos de violencia producían sudor.

Tal vez cobró vida algo de la enemistad entre los Malloren y los Trayce, porque en Ashart se percibía más vehemencia, una potencia extra en sus movimientos. Muy pronto lord Bryght estuvo sonriendo de oreja a oreja, sin duda por encontrar eso muy divertido, pero Damaris tenía fuertemente apretadas las manos, rogando que nadie resultara herido.

—¡Tiempo! —gritó sir Rolo, y los dos espadachines retrocedieron, jadeantes, tratando de recuperar el aliento.

Damaris también tenía agitada la respiración, debido en parte a los hermosos contornos que marcaban las camisas de linón mojadas. Miró de soslayo a la señorita Smith y vio en ella una reacción similar, pero tal vez también un miedo similar. ¿Por qué demonios los hombres consideraban eso una diversión?

A continuación les tocó combatir a Rothgar y Ormsby; el joven ya se veía nervioso antes de empezar, lo cual indicaba una cierta sensatez. Aunque Damaris no sabía nada del arte de la espada, le pareció que esos tres minutos fueron una exhibición de pericia que no le daba a Ormsby la menor posibilidad de ganar, aun cuando el asalto terminó en un cortés empate. Supuso que Ormsby siguió un amable consejo al ceder el triunfo tal como hiciera el señor Stanton, aunque no sin antes mirarla nuevamente a ella con expresión frustrada.

Eso podría haber sido halagador si ella creyera que el interés de él era por algo más que su fortuna.

—Entonces quedan los cuatro principales —dijo la señorita Smith, tal vez para sí misma. Y mirándola a ella le preguntó—: ¿Quién cree que va a ganar?

Damaris no quería ser cruel, pero contestó:

—Rothgar.

La señorita Smith asintió, ceñuda.

—Espero que a Ashart no le importe demasiado.

Los murmullos que se oían aquí y allá sugerían que los demás estaban haciendo sus conjeturas. Dos hombres chocaron las manos, lo que probablemente indicaba una apuesta. Si ella tuviera la posibilidad, pensó Damaris, ¿apostaría dinero al triunfo de Rothgar? Deseaba apostar por Fitzroger, pero cuando lo vio entrar en el óvalo con lord Bryght sólo previó su derrota.

Pero entonces todo cambió. Tal vez la intención de lord Bryght había sido escenificar un combate de entretenimiento y luego ponerle fin, pero a los pocos instantes se evaporó su relajado buen humor. Se le intensificó la mirada y sus movimientos se fueron haciendo desesperados.

Damaris no lograba imaginarse cómo las rápidas muñecas y ágiles piernas los mantenían fuera de peligro, pero el asalto duró los tres minutos. Cuando sir Rolo gritó «¡Tiempo!», los dos se agacharon a respirar, chorreando de sudor.

Dos hombres les pasaron toallas para que se secaran la cara, y los dos se enderezaron para hacerlo, con los pechos agitados. Fitzroger se quitó la cinta del pelo, que en realidad ya tenía casi pegada a la cara. Su repentina sonrisa a lord Bryght, que este le correspondió, golpeó a Damaris como un sorprendente rayo en una noche oscura.

Alegría. Él había disfrutado de ese combate. ¿Por qué estaba segura de que en él eran escasos los momentos de esa alegría tan pura? Qué tontería desear bañarlo en dicha, como en luz del sol, como en diamantes. Se dio cuenta de que estaba aplaudiendo, que todos estaban aplaudiendo. Ahora apostarían dinero por Fitzroger, y se sintió tremendamente orgullosa de eso.

Apareció Rothgar, sonriendo, aun cuando en su sonrisa se insinuaba un algo lobuno.

—Esto se ha puesto más interesante de lo que esperaba, he de reconocer. Entonces Bryght ha acabado sus combates con un resultado de una derrota y dos empates.

—¿Qué os dije? —dijo lord Bryght amablemente—. Aunque combatiría con Fitzroger otra vez por el puro placer de hacerlo.

—En otra ocasión —dijo su hermano—. Ashart, Fitzroger y yo tenemos un triunfo y un empate cada uno. Ahora deberíamos combatir Ashart y yo, pues estamos descansados, pero entonces Fitzroger tendría dos asaltos seguidos. Por lo tanto, si estáis de acuerdo, caballeros, combatiré yo para retener la chuchería. ¿Contra ti primero, Ashart?

Ashart avanzó un paso y se detuvo.

—Eso te da dos asaltos seguidos, primo. Si le das un tiempo para descansar, nombro a Fitzroger mi campeón.

—Faltaría más. Siempre que el campeón se lleve el premio.

Ashart asintió y Rothgar miró a Fitzroger, que seguía secándose el sudor.

—Me alegra tener la oportunidad de medirme en un combate a espadas con usted, señor. ¿Dónde aprendió esgrima?

Entonces los dos se enzarzaron en una conversación sobre esgrima que Damaris no pudo oír, por la distancia, y sobre todo por el ruido de conversaciones en voz alta provenientes de todos lados.

Ashart fue a ponerse a un lado de la señorita Smith.

—Espero que no lamentes la pérdida del collar, Genni. Te compraré uno mejor.

Damaris miró hacia otro lado pensando «hasta ahí llega la economía», pero no podía dejar de oír lo que hablaban entre ellos.

—Noo, claro que no —dijo la señorita Smith—. Un combate entre vosotros no habría sido prudente tal vez.

—Pero sí interesante. El de Fitz contra Rothgar será igualmente interesante, me parece.

Damaris miró a Fitzroger, que ya parecía recuperado, aun cuando su camisa seguía pegada a su cuerpo y su pelo revuelto. Él se apartó un mechón de la cara y su movimiento destacó los contornos de su largo y esbelto cuerpo. Tenía una constitución más liviana que los otros hombres pero estaba claro que no había nada débil en él.

Se sentía tan jadeante como los contendientes, y casi igual de acalorada. Eso era una reacción puramente física que no había experimentado nunca antes, ni siquiera durante esos pasmosos besos.

Era algo animal, reconoció. Algo bajo, pero potente, que le hacía vibrar la entrepierna y la instaba a hacer de nuevo el ridículo allí mismo. A levantarse, correr hacia él, acariciarlo y dejarse envolver.

Haciendo una inspiración profunda, apartó los ojos de él y entonces vio que no era la única que se lo comía con los ojos. Miró a Ashart, que estaba igualmente semi desnudo y también mojado, y tan cerca que el olor de su sudor llegaba hasta ella. Pero no tenía ningún efecto especial en su persona.

Fitzroger declaró que estaba listo. Ashart se sentó en el suelo a los pies de Genova.

—Reza por la victoria, cariño.

La señorita Smith le puso una mano en el hombro y él la cubrió con la suya.

—¿Puede ganar? —preguntó ella entonces.

—Hay una posibilidad, al menos una mejor de la que habría tenido yo. Aún no los has visto dar lo mejor de sí mismos.

¿Rothgar era capaz de más? A Damaris se le cayó el corazón al suelo.

El combate comenzó con sorprendente suavidad. Los dos parecían estar zapateando y probando, en un diálogo secreto que ella no logró entender. Cortos movimientos de la hoja, parados de una cierta manera. El paso atrás, el paso adelante. Otro ataque, la respuesta.

De pronto Fitzroger se lanzó a la acción, haciendo retroceder a Rothgar con un revuelo de movimientos de ataque que casi hizo alzarse de sus sillas a los espectadores de ese extremo. Pero Rothgar eludió el golpe haciendo un giro que hizo chocar sus cuerpos, que quedaron trabados un momento. Ese era el primer contacto físico del día, y revelaba un grado de intención distinto. Eso se acercaba más a una lucha a muerte, supuso Damaris.

El combate ya era rápido y furioso, pero con movimientos, giros y vueltas que ella no había visto antes. A veces creía ver que uno u otro intentaba hacer salir volando el florete de la mano del adversario. Eso lo sabía principalmente por las sonrisas de ellos que venían a continuación.

—¡Tiempo! —aulló entonces sir Rolo.

Los dos retrocedieron, jadeantes y chorreando sudor. Se miraron, asintieron y se lanzaron a la batalla otra vez. Damaris se puso una mano en la boca. ¿Es que querían matarse?

Ahogó una exclamación cuando Fitzroger cayó con una rodilla en el suelo, pero entonces apuntó el florete hacia arriba, hacia el corazón. Rothgar se giró y apartó la hoja, y estuvo a punto de atravesar a Fitzroger desde arriba. Pero éste ya había rodado y estaba de pie, todo en un solo movimiento, ágil como un felino, dirigiendo el arma hacia el costado descubierto. Rothgar paró el golpe, se apartaron y volvieron al ataque.

Damaris tenía que repetirse que esas hojas flexibles con botón en las puntas no podían hacer mucho daño, a no ser en un ojo, y que esos hábiles hombres nunca acercaban los floretes a la cara. De todos modos, tenía la boca seca como el papel, el corazón le retumbaba y deseaba que eso terminara de una vez, antes que alguien resultara herido.

Y deseaba que ganara Fitzroger.

Con ardiente ferocidad deseaba que ganara su héroe.

Al final el asalto acabó por agotamiento. Como si lo hubieran hablado y acordado, los dos hombres retrocedieron y se agacharon, tratando de respirar. Al instante fueron rodeados por hombres entusiasmados, mientras los dos se secaban la cara y el cuello, los dos sonrientes y radiantes de extraordinario placer.

Decididamente, ese combate sería comentado en los círculos masculinos durante muchos años. Al mirar alrededor, Damaris vio que también lo recordarían muchas mujeres.

—¡Hombres! —exclamó Genova Smith.

Entonces Damaris vio que Ashart se había unido al apiñado grupo. Ella no estaba acostumbrada a los usos masculinos, pero entendió perfectamente lo que quiso decir la señorita Smith. Hombres misteriosos, irritantes, pero pasmosamente maravillosos. Y ella acababa de ser testigo de su verdadero placer.

Reconoció el espíritu que impulsara a su padre a surcar los mares. Tal vez las fortunas que ganó no habían sido tan importatne como la emoción del desafío. Y su madre espera-ba que se estableciera en Worksop.

Entonces Fitzroger salió del apretado grupo de hombres y echó a caminar hacia ella, con el collar en la mano.

Nuevamente le retumbó el corazón, tan fuerte que creyó que se iba a desmayar.

Él hincó una rodilla ante ella, levantando el premio.

—Creo que debo ofrecerle esto a mi bella dama.

El tono despreocupado podría resultar ofensivo, pero le brillaban los ojos y su piel resplandecía, haciéndolo irresisti-ble. Además, todos los estaban observando.

Cogió la hermosa joya, en que diminutas gemas y perlas formaban una diadema de flores a lo largo de la cadena.

—Y yo creo —dijo en el mismo tono— que debo decir algo así como ¡Mi héroe!

A él se le iluminaron los ojos de risa.

—No, no, mi querida señora. Debe recompensarme con un beso.

Todos se rieron, pero un beso era algo demasiado íntimo, muy peligroso allí, donde sentía el calor de su cuerpo y el olor de su sudor; un olor, comprendió, totalmente diferente al de Ashart. Único, identificable, excitante por sí mismo.

Él le cogió la mano y se la puso sobre el hombro de él, su hombro caliente y mojado. Sus ojos brillantes la desafiaban. El impulso de ella hubiera sido cogerle del pelo como hiciera antes y besarlo, devorándolo. Pero se limitó a acercar la cara y a depositar un casto beso en sus labios.

—Mi héroe.

Él se levantó con ese poder sutil capaz de matarla por sí solo y se las arregló para levantarla al mismo tiempo y girarla. Entonces ella sintió sus manos rozándole el cuello, poniéndole el collar y cerrando el broche.

Sus dedos le acariciaron la nuca un momento, haciéndole bajar estremecimientos por el espinazo. No podía hacer nada, aparte de intentar calmarse, cuando deseaba girarse y apretarse a su cuerpo, aspirarlo, rodearlo.

Entonces él se apartó. Cuando Damaris se giró, él ya se iba alejando para vestirse.

—Qué bonito —dijo la señorita Smith.

Damaris pasó los dedos por el collar, aturdida.

Llegó hasta ella lady Bryght, pelirroja, menuda, y sonriente.

—Felicitaciones, señorita Myddleton.

—Yo no hice nada.

—¡No! ¡No! —exclamó lady Bryght riendo—. Nunca piense eso. Una dama inspira los logros más grandes de un caballero, por lo tanto se puede atribuir el mérito de todos estos.

—Por eso nos encanta capturar los mejores especímenes —añadió lady Arradale, llegando allí también.

Lady Bryght la miró recelosa.

—¿Vamos a pelear para ver quién es el mejor, Diana?

—Sólo con pistolas —dijo lady Arradale, sonriendo a Damaris—. Tengo una puntería excelente. ¿Sabe usar una pistola, señorita Myddleton?

—No —contestó Damaris, recordando su estúpido intento de sacar la pistola del coche, y la fuerte mano de Fitzroger sobre la de ella.

—Aprenderá. Estoy encantada de que vaya a estar más cerca aún de nuestra familia como pupila de Rothgar. Nos tutearemos. Yo te llamaré Damaris y tú a mí Diana.

—Gracias, milady. Diana.

Damaris se sentía avasallada, pero aliviada por estar hablando con las damas en lugar de tener que mezclarse con los demás. Esa era una amabilidad intencionada, supuso.

Entonces Diana dijo:

—¿Puedo tomarme una libertad contigo, Damaris, como haría con una hermana, y pedirte que cantes para nosotros? Los hombres tienen que cambiarse de ropa, me parece, para estar a la altura de la buena sociedad. Una canción tuya nos haría pasar el tiempo placenteramente.

Damaris sintió agolparse los nervios en la garganta, pero en eso se sentía confiada, por lo menos.

—Ah, sí, ¡por favor! —dijo lady Bryght.

Y entonces ya no pudo negarse.

Diana golpeó las palmas y anunció el placentero regalo. Todos se instalaron para escuchar. Damaris se serenó pensando qué canción sería la mejor para ese momento. Le vino a la mente una juguetona pieza que parecía atrevida pero que confirmaría su disposición despreocupada, y tenía cierta relación con el momento.

Sonrió, paseando la mirada por todos, y seguidamente comenzó:

> *¿Qué puede desear más una dama*
> *que un apuesto héroe?*
> *¿De qué le sirve un buen asado*
> *en el plato, sin un apuesto héroe?*
> *Porque, aaay, una dama no puede vivir*
> *sin un héroe a su lado,*
> *a su lado, un héroe.*

Algunas de las señoras aplaudieron y todas estaban sonrientes.

> *Una dama sus buenos amigos puede tener*
> *todos de la mejor estirpe*
> *Al teatro y a bailes puede asistir*
> *pero de la nación es la más triste.*
> *Porque, aaay, una dama no puede vivir*
> *sin un héroe a su lado,*
> *a su lado, un héroe.*

Respondió a la sonrisa de sir Rolo acercándose a él y cantándole:

> *¿Podría cualquier hombre su deseo calmar*
> *de un héroe junto a ella tener?*
> *Noo. Por ella ha de estar dispuesto a saltar*
> *por el fuego, y a los dragones vencer.*
> *Porque, aaay, una dama no puede vivir*
> *sin un héroe a su lado,*
> *a su lado, un héroe.*

Riendo, sir Rolo retrocedió fingiendo estar horrorizado. Damaris se giró y vio a Fitzroger bajando la escalera, recuperada su descuidada elegancia. Caminó hacia él, contenta por la acústica de la sala.

> *Fuera de aquí, hombres tímidos*
> *una dama necesita un héroe.*
> *Buscad y traspasad bandidos,*

para demostrar que sois un héroe.
Porque, aaay, una dama no puede vivir

Varias personas la acompañaron en el estribillo y ella se giró a animarlos.

sin un héroe a su lado,
a su lado, un héroe.

Fitzroger preguntó a todos cuando llegó al pie de la escalera:

—¿Que no os bastan las joyas, señoras?

—¡No! —corearon algunas.

Damaris se volvió hacia él, riendo con el resto.

Demostrad el valor con fuego y acero, señor
Demostrad que sois un héroe.
Y así una dama podría arrodillarse ante vos, señor,
arrodillarse ante un héroe.

A riesgo de que le fallara la voz debido a su atrevimiento, le puso una mano en la manga.

Porque, aaay, una dama anhela vivir
con un héroe de verdad a su lado,
a su lado, un héroe.

Entonces retrocedió, se inclinó en una profunda reverencia ante él, luego se volvió e hizo la reverencia al público: todos aplaudiendo.

—Caramba, señorita Myddleton —declaró sir Rolo—, ¡podría hacer una segunda fortuna en el teatro!

—Siempre es consolador saber eso —repuso ella, sonriendo pero temblando al sentir la posesiva mano que Fitzroger había puesto sobre su hombro.

—¿Te arrodillarías? —le preguntó él en voz baja.

Ella se volvió hacia él, liberando el hombro.

—Ante un héroe, sí.

—¿No crees que un verdadero héroe debería evitar exponer a una dama al fuego y al acero?

—No, deseo aventura.

El reto quedó vibrando en el aire que los separaba.

—Tendré que organizarlo, entonces —dijo él inclinándose ante ella—. Cualquier cosa para ser el héroe de mi dama.

Damaris se sintió como si se estuviera derritiendo el suelo a sus pies, pero él le cogió la mano para acompañarla al comedor.

La larga mesa estaba puesta para los cincuenta o más huéspedes, y las bandejas doradas y plateadas resplandecían a la luz de las velas. Los músicos de Rothgar comenzaron a tocar en el gran vestíbulo, y entró la dulce música para animar otra tarde y noche mágicas.

Como siempre, la música fue un bálsamo para Damaris. Le calmó los nervios excitados y le permitió prestar atención al plan. De todos modos, todo iba maravillosamente bien.

De ninguna manera le resultaba difícil demostrar que no tenía ningún interés en Ashart y que encontraba atractivo a Fitzroger. Sabía que eso se notaba en todas sus sonrisas y en sus gestos.

Y por lo tanto, ya nadie la observaba. Al principio la conversación versó sobre esgrima y héroes, y luego algunos comenzaron el juego de las rimas. Ella tomó parte, feliz, porque lo encontraba fácil.

Verdaderamente comenzó a sentirse a gusto allí, como si perteneciera al grupo, pero de todos modos se sintió aliviada cuando lady Arradale se levantó para llevar a las señoras al salón para tomar el té y conversar. Una vez allí, se dirigió al clavecín y comenzó a tocar. La música le ofreció un respiro.

—¡Qué bien tocas, querida!

Damaris levantó la vista, sin dejar de tocar, y sonrió a lady Thalia Trayce, extraordinariamente ataviada con un vestido blanco con listas plateadas y ribeteado con encaje rosa. En la cabeza de pelusas blancas llevaba un tocado de encaje y plumas.

Estaba algo chiflada, y decían que eso se debía a que su novio murió en una batalla cuando ella era muy joven y nunca se había recuperado. Era inofensiva, y muy dulce, en realidad.

—Gracias, lady Thalia.

—Y tu canción. Qué ingeniosa. Estoy de acuerdo en lo de los héroes, querida. ¡Y vamos a ser compañeras de viaje! Estoy segura de que será delicioso, incluso en Cheynings. —Arrugó la sonriente cara y se estremeció—. La viuda la ha descuidado lamentablemente, he oído. Pero ¡Fitzroger! Ese sí que es un héroe para ti. —Miró alrededor—. ¡Whist! —exclamó y se dirigió hacia una mesa.

Allí se le reunieron su hermana, lady Calliope, que era una enorme señora en silla de ruedas, y una pareja mayor.

Damaris se la quedó mirando, pensando si esas palabras «un héroe para ti» significarían lo que parecían. Claro que no.

Le encantaría aprender a jugar al whist, porque colegía que era el juego más popular en la alta sociedad, pero los naipes estaban prohibidos en la casa Birch. Su única experiencia había sido jugar al cribbage con una anciana postrada en cama. Debería haber tomado clases cuando estaba en Thornfield Hall, pero no se le ocurrió. Tomaría clases en Londres. Había observado a personas jugar allí y creía entender los principios elementales.

Como siempre en Rothgar Abbey, los caballeros no se quedaron mucho tiempo bebiendo oporto y no tardaron en ir a reunirse con las damas. Cuando anunciaron el baile, Fitzroger la invitó a subir al salón con él, y ella estuvo encantada de aceptar. Fue transcurriendo la velada y nunca le faltó una pareja. Tuvo que bailar con Ormsby, que adoptó un aire trágico y la llamó cruel, pero ni siquiera eso le apagó el ánimo.

Cuando finalmente volvió a su dormitorio, absolutamente agotada y lista para acostarse, estaba contenta pensando que Fitzroger tuvo razón al obligarla a regresar. Escribió una nota como recordatorio: «Recompensa a Fitzroger». Sonriendo como una idiota por estar escribiendo su nombre, puso la nota en su joyero. Pero al hacerlo vio el anillo de bodas de su madre.

En su lecho de muerte, Abigail Myddleton le pidió que le quitara el anillo del dedo, diciéndole: «Lo llaman un símbolo de la eternidad, hija, pero no olvides que puede ser una eternidad de sufrimiento, una eternidad de pena. No quiero entrar en la eternidad llevando el grillete de ese hombre».

No pudo disuadirla, de modo que obedeció y le preguntó: «¿Qué hago con él?» «Guárdalo, y no lo olvides, nunca te fíes de un hombre.»

En la parte interior del anillo descubrió las palabras grabadas: «TUYO HASTA LA MUERTE».

Y luego abandonó a su mujer.

Enrolló la nota que acababa de escribir y la metió en el anillo, como otro tipo de recordatorio.

Nunca te fíes de un hombre.

7

Al día siguiente, Damaris tomó el desayuno en su habitación y supervisó el arreglo de su equipaje. A las diez en punto bajó al gran vestíbulo, con su capa y manguito. Podrían haber partido más temprano, pero lady Ashart viuda no aceptó. Y en ese momento, la hora acordada, tampoco estaba allí.

Ashart y la señorita Smith conversaban con lady Arradale. Y Lady Thalia, envuelta en una capa de terciopelo floreado, se hallaba sentada entre lord Rothgar y Fitzroger. Deseó ir a reunirse con él, pero no cedió a la tentación. Empezó a vagar por la sala, saboreando recuerdos de momentos agradables allí, en especial la competición de esgrima.

La sobresaltó un hormigueo de calor y desvió la mirada hacia Fitzroger. Lo sorprendió mirándola y se apresuró a desviar la vista.

¿Dónde estaba la viuda? Qué mujer más egoísta e irritante. Parecía creerse la reina. Si estuviera al mando de ese viaje se marcharía sin ella.

—¿Qué tiene esa espinosa guirnalda para causar ese feroz entrecejo?

Sobresaltada, cayó en la cuenta de que estaba mirando enfurruñada una rama de acebo que adornaba la repisa del hogar.

—Estaba pensando en una vieja espinosa —le dijo a Fitz-roger, rogando que no fuera rubor el calor que sentía en las mejillas.

—Qué fabuloso que no se convirtiera en tu abuela política, dulzura mía. La guerra habría sido interminable.

—No me gusta que me llames así.

—¿Dulzura mía? Simplemente quería insinuarte que adoptaras una actitud más melosa.

—¿Qué soy ahora? ¿Vinagre?

—A veces.

—El vinagre es un líquido muy útil, señor. Para limpiar, para encurtir, para curar heridas...

—Pero no se agradece si se supone que es vino.

Damaris reprimió una sonrisa. Le encantaban esos torneos de ingenio.

—No es raro que esté avinagrada. Vamos a Cheynings en invierno y estoy condenada a ser la acompañante de una belleza deslumbrante.

—Sabes hacerte valer.

—Dime también que soy una belleza, señor, y sabré que eres un canalla mentiroso.

A pesar de sus palabras esperó un tranquilizador halago, lista para dispararle otra vez.

Pero él la miró de arriba abajo.

—Está claro como la luz del día.

—¿Qué?

Él fingió sorpresa.

—¿No quieres ser un arma afilada y peligrosa? Muy bien, Genova es un diamante cortado en facetas que capta todas las miradas con evidente llama. Tú, encanto, eres un rubí cabujón rojo sangre, una superficie lisa bajo la cual arden fuego y misterio. No abras la boca. —Suavemente le cerró la boca y le depositó un leve beso en los labios—. Podría intentar convencerte de tus encantos, pero sería demasiado peligroso.

—¿Por qué? —musitó ella.

—Sería como apuntar un cañón cargado a todos los hombres de Inglaterra.

—Buen Dios, señor, no te sigo. ¿Claro como la luz del día, rubíes, cañones? Además —añadió haciendo un mal gesto—, los hombres harán cola para que les disparen con mis bolsas de dinero. No soy yo lo que les importa.

—Lo serás, Damaris, lo serás, te lo prometo.

Lo dijo tan serio que ella le volvió la espalda.

—¿Adulación otra vez? No me gusta que hagas eso.

Lo sintió acercarse por detrás.

—A mí me importas. Y eso no tiene nada que ver con tus bolsas de dinero, ya que no tengo ninguna esperanza de casarme con ellas.

—Eso dices tú.

—No dudes de mi palabra.

Ella se giró a mirarlo.

—¿O?

Algo crujió en el aire que los separaba y ella cayó en la cuenta de que le gustaría iniciar una lucha tan feroz como la del combate del día anterior.

Pero él retrocedió, arreglándose el sencillo volante de un puño.

—Eres injusta, querida mía. Si cualquier otra mujer insinuara que soy un mentiroso me retiraría de su presencia para siempre, pero he jurado esforzarme en complacerte.

—Te libero, entonces. No deseo un sirviente mal dispuesto.

—No soy tu sirviente.

—Acompañante, entonces. No tengo ninguna necesidad de ti.

—¿No? Necesitas que alguien te impida casarte con el hombre inconveniente.

Ella descartó eso, riendo.

—Te prometo que no me casaré con nadie inferior a un vizconde. ¿Basta eso?

—El título tiene muy poco que ver. Me encargaré de que elijas juiciosamente.

—¿Esté o no de acuerdo?

—Sí.

Ella hizo una inspiración, irritada de verdad.

—No tienes ninguna autoridad sobre mí, señor, y me casaré con quienquiera que elija.

—¿Incluso conmigo?

—Sí —ladró ella, antes de ver la trampa—. Pero no mientras no seas vizconde.

Acto seguido escapó para ponerse al lado de lady Arradale, sabiendo que había perdido esa escaramuza.

Maldito fuera.

De todos modos, le costó no sonreír. No se había imaginado que pudiera ser tan interesante discutir con un hombre. Chisporroteaba a causa de esa conversación y se abrazó a su descarada adulación.

«Una superficie lisa bajo la cual arden fuego y misterio.» Ay, si eso fuera cierto. Su valiosísimo collar de rubíes, que todavía no había llevado en público, tenía en el centro un enorme rubí cabujón. ¿Cuándo podría tener la oportunidad de ponérselo en un lugar donde Fitzroger lo viera? Era apropiado sólo para una ocasión muy grandiosa. Tal vez en Londres...

Una repentina agitación en la escalera anunció que la viuda por fin se dignaba a bajar para reunirse con ellos.

—No te preocupes —dijo Fitzroger poniéndose nuevamente a su lado—. Rothgar no lo permitiría.

—¿El qué? ¿Que le dispare a la viuda?

Él sonrió.

—Que te cases conmigo.

—Ah, eso —dijo ella, como si no tuviera la menor importancia—. Al menos podemos ponernos en camino.

—Ya era hora también. Normalmente haríamos las cuarenta millas a Cheynings a la luz del día, pero aunque aquí la nieve se está derritiendo, no hay forma de saber cómo están los caminos en otras partes.

—Te preocupas demasiado —bromeó ella.

Pero observó que él sí parecía preocupado.

Salió con él y vio que había cuatro coches en fila delante de la casa, cada uno con seis fuertes caballos enganchados. El primero y el cuarto eran sencillos, y ya estaban cargados con los criados y el equipaje. El segundo era un enorme vehículo dorado con un blasón pintado en la puerta y una corona de marqués en cada esquina del techo. El tercero era más sencillo pero de todos modos un coche de viaje grandioso, pintado en verde y marrón.

Habían abierto caminos hasta las puertas de los coches, y junto a una puerta del coche verde y marrón ya estaban esperando Ashart y la señorita Smith. Ese era el que compartiría ella con su rival. Mientras iba bajando la escalinata para ir a reunirse con ellos esperó sentir la conocida punzada del resentimiento.

No la sintió.

Le sentaba bien que Genova Smith se casara con el derrochador y libertino marqués, sobre todo porque esa alianza matrimonial significaba tener que relacionarse con su lóbrega casa y su rencorosa abuela. Sólo le pesaba no haberlo comprendido antes.

La blanquísima nieve embellecía el paisaje, pero el aire estaba frío y cortante, por lo que subió al coche inmediatamente. Un criado depositó su bolso de viaje a sus pies, y cerró la puerta. La pareja continuó fuera conversando, como si el uno fuera el alimento del otro y estuvieran en peligro de morir de hambre.

Damaris miró el techo poniendo los ojos en blanco, sacó las manos del manguito y se quitó los guantes. Entonces cayó en la cuenta de que el interior del coche estaba agradablemente abrigado, así que se desabrochó la capa y se la echó hacia atrás.

La capa de Genova Smith se parecía mucho a la suya, pero era de tela de lana, no de terciopelo, y estaba forrada en piel de conejo, no de chinchilla. Era horriblemente mezquino sentirse complacida por eso, pero ella aún no estaba por encima de esos pensamientos. Para ayudarse a evitarlos, desvió la mirada de la pareja y se dedicó a examinar el coche. Estaba tan caliente y cómodo como un acogedor salón de la casa más elegante.

No tardó en descubrir el motivo del calor debajo de la alfombra: una hilera de ladrillos calientes.

Los asientos estaban tapizados con damasco rojo sobre un grueso acolchado, y las cortinas de la misma tela estaban atadas en la parte de atrás de las ventanillas. Ya había velas dispuestas en los candelabros de pared protegidos por cristal. No, realmente no entendía el estilo en que vivía el empobrecido marqués de Ashart.

En las paredes del coche descubrió estrechos armarios que contenían una selección de bebidas y distracciones: naipes, fichas, tableros y piezas de ajedrez, damas y backgammon; un tablero para cribbage, y un ejemplar de las reglas de los juegos de cartas del señor Hoyle.

Estaba todo previsto: hasta la ignorancia.

Decidiendo que bien podría estudiar cómo se jugaba al whist durante el viaje, sacó el libro. Pero apenas empezó a leer la introducción cuando se abrió la puerta y subió Genova Smith, que después de dirigirle una breve sonrisa, se volvió hacia el marqués, que seguía ahí, con la puerta abierta.

Damaris estaba a punto de quejarse cuando él la cerró y fue a montar su caballo. La señorita Smith continuó hechizada, observándolo acomodarse en la silla mientras su mozo le arreglaba la pesada capa de montar sobre las ancas del caballo. Menos mal que tenía un criado para hacerle eso, pensó Damaris, porque era evidente que él seguía con la mente puesta en la señorita Smith. Era de esperar que el caballo supiera el camino a casa.

Vinagre y miel, se dijo, y se giró a mirar por su ventana, que daba a la casa. Ahí estaban lord Rothgar y lady Arradale, cubiertos por sus capas, enguantados y echando vapor al respirar, esperando ver ponerse en camino a sus invitados. Cerca del coche estaba Fitzroger, montado a caballo, y sin mirarla a ella embelesado.

Como si fuera a mirarla así.

Sería mejor que tuviera más sensatez.

Ese grupo de viajeros no tenía la menor necesidad de temer un asalto de bandoleros. Además de Ashart y Fitzroger, iban cuatro jinetes de escolta, ya montados y listos, y los mozos de los pescantes también irían armados. Tal vez no habría sido necesario dejar aquí sus joyas valiosas, pero en Cheynings no necesitaría rubíes ni esmeraldas, y cuando lord Rothgar viajara a Londres iría igualmente bien custodiado.

El cochero hizo restallar el látigo y Damaris agitó la mano despidiéndose de su nuevo tutor. Y pensar que el día anterior intentó huir de esa casa, segura de que su vida estaba arruinada.

La casa y sus propietarios se perdieron de vista, pero Fitzroger iba al paso del coche un poco por delante de su ventanilla, tan magnífico a caballo como con una espada. Qué héroe más gallardo sería.

Él miró de reojo, le captó la mirada y sonrió. Sabiendo que no debía, ella le correspondió la sonrisa.

—Qué deliciosamente abrigado se está aquí —comentó la señorita Smith.

Damaris se giró a mirarla y vio que también había dejado a un lado el manguito, se había quitado los guantes y echado atrás la capa.

—Muy lujoso —convino.

—Yo viajé a Rothgar Abbey en el otro coche, y le aseguro que deja pequeño a este. —Le hizo un guiño con sus hermosos ojos—. Unas indecentes ninfas pintadas en el cielo raso, molduras doradas por todas partes y el acolchado de los asientos tan cómodo como cojines.

—Me sorprende que lord Ashart pueda permitirse eso —comentó Damaris, y al instante hizo un mal gesto, deseando no haber dicho esas palabras.

—Su padre lo encargó. Ashart no lo usa jamás. Prefiere cabalgar. Yo también prefiero una vida sencilla.

Damaris consiguió no decir algo sarcástico acerca de la versión de vida sencilla de lord Ashart.

—¿Me consideraría tonta si reconociera que preferiría que Ashart fuera un hombre sencillo?

Damaris titubeó, pero dijo la verdad:

—Sí, porque ¿cómo podría serlo? Quiero decir, usted lo ama debido a lo que es y a quien es. Si fuera un hombre sencillo sería otra persona.

—Rayos, supongo que eso es cierto. —Parecía asombrada. ¿De que Damaris Myddleton pudiera decir algo perspicaz?—. En realidad, sé que lo es. Mi madre me aconsejaba que no me casara con un hombre con la esperanza de hacerlo cambiar. Cásate con un hombre que te guste y admires el día que pronuncies tus promesas, decía.

—Mi madre, por el contrario, era más escéptica. Su consejo fue que jamás me creyera ni una sola palabra que dijera un hombre cuando intentara llevarme al altar. O meterme en su cama.

—Debe de haber sido una mujer sabia —dijo la señorita Smith.

—No. Se casó con mi padre.

—¿Era cruel con ella?

Damaris no quería hablar de eso, pero no se le ocurrió ninguna manera de evitar contestar:

—Sólo estando ausente.

—Ah. Entiendo que pasó muchísimo tiempo en Oriente, haciendo su fortuna. Qué lástima que su madre no pudiera viajar con él.

Damaris no sabía si alguna vez él le habría ofrecido esa opción a su madre, pero contestó:

—Ella estaba apegada a Worksop.

La señorita Smith no dijo nada, pero ella entendió lo mal que sonaba ese epitafio. Apegada a Worksop. Tenía que decir algo más.

—Mi padre amasó su fortuna comenzando con la modesta dote de mi madre. A cambio, ella esperaba que volviera a ella una vez que fuera rico. Pero él sólo le hizo unas visitas muy breves. Eso le rompió el corazón.

—Debe de haber sido una situación muy difícil para usted.

La comprensión pilló a Damaris desprevenida.

—Una buena formación para que me dejen plantada.

—Ashart no la plantó.

—Fríamente planeaba casarse conmigo por mi dinero.

—Como usted planeaba fríamente casarse con él por su título.

Damaris hizo una brusca inspiración.

Pero era cierto.

—Muy bien —dijo, dejando escapar un suspiro—. Yo fui tan calculadora como él, y los dos estamos mejor por haber salido ilesos de eso. —Bien podía decirlo todo de una vez—. Le debo una disculpa, señorita Smith. Me he portado muy mal estos días.

Genova Smith pestañeó, y le cogió una mano.

—Ah, no, usted estaba vergonzosamente engañada. Lo lamento mucho.

Damaris no estaba acostumbrada a ese cálido contacto con mujeres, y no sabía cómo reaccionar.

—Tal vez podríamos acordar una tregua, entonces.

La señorita Smith le apretó la mano.

—Por favor. En ese mismo espíritu, ¿me tutearía, lla-mándome Genova?

—Por supuesto. Qué amable —sonrió Damaris, y reac-cionó como quería—. Pero sólo si me tutea y me llama Da-maris.

—Encantada. Qué nombre tan bonito.

Damaris se liberó la mano.

—Significa vaquilla en griego.

Al instante lamentó esa respuesta tan brusca. Para esca-par, se giró a mirar por la ventanilla.

—Ah —dijo Genova Smith—, te gusta Fitzroger.

Damaris se giró bruscamente a mirarla.

—¡Noo!

—Y ¿por qué no? Es encantador. Sólo necesita una ocupa-ción. Es el tipo de hombre que hace bien todo lo que se propone.

Eso de ocupación le recordó a Damaris que debía recom-pensarlo. Quizás una vez que lo hiciera podría librarse del efecto que él tenía en ella. Mientras tanto, comprendió, Ge-nova Smith podría saber más sobre él de lo que sabía ella, y ese viaje le ofrecía una maravillosa oportunidad para interro-garla.

—Debe de tener una familia que podría ayudarlo a esta-blecerse —dijo, para sondear el terreno.

—Parece que está distanciado de ellos. Pero es una fami-lia respetable. De Herefordshire, creo. Y con título. Sí. Viz-conde Leyden.

¡Vizconde! Era de esperar que su cara no reflejara su impresión. Había bromeado con casarse con un vizconde.

—Su hermano mayor tiene el título —continuó Genova.

—Es muy mayor, me imagino. Octavius significa que es el octavo en la familia.

Genova la miró pensativa.

—Sí, es improbable que herede. ¿Es tan grande ese obstáculo?

Damaris se encogió de hombros.

—Es una locura casarse con menos cuando el mundo está lleno de posibilidades más elevadas.

—Entonces Ashart es un loco. Yo no tengo nada.

—Está claro que él valora tu encanto y belleza.

No había sido su intención que el comentario le saliera avinagrado, pero le pareció que lo fue.

Genova ladeó la cabeza.

—Si un lord se puede casar por encanto y belleza, ¿por qué no habría de hacer lo mismo una dama? Sobre todo cuando es rica.

—Tal vez las mujeres somos más sensatas. La belleza e incluso el encanto se marchitan, pero el título y la posición duran eternamente.

—¿Y cuánta felicidad le ha producido eso a la lady Ashart viuda?

La observación de Genova fue tan afilada que Damaris ahogó una exclamación. Si a eso añadía el comentario de Rothgar acerca del conde Ferrers, todos sus planes amenazaban con derrumbarse. Desvió la cara, pero eso le ofreció nuevamente un atractivo cuadro de Fitzroger.

Podía comprarlo. Eso era cierto. ¿No había dicho él algo así?

—Más aún —musitó—, ¿por qué no podemos las mujeres hacer como los hombres y tomar marido para algunas cosas y amantes para el resto?

—¡Damaris!

Se volvió a mirarla, complacida por haber escandalizado a una joven tan conocedora del mundo como Genova, una que había surcado los siete mares y, decían, luchado contra piratas.

—Pero no podemos, ¿verdad? Como tampoco podemos ser héroes de los mares, ni navegar hasta Oriente a hacer nuestras fortunas.

—Eres peligrosa —dijo Genova, con los ojos agrandados, pero admirada también.

—Eso sería bonito, pero seguro que no me traería otra cosa que aflicción. ¿Juegas al cribbage?

Genova aceptó la interrupción de la conversación y se instalaron a jugar. Estaban bastante igualadas en pericia, por lo que era necesario concentrarse, y cuando pararon para el primer cambio de caballos, Damaris ya estaba disfrutando muchísimo.

Reconoció que empezaba a gustarle su acompañante. Genova era simpática y tenía un especial sentido del humor. ¿Y qué beneficio había en aferrarse a su resentimiento?

La mayor parte del tiempo la nieve no suponía ningún problema, pero en algunos lugares se había acumulado, haciendo difícil la marcha. También ocultaba los baches y surcos profundos. Esto no causaba mucha incomodidad a los coches principales, pues el de avanzada y los jinetes advertían de los obstáculos, pero sí retrasaba la marcha.

Con caminos más limpios podrían haber esperado llegar a Cheynings a las dos y comer allí, pero dadas las circunstancias, pararon para comer en la posada King's Head, de Persham. Todo estaba preparado para ellos. Damaris entró en un dormitorio para usar el orinal, que estaba detrás de un biombo, y después se dirigió al comedor privado. Allí sólo estaban la viuda y lady Thalia. No hacía falta mucho ingenio para adivinar la causa del retraso de Ashart y Genova, pero ¿dónde estaba Fitzroger? Ah, no, no quería estar constantemente pendiente de su presencia o ausencia.

Las dos ancianas ya estaban tomando su sopa, así que se les unió.

—¿Dónde están esas tontas criaturas? —preguntó lady Thalia—. Viviendo de amor, supongo. Ah, recuerdo esa época.

La viuda levantó la vista.

—Tu amor murió.

Damaris vio la cara afligida de lady Thalia y a duras penas logró reprimir una indignada protesta. Se lanzó al rescate:

—Qué exquisita es la sopa de rabo de buey, ¿verdad? Y qué bien sienta después de tantas horas de camino.

Lady Thalia no se distrajo.

—Mi queridísimo Richard no murió de inanición, Sophia, sino de una herida de espada. —Sacó un pañuelo de encaje y se limpió los ojos.

—Seguro que una romántica como tú creería que el amor lo mantendría a salvo.

—No, ¿cómo podría creer eso? —La expresión de incomprensión de lady Thalia, fuera real o fingida, era una reacción excelente—. Muchos seres queridos mueren en la guerra. O de otras maneras. Cuatro de tus hijos han muerto, Sophia, y estoy segura de que los amabas tanto como yo amaba a mi querido Richard.

La viuda se puso blanca como el papel.

—El amor de madre es diferente, Thalia, y tú nunca lo conocerás.

—No, ay de mí, pero mueren muchísimos niños. Qué injusto es Dios al hacer del amor materno un poder «más débil», ¿no te parece?

Horrorizada, Damaris volvió a intervenir:

—Los caminos de Dios superan el entendimiento humano.

La viuda giró la cabeza hacia ella.

—¡No metas la nariz en cosas que no te incumben, muchacha! Te has lavado las manos con respecto a mi familia. Así sea.

Alabado sea el Señor, en ese momento entraron Genova y Ashart, seguidos por Fitzroger.

Ashart entró sonriendo pero pareció captar la atmósfera.

—La sopa huele deliciosa —dijo, retirando la silla para que se sentara Genova, que la miró a ella con los ojos agrandados.

Como si eso hubiera sido una señal, lady Thalia se puso a parlotear sobre sopas, bueyes y, por alguna conexión invisible, sobre un vestido que usó en la corte hacía cuarenta años. Volvía a ser toda frivolidad y tontería, pero ese momento de espaldas desenvainadas no había sido una ilusión. Había más en lady Thalia de lo que había imaginado, comprendió Damaris.

Eso la llevó a pensar que muchas personas no son lo que parecen ser. Fitzroger, por ejemplo, e incluso la viuda.

La pobre mujer había perdido a muchos hijos; posiblemente a todos, así que tal vez tenía motivo para su naturaleza amargada. Resolvió tratar de ser más amable con ella.

Fitzroger se sentó a su lado y se sirvió él mismo la sopa de la sopera.

—Espero que no encontréis demasiado lento el viaje.

—No, Genova y yo estamos enzarzadas en una batalla campal al cribbage.

Él sonrió.

—Me alegra que sólo sea con cartas.

Damaris deseó hablar con él sobre la batalla entre las ancianas, porque la afligía, pero la conversación se había encarrilado por otros derroteros.

Cuando estuvieron listos para marcharse, Fitzroger la ayudó a ponerse la capa.

—Otra hora y media, creo. Hemos enviado a alguien por delante para tener preparado un recambio extra de caballos.

Ya eran pasadas las tres y los días son cortos en invierno.

—Así que viajaremos de noche —comentó.

—Sí.

Algo que detectó en su tono le dio a sus palabras más peso del que ella les había otorgado.

8

—¿Pasa algo? —le preguntó Genova a Damaris cuando ya estaba instalada en el coche nuevamente calentado.

Damaris no lograba localizar el motivo de su desasosiego.

—Fitzroger parece preocupado.

—Debe de ser el efecto de la viuda. Qué presencia más dañina puede llegar a ser.

—Sí.

Genova también parecía preocupada, y no era de extrañar. Su futuro incluiría a la marquesa de Ashart viuda, y, como dijera Fitzroger, la probabilidad de que esta se marchara de Cheynings era muy remota. Ashart tenía una casa en la ciudad, lógicamente, pero tendría que pasar parte de su tiempo en su propiedad, y a los niños se los cría mejor en el campo.

Incluso el tiempo se había tornado triste. El cielo se había nublado hacía unas horas y en ese momento en que se estaba poniendo el sol las nubes estaban adquiriendo los colores de un moretón. El frío se notaba más húmedo también, a pesar de los nuevos ladrillos calientes, y la nieve se estaba tornando gris.

Se habían encendido las luces del coche para mejorar la visibilidad del cochero, pero si bien arrojaban una luz cálida, también hacían parecer más oscuro todo alrededor. Fitzroger cabalgaba cerca de la luz del lado de ella, todavía vigilante, todavía alerta.

Genova se apoyó en su hombro y se inclinó a mirar por esa ventanilla. Damaris no tenía recuerdos de que otra mujer la hubiera tocado con esa despreocupada familiaridad, pero le gustó. Era como se imaginaba que actuaría una hermana.

—He estado pensando en qué andará metido —dijo Genova, pensativa.

Damaris medio se giró a mirarla.

—¿Tú también crees que tiene una finalidad extra?

—No está hecho para estar ocioso. Pero no hace mucho que llegó de la guerra. A eso podría deberse que parezca un manojo de nervios.

—¿Sabes en qué batallas participó?

—No. Ashart debe saberlo. Los hombres suelen pensar que las damas no queremos oír hablar de esas cosas.

—Supongo que no me gustaría oír los detalles —dijo Damaris, volviéndose del todo y sentándose bien—. Tú debes haber participado en alguna batalla.

—Sí, aunque no con frecuencia. Siempre que es posible a las mujeres y a los niños los dejan en la costa antes de la acción. Vi más los efectos después.

—¿Atendías a los heridos?

—Sí.

—Yo también. A los heridos de Worksop. Mi abuelo era médico, así que cuando murió, hubo una conexión natural con el que lo reemplazó. El doctor Telford era uno de los pocos huéspedes que mi madre recibía bien. Cuando me hice mayor lo ayudaba a veces, en la botica, pero también a atender a los heridos y los ancianos. No a los enfermos, porque eso me podía exponer a contagio. También los acompañaba, sentada junto a la cama, leyéndoles o jugando a las cartas. Así tenía algo que hacer.

Genova la miró ceñuda.

—¿No tenías amigas de tu edad? ¿No ibas a la escuela? En nuestra vida errante una parte de mí ansiaba una casa estable y amigas para toda la vida.

—Mientras que yo ansiaba viajar. Incluso reunirme con mi padre en Oriente. Una tontería, cuando él no me tenía ningún cariño.

Genova le apretó brevemente la mano y esta vez Damaris lo agradeció. Pero no quería hablar de sus padres.

—¿Así que crees que Fitzroger es simplemente un ex oficial?

—Podría serlo. La acción militar requiere tener un fuego interior, porque la mayoría de los hombres no matan fácilmente a sus semejantes. En algunos sigue ardiendo lento durante un tiempo.

—Ardiendo —repitió Damaris.

Le gustó la palabra, por otros motivos. Debió notársele, porque Genova dijo:

—Ten cuidado. Puede... quemar.

Damaris le miró la cara, escrutándola.

—Había empezado a sospechar que tú y Ashart queríais casarme con él.

—¡Cielos, no! ¿Qué te hizo pensar eso?

—Sería lo lógico.

—No. No me cabe duda de que sería fantástico. Para él. Tal vez para ti. —Se rió—. Me has cogido por sorpresa, pero te aseguro que nunca hemos hablado de eso. Todos suponen que te vas a casar con un gran título.

—Y es lo que haré. —A modo de defensa contra la locura, enarboló un nombre—: Con el duque de Bridgewater, tal vez.

—¡Un duque! ¿Es joven y apuesto?

—Tiene veintisiete años, y por el grabado que acompañaba el informe de mis abogados, es tan apuesto como yo soy hermosa, lo cual hace un emparejamiento justo.

—¿Tienes un informe de él? —preguntó Genova, con los ojos como platos.

—Y de otros nueve. Incluyendo el de Ashart —añadió sonriendo.

—Ca...ramba. ¿Puedo verlo?

—Por supuesto. Pero a cambio quiero que me cuentes todo lo que sepas sobre Fitzroger.

—¡Ajá! Te tienta.

—Simple curiosidad. Es un enigma.

—La curiosidad mató al gato —le advirtió Genova, aunque frunció el ceño, pensativa—. Déjame pensar. No sé mucho. Pregúntame algo.

—¿Por qué llegó a Rothgar Abbey unos días después que Ashart?

—Ash lo envió de vuelta a Londres para que supervisara el envío de su guardarropa, caballos extras y esas cosas; no iba preparado, porque no tenía la intención de quedarse en Rothgar Abbey.

—¿Lo ves? Es un criado.

—Más bien un amigo servicial. Otra pregunta.

—¿Qué edad tiene?

—Veintiocho.

—¿Tiene algún plan para su futuro?

—Irse a Estados Unidos. —Genova vio claramente que a ella no le sentaba bien esa noticia—. Está reñido con su familia y no quiere quedarse en Inglaterra. Su padre, lord Leyden, murió hace un par de años, y si Fitz esperaba reconciliarse después de eso, no lo consiguió. En realidad, la principal discordia parece ser con su hermano, el nuevo vizconde. ¿Me he ganado el informe?

—Eso depende de si hay más que decir. ¿Qué causó el distanciamiento?

—Eso no lo sé, de verdad. Antes de visitar Rothgar Abbey, no me movía en estos círculos, ¿sabes?

—Pero eres íntima amiga de lady Thalia.

—Sí, pero eso es todo. Cuando murió mi madre, mi padre se jubiló. Después volvió a casarse y nos fuimos a vivir a la casa de mi madrastra en Tunbridge Wells. Allí conocí a lady Thalia y nos hicimos amigas. Ella y lady Calliope me invitaron a acompañarlas a Rothgar Abbey sólo para rescatarme de mi madrastra.

—¿Es cruel?

—Uy, no. Es muy amable, y hace feliz a mi padre. Simplemente no congeniamos. —Sonrió—. Es muy tradicional.

Damaris se echó a reír.

—Comprendo. No admira a alguien que disparó a un pirata.

—Uy, no hables de eso. La gente le da demasiada importancia. En cuanto a la discordia y lo que se rumorea sobre un escándalo, es probable que Thalia lo sepa. Le encanta el cotilleo. Se lo preguntaré si quieres.

De repente Damaris vaciló. Si Fitzroger había hecho algo terrible, ¿deseaba saberlo?

—Lo que sí me contó Ash es que el hermano de Fitz amenaza con dispararle si lo ve —continuó Genova—. Pero parece ser que lord Leyden es un hombre muy desagradable. ¿Cómo lo describió Ash? «Un grandísimo bruto fanfarrón, grosero». Al parecer armó una escena en la coronación hace tres años. Otro noble le dio un codazo en el enredo de la multitud y a él le dio uno de sus ataques de ira; tuvieron que sacarlo a toda prisa.

—Buen Dios, parece como si fuera un loco. ¿Eso podría explicar sus amenazas?

—Es posible.

—Pobre Fitz. Sí, si lady Thalia sabe más, por favor descúbrelo, pero ya te has ganado tu recompensa. Lord Henry me va a enviar mis pertenencias a Londres, así que allí te daré el informe. Te advierto, Genova, pinta un mal cuadro de la fortuna de los Trayce.

—Ah, Ash me lo ha dicho todo. Sólo hace falta economía y buena administración.

Damaris no supo decidir si las palabras de Genova reflejaban una admirable resolución o un insensato optimismo.

Nuevamente se instalaron a jugar al cribbage y el tiempo pasó volando hasta la siguiente parada. La última, gracias al cielo.

Cambiaron los caballos y los ladrillos fríos se reemplazaron por otros calientes. Un hombre encendió las velas del interior del coche con una vela larga. Ya estaban listos para reanudar la marcha cuando un repentino chasquido fue seguido por un grito, y pasaron personas corriendo cerca de las ventanas.

Damaris se inclinó a mirar por la ventana de Genova, que daba a la posada.

—¿Qué ha pasado? Me ha parecido que ese chillido era de la viuda.

Genova bajó el cristal de la ventana y gritó la pregunta.

—Alguien arrojó una piedra a la ventana del coche, señorita —gritó uno de los jinetes.

Los criados se habían bajado de su coche para ir a prestar ayuda, y de la posada iba saliendo gente a ver de qué iba el alboroto. A eso se sumaban los ladridos de unos perros, y el caos era completo.

Al menos la viuda había dejado de chillar sus quejas.

—Voy a bajar —dijo Damaris.

Se puso la capa, abrió la puerta y saltó fuera sin ayuda. Corrió hacia el enorme coche dorado. Sí, el cristal de la ventana de la derecha estaba hecho trizas.

A la viuda y a lady Thalia las estaban acompañando a la posada. Fitzroger estaba ahí, pero en lugar de estar mirando la ventana rota estaba mirando a la multitud. Buscando al que lo hizo, comprendió ella.

Fue a ponerse a su lado.

—¿Todos están bien?

—Sí, pero esto significa un retraso; hay que tapar el agujero.

La miró, pero al instante volvió la atención a la bulliciosa muchedumbre.

Damaris miró también, pero sólo vio mirones, algunos masticando comida que habían llevado fuera con ellos.

—¿Alguien arrojó una piedra? —preguntó—. ¿Quién se atrevió?

—Nadie lo vio. —Se giró hacia ella del todo—. ¿No quieres entrar en la posada? Hace frío aquí.

¿Para estar nuevamente con lady Thalia y la viuda? No, gracias. Se subió el capuchón, lamentando no haber cogido ni los guantes ni el manguito.

—No tengo frío. Esto es muy emocionante. ¿Crees que fue alguien que tiene algún agravio contra la nobleza?

—Es posible.

Pero entonces ella creyó oírle soltar una maldición en voz baja.

Siguió su mirada y vio salir a dos criados de la posada, cada uno con una bandeja con enormes jarras humeantes. Refrigerios para los viajeros detenidos, ofrecidos por un posadero oportunista. Una corpulenta camarera se dirigió hacia ellos.

Fitz la detuvo, cogió dos jarras y bebió de una como si estuviera sediento.

—Sidra caliente con especias —dijo, y le pasó una a ella.

Ella encontró extraña su forma de actuar, pero le alegró tener la jarra caliente entre las manos. El olor del vapor era exquisito, pero cuando bebió un sorbo puso mala cara.

—Está muy dulce.

—Tanto mejor para el vinagre —dijo él, y se fue a hablar con los hombres que estaban discutiendo la manera de tapar el agujero de la ventana.

Damaris comprendió que sus palabras eran una broma, pero le salieron bruscas porque estaba nervioso. ¿Por qué? No veía de qué manera podría haber impedido un fortuito acto de crueldad.

Miró alrededor, pensando que alguna de esas personas podría ser el culpable. Un hombre gordo parecía malhumorado, y un viejo de aspecto antipático estaba apoyado en su bastón con cara de estar disfrutando de la apurada situación de los nobles, pero no logró imaginarse a ninguno de los dos arrojando una piedra sin que nadie lo viera.

Dos jovencitas estaban coqueteando con cualquiera que se les pusiera a tiro, pero no se las imaginó dañando un coche para tener esa oportunidad. Bueno, enmendó, bien podrían ser prostitutas, o sea, que podrían, pero parecía improbable.

Entonces se sobresaltó al ver a un hombre mirándola a ella mientras le hincaba el diente a un muslo de pollo. Lo miró y se obligó a desviar la vista, sintiéndose burbujear de entusiasmo. ¿Habría descubierto al villano? Fitzroger se impresionaría.

Reflexionó acerca de lo que había visto. El hombre tendría poco más de veinte años, y era de constitución normal. En la oscuridad de la noche, sólo iluminada por las lámparas del coche y la parpadeante llama de la antorcha del exterior de la posada, no distinguió el color de su pelo, pero le pareció que era rojizo.

¿Un escocés? Algunos escoceses no habían abandonado el espíritu rebelde de 1745, cuando intentaron restablecer a los Estuardo en el trono de Gran Bretaña.

Pero no le había visto aspecto de rebelde, y no llevaba la manta de tartán escocesa. Su ropa era la de un inglés normal y corriente, tal vez incluso de un caballero. Llevaba botas y calzas de montar, y su sombrero de tres picos estaba guarnecido con un galón.

Volvió a mirarlo disimuladamente y volvió a sorprenderlo mirándola. Esta vez le sonrió, o al menos a ella le pareció que era una sonrisa. Parecía más bien una sonrisa maliciosa o burlona, porque tenía un poco deformado el labio superior por los dientes salientes y separados.

Volvió a desviar la vista, avergonzada por haber pensado mal de alguien debido a un defecto facial. Pobre hombre. Recordó a una niña de Worksop que no podía cerrar bien la boca y a causa de eso parecía una idiota aunque no lo era.

Vio a Genova cerca de la posada y echó a caminar hacia ella, pero en ese mismo instante llegó Ashart a su lado para ofrecerle beber de su jarra de sidra. El amor es ridículo, pero no ha de interrumpirse.

Así que continuó caminando, vagando, inhalando el vapor de la jarra que tenía en las manos, contenta de poder estirar las piernas en ese largo viaje. El letrero de la posada declaraba que su nombre era Cock and Bull*, lo que le hizo sonreír al recordar una historia de un gallo y un toro, que nadie se podría creer.

Como aquella. ¿A quién se le iba a ocurrir que alguien fuera a arrojar una piedra al coche de un marqués en una tranquila ciudad inglesa? Probablemente había sido un niño travieso, con una honda, que había causado bastante más problemas de los que había planeado. Seguro que había huido lo más rápidamente posible rogando que nadie lo hubiera visto.

La calle principal estaba muy concurrida, y había varias otras posadas en ella, todas con ventanas iluminadas y una antorcha fuera. La mayoría de las tiendas seguían abiertas, y sus escaparates iluminados abrillantaban la escena, sobre todo cuando la luz caía sobre la nieve y el hielo. Observó que la nieve derretida durante el día se estaba congelando, así que puso especial cuidado en mirar donde ponía los pies.

---

*En inglés *Gallo y Toro*. (N. de la T.)

Al parecer ya se había corrido la voz sobre el extraño suceso, porque iban saliendo personas de las posadas, tiendas y casas a mirar hacia la Cock and Bull. Algunas venían caminando a toda prisa, poniéndose chales y capas. Llegó una familia completa, los adultos llevando en brazos a los niños pequeños. Oyó a un niñito hablando de un «coche de oro».

Damaris se mordió el labio pensando cuál sería la reacción de la viuda si se enteraba de que se había convertido en un espectáculo. Bien merecido lo tenía, por viajar en esa monstruosidad dorada. Vinagre otra vez. Se obligó a tomar otro sorbo de la bebida, asquerosamente empalagosa. No quería acabar tan amargada como su madre, pero un trago fue lo único que pudo soportar. Jamás le gustarían los dulces, fuera cual fuera su temperamento. Miró alrededor y disimuladamente vació el resto en el suelo.

Ya era una riada de personas las que iban pasando, así que retrocedió un poco para evitar empujones. Chocó con un muro que le llegaba hasta la cintura y oyó el sonido de agua corriente. Se giró para mirar por encima del muro y vio un estanque abajo. Había un molino de agua cerca, comprendió, y habían bloqueado un riachuelo con una presa para dar energía. La presa se veía medio congelada, muy hermosa donde captaba las luces, y el agua al caer en cascada hacía una especie de acompañamiento musical. Encantada, miró hacia atrás, pensando en llamar a Genova, pero ella seguía con Ashart.

Un martilleo le indicó que había comenzado el trabajo en la ventanilla, pero calculó que pasaría un buen rato antes de que estuviera todo listo para poder reanudar la marcha. Los coches ya estaban rodeados por una multitud, así que no tenía ningún sentido volver allí. Volvió la mirada y la atención a la filigrana del hielo la presa y a la música del agua, y dejó la jarra sobre el muro para poder meter las manos bajo la capa. Ese paisaje la calmó pero también la hizo pensar.

Su madre habría encontrado estúpido estar ahí de pie con ese frío mirando el hielo y escuchando el sonido del agua. Abigail Myddleton siempre fue una mujer implacablemente práctica, y sin embargo sucumbió a los encantos de un bribón. Aun cuando su padre sólo fue a visitarlas tres veces en todos esos años, ella había entendido la naturaleza de ese encanto. Era un hombre corpulento, robusto, vigoroso, que resplandecía de vida, como si tuviera una lámpara dentro, una lámpara siempre encendida.

Recordaba muy claramente su última visita. Ella tenía ya quince años, y él no había ido a Worksop desde que tenía ocho.

Tenía que reconocer que se sintió hechizada por él. Incluso soñaba que la rescataba de la casa Birch y se la llevaba a Oriente, donde vería las maravillas que él le contaba y viviría aventuras a su lado. Y odió a su madre por vivir criticándolo y quejándose.

Durante esos pocos y cortos días llegó a creer que la amaba. Entonces se marchó y a partir de ese momento no vio ninguna prueba de que pensara en ella alguna vez. Entonces comprendió que él la había tratado así solamente para herir a su madre. Cuando dos años después les llegó la noticia de su muerte, pensó que se lo tenía bien merecido.

A esa edad intolerante, tampoco pensaba con afecto en su madre. ¿Para qué chillarle a un hombre que no le hacía el menor caso y jamás se lo haría? ¿Para qué quejarse eternamente de él? ¿Para qué aferrarse a la promesa que él le hiciera de volver a ella y vivir en Worksop como su fiel y decente marido?

¿Sería común detestar a los dos padres? Esa era una idea deprimente, porque por lo general las personas resultan ser como sus padres. Tal vez estaba destinada a ser avinagrada y egoísta.

Dejó de sonar el martillo. Eso indicaba que podrían marcharse pronto. A pesar de la belleza y la música, ese lugar no le estaba haciendo ningún bien. Incluso la bulliciosa multitud le parecía amenazadora. Miró preocupada a las personas que estaban cerca.

Era ilógico tener miedo, pero deseaba volver con los suyos, estar con Fitzroger. Cambió de posición, patinó y casi se cayó sobre el hielo. Se cogió del muro para afirmarse y con el movimiento golpeó la jarra, que salió volando y fue a estrellarse en el agua.

Instintivamente se inclinó para mirar, como si seguir con la mirada el trayecto de la jarra pudiera impedir que se rompiera. Alguien chocó con ella, con la evidente intención de mirar también, pero casi enviándola en la misma dirección.

Se enderezó, asustada, y retrocedió enérgicamente, pero pisó el mismo trozo de hielo, patinó y se le fue el cuerpo hacia atrás.

Durante un horroroso instante perdió el contacto con la tierra y luego aterrizó con un golpe, de espaldas.

La luna ha salido temprano, pensó, aturdida, mirando el cielo, y entonces desapareció.

Voces.

—¿Se ha hecho daño, milady?

—¿Qué ha ocurrido?

—Igual ha querido matarse.

—Este horrible hielo, eso ha sido.

Había gente alrededor, mirándola. Como aves de presa, pensó, sin poder respirar. «¡Socorro!» trató de gritar, pero no le salió la voz.

—¡Damaris! ¿Te has hecho daño?

Fitzroger. Gracias a Dios.

Él se arrodilló a su lado y le cogió la mano.

—Háblame.

Por fin logró hacer una inspiración.

—He resbalado.

—¿Te has hecho daño?

Ella se palpó el cuerpo.

—No, creo que no.

Suavemente él la incorporó hasta dejarla sentada.

—¿Estás segura? ¿Algún dolor fuerte?

Ella lo pensó.

—No, sólo estoy... estremecida. —Se rió para demostrarlo—. Con el golpe me quedé sin aliento. Ayúdame a levantarme, por favor.

Detestaba ser el centro de atención de una multitud otra vez.

—¿Pasa algo? —gritó Ashart, tal vez caminando hacia ellos.

Ay, no, no quería ese alboroto.

—Estoy bien —le insistió a Fitzroger—. De verdad. Por favor, ayúdame a levantarme.

—Todo está bien —contestó Fitzroger—. Damaris se ha caído, pero no es grave. —A los mirones les dijo—: La dama no está lesionada. Gracias por vuestro interés.

Ellos captaron la indirecta, y mientras se alejaban él la ayudó a ponerse de pie, y luego mantuvo el brazo alrededor, sosteniéndola.

—¿Puedes caminar, o te llevo en brazos?

—Puedo caminar, estoy segura. Sólo dame un momento.

—Por supuesto. ¿Qué te ha ocurrido?

—Me he resbalado en el hielo. Mejor dicho, empecé a patinar y me agarré del muro. Ese muro de ahí; abajo pasa un riachuelo. Hay una presa. Es muy bonita.

Él aumentó la presión del brazo.

—Cálmate. Creo que es mejor que no hables todavía.

Ella hizo una inspiración y se obligó a serenarse.

—Estoy bien. Pero golpeé una jarra y se cayó al río. Una de las jarras de la posada.

—Unos cuantos peniques arreglarán eso. Creo que puedes permitírtelo.

La broma puso las cosas en perspectiva.

—Miré para ver dónde caía y alguien chocó conmigo. Me asusté, retrocedí y me caí.

—Sabía que esta multitud era peligrosa. ¿Puedes volver al coche ahora? Estamos listos para partir.

Ella vio que todos estaban instalados en los coches esperándola.

—Ah, perdona. Claro.

Caminó a toda prisa hacia el coche, agradeciendo que Fitzroger siguiera sosteniéndola con el brazo.

—Es muy extraña la sensación de perder repentinamente el contacto con la tierra —comentó.

Y entonces él corrió a rescatarla y todo estuvo bien. Mientras se acercaban a los coches oyó a alguien protestar:

—¿Cuál es la causa de este interminable retraso? ¡Necesito salir de este oscuro lugar!

Damaris se apresuró a darle las gracias a Fitzroger y corrió hacia su coche, donde esperaba un mozo listo para abrirle la puerta. Cuando llegó a la puerta, se le acercó la camarera corpulenta y le puso otra jarra de sidra con especias en la mano.

—Ha sufrido una conmoción, señorita. El caballero dijo que aceptara esto. Está todo pagado.

Damaris tuvo la idea de rechazarla, pero todos estaban impacientes por ponerse en marcha. Subió, tratando de no derramar la bebida. No bien el mozo hubo cerrado la puerta, Genova le preguntó:

—¿Qué ha pasado?

—Me resbalé. ¿Podrías tenerme esto un momento?

Genova cogió la jarra, lo que estuvo muy bien, porque en ese momento el coche se puso en marcha y el brusco movimiento la hizo caer sentada en el asiento.

—¿No te dieron una antes? —preguntó Genova—. Está buena.

Después de todo, Damaris se sentía consternada por lo que podría haber ocurrido. Podría haberse caído en el agua fría, golpeado la cabeza, quebrado un hueso. Incluso en esa caída podría haberse hecho mucho daño. Cogió la jarra y bebió un poco, pero al instante la apartó haciendo un mal gesto.

—Aj, está aún más dulce que la otra. —Probó a beber otro sorbo, pero no lo soportó.

—¿No te gusta lo dulce? —preguntó Genova, en tono sorprendido.

Damaris pensó en el vinagre y suspiró.

—No, la verdad. ¿Te apetece beber esto?

—Si estás segura. —Genova cogió la jarra y bebió, al parecer con gusto—. Bebí de la de Ashart, lo cual es muy romántico, sin duda, pero él se bebió la mayor parte.

—Puedes bebértelo todo. En realidad, yo voy a tomar un poco de coñac.

De uno de los armarios camuflados sacó un botellín plateado y vertió un poco de coñac en el tapón que servía de vaso. Sólo había bebido coñac mezclado con agua caliente con fines medicinales, pero al parecer a los caballeros les gustaba.

El primer trago la hizo soltar una exclamación, pero pronto lo sintió maravillosamente cálido.

—Ah, esto me ha hecho sentir mejor. ¿Por qué no ponerle un poco a la sidra?

—Eso, ¿por qué no? —dijo Genova, acercando la jarra—. Esto se ha enfriado y ya no sabe tan bien. ¿Te resbalaste? ¿Te hiciste daño?

Damaris bebió otro sorbo de coñac.

—Un moretón o dos, supongo. Es curioso, todavía no sé el nombre de este lugar.

—Pickmanwell*.

Damaris se echó a reír.

—¿Es un mensaje para mí? ¿Que elija al hombre correcto?

—Una lección para todas —convino Genova, haciendo un guiño por encima del borde de la jarra. La echó hacia atrás y se la bebió entera; luego se limpió unos trocitos de hierba de los labios—. La han debido sacar del fondo de la olla en que

---

* En castellano significa *elige al hombre correcto*. (N. de la T.)

la prepararon. De todos modos me ha sentado bien. Ya casi hemos llegado.

Damaris se rió, sarcástica.

—Es extraño que haga ilusión llegar a Cheynings.

Comprendiendo que eso no había sido diplomático, se decidió por el silencio y por beber coñac.

Tal vez fue el coñac el que la hizo caer en sueños fantasiosos. Se vio raptada por un bandolero enmascarado, raptada por corsarios en alta mar, por indios pintados para la guerra en un bosque canadiense. En cada situación, llegaba Fitzroger a rescatarla, luchaba rápido y diestro, hasta que ponía un pie en el pecho del villano, tocándole el cuello con la punta de su espada, y le preguntaba a ella qué quería que hiciera con ese hombre.

Muerte o misericordia...

—Espero que me acepten los criados de Cheynings.

Sobresaltada, Damaris salió de sus fantasías y miró a Genova.

—Por supuesto que te aceptarán. Pronto serás su señora.

—Los criados antiguos pueden ser crueles, y Ashart pinta un cuadro bastante lúgubre de la casa. Creo que el pobre tiene miedo de que sólo aguante un día y de que huya. Pero no puede ser tan terrible.

Damaris no supo qué decir, porque en realidad podría serlo.

Simplemente mantener una casa como Cheynings hacía necesaria una fortuna, lo cual explicaba sin duda por qué estaba en tan malas condiciones y tan necesitada de comodidades. Sólo las velas para iluminar y la leña o el carbón para los hogares de esa casa podían ascender a sumas horrendas, y eso sin contar con reparar el techo o reemplazar el yeso deteriorado y las vigas y maderas podridas.

Durante decenios todos los ingresos de las propiedades Trayce no habían ido a pasar al mantenimiento y cuidado de las casas sino a ostentar en la corte, a coches dorados, escoltas y botones de diamantes. Todo a causa de la resolución de la viuda de que la familia Trayce fuera la más grandiosa del país y superara en brillo y finalmente aplastara a los Malloren.

Buscó una verdad agradable.

—Es una casa hermosa, de bellas proporciones y detalles, y al parecer los criados han estado ahí desde siempre.

—Por lo tanto son leales a la viuda, puesto que ella ha estado allí desde siempre también.

—Tan pronto como te cases puedes contratar y despedir a quien quieras.

—Ah, no podría hacer eso.

Damaris frunció el ceño, pensando que, a pesar de todas sus aventuras, Genova tal vez no tendría la suficiente frialdad y el temple necesario para tratar con lady Ashart viuda. Al fin y al cabo la anciana había usado como arma al novio muerto de lady Thalia en una disputa sin importancia.

Le pareció presuntuoso darle consejo, siendo ella más joven y habiendo llevado una vida más limitada, pero lo hizo de todos modos:

—Si logras hacer entender a los criados que pronto serás su señora, con poder sobre ellos, y les dejas claro que vas a usar tu autoridad, es posible que vean la sabiduría de trasladar a ti su lealtad.

Genova pareció sobresaltada, y Damaris pensó que oiría otro «No podría hacer eso», pero entonces Genova asintió.

—En los barcos de mi padre siempre había orden, porque la tripulación sabía que él actuaría si era necesario. De vez en cuando tenía que hacerlo, y eso les servía de recordatorio.

Dado que eso probablemente había significado azotarlos, hacerlos pasar por debajo de la quilla e incluso colgarlos, tal vez Genova sí sería una digna contendiente de la viuda después de todo. Y en ese momento con la mirada fija, seria, parecía un capitán de navío planeando la estrategia para la batalla.

Damaris dejó volver las fantasías a su mente influida por el coñac. Fitzroger cabalgando para ir a rescatarla, sus cabellos volando al viento. Él saltando de su caballo para luchar con el indio, para batirse a duelo con el corsario, para matar de un disparo al bandolero.

Porque, aaay, una dama no puede vivir sin un héroe a su lado.

Las palabras de Genova habían sembrado una semilla en el fondo de su mente. Si un lord podía casarse a su antojo, ¿por qué no podía una dama rica comprar al hombre que le conviniera, fuera el que fuera?

Al instante su imaginación creó cuadros de ella y Fitzroger casados. ¿Qué tipo de vida llevarían? Con su dinero, esa vida podía ser la que quisieran.

Señor y señora de una casa como Rothgar Abbey.

No, demasiado grandiosa.

¿Una casa solariega en el campo como Thornfield?

Demasiado remota.

¿Una casa en una ciudad como en la que ella se crió? Se estremeció, pero se dijo que la casa Birch podría haber sido un hogar agradable y cómodo. Sabía de cierto que jamás volvería a vivir allí por elección propia, pero algo similar..., no, un poco mejor, en Londres. El señor y la señora Fitzroger, en el corazón del mundo rutilante.

Pero entonces, como un gusano en una manzana, entró el recuerdo de que Fitzroger estaba rodeado por el escándalo. Incluso Rothgar se lo había advertido. Antes de entregarse a esas fantasías, debía decubrir cuál era el secreto de aquel hombre.

El coche inició un cuidadoso viraje para pasar por entre dos pilares de piedra.

—Por fin —dijo, contenta por haber sido rescatada de sus liosos pensamientos.

Se subió la capa a los hombros y se la abrochó. Lo más probable era que lady Thalia supiera la verdad, y Genova se la preguntaría. Entonces sabría qué terreno pisaba. El hecho de que tal vez fuera preferible no saberla no tenía nada que ver con eso. No volvería a hacer el ridículo.

—Hemos llegado —dijo, con resuelta alegría, volviéndose a mirar a Genova.

Pero Genova estaba con una mano apoyada en el pecho y al parecer tenía dificultades para respirar.

—No te preocupes —le dijo, asombrada—. Ashart te defenderá del dragón.

—Lo sé. Lo siento, nunca me había sentido así. Nervios de acero, dice mi padre, y aquí estoy, con un ataque de nervios. Esto no irá bien. Tal vez... ¿coñac?

Damaris se apresuró a sacar el botellín plateado y sirvió un poco. Genova cogió el pequeño vaso, pero le temblaba tanto la mano que no logró sostenerlo. Damaris se la cogió y le llevó el vaso a los labios, pero el coñac le cayó por el mentón.

—L-o s-iento. Debes pensar que soy una tonta.

—No, de ninguna manera. La viuda es capaz de hacer temblar a Hércules. —Pero ya se estaba alarmando—. Prueba a beber otro sorbo.

Esta vez le afirmó la mano y la cabeza y logró hacerla tragar un poco, pero entonces Genova le apartó débilmente la mano.

—C-reo qu-e no me hace bien. —Volvió a ponerse la mano en el pecho—. El corazón. Late muy rápido. Demasiado rápido.

Ya le temblaba todo el cuerpo, como si el coche fuera saltando por encima de duros surcos, y Damaris oyó que le castañeteaban los dientes. Le arrebujó la capa forrada en piel de conejo.

—No tardaremos mucho. El camino de entrada es bastante corto.

¿Debería pedir ayuda? Pero ¿qué podría hacer alguien aparte de llegar a la casa, lo que ya estaban haciendo? Genova no querría que su primera presentación se viera rodeada de alarma y debilidad.

—Trata de respirar profundo —le ordenó.

—No puedo. ¡No puedo!

Genova la estaba mirando a los ojos en silenciosa y angustiada súplica.

Damaris vio que tenía el botellín de coñac en la mano y bebió un sorbo. Se atragantó, pero se le despejó la mente. Bajó el cristal de la ventana, rogando que la ráfaga de aire frío fuera beneficiosa. Ya estaban casi delante de la casa, gracias a Dios.

—¡Fitzroger! —gritó.

—Aquí estoy —gritó él.

—¡Genova está enferma!

Él acercó el caballo y se inclinó a mirar.

—¿Qué le pasa? ¿Una fiebre?

—No creo que sea eso. Creo que es pánico.

—¿Genova?

—Cualquiera puede tener un ataque de nervios. Hay que entrarla en la casa y meterla en una cama bien abrigada, pero a ser posible sin que nadie se entere.

—Se lo diré a Ash.

9

Cuando Fitz se alejó, Damaris se volvió hacia Genova y se asustó de verdad. Su respiración era agitada, entrecortada, y demasiado superficial para sustentar la vida. Estaba fláccida y tenía los ojos solamente medio abiertos. Estaba muy pálida.

Le tocó la frente y la encontró sudorosa, aun cuando el interior del coche ya estaba frío. Se apresuró a cerrar la ventana.

Se abrió la otra puerta, con el coche todavía en movimiento, y subió Ashart. Damaris se cambió al asiento de enfrente.

—¡Fitz! —gritó Ashart—, ¡ordena que vayan a buscar a un médico! —Cerró la puerta y cogió a Genova en sus brazos—. Genni, cariño, ¿qué te pasa?

Genova lo miró, pero sólo logró decir:

—Lo siento...

—Al diablo el lo siento. Venga, Genni...

Empezó a besarle la cara, a acariciarle el pelo, como si pudiera sanarla sólo con su amor y caricias.

Damaris desvió la vista, sintiéndose como si se encontrara en una cama de matrimonio. Una mano le cogió el brazo y entonces cayó en la cuenta de que el coche estaba detenido y que Fitzroger la instaba a bajar. Bajó de inmediato, arrebujándose la capa, pero se estremeció de todos modos, ya fuera por el frío, la conmoción, o las dos cosas.

—No creo que sólo sean nervios —dijo.

—Yo tampoco. ¿Comió o bebió algo en Pickmanwell?

—La sidra con especias. Pero todos bebieron algo. Tú, yo.

—Sí. —La empujó hacia la casa—. Entra, yo ayudaré a Ash.

Fitz volvió corriendo al coche.

Damaris se subió el capuchón. También le castañeteaban los dientes. Cheynings no les ofreció ninguna bienvenida; elevado ante los coches recién llegados como una mole negra, la puerta con pórtico estaba iluminada por una sola antorcha parpadeante.

Los coches en que venían los criados debieron ir directamente a la parte de atrás de la casa. El coche dorado estaba delante de la escalinata. La viuda ya había bajado e iba caminando hacia la casa sin mirar atrás. Lady Thalia iba detrás, parloteando. ¿Habría parloteado todo el camino? Muy probable; la viuda parecía sentirse acosada.

Estaba claro que ninguna de las ancianas se habían enterado todavía del problema de Genova.

Damaris miró hacia atrás y vio a Fitzroger ayudando a Ashart a sacar a Genova del coche. Corrió hacia ellos, pero no podía hacer nada. Genova respiraba con cortos resuellos y estaba fláccida, como muerta.

Eso no tenía ningún viso de pánico. Parecía más bien «veneno».

Todas sus partículas de sentido común combatieron esa idea. ¿Cómo podía ser veneno si sólo Genova estaba afectada?

Entonces recordó la jarra de sidra. ¿Podría haberse concentrado algo en el fondo? Las hierbas podían ser potentes. Incluso la nuez moscada podía producir ataques si se consumía en mucha cantidad. Sabía de esas cosas porque en Worksop solía ayudar al doctor Telford en su botica.

Pasó Ashart por su lado, llevando a Genova en los brazos. Ella corrió a ayudar a Fitzroger a sacar los bolsos de viaje del coche, y a buscar la jarra.

—Tiene que haber sido esa última jarra de sidra —susurró, cogiendo la jarra del suelo.

Metió la mano y tocó lo que había en el fondo. Sacó un poco con el dedo enguantado y lo probó.

Fitzroger le golpeó la mano apartándosela de la boca.

—¿Estás loca?

—Si hay algo malo en esto, no actúa así. No estoy sufriendo ningún efecto y bebí un poco antes de dársela a Genova.

La mirada sobresaltada de él le indicó lo que eso le parecía.

—Yo no...

—No hables de eso aquí.

El cochero y un mozo estaban cerca, conversando entre ellos, pero ella necesitaba explicarse.

—Si es veneno, tenemos que saber qué es —susurró.

—Aquí no —repitió él, cogiendo los dos bolsos con una mano—. Vamos—. Mientras subían los peldaños de piedra, le preguntó—: ¿De dónde cogiste esa jarra? Dijiste que la que te di se cayó al río.

—Sí. Una criada me dio otra justo cuando iba subiendo al coche. Dijo que la enviaba un caballero. Creo que supuse que eras tú. Seguía estremecida.

—¿No te la bebiste?

—Estaba demasiado dulce —dijo, detestando estúpidamente reconocer eso.

—Ah, sí, te vi tirar la primera.

Ella lo miró. Habían llegado a la puerta.

—¿Cómo?

—Dio la casualidad que estaba mirando en esa dirección.

—O sea, que no me habrías enviado otra.

—No tuve tiempo —observó él.

—Entonces, ¿alguien trató de hacerme daño?

—No —dijo él—. No temas. Te aseguro que tú no tienes nada que temer.

La hizo pasar por la puerta y esta se cerró con un fuerte golpe. Esas palabras deberían tranquilizarla, pero había notado el ligero énfasis en el «tú». ¿Ella no tenía nada que temer, pero otra persona sí?

¿Genova? ¿Quién podría haber querido hacerle daño a Genova?

¿La viuda, todavía decidida a que su nieto se casara con una fortuna?

¿O ella, por un ataque de celos? Seguro que nadie, y mucho menos Fitzroger, podría imaginarse eso. ¿O sí?

Se estremeció, pero sólo por el frío y la conmoción. En cuanto al frío, estar dentro de la casa Cheynings no era mejor que estar fuera. Había cuatro velas para usar, pero dado que sólo estaba encendida una, poco hacía para iluminar la oscuridad y menos para calentar el ambiente. El inmenso hogar de mármol no estaba encendido, y el suelo de baldosas negras y blancas sólo hacía que aumentara la sensación de frío. Ahí no se ponían ramitas verdes ni bayas para celebrar Navidad, y un olor a pudrición húmeda lo impregnaba todo.

Ah, sí que recordaba esa lóbrega casa. Y cuando la visitó, en otoño, algo habían hecho para darle la bienvenida, para inducirla a poner su fortuna en ese pozo de intensa necesidad.

Ashart, Genova, la viuda y lady Thalia ya habían desaparecido, pero la robusta ama de llaves de cara severa, la señora Knightly, según recordaba, estaba esperando para atenderlos. Detrás de ella estaban tres criadas, con expresión cansina en sus macilentas caras.

—¿Han llevado arriba a la señorita Smith? —preguntó Fitzroger.

—A la habitación de su señoría —contestó el ama de llaves por entre sus labios fruncidos.

—Sin duda esa debe ser la única que está caliente y bien ventilada. Se le avisó con un día de antelación, señora Knightly.

—Lo que no puede combatir un siglo de desuso, señor. ¿Supongo que han ido a buscar al doctor?

—Sí. ¿Hay alguien aquí que tenga dotes curativas?

—Sólo para las cosas leves, señor, pero ¿qué le pasa a la dama? ¿Bebida, tal vez?

—Por supuesto que no —repuso Fitzroger, en un tono que podría haber dejado congelada a la mujer—. Acompañe a la señorita Myddleton a su habitación.

Acto seguido le pasó los bolsos a las criadas, encendió una vela más y echó a correr escalera arriba.

Damaris se lo quedó mirando un instante, luego abandonó el comportamiento educado y echó a correr detrás de él, tratando de recordar la disposición de la casa. Siguiendo el brillo de la vela de Fitzroger, llegó a lo alto de la escalera, pasó por la antesala, llegó al espacio sin puertas llamado Salón Real y girando a la derecha pasó bajo un arco por el que se entraba en el ala este.

Lo siguió por un corto corredor y entró en una lúgubre antesala, recordando que era la primera de un buen número de habitaciones que formaban los aposentos del marqués. Las habitaciones estaban dispuestas al estilo antiguo, en hilera; de una se pasaba a la otra, y esa, en concreto, fue en otro tiempo el cuarto de la guardia, para proteger los aposentos particulares del poderoso señor.

Fitzroger ya estaba en la otra, pero iba dejando las puertas abiertas, ya fuera por la prisa o porque sabía que ella lo iba siguiendo. Entró detrás de él en el salón, llamado Salón de Caza, por los cuadros de caza que colgaban en las paredes. Ahí ardía un modesto fuego en el hogar, así que cerró la puerta y corriendo llegó por fin al grandioso dormitorio que hacía esquina.

También cerró esa puerta.

El lujo de esa habitación era escandaloso en esa inhóspita casa. Rugía el fuego en el hogar y una mullida alfombra cubría todo el suelo. Las velas de un candelabro de tres brazos arrojaban luz sobre la ventana y las cortinas de la cama de brocado dorado adornado con el blasón de Ashart. Las paredes estaban recubiertas de papel pintado de China.

Genova estaba metida en la inmensa cama, pálida como la cera y respirando con dificultad; sus inspiraciones eran muy superficiales. No le gustó nada su aspecto. Deseó que estuviera el doctor Telford ahí. Ella no tenía ninguna formación, sólo la experiencia que había adquirido ayudándolo.

Ashart estaba sentado en la cama, sosteniendo a Genova, todavía tratando, desesperado, de reanimarla con caricias. Lady Thalia revoloteaba alrededor, retorciéndose sus frágiles manos, revelando en su cara cada uno de sus años. Su doncella francesa de edad madura estaba pasando las cuentas de un rosario. Fitzroger se hallaba a los pies de la cama, sin expresión, como una estatua rígida.

Damaris comprendió que ella era la única extraña allí, pero no podía quedarse atrás.

—¿Le han quitado el corsé? —se atrevió a preguntar, dejando su capa en un sillón y la jarra en una mesa.

—Cortado —contestó Ashart, sin dejar de mirar a Genova, como si pudiera mantenerla viva sólo con su voluntad.

No teniendo nada más que decir, puesto que no se le ocurría ninguna sugerencia práctica, Damaris cogió la jarra, se colocó de espaldas a los demás y volvió a probar las hojas de hierba del poso. Detectó nuez moscada, canela y clavo de olor. Miel. Aguardiente o coñac.

Y algo más.

Se miró el dedo y vio manchas oscuras. Podían ser de alguna hierba inocente, mejorana, corazoncillo, tal vez incluso matricaria. Pero ¿qué hacía eso en una sidra condimentada con especias?

—¿Bien? —preguntó en voz baja Fitzroger, que se había puesto a su lado.

Ella negó con la cabeza.

—Nada que yo sepa contrarrestar.

Él hizo lo mismo que ella, probó el residuo y luego también negó con la cabeza. A ella se le confirmaron las sospechas. Fuera lo que fuera, Octavius Fitzroger no era un parásito ocioso. Había estado tenso y nervioso todo el día como si temiera un peligro, y ningún hombre corriente se creería capaz de detectar hierbas nocivas.

¿De qué demonios iba todo aquello?

Deseó que llegara el doctor, pero no tenía idea de a qué distancia vivía, eso en el caso de que el mensajero lo encontrara en casa. El reloj indicaba que eran casi las cinco, y a esa hora igual estaba visitando a otros enfermos.

Miró hacia Genova, sintiéndose impotente, y entonces vio a la pobre lady Thalia. Por lo menos podía atenderla a ella. Se acercó a la anciana y la llevó a sentarse en un sillón junto al hogar. La doncella corrió a ayudarla.

—Necesita un chal grueso y té dulce con coñac —sugirió Damaris, sin saber si la criada obedecería una orden de ella.

—Henri —ordenó Fitzroger, abriendo el arcón que había a los pies de la cama—, ve a ayudar a Regeanne a traer el té.

Damaris no había visto al otro criado, un hombre delgado, de pelo empolvado y expresión alarmada. El ayuda de cámara de Ashart, supuso.

—Inmediatamente, milord —dijo Henri.

Él y la doncella desaparecieron por una puerta del rincón que no se distinguía porque parecía otro panel más. Tenía que haber una escalera que ofrecía servicio privado al señor de Cheynings.

Fitzroger llevó la manta que sacó del arcón y la ayudó a envolver en ella a la anciana.

—Yo estoy muy bien, queridos —dijo lady Thalia, aunque no lo parecía—. Qué disgusto. —Y añadió en voz más baja y temblorosa—. Su madre murió de repente. En medio del mar. Una especie de ruptura interna.

—Estoy segura de que esto no es lo mismo —la tranquilizó Damaris, deseando que fuera cierto—. Le dolería.

Fitzroger volvió a la cama.

—Genova, ¿sientes dolor?

Damaris se giró a mirar y vio que Genova negaba débilmente con la cabeza. Estaba algo consciente, por lo menos, y no sentía ya tanto dolor. Ya no había nada más que pudiera hacer por la anciana, y se le ocurrió una idea. Té dulce para la conmoción. Se armó de valor y volvió a acercarse a la cama.

—Vete —gruñó Ashart.

—¡Esto no es obra mía!

—¿De quién, entonces?

—No lo sé.

Sin hacer caso del perro guardián, le cogió la fláccida muñeca a Genova y le tomó el pulso. Débil, y demasiado rápido. Pero no sentía dolor.

—Necesita que la sangren —dijo Ashart—. ¿Sabes hacerlo?

—No. —Titubeó, temiendo hacer el ridículo, pero al final dijo—: El azúcar va bien a veces en casos de palpitaciones...

Eso lo había visto una sola vez, ayudando al doctor Telford, pero no podía estar ahí sin hacer nada.

—¡Azúcar! —gritó Ashart, y volvió la atención a Genova.

—¡Yo tengo un poco! —exclamó lady Thalia, sacando los brazos de la manta. Hurgó en su bolso rosa de cordón y sacó una cajita—. ¡Roscas de albaricoque! —anunció, abriéndola—. Se hacen con mucho azúcar, ¿sabéis? Las llevé a la abadía para el querido Rothgar, porque le gustaban tanto cuando era niño, pero guardé unas pocas...

Damaris ya había cogido la caja de metal y probado una. Era dulce, pero lo mejor es que en el fondo de la caja había una capa de azúcar en polvo. Sacó las roscas, le abrió la boca a Genova y le espolvoreó el azúcar.

—Trata de tragártelo.

Genova movió las mandíbulas y luego sacó la lengua y se lamió los labios.

—Más —dijo Damaris, dejándole caer más azúcar en polvo en la boca.

Tenía el corazón acelerado y le temblaban las manos, porque no sabía si eso le haría bien. Quizá podría hacerle daño.

—Agua —ordenó, y pasado un instante Fitzroger presentó un vaso—. Hazla beber un poco —le dijo a Ashart, con toda su atención puesta en Genova, tomándole el pulso otra vez.

¿Estaba más uniforme, o sólo era su imaginación?

—Azúcar —gruñó Ashart, poniendo el vaso en los labios de Genova—. ¿Dónde está ese condenado doctor? Vamos, preciosa, bebe un poco, venga.

Genova abrió los labios y cuando él le vertió un poco de agua se la tragó. Damaris consideró que eso lo había hecho con bastante energía, y eso le dio más esperanzas. Le vació el resto del azúcar en polvo en la boca, y una vez que Genova bebió otro poco de agua, le metió una rosca de albaricoque.

—Chupa esto.

Acordándose de lady Thalia, metió las roscas en la caja y fue a devolvérsela. La anciana le sonrió.

—Eres una damita competente, ¿no? Pero creo que también necesitas un poco de dulzura.

Damaris se sintió herida, pensando que ese comentario se refería a su naturaleza avinagrada, pero entonces cayó en la cuenta de que sólo le había ofrecido azúcar para calmarle los nervios. Se echó una rosca a la boca y descubrió que le hacía bien. Se le calmó la mente, pero fue como si saliera de una neblina protectora.

¿Había sanado o hecho daño?

—Creo que está mejor —dijo Ashart—. Ven a verla.

Era una orden, pero Damaris obedeció. Por lo menos ahora él, después de eso, dejaría de creer que era una asesina. Sí, el pulso era más lento. Entonces Genova abrió un poco los ojos.

—Estoy mejor —dijo, con voz débil, pero clara—. Mucho mejor. No me late tan rápido el corazón. Creí que me iba a estallar. —Miró a Damaris—. Gracias, amiga mía.

A Damaris se le agolparon lágrimas en los ojos.

—No ha sido nada —dijo—. Pero ¿qué...?

Un fuerte apretón en la mano la interrumpió. Se dejó llevar por Fitzroger hacia el hogar.

—Este no es el momento para hablar de por qués ni de cómos —le dijo él en voz baja.

¿Cuándo entonces?, pensó ella, pero se le estaba acabando la energía.

—¡Ah, el té! —exclamó lady Thalia.

Y sí, Damaris vio que acababa de entrar la doncella con el servicio de té en una enorme bandeja. Detrás venía el ayuda de cámara con una tetera de plata sobre su soporte, y una expresión que decía que hacer ese trabajo era rebajarse.

Fitzroger la llevó hacia el sillón de enfrente del que ocupaba lady Thalia y la verdad es que ella prácticamente cayó sentada. No podía creer que se hubiera arriesgado tanto. El doctor Telford siempre le decía que incluso las hierbas y los remedios más comunes podían ser peligrosos cuando la situación no requería eso. Si Genova no hubiera mejorado, si se hubiera muerto, todos la habrían culpado a ella.

Vio el azucarero en la bandeja y miró a Genova, pero le pareció totalmente recuperada. Un poco de té dulce completaría la cura.

Tal vez fue el alivio el que le hizo empezar a tiritar. Se cogió fuertemente las manos, a ver si conseguía tenerlas quietas. Si supiera encontrar su habitación, podría pedir disculpas para ir a esconderse en ella.

—Dejadlo todo aquí —dijo en ese momento lady Thalia, indicando la mesita que estaba a un lado de ella—. Una tetera preparada en la cocina habría bastado, seguro, pero yo lo prepararé. Regeanne, como ves, ya pasó la crisis, así que bien podrías ir a ver dónde voy a dormir y asegurarte de que la cama esté oreada.

—Aquí —dijo Ashart, todavía sentado en la cama como si estuviera pegado con cola—, con Genova. Sin duda esta es la habitación más confortable. Henri, Regeanne, podéis marcharos.

Lady Thalia abrió la caja de té de madera. Mejor dicho, intentó abrirla.

—Vaya, esto sí que es bueno. ¡Está cerrada con llave! ¿Es que tenemos que ir a suplicarle a Sophia que nos deje la llave?

—Haz algo, Fitz —dijo Ash.

Damaris miró a Fitzroger.

—Guau —dijo él, sonriendo travieso.

Pero sacó del bolsillo una especie de manojo de cuchillitas muy finas, fue metiéndolas en la cerradura y, pasados unos instantes, abrió la tapa. Lady Thalia se puso a preparar el té como si aquello no fuera nada extraordinario, pero Damaris lo miró fijamente.

—Ahora sé que no debo intentar ocultarle a usted nada que tenga cerradura y llave, señor.

—¿Y por qué habría de desear ocultar algo de mí, señorita Myddleton?

¿Él también parecía sospechar de ella?

—¡Porque una dama debe tener sus secretos! —declaró lady Thalia, sacando una cucharadita de té; lo olió—. Esto no es de la mejor calidad, Ashart.

—Seguro que tienes razón. Ya lo solucionaré todo. Por el momento, lo único importante es que parece que Genova está a salvo.

Eso era cierto, pero cuando Ashart paseó la vista por la habitación, tal vez por primera vez, Damaris tuvo la impresión de que seguía sospechando de ella. Le entraron ganas de llorar, lo cual demostraba que estaba rara; no era ella misma.

Fuera cual fuera su calidad, un té caliente le iría bien. Cuando Fitzroger le pasó una taza, ya habían dejado de temblarle las manos, así que no quedó en evidencia. Él le había añadido un poco de coñac, y eso no le hizo ningún daño tampoco. Después de la primera taza se le calmaron los nervios. Después de la segunda ya no sentía la menor tensión.

Genova estaba sentada afirmándose sola, bebiendo té y conversando con Ashart como si no hubiera ocurrido nada. Pero sí que había ocurrido algo.

Pasado el pánico, le parecía más sensato considerar el episodio un ataque de nervios, que se le pasó con el azúcar, pero ella no podía quitarse de la cabeza la idea del veneno. Fitzroger no la había descartado, y sí que había algo raro en esa jarra.

¿Qué hierbas podrían tener ese efecto?

No se le ocurría ninguna, pero ella no era una experta.

Si había algo que indicara que podía ser un veneno, ¿por qué Fitzroger no quería hablar de eso, ni siquiera en ese momento? Detestó considerar la posibilidad, pero ¿podría haber sido él el responsable?

No. Tal como dijera él, no tuvo tiempo. Había estado con ella, cuidando de ella mientras el hipotético villano echaba algo en la sidra y le ordenaba a la criada que se la diera a ella.

Decididamente alguien tenía que hacerse cargo de hablar con aquella criada.

Y probar el efecto de las hierbas que quedaban en el poso de la jarra. En una rata o un ratón, por ejemplo. No le cabía duda de que en Cheynings había ratas y ratones de sobra.

¿De veras Fitzroger había dado a entender que alguien estaba en peligro y que él sabía quién era? Eso la llevó nuevamente a la idea de que alguien quiso hacerle daño a Genova. Parecía imposible.

Los piratas bereberes, pensó, consciente de que se le estaba descontrolando la mente con el coñac. Genova mató al capitán de esos piratas. Sus leales seguidores habían cruzado el océano para llevar a cabo su terrible venganza...

Despertó cuando se sintió levantada en brazos. En los brazos de Fitzroger.

—Ah, no. Estoy muy bien.

—Te has quedado dormida. Te voy a llevar a la cama.

Damaris pensó que debía volver a protestar, pero los ojos se le cerraron solos. Logró balbucir algo sobre que era muy temprano para irse a la cama.

—Has pasado por la conmoción de unos días difíciles, y ahora esto. Están pasando nuevamente un calentador por tu cama. No tardará en estar lista. Genova ya está en pie y bien, así que puedes ocupar su lugar en la cama de Ash.

—Qué indecente —musitó ella.

Mientras él la depositaba en la cama, oyó la risa en su voz al decir:

—Que tengas sueños traviesos, entonces.

Damaris pensó que debía insistir en hablar del veneno, pero realmente era demasiado esfuerzo. Ya dormía cuando sonaron las argollas de las cortinas al cerrarse alrededor de la cama.

Cuando la cama de Damaris estuvo lista en una habitación del ala oeste, Fitz la llevó allí y la dejó al cuidado de su doncella. Ash le había dicho que deseaba hablar con él en el despacho particular del marqués, llamado Biblioteca Pequeña, que comunicaba con su dormitorio.

Ya de vuelta, se detuvo en el salón real, con lo frío que estaba, para pensar. Estaba a punto de enfrentarse a preguntas que lo pondrían en una situación difícil. Deseaba decirle la verdad a Ash, pero había dado su palabra de mantener en secreto la amenaza de asesinato que pesaba sobre él, y no estaba seguro de si había un buen motivo para faltar a su palabra.

No, no lo había. El incidente de Genova bien podría tener una explicación sencilla. Tomada la decisión, continuó caminando y entró en la biblioteca pequeña por la puerta de enfrente a la que daba al dormitorio.

Esa sala tendría que haber sido el despacho particular del marqués, similar al que usaba Rothgar para asuntos de peso. Pero los últimos cuatro marqueses de Ashart habían tenido tan poco interés en sus propiedades que se había convertido en una sala de estar dominada por asientos cómodos. Un escritorio seguía rindiendo homenaje a la idea de los asuntos serios, pero estaba en un rincón, desplazado en favor de una ornamentada mesa para jugar a las cartas.

Ash, que había estado contemplando el fuego, se giró a mirarlo.

—Si no te importa ocuparé tu dormitorio.

No era una petición. Más allá de esa sala había un dormitorio, y en las dos ocasiones que él acompañó a Ash a esa casa durmió allí. Ash deseaba estar cerca de Genova, lo que él entendía muy bien.

—Por supuesto. ¿Dónde puedo dormir?

—Ocupa la habitación preparada para Thalia. La de la esquina del ala oeste.

—Contigua a la de la señorita Myddleton.

Ash enarcó una ceja.

—¿Temes por tu virtud?

—Tendré una pistola debajo de la almohada —repuso Fitz, sarcástico—. Pero esta noche no importará. Voy a volver a Pickmanwell a aclarar ciertas cosas.

Ash, que hasta ese momento había sabido controlar la tensión, en ese instante saltó.

—¿Qué demonios pasa, Fitz? ¿Qué es lo que ha causado eso?

—¿Nervios? —sugirió Fitz, detestando la necesidad de ser evasivo.

—¿Genova?

—He visto ataques de pánico similares, incluso en hombres valientes.

Ash comenzó a pasearse.

—¿Simplemente por llegar a Cheynings? —Se detuvo y lo miró con los ojos entrecerrados—. Os vi a ti y a Damaris Myddleton inclinados sobre esa jarra. ¿Había algo malo en la sidra? Todos la bebimos.

Eso era algo que podía contestar con sinceridad.

—No lo sé, no tengo ni idea. Por eso voy a volver a Pickmanwell. Tal vez una olla estuviera contaminada y haya otros afectados.

—¿Contaminada con qué? Y si no, alguien trató de envenenar a Genova, y la persona más probable es Damaris Myddleton.

—No seas ridículo. ¿Para qué iba a hacer una cosa así?

—¿Por qué esperar un motivo de una mujer como ella?

—¿Una mujer como quién?

—Demonios, ¡me perseguía como un perro de caza!

—La viuda te entregó a ella en bandeja. Es lógico que quisiera un bocado —dijo Fitz, procurando dominar su genio—. Eso es ridículo. Acaba de salvarle la vida a Genova.

—Tal vez ese fuera su plan. Provocar la alarma y ser la heroína.

—¡Vamos, por el amor de Dios! Escucha, deja de lado esto hasta que yo vuelva con información.

Ash se paseó otro poco por la sala y volvió a detenerse a mirarlo.

—Muy bien, pero si pusieron algo en esa jarra, ¿qué otra persona tuvo una oportunidad mejor? ¿Qué otra persona pudo haber sabido que sólo la bebería Genova?

Excelentes preguntas.

—Las respuestas están en Pickmanwell, así que me voy.

Ash miró el reloj.

—Ya son pasadas las seis y hace un frío horroroso.

—Hay luna, y cuanto antes me vaya mejor.

—Has saltado a la acción, amigo mío.

Eso era lo que había temido Fitz, que Ash pudiera tener sospechas. Lo sabía todo acerca de su trabajo de guardaespaldas; lo único que no sabía era que en esta ocasión él era el custodiado.

—Me gusta poner en práctica mis habilidades —dijo en tono despreocupado, y decidió apostar fuerte—. Ahora bien, si prefieres que no...

—No, no. Sólo encuentro extraño ver hacerse real lo teórico ante mis ojos. El viejo caballo de guerra llamado de nuevo a la batalla.

—¿Viejo?

Ash se echó a reír.

—Muy bien, el joven semental. ¿Volverás esta noche?

—Las averiguaciones en Pickmanwell podrían llevar cierto tiempo, así que mis envejecidos huesos bien podrían descansar allí. Pero creo que volveré con las primeras luces del alba.

—Gracias —dijo Ash, tendiéndole la mano.

No tenían la costumbre de estrecharse las manos. Fitz comprendió que ese era un gesto de paz por la discusión anterior. Le estrechó la mano también.

—Pero lo lamento —dijo Ash—. Por llamarte de vuelta a la acción. Tengo la impresión de que preferirías dejar atrás esas cosas.

Fitz cogió la jarra.

—Eso es cierto. Ese tipo de trabajo hace que veas demonios en todos los rincones y nunca te deja dormir con los ojos bien cerrados. Y además, hubo ocasiones en que trabajé para mantener vivo a alguien que habría preferido ver muerto. Pero con esta tarea no tengo ningún problema. —Fue hasta la puerta y allí se volvió—. Procura no sospechar de Damaris. Ella no es el villano que buscas.

—No le tomes cariño, Fitz. No quiero verte sufrir; ella ha calculado su valor hasta el último penique. Comprará el título más elevado posible.

—Como debe ser, mientras el hombre sea honrado y la quiera. No te preocupes, no me voy a cortar el cuello por ella.

—Quiero verte feliz. Si pudiéramos hacer algo respecto a tu hermano...

Fitz escapó. Al cabo de veinte minutos ya estaba de vuelta en el camino, habiendo dejado una rata del establo sufriendo síntomas similares a los de Genova. Como para calmar los nervios.

Maldición, condenación, el peligro era real. Romper esa ventana había sido la manera de detener al grupo con el fin de dar el veneno. Había estado alerta a esa posibilidad, pero probó la sidra y no vio ningún otro peligro.

Nada de excusas. Casi había muerto alguien a su cuidado. Jamás le había ocurrido antes.

Lo había considerado todo minuciosamente por si no era necesario alejarse de la casa, pero lo era; tenía que hacer esas averiguaciones. Puso a dos de los criados de Rothgar a patrullar los alrededores de la casa toda la noche. No creía que el villano tratara de entrar en Cheynings, pero puesto que no tenía idea de quién podría tratarse, no podía correr ningún riesgo.

Pero ¿por qué intentar matar a Genova?

¿Por ser la prometida de Ash?

Tenía que cabalgar con cautela porque los caminos estaban helados, y eso le daba tiempo para pensar bien las cosas.

Según Rothgar, el compromiso había aumentado el peligro, y el ataque calzaba con eso. La manera más rápida de poner fin a un compromiso es matando a un miembro de la pareja.

Pero ¿por qué era tan problemático ese compromiso? Ojalá le hubiera insistido más a Rothgar sobre ese punto. Si Ash tuviera un heredero, esa persona podría tener motivos para intentar matarlo, y uno poderoso para impedir que tuviera un hijo. Pero no lo tenía. Él era el último en la línea de sucesión.

Qui bono? ¿Quién se beneficiaba?

Maldita la necesidad de mantenerlo en secreto. Había sentido la tentación de enviar a un criado de Rothgar a Rothgar Abbey con la noticia del ataque, pero le enviaría un mensaje desde Pickmanwell.

Luego estaba Damaris. Estaba seguro de que ella no tenía nada que ver en eso, pero ¿cómo pudo el asesino saber que ella no se tomaría la sidra? Porque era muy dulce. El asesino también debió verla vaciar en el suelo la mayor parte de la bebida, y apostó a que ella se la daría a Genova. Pues vaya apuesta.

Las emociones le destrozaban el intento de ser lógico, porque Damaris podría haberse bebido esa sidra aunque no le gustara. Entonces habría sufrido los mismos síntomas, y puesto que ninguno de los demás tenía sus conocimientos y rápido ingenio, quizá ya estaría muerta.

Su reacción a eso le revelaba la verdad: se estaba enamorando de Damaris Myddleton.

Cuando la llevó de la cama de Ash a la de ella, el trayecto le pareció demasiado largo y demasiado corto al mismo tiempo. A la parpadeante luz de la vela que llevaba su doncella, su cara corriente se le hizo insoportablemente bella. El suave contorno de su mejilla, los oscuros arcos de sus cejas, sus labios ligeramente entreabiertos, exquisitamente hechos para ser besados.

Dormida, con todas las defensas bajas, se veía más joven y más vulnerable, y deseó quedarse con ella, protegerla, acostarse a su lado.

Lo peor de todo, condenación, era que ella podría estar interesada en él también. Haría lo que fuera antes de causarle sufrimiento.

Si se hubiera imaginado ese peligro, habría evitado esos juegos de coqueteo entre ellos. ¿Por qué no recordó que ella no tenía ninguna experiencia? Seguro que esa difícil situación iba a empeorar las cosas. Ella podría llegar a imaginarse que estaba enamorada de él. ¿Cómo fue lo que dijo Rothgar astutamente?

«Es la hija de un pirata y se inclina a alargar la mano para coger lo que desea.»

Se marcharía si pudiera. Continuaría cabalgando. Se dirigiría a Portsmouth en lugar de a Pickmanwell, y allí cogería un barco. El día anterior podría haberlo hecho, pero ahora no. No podía, después de la primera prueba de que el complot contra Ashart mostraba dientes afilados y letales.

10

Damaris despertó en medio de un sueño de un viaje turbulento. Abrió los ojos a una rancia oscuridad, pero la oscuridad se debía a las cortinas cerradas. Presentía que ya era de día, pero incluso bajo la tienda que formaba la cama, el aire que le daba en la nariz estaba frío como el hielo. Y húmedo. Humedad en el aire, humedad en las cortinas, humedad en las paredes.

Ah, Cheynings. Sí que recordaba bien esa casa.

Estaba acurrucada bajo las mantas subidas hasta lo más arriba que le permitía seguir respirando, y notaba la falta de un gorro de dormir que le abrigara la cabeza. Pensó si alguien habría encendido el fuego del hogar, pero supuso que no.

Algo la hizo pensar que esa era la misma habitación en que se alojó en su visita anterior. Aquella vez Maisie durmió con ella, pero en ese momento estaba sola en la cama. Tal vez Maisie había ido a buscar agua caliente para lavarse y a alguien que encendiera el fuego. Decidió quedarse donde estaba y sin perder esperanzas.

Ni siquiera recordaba cómo llegó a la cama...

Entonces recordó los acontecimientos del día anterior y se sentó. La mordió el frío, así que volvió a meterse debajo de las gruesas mantas. Pero deseaba levantarse ya, para ir a ver si había ocurrido alguna novedad. Si Genova estaba bien, si Fitzroger había descubierto el misterio.

Se incorporó lo suficiente para abrir las cortinas de un lado de la cama, y eso le costó una rociada de polvo. Las cortinas de la ventana estaban cerradas, pero por los bordes pasaba una débil luz.

—¿Maisie? —llamó. Luego gritó—: ¡Maisie!

Silencio.

Sí, tenía razón respecto al dormitorio. Lo llamaban Habitación Azul, pero las paredes eran de un sucio color gris. Aquella vez que estuvo de visita movió uno de los cuadros y descubrió que este ocultaba un trozo color azul aciano; entonces se le ocurrió que en algún momento Cheynings había muerto. Tal vez todo estaba relacionado con los hijos muertos de la viuda.

No era de naturaleza fantasiosa, pero metida bajo las mantas pensó si no habría una maldición sobre la casa de los Trayce. Gracias al cielo no iba a emparentar con esa familia ni con esa ruinosa casa.

Enterarse de lo que estaba ocurriendo significaba levantarse. Se le erizó la piel ante la idea de exponerse a ese aire frío, pero no era una florecilla delicada. En la casa Birch nunca había tenido encendido el fuego en el hogar, a no ser que estuviera enferma.

Vio su bata de lana marrón colgada sobre una rejilla delante del hogar sin fuego. Un buen trozo de suelo sin alfombra se extendía desde la cama hasta allí. Se armó de valor, bajó los pies, los metió en las zapatillas, pegó una carrera y cogió la bata.

Aunque era nueva y de lana gruesa, incluso envuelta en ella se estremeció. Fue hasta el mueble con la jofaina y vio que sólo había una delgada capa de hielo. Se acercó a la ventana y al apartar la cortina festoneada y abrir las persianas de maderos alabeados, descubrió que los paneles estaban empañados por una capa de hielo tan gruesa que ni con la uña logró hacer mella. ¡Tenía que hacer tanto frío dentro como fuera!

¡Ajá! Fue a abrir el ropero y se echó a reír, mareada de alivio, al ver su capa azul. No tardó un instante en estar envuelta en la cálida piel, con la capucha puesta. Metió las manos en el manguito, frotándoselas y sintiéndose mucho mejor.

Cheynings no la derrotaría.

Pero no podía salir a buscar a los demás mientras no estuviera bien vestida. Eso no habría sido ningún problema en la casa Birch, pero ahora sus ropas elegantes hacían que necesitara una doncella.

¿Qué hora sería? Miró el reloj de la repisa del hogar, pero estaba claro que no le daban cuerda a saber desde cuándo. Frustrada paseó la mirada por toda la habitación y entonces vio el arcón de leña junto al hogar. Lo abrió y sonrió. Yesca y dos leños gordos.

No tardó gran cosa en rastrillar la ceniza y poner la yesca y los leños. Paró un momento para volver a frotarse las manos y calentarse los dedos, y encendió el fuego. Sacó una llama con una cerilla de la caja de cerillas y pedernal y la acercó a la yesca. El fuego prendió. Milagrosamente, el tiro de la chimenea era decente y no escapaba mucho humo a la habitación.

Se frotó las manos para limpiárselas y volvió a meterlas en el manguito, casi ronroneando de satisfacción. ¡Qué tanta historia con Cheynings, marqueses y todo el mimado mundo aristocrático! Ella bien que era una rica heredera, pero sabía cuidar de sí misma.

¿Incluso en el peligro?, pensó, rememorando los acontecimientos del día anterior. No podía quitarse de la cabeza la idea de que algún criminal intentó matar a alguien con esa bebida.

Ah, tal vez ya estuviera todo aclarado. Cuanto antes se reuniera con los demás, en especial con Fitzroger, mejor.

Sintió abrirse la puerta detrás y se incorporó. Entró Maisie envuelta en dos chales. Detrás de ella entró otra criada bien envuelta, con un cubo lleno de leña.

—No debería haberse molestado con el fuego, señorita Damaris —dijo Maisie, como si eso hubiera sido un pecado—. Ella lo hará.

La otra criada corrió hasta el hogar. La falda le llegaba a las rodillas, dejando ver unas medias flojas bien remendadas, y tenía las manos rojas y agrietadas. La pobre mujer llenó el arcón de leña, atizó las brasas y volvió a salir casi corriendo.

—Entonces, ¿quiere ya el agua para lavarse, señorita?

Damaris se estremeció.

—No me voy a desvestir para lavarme mientras no esté caliente esta habitación. El desayuno, por favor, Maisie. ¿Y cómo está la señorita Smith?

—Creo que está bien, señorita. Un doctor vino a verla anoche, pero ya no lo necesitaba. Dicen que la viuda puso el grito en el cielo por el gasto.

—Una verdadera rácana. Espero que la vida de los criados no sea demasiado incómoda aquí.

—Sobreviviré —dijo Maisie, pero en tono de mártir, y salió.

Al poco rato volvió con la bandeja del desayuno y nada más entrar exclamó:

—¡Casi lo he tirado todo por el suelo! Un ratón me pasó corriendo por encima del pie allá abajo. ¡No soporto los ratones!

Damaris le ayudó a colocar la bandeja, y le dijo:

—Te criaste en una granja, Maisie. Tienes que estar acostumbrada a verlos.

—Teníamos gatos, señorita. Excelentes cazadores de ratones. Y mire —añadió apuntando hacia un rincón—, aquí también hay cacas de ratón. No dormiré pensando en eso.

Damaris lo dudaba, porque Maisie se quedaba dormida, y profundamente, en cualquier condición y circunstancia, pero de todos modos hizo unas cuantos sonidos consoladores.

—¿No quieres comer algo de esto? Es comida sencilla, pero hay más que suficiente.

—Gracias, señorita Damaris, muchísimas gracias —exclamó la doncella, cogiendo un trozo de pan con queso—. Pan de cebada y mantequilla. Eso es lo único que dan abajo, y son tacañas con la mantequilla. Y la cerveza es tan suave que estoy segura de que está aguada.

—Ah, lo siento. Compartirás mi desayuno todos los días. Además —añadió Damaris, inspirada—, insisto en que pases el mayor tiempo posible en esta habitación. Con un fuego decente, por supuesto. Seguro que mi ropa requiere muchos remiendos y arreglos.

Maisie se rió pero no protestó.

Cuando terminó de desayunar, Damaris estaba lista para vestirse, pero aunque la habitación ya estaba más caliente, se puso a toda prisa la ropa, eligiendo el traje de viaje. La gruesa falda y la chaquetilla acolchada era lo de más abrigo que tenía, pero aún así no le hacía ninguna ilusión atravesar esa inmensa casa.

Fue a la ventana a ver cómo estaba el día. La habitación se había calentado lo bastante para derretir algo el hielo de los cristales y logró dejar limpio un trozo rascando. El parque era un cuadro en gris y blanco, ningún rayo de sol lo iluminaba. En realidad, se veía muerto, pero en ese momento entró una figura en el paisaje escarchado, un hombre con una larga capa y alforjas colgadas al hombro.

¡Fitzroger! Justamente el hombre que deseaba ver, y ahí tenía una oportunidad para hablar con él en privado y descubrir qué sabía.

—Mi capa, Maisie, ¡rápido!

Maisie cogió la capa azul y al mirarla dijo:

—Está toda sucia por la espalda, señorita. ¿Cómo le hizo eso?

—Me caí —explicó Damaris, pensando rápido—. Me pondré la pelerina roja.

Rezongando por el trabajo que le daría limpiar el terciopelo, Maisie buscó la capa de terciopelo rojo hasta la cadera, forrada en piel de visón, y el manguito a juego. Damaris se las puso y salió corriendo.

Bajó por la escalera de servicio que estaba cerca de su puerta y dos plantas más abajo se encontró ante una puerta que daba al exterior. En la cerradura había metida una llave oxidada, y aunque le costó moverla, logró girarla. Abrió la puerta de madera combada y salió al aire libre.

La golpeó un aire frío como el hielo, pero después de esa mohosa casa, era refrescante. Expulsó vaho por la boca para divirtirse viendo cómo se ponía blanco, y echó a correr en busca de Fitzroger.

Al doblar la esquina de la casa lo vio en el mismo momento en que él la vió a ella.

Caminó hacia él.

—¿Se ha levantado temprano otra vez, señor Fitzroger? —bromeó.

—¿Huyendo otra vez, señorita Myddleton?

Su tono era más mordaz que travieso, y ella advirtió que tenía el aspecto de haber hecho una larga cabalgada.

—¿Has estado fuera toda la noche?

Él pasó por su lado y continuó caminando hacia la casa.

—Si lo he estado, no es asunto tuyo.

Ella corrió tras él.

—¿Dónde has estado? —le preguntó, en un tono igual de brusco que el de él.

—En busca de una muchacha coquetona.

Por un momento ella se creyó lo que insinuaba: que se había pasado la noche con una mujer, pero entonces volvió a la carga.

—Creo que más bien es una historia del gallo y el toro, señor. —Vio que a él se le curvaban los labios y sonrió triunfante—. ¡Volviste a Pickmanwell! ¿Qué descubriste? ¿Era de la posada la criada que me dio la jarra de sidra?

Creyó oírlo suspirar.

—Era de la posada.

—¿Y qué ha dicho?

Él no la miró ni aminoró su enérgico paso.

—Que un caballero le dio un penique para que te llevara la jarra.

—¿Y la apariencia del caballero?

—De altura y constitución medianas. Los dientes frontales protuberantes y separados.

—¡Lo vi!

Eso lo detuvo. La miró.

—¿Cuándo?

—Estaba fuera de la posada. Me pareció que me sonreía burlón, pero entonces vi que lo que tenía era la boca deformada. O eso creí. ¿Él me mandó el veneno?

Él arqueó una ceja.

—Dada al drama, ¿eh, señorita Myddleton? Probablemente se dio cuenta de que te ofendió y quiso reparar eso. —Reanudó la marcha hacia la casa con sus largas piernas—. No hubo ninguna confabulación terrible. Otras personas sufrieron el mismo efecto que Genova, aunque no tan grave. Parece que algo cayó por error en una de las ollas donde estaban calentando la sidra, y debió concentrarse en el fondo. En la posada están debidamente horrorizados y escarmentados.

Ella corrió para ir al paso de él, con la respiración entrecortada, los pies congelados, y sintiéndose desinflada. Debería alegrarse de que no hubiera ningún plan de hacerle daño a Genova, y se alegraba. Pero había sido emocionante formar parte de una aventura por un tiempo.

Como si percibiera su ánimo bajo, él le rodeó la espalda con el brazo y la instó a avanzar hacia una puerta cercana.

—Te vas a congelar.

—¿Con estas pieles?

—Me parece que no llevas zapatos forrados de piel.

—Estoy pensando en mandarme hacer unos.

Cuando estuvieron dentro, él la llevó de aquí allá por unos asquerosos corredores de sótano, donde ella vio el efecto de los ratones de que se quejara Maisie. No le daban asco los ratones, pero de todos modos, las cacas no barridas en el suelo y la madera roída de los zócalos la hicieron estremecerse.

Cuando llegaron a la cocina vieron que estaba en las mismas condiciones que el resto: las paredes cubiertas de grasa y hollín, y el fuego del inmenso fogón echando humo. Al menos la larga mesa que usaban para preparar la comida parecía bien fregada, y la hosca cocinera se veía limpia.

Fitz se dedicó a encantar a la mujer para que le diera comida. Damaris esperó, sintiéndose más y más acalorada con su capa forrada de visón. Él no parecía sentirse acalorado, pero claro, su capa de montar no estaba forrada de piel. Eso no le pareció correcto puesto que las capas de todos los demás sí lo estaban. La capa de Ashart era de piel de lobo, y deseó regalarle una similar a Fitzroger. No, una mejor, de marta cebellina rusa, o, ¡ah, sí!, la piel del oso blanco del norte.

Se imaginó esa piel como forro de una capa de cuero color marfil. No muy práctica, pero con su pelo rubio y sus ojos azul plateado, parecería un guerrero del hielo. Se mordió el labio. Así debía de pensar un hombre rico cuando deseaba cubrir de sedas y joyas a una mujer.

Cuando él se le acercó llevando una bandeja cubierta con un paño, le dijo:

—Todos tienen capas forradas de piel, menos tú.

—Este es un tejido de lana grueso y tupido. Adecuado e impermeable. ¿Has desayunado?

Ella casi dijo sí, pero justo a tiempo pensó que lo más probable era que él no, así que mintió, esperando tener la oportunidad de compartir la comida con él, para pasar más tiempo en su compañía.

—Aquí hay mucho —le dijo y dirigió la marcha escalera arriba.

Entonces a ella se le ocurrió que tal vez él pensaba tomar el desayuno en su dormitorio. Eso presentaría un problema, pero tuvo que reprimir una sonrisa al imaginarse una comida así, contra todas las reglas del decoro. Pero al final él la hizo pasar a una lujosa sala de estar que recordaba del recorrido que le hicieran en aquella visita. La llamaban la biblioteca pequeña, aunque no contenía muchos libros. Era el despacho particular del marqués, y Ashart estaba allí.

—¿Qué descubriste? —preguntó Ashart, pero cuando la vio a ella puso una expresión impasible—. ¿Señorita Myddleton?

—Nos encontramos fuera —explicó Fitz colocando la bandeja en la mesa para jugar a las cartas—. ¿Supongo que ya has desayunado?

—Sí —repuso Ashart y volvió a mirarla a ella.

El mensaje era claro así que no tuvo alternativa. Decir que tenía hambre no conmovería al marqués.

Inclinó la cabeza en una venia y salió, con la cara larga. Le habría gustado oír el informe de Fitzroger. Aunque claro, él ya le había dicho lo principal de la historia: que no había ningún veneno, ningún villano de dientes protuberantes, ni ninguna aventura. Tal vez todo ese asunto de «secretos de Estado» sólo había sido producto de su imaginación.

Cuando llegó al salón real se detuvo, echando vapor blanco por la boca. Tenía que aceptar que Fitzroger era simplemente lo que parecía, un ex soldado pobre que hacía mandados. Pero también le agitaba las pasiones. Su principal motivo para bajar corriendo a encontrarlo esa mañana había sido pasar un tiempo a solas con él. Simplemente estar con él era insuflar rayos de sol a su sangre.

Sin embargo, al parecer él estaba enlodado por un escándalo. Tenía que descubrir de qué se trataba antes de hundirse más en esa locura, y era posible que lady Thalia lo supiera todo. Deseó correr a pedirle la información, pero todavía era muy temprano para perturbar a las otras damas. Hirviendo de impaciencia empezó a pasearse por la sala.

El salón real lo usaban como galería de retratos, y en su anterior visita lo había recorrido la propia viuda. No había nada nuevo que ver, pero se detuvo ante el magnífico retrato de cuerpo entero de Ashart, con sus galas de par del reino, en escarlata y armiño. Esa imagen de morena y arrogante belleza no favoreció nada su cordura aquella vez, pero tampoco el comprender que siendo su marquesa llevaría ropas similares.

La ropa de una duquesa es mejor, se dijo.

Miró a derecha e izquierda retratos similares, pero de monarcas con las galas de su coronación. Recordó que aquella vez encontró extraña esa exhibición, pero no se atrevió a hacer preguntas. Después vio la galería de retratos de Rothgar Abbey, que no contenía el retrato de ningún monarca; en la sala de los tapices colgaba un leal retrato del rey actual, pero nada semejante a lo que se veía allí.

Allí estaba el retrato de Ashart junto con los de Carlos I, su hijo Carlos II, y el hermano y heredero de Carlos II, Jacobo II. ¿Reyes del siglo pasado, y Estuardo por añadidura?

Fracasada la línea Estuardo, habían invitado a sus parientes lejanos de Hannover, de Alemania, a ocupar el trono, y hasta el momento lo habían ocupado Jorge I, Jorge II y Jorge III, aunque allí no hubiera ningún retrato de ellos.

Le entraron las sospechas. Había habido dos serios intentos de restablecer a la casa Estuardo en el trono. A los partidarios de los Estuardo se los llamaba jacobitas, por el rey Jacobo.

¿Serían los Trayce jacobitas secretos? Aunque no tan secretos si colgaban retratos de los Estuardo en sus paredes. Eso era difícil creerlo, pero le alegraba aún más de no estar embrollada con ellos.

A pesar de las pieles empezó a tener tanto frío que volvió a su habitación. Envió a Maisie a buscar a la doncella de lady Thalia para pedirle que le avisara cuando las otras damas estuvieran dispuestas para recibir su visita.

—¡Y ve qué hora es! —gritó cuando Maisie ya iba saliendo.

Después se puso a darle cuerda al reloj. Ya que estaba allí, aprovechó para pasar un pañuelo por la repisa para quitar el polvo. Se detuvo al ver más cacas de ratón. Esa casa era francamente asquerosa.

Cuando volvió Maisie con la información de que eran las nueve y media y las otras damas estaban en pie y deseosas de verla, Damaris se sintió feliz de trasladarse a aposentos más limpios y cómodos. Además, estaba preparada para preguntarle a la anciana sobre el pasado de Fitzroger.

Encontró a Genova y lady Thalia vestidas y tomando el desayuno cerca del hogar; el fuego ardía tan fuerte que cada una estaba protegida con un pequeño biombo. Al instante Damaris se quitó la capa, pero aun así seguía teniendo demasiado calor.

Genova, recuperada totalmente su belleza y salud, se levantó a cogerle las manos.

—Gracias, gracias, mi querida amiga. ¡Qué inteligente eres!

—¿Te sientes totalmente recuperada?

—Como si no hubiera pasado nada. Qué vergüenza. Nunca en mi vida había tenido un ataque de pánico.

—Pero es que no fue eso. Fitzroger volvió a Pickmanwell a investigar. Unas cuantas personas fueron afectadas. Al parecer cayó algo en una de las ollas donde estaban calentando la sidra con especias.

—¡Qué terrible! —exclamó Genova—. ¿Los demás están bien?

—Parece que sí. Él cree que tu jarra contenía el poso de la olla y que por eso los ingredientes nocivos estaban concentrados ahí.

—Gracias al cielo que nadie estuvo en peligro. Vamos, ven a sentarte a desayunar con nosotras. Regeanne, acerca otro sillón.

—Ya he desayunado —dijo Damaris—, y voy demasiado abrigada para estar cerca del fuego. Me sentaré en el sofá.

La conversación pasó a los planes para su estancia allí. Lady Thalia deseaba explorar la casa.

—Pero ¿no se crió aquí? —le preguntó Damaris.

—Sí, pero me marché cuando era muy joven, cuando mi hermano se casó con Sophia Prease, ¿sabes? Su naturaleza era un poco mejor de lo que es ahora. No he estado aquí desde... —pensó un poco—, desde el bautizo de Ashart. Su mayoría de edad la celebró en Londres.

Damaris pensó qué sentiría la anciana al ver el estado de la casa fuera de esa habitación.

—Entonces le recomiendo que me imite y se ponga sus pieles, lady Thalia. Hace mucho frío en estos momentos.

—¡Qué ingeniosa, querida mía! El frío puede ser muy traicionero. Y después volveremos a esta habitación calentita y jugaremos al whist.

—No sé jugar al whist, lady Thalia —confesó Damaris.

—¡No sabes jugar al whist! Eso no puede ser. Nosotras te enseñaremos.

Y se lanzó a una disertación sobre las reglas del juego sin darle a Damaris la oportunidad de preguntarle por el escándalo que envolvía a Fitzroger.

Un golpe en la puerta interrumpió el desconcertante torrente de información. Regeanne fue a abrir y volvió con la noticia:

—Las invitan a reunirse con el marqués, señoras.

Las tres entraron en la biblioteca pequeña, donde estaban Ashart y Fitzroger. Inmediatamente lady Thalia declaró su deseo de recorrer la casa.

Ashart pareció desconcertado, lo cual era comprensible, estando la casa tan fría y en malas condiciones. Pero cuando a lady Thalia se le metía algo en la cabeza no había manera de negarle nada.

—Simplemente iremos a ponernos nuestras pieles, querido —dijo, volviendo a toda prisa al dormitorio.

—¿Pieles? —preguntó Ashart.

—Damaris dice que la casa está muy fría, y que se necesitan —dijo Genova siguiendo a la anciana.

Damaris también fue detrás de ellas, segura de que eso no le había ganado más simpatías ante Ashart. Pero pronto él vería lo sensato que era abrigarse.

Cuando volvieron, Ashart le ofreció el brazo a su tía abuela.

—Tú nos guías, Thalia. Me hace ilusión oír tus historias.

Entonces le ofreció el otro brazo a Genova. Lo cual significaba que Damaris tendría que caminar junto a Fitzroger.

—Podría convenirte ponerte guantes, por lo menos —le dijo mientras salían de la sala.

—¿Me crees una florecilla delicada?

—No, eso jamás —repuso ella.

La primera parada fue en el salón real, donde lady Thalia se dio una vuelta completa mirándolo todo.

—Qué lastimosamente descuidado está esto. Era magnífico, muy grandioso. Muchas veces se usaba como salón de baile cuando yo era joven, y como sala de banquetes cuando nos visitaba la reina Ana. De ahí le viene el nombre. Veo que ahora están los retratos de la familia aquí. Ven, Genova, para que te los presente.

Fue a la pared de la derecha y empezó una historia familiar ilustrada, que todos escucharon mansamente. Pero cuando llegó al retrato de una hermosa jovencita en vestido clásico tocando un instrumento de cuerda, lady Thalia se quedó en silencio.

—Pobre Augusta —suspiró y se apresuró a pasar al siguiente.

—¿Quién? —le susurró Damaris a Fitzroger.

—La madre de Rothgar, la hija menor de la viuda. Ella es el eslabón entre la familia Trayce y la Malloren, y la causa de todo el problema. ¿Conoces la historia?

—Sí. —Lord Henry le había contado que la madre de Rothgar se volvió loca y mató a su bebé; pero ella se había imaginado a una auténtica bruja y no esa belleza tan joven—. Tal vez no es extraño que la viuda odie a los Malloren.

—Los retratos no siempre captan la verdad —dijo él.

Antes que ella pudiera preguntarle qué quería decir con eso, lady Thalia dijo:

—Qué curioso.

Había llegado a la pared de los monarcas y estaba contemplándolos con una expresión extraordinariamente severa.

—No lo apruebo, Ashart —dijo al fin—. Puede que Sophia se sienta orgullosa por ser la hija de un bastardo real, pero no es prudente hacer ostentación del parentesco con los Estuardo en estos tiempos.

A Damaris se le alertaron todos los sentidos.

—¿El padre de la viuda era un bastardo real? —le preguntó a Fitzroger—. ¿Ashart tiene sangre real?

—¿Lamentas haberlo perdido?

Pero Ashart lo había oído.

—No es algo que me enorgullezca —dijo—. Además, los descendientes de bastardos de Carlos segundo son dos por cada penique.

—Por eso lo apodaban el viejo Rowley —susurró Fitzroger al oído de Damaris—. Por el nombre de un perro que era muy activo en sus perreras.

Damaris se ruborizó y lo miró ceñuda.

Lady Thalia lo había oído.

—Nada de comentarios procaces, señor —dijo, y añadió—: Y no es que no fuera cierto. —Volvió a mirar la pared, emitiendo un tut-tut-tut—. Incluso un retrato del pobre Monmouth. El hijo mayor de Carlos segundo, queridas —explicó a Damaris y Genova—. Supongo que en cierto modo era tío de Sophia, pero aún así, una lamentable historia y un consumado rebelde.

Damaris sabía la historia. Monmouth dirigió una rebelión contra Jacobo II con el fin de hacerse con el trono, fracasó y fue decapitado. ¿Empezaba lady Thalia a sospechar lo mismo que ella? ¿Que los Trayce eran jacobitas? ¿O al menos que la viuda lo era? Era una idea extraña, pero que estuviera el retrato del duque de Monmouth ahí tenía que significar algo.

Toda esa pared tenía que significar algo. Pensó en Fitzroger también, que estaba mirando los cuadros como si fueran un enigma.

Secretos de Estado.

En ese contexto, eso bastaba para estremecerse de miedo. Las cabezas de los señores escoceses que dirigieron la rebelión jacobita seguían pudriéndose en picas en Londres.

—Era muy apuesto —comentó Genova, mirando el retrato de Monmouth.

—Son esos rizos sueltos —dijo Fitzroger—. Tal vez deberíamos traer de vuelta esa moda.

—Era un estúpido —dijo Ashart, en tono bastante lúgubre—. Decidió creer que su madre se había casado con su padre y llevó a la muerte a miles de hombres.

—¿Quién era la amante del rey? —preguntó Genova, mirando alrededor—. ¿Está colgado aquí su retrato? Fue tu... ¿qué? ¿Tu bisabuela, Ash?

—Tatarabuela —contestó Ashart. Estaba claro que deseaba salir de ese salón, lo cual no era de extrañar, pero no podía negarle nada a Genova. Hizo un gesto hacia la otra pared, hacia un retrato de una bella jovencita rubia en un sencillo vestido blanco, con un blanquísimo corderito en los brazos—. Betty Crowley, que después se llamó Betty Prease. Se casó con un leal servidor del rey para darle un apellido a su hijo.

—Dios mío —dijo Genova—, no tiene el aspecto de ser una amante.

—Probablemente porque es un absoluto invento. Nani lo hizo pintar mucho después de la muerte de la dama. No existe ningún verdadero retrato de ella.

—¿De una amante del rey? ¿No es raro eso?

—Ella prefirió llevar una vida discreta y tranquila.

Damaris vio que ese era otro enigma más.

—¿Y fue amante de Carlos segundo? ¿Junto con atrevidas y desenfadadas mujeres como Barbara Castlemaine y Nell Gwyn?

—Eso es curioso, Ashart, tienes que reconocerlo —dijo lady Thalia—. Siempre lo he pensado.

Él se encogió de hombros.

—Esa es la historia. Continuemos. Teníais razón. Hace mucho frío. Tenemos que mantenernos en movimiento.

¿Y dejar atrás las pruebas de la traición jacobita?, pensó Damaris.

Todos se dirigieron hacia el arco que llevaba a la escalera principal, pero Damaris se detuvo, su atención atrapada por el último retrato de la pared de los monarcas, un hombre muy joven que se veía seguro de tener un brillante futuro.

—¿Quién es este? —le preguntó a Fitzroger, que estaba a su lado—. ¿Otro rebelde?

—Noo, simplemente una nota trágica al pie de la historia. Es el príncipe Enrique Estuardo, el hermano menor de Carlos segundo.

—No sabía que había otro hermano aparte de Jacobo.

—Yo tampoco, hasta que vine aquí y vi esto.

Damaris miró atentamente al apuesto joven con esos largos y abundantes rizos.

—¿Por qué trágico?

—Nació en mil seiscientos treinta y nueve, unos años antes que empezara la Guerra Civil. Aún no había cumplido los diez años cuando decapitaron a su padre, y vivió pobremente en el exilio hasta casi los veintiuno. Cuando Inglaterra le pidió a su hermano Carlos que volviera a ocupar el trono, Enrique volvió con él, a compartir la riqueza y el poder. Pero a los pocos meses murió de viruelas. Una dura lección sobre los caprichos del destino. Vamos —dijo, poniéndole una mano en la espalda—. Los demás ya están abajo.

Su contacto le hizo saltar chispas por todo el cuerpo, aun cuando estaba protegida por corsé, una chaquetilla acolchada, piel y terciopelo. Deseó poder quedarse ahí, analizando la extraña presencia de esos retratos reales, o, más exactamente, para tratar de entender por qué estaban allí y por qué habían puesto repentinamente tenso y alerta a Fitzroger.

¿Sería simplemente la posibilidad de que la familia fuera jacobita? Sus instintos le decían que no. Eso era demasiado evidente.

¿Qué había visto él que a ella se le hubiera pasado por alto?

11

Dieron alcance a los demás al pie de la escalera del helado vestíbulo embaldosado cerca del hogar apagado. Lady Thalia estaba explicando que la chimenea era una obra maestra de tal o cual estilo diseñada por un italiano, pero Damaris detectó que incluso a la anciana le había disminuido el entusiasmo por seguir recorriendo la casa.

—La biblioteca —dijo entonces lady Thalia, echando a caminar con paso enérgico— la colección de mi padre era famosa.

Resultó que la biblioteca era una sala que Damaris no había visto antes, y no era de extrañar. Olía a pudrición, y se habían caído tantos trozos de las ornamentadas molduras del cielo raso, que todo estaba cubierto de un polvo gris. Los paneles de cristal de las puertas de los armarios tenían una capa de polvo, pero aún así se veía que muchos estaban semivacíos.

—Ay, Dios —dijo Thalia, con una voz que indicaba que estaba a punto de echarse a llorar—. Esto era el orgullo y la alegría de mi padre.

Ashart se veía triste, lo que no sorprendió nada a Damaris. Toda la casa estaba empapada de tristeza. La tristeza perforaba las paredes, combaba la madera, suspiraba en las frías corrientes de aire. No era de extrañar que desprendiera trozos de pintura y yeso, como lágrimas.

¿Y él no lo sabía?

La había quedado claro que él iba a esa casa muy pocas veces. Posiblemene hasta tenía la costumbre de irse derecho a sus aposentos, evitando pasar por el resto de la casa.

Rodeó con un brazo los hombros de su tía abuela.

—La abuela debe de haber vendido los libros más valiosos. Pondré fin a eso y haré algo para repararlo.

Parecía sentirse impotente, lo cual no era de extrañar.

—Si estás pensando en encender fuego en ese hogar —dijo Genova en tono tranquilo—, será mejor que primero hagas revisar la chimenea.

Ashart sonrió como si ella fuera un puerto en una tormenta.

—Una esposa práctica vale más que rubíes —dijo.

¿Era eso, como parecía, una firme declaración de que no la cambiaría ni por la mayor fortuna del mundo, incluidos los rubíes Myddleton? Damaris pensó tristemente si alguna vez sería amada así. Que se casaran con ella por su dinero le iba pareciendo cada vez menos atractivo.

—¿Dónde guardas los archivos de la familia, Ash? —preguntó Fitzroger, rompiendo el pesado silencio.

Ashart hizo un gesto hacia el otro extremo de la sala.

—Los más antiguos están en esos armarios, y los más recientes en el despacho de la propiedad. ¿Buscas un inventario de lo que era esto antes?

—No. Me dijiste que Rothgar te pidió documentos concernientes a Betty Prease.

¿A quién? Entonces Damaris recordó. Esa era la amante del rey, la que estaba retratada como una señorita pura e inocente.

—Podríamos complacerlo —continuó Fitzroger— y entretenernos nosotros buscando información sobre la verdadera naturaleza de la señora Crowley y sobre su relación con el rey.

Ashart no pareció entusiasmado, pero entonces Genova dijo:

—Lo encuentro fascinante.

Lógicamente, sus caprichos eran ley.

—Tengo poco más para ofrecer como entretenimiento —dijo Ashart—. Muy bien, pero nadie va a hurgar en esos archivos aquí. Se congelaría. Llévalo todo a la biblioteca pequeña, Fitz.

Damaris observó que Fitzroger parecía cualquier cosa menos complacido por la sugerencia. Pero no tenía alternativa.

—Muy bien. ¿Dijiste que los documentos Prease podrían estar en el ático?

—Eso creo. Si no, la señora Knightly debería saberlo. Vamos, señoras, volvamos al calor. Teníais razón respecto al frío. Creo que estoy a punto de perder los dedos.

Genova reaccionó como si hubiera anunciado que tenía una herida mortal, y le pasó su manguito forrado en piel.

—Yo puedo meter las manos bajo la capa, ¿ves?

Ashart metió las manos en el enorme manguito azul y no pareció sentirse ni violento ni ridículo. Damaris deseó hacerle el mismo ofrecimiento a Fitzroger, pero le pareció algo muy atrevido para hacerlo en público.

—¡Vamos! —ordenó lady Thalia dirigiéndose a la puerta—. Mientras Fitz busca los papeles, los cuatro podemos jugar al whist.

Damaris gimió, deseando poder quedarse allí. Investigar los papeles Prease con Fitzroger era inmensamente más atractivo. Pero nadie se lo permitiría, aunque sólo fuera porque el whist exigía cuatro jugadores.

Lo miró y de pronto le pareció que se quedaba solo, abandonado.

No pudo evitarlo. Le puso su manguito forrado de piel de visón en las manos y salió a toda prisa.

Fitz se sintió aturdido. Cuando los demás se perdieron de vista se acercó el manguito a la cara. Aunque no tenía olores íntimos había algo de Damaris en él, tal vez una suave insinuación a jazmín, que había notado era el perfume de ella. Tenía las manos frías, así que las metió en el sedoso calor, pero las sacó inmediatamente, ya que la sensación fue indecentemente erótica.

Dejó a un lado el atormentador objeto. Necesitaba su cacumen intacto, lo que significaba evitar a Damaris Myddleton.

Esa mañana le mintió, porque no quería que ella se zambullera impulsivamente en el peligro. Su osadía lo aterraba, sobre todo, dado que el asunto era muy peligroso.

No había ninguna otra víctima en Pickmanwell. Alguien puso veneno en esa jarra y la envió a Genova por medio de Damaris.

Sí le dijo la verdad en cuanto a que el que lo envió era un hombre con los dientes protuberantes, pero no logró encontrarlo. En la posada recordaban al hombre de los dientes salientes, su apariencia lo hacía inevitable. Según dijo, su apellido era Fletcher, pero ahí acababa el rastro. Viajaba a caballo y se marchó muy poco después que ellos. Nadie sabía qué dirección tomó.

Fletcher. Un apellido falso, suponía, pero ingenioso. No tan común como Smith o Brown, pero sí lo bastante para ser difícil de localizar, incluso con el labio deformado y los dientes protuberantes y separados.

De mala gana, pues aún no tenía permiso para ser sincero, le contó la misma historia falsa a Ash. Comprendió que había una ventaja en la mentira. Lo que sabía Ash lo sabría Genova, y de ahí pasaría a Damaris. Y esta se pondría a husmear y fisgonear otra vez.

Se tocó la cabeza con los dedos fríos.

Ya tenía la casa estrechamente vigilada, y mientras lograra mantener dentro a Ash y Genova, todo tendría que ir bien. Pero era posible que el recorrido de la casa le hubiera revelado casualmente el motivo del peligro, y sus sospechas le helaban la sangre.

Volvió al salón real y estuvo contemplando detenidamente los retratos. Ay, si pudieran hablar, en especial el de Betty Crowley, la contradictoria amante real que tanto le interesaba a Rothgar.

El retrato no hablaría jamás, pero sus secretos podrían estar en sus papeles y contener la clave de la supervivencia de Ash y Genova. Por lo tanto, los encontraría.

En los aposentos del marqués, lady Thalia se ocupó de organizarlo todo para jugar al whist. Declaró que la biblioteca pequeña era muy lóbrega, y ordenó a Ash que llamara a unos criados para que trasladaran la mesa de juego al espacioso dormitorio.

Mientras esperaban, continuó dándole clases a Damaris.

Damaris había visto jugar a ese juego en Rothgar Abbey. Eso, más la introducción al juego que leyó en el manual del señor Hoyle, le permitió entender la mayor parte de lo que decía lady Thalia. Esperaba no hacer el ridículo.

Cuando finalmente ocuparon sus asientos, formó pareja con lady Thalia, que le sonrió alentadora mientras Ash daba las cartas. Al final de la mano, la anciana comentó:

—Buen comienzo, querida, pero debes llevar la cuenta de las cartas que se juegan. Deberías haber sabido que tenías el último trébol.

Ese truco ignorado les había costado el juego, y lady Thalia no estaba complacida.

Así pues, aplicó la inteligencia. Descubrió que no le costaba recordar las cartas mientras no dejara que sus pensamientos se desviaran hacia Fitzroger, a qué estaría haciendo. ¿Habría encontrado los papeles? ¿Cómo conseguir examinarlos con él? ¿Y qué era lo que buscaba en realidad?

—Te toca, Damaris —dijo Genova.

Damaris se concentró y jugó. Consiguió mantener la concentración hasta que llegó Fitzroger. Entonces salieron volando de su memoria todas las cartas jugadas, como llevadas por un vendaval. Por misericordia del cielo, la mano terminó sin necesidad de una decisión importante por su parte.

Fue con los demás a la biblioteca pequeña, entusiasmada simplemente por volver a estar en compañía de él.

En el suelo había cuatro cajas bajas de lustrosa madera con cerraduras de latón, de unas veinte por quince pulgadas cada una. Fitzroger puso una sobre el escritorio.

—¿Tienes las llaves, Ash?

—No, es muy posible que se hayan extraviado. Si no, las tendrá Nani.

Fitzroger sacó sus finísimos instrumentos y realizó su magia. Cuando abrió la tapa, todos se acercaron a mirar. Tal vez todos tenían la secreta esperanza de ver un brillo de oro, un retrato, o incluso un trocito de encaje. Pero la caja sólo contenía un revoltijo de papeles amarillentos.

Ashart cogió unos cuantos de encima y los hojeó.

—Cuentas y cosas de esas. ¿De veras quieres hurgar en esto, Genova?

Genova parecía decepcionada, pero dijo:

—Todos deberíamos ayudar.

—Eso no es necesario —se apresuró a decir Fitzroger.

Por la rapidez con que lo dijo, Damaris comprendió que quería examinar los papeles él solo.

—Yo por mí, no tengo ningún interés —dijo lady Thalia—. Volvamos al juego, todos.

Impulsada simplemente por eso, Damaris dijo:

—Yo comenzaré a revisar papeles. Me ha gustado la clase, pero no me cabe duda de que el señor Fitzroger hará el juego más interesante.

Genova, Ashart y Thalia volvieron al dormitorio sin discutir ese punto. Sólo se quedó ahí Fitzroger, vacilante, junto a la caja, cerca de ella.

—No hay ninguna necesidad —dijo.

A ella ya le hormigueba la piel simplemente por su cercanía.

—Lo preferiría, de verdad. Soy una novata en el whist.

Pasado un momento, él se apartó.

—Muy bien, pero busca con mucha atención.

Ella pudo respirar a gusto y mirarlo a los ojos.

—¿Qué es lo que buscamos?

—Cualquier cosa sobre Betty Crowley Prease.

—No, ¿qué es lo que buscamos realmente?

—¿Qué otra cosa esperas? ¿Un tesoro secreto?

Con ese alegre y despreocupado comentario, él entró en el dormitorio, pero dejó abierta la puerta de comunicación. Ella no supo si eso fue porque podría haberle parecido grosero cerrarla o porque no se fiaba de ella, pero así quedó a la vista la mesa de juego.

El asiento desocupado quedaba casi de cara a ella, por lo que él podría observarla girando apenas un pelín la cabeza. Sin embargo, eso también significaba que ella podría observarlo a él, y mientras sacaba los primeros papeles de la caja, lo hizo.

Lo observó sentarse, echándose atrás los faldones de la sencilla chaqueta, cada movimiento fluido y enérgico. Sólo se está sentando en una silla, se dijo, ten más cordura.

Desvió la vista a los papeles que tenía en la mano y cayó en la cuenta, demasiado tarde, de que eran muy delgados y que al cogerlos con tanta fuerza había roto uno. Con sumo cuidado los esparció por encima del escritorio e hizo una rápida evaluación.

Por lo que veía, ahí no había nada relacionado con Betty Prease, pero la fascinó de todos modos. Albaranes, inventarios, facturas y recibos, formaban un cuadro a retazos del pasado, más parecido a un centón de locos. Con todos sus defectos, en la casa Birch estaba todo más organizado. Siempre sabía dónde estaba todo y cuándo había que hacer las cosas.

Daba la impresión de que habían metido esos papeles en la caja sin ningún orden ni concierto, y eso sencillamente no pudo soportarlo. Aparte de la misteriosa búsqueda, podría haber documentos importantes ahí: un contrato de arrendamiento, o una carta del amante real. Fuera lo que fuera que deseaba encontrar Fitzroger, a ella le encantaría encontrar algo así.

Se puso al trabajo de clasificar, formando rimeros de cuentas de la casa, recibos, cartas de mercaderes y otros comerciantes, y correspondencia familiar.

A pesar de toda su fuerza de voluntad, sus ojos y su mente pasaban sin cesar de una investigación a otra, de los documentos a un hombre.

¿Cuál sería la verdad sobre Octavius Fitzroger? Le pareció verlo tenso cuando estaban en la galería, pero en ese momento estaba garbosamente relajado. Algunas personas eran capaces de hacer eso, disponerse para la belleza sin pensarlo. Él era hermoso de esa manera: una belleza ágil, masculina, que le traía recuerdos de la competición de esgrima. Y la hacía arder por todas partes.

Se apresuró a volver la atención a su trabajo, y entonces fue cuando se dio cuenta de que los documentos que había clasificado eran todos de la primera mitad de ese siglo, es decir, de cuarenta años después de cuando podría haber algo relacionado con Betty y el rey. Los volvió a hojear. Algunos eran de la década de 1690, pero ninguno de la de 1660.

Tenía que haber otros más antiguos y más íntimos.

Miró a los jugadores, miró las otras cajas y luego el manojo de ganzúas que colgaban de la que sobresalía en la cerradura de la caja que tenía delante. Todos parecían absortos en el juego, y las cajas sin tocar no se veían desde allí.

Sacó el manojo de ganzúas y fue a arrodillarse delante de otra caja, para probar. Le iría bien tener una mínima idea de lo que buscaban.

—No es una habilidad tan simple.

Se incorporó de un salto, inundada por la mala conciencia.

—Entonces, enséñame.

—De ninguna manera. —Él le quitó las ganzúas y miró al escritorio por encima del hombro—. Me parece que no has terminado esa caja.

—Son todos albaranes de cosas domésticas, y no hay nada de la década de mil seiscientos sesenta.

—De todos modos. No tiene ningún sentido hacer una búsqueda si no es sistemática.

—Puesto que no quieres decir de qué se trata, ¿cómo voy a saberlo?

—Todos tienen claro de qué se trata, menos tú.

Damaris se acordó que tenían público así que se apartó de las placenteras llamas.

—Puesto que estamos buscando papeles personales —dijo—, ¿no sería más eficiente ver qué caja los contiene? ¿O al menos ver que caja contiene los documentos más antiguos?

—¿Quieres que te releve en esta aburrida tarea?

Ella volvió rápidamente a su asiento detrás del escritorio.

—No, gracias. Disfruta del juego.

Ni siquiera lo miró cuando él salió, llevándose las ganzúas con él.

Sabiendo que él la estaría observando, centró la atención en el papel que tenía en la mano: la copia de un encargo de plantas exóticas hecho en 1715. El conde de Vesey, el propio bastardo real, deseaba que le enviaran *Geranium africanum* y *Pelargonium peltatum*, nombres que no significaban nada para ella.

También quería *Amarillis belladona*. La belladona era una solanácea letal, un veneno. Inmediatamente pensó en la sidra caliente condimentada con especias, pero entonces recordó que eso había sido un accidente. Esas cosas ocurrían todo el rato. En Worksop murió una familia entera porque alguien puso por error veneno para ratas en el guiso.

De ahí pasó a documentos tan interesantes como una petición de cachorros de los perros de caza de lord Vesey, preguntas del administrador de una propiedad en Cumberland sobre el drenaje y abono con marga de un campo, y un informe sobre el progreso en el trabajo de tapizar un conjunto de sillas en piel de cabra roja.

—Vengo a relevarte.

Damaris pegó un salto. No lo había oído entrar en la sala. Los demás estaban charlando después de esa mano, pero el juego no había terminado. ¿No sería la hora de comer ya? Sinceramente no deseaba volver a jugar al whist. Una rápida mirada al ornamentado reloj de similor le dijo que sólo era la una, y ahí servían la comida a las dos.

—No me importa continuar. He encontrado esto —le dijo, enseñándole la carta sobre la belladona.

—Belladona significa simplemente señora bella. Esta planta no tiene por qué ser venenosa.

—Lo sé. Se dice que pone lustrosos los ojos de una dama.

Él la miró.

—No te la recomendaría.

Ella lo miró ceñuda.

—Un caballero galante diría que no la necesito. Pero claro, se me olvida que soy fea, que eso es tan claro como la luz del día.

—Damaris, quise decir que tus ojos son hermosos sin eso.

—Ah. —No supo qué decir, en especial cuando los otros podrían oirlo. Se levantó y se apartó del escritorio—. Muy bien, ocuparé tu lugar en el juego. —Desde una distancia segura, añadió—: He ido clasificando todos los papeles por fechas.

—Buena idea.

—¿Me lo dirás si encuentras alguna carta real?

—Por supuesto.

¿Por qué esa conversación tan trivial era para ella como los rayos de sol?

Se apresuró a salir de la sala y fue a lavarse las manos, diciendo a los otros:

—No sé decir si los informes domésticos de una propiedad son tediosos o fascinantes. Es curioso pensar que a esas personas muertas hace ya tanto tiempo les interesaran los perros y la tapicería de las sillas.

Genova sonrió.

—Y que algún día las personas podrían encontrar poco interesantes nuestras anotaciones acerca de la compra de un encaje o de haber leído un libro.

Dieron una mano y Damaris tuvo que jugar sin ayuda. Se aplicó, negándose a echar miraditas furtivas a Fitzroger. En consecuencia, ella y lady Thalia ganaron rotundamente.

—Te has convertido en una excelente jugadora, querida —declaró la anciana—. Y todo en cuestión de horas.

—Con una excelente profesora.

—Qué amable.

Damaris estaba pensando si podría pedir cambiar de puesto con Fitzroger otra vez cuando lady Thalia exhaló un suspiro.

—Esto ha sido delicioso, y sois todos muy amables al complacerme. Pero creo que ahora necesito echar una corta siesta.

Inmediatamente Genova fue a ponerse a su lado.

—Thalia, ¿te sientes mal? Normalmente no duermes antes de la comida.

—Debe de ser el viaje, querida. En un instante estaré tan bien como un violín recién afinado, pero quiero estar despabilada, si vamos a comer con Sophia.

Excelente argumento. Todos se iban a reunir con la viuda en su comedor particular a las dos.

—Fuera de aquí todos. Genova, querida, busca a Regeanne, por favor.

Pero claro, estaban en su dormitorio, pensó Damaris. Genova cogió su capa y salió a toda prisa por una puerta mientras ella pasaba con Ashart a la biblioteca pequeña. No le había dado la impresión de que lady Thalia estuviera particularmente cansada y cuando miró atrás la vio guiñar los ojos sonriendo. Entonces comprendió: la anciana quería darles un tiempo a Genova y Ashart para estar juntos.

Una vigilante muy acomodadiza, pero ¿en qué situación los dejaba eso a ella y Fitzroger?

Cuando entraron, él levantó la vista de la segunda caja.

—Thalia necesita un descanso —explicó Ashart caminando hasta el escritorio—. ¿Has encontrado algo?

—Nada que esté relacionado, pero por ahora los papeles son muy recientes.

Ashart miró las dos cajas cerradas con llave.

—¿Por qué no abrir esas para ver si los que hay son más antiguos?

—Tú y Damaris tenéis mucho en común.

Ashart la miró a ella interrogante.

—Le hice la misma sugerencia, y recibí un varillazo en los nudillos por impaciente.

—A mí no me puede golpear los nudillos. Esos papeles son míos, y puedo hacer con ellos lo que quiera. Ábrelas, Fitz.

Fitzroger obedeció y después se inclinó ante él en una florida y sarcástica reverencia.

—¡Milord!

Ashart le hizo un guiño a Damaris.

—Pues sí, un varillazo en los nudillos.

Él se estaba ablandando con ella ahora que había dejado de planear el asunto del matrimonio entre ellos. Se le ocurrió que podría llegar a cobrarle afecto, casi como a un hermano, lo cual era una idea verdaderamente extraordinaria.

Él fue hacia las cajas, pero en ese momento entró Genova y todo lo demás perdió importancia para él. Antes que Damaris pudiera impedirlo, salieron de la sala.

Sintió un revoloteo en el corazón, de pánico, o de otra cosa. Debía marcharse, retirarse a la seguridad de su habitación, pero no quería hacerlo. Deseaba continuar la búsqueda de los secretos de Betty Crowley. Y deseaba, contra toda cordura, hacerlo al lado de Fitzroger.

Fue hasta una de las cajas recién abiertas, pero antes que pudiera tocarla, Fitzroger la levantó y fue a ponerla sobre el sofá.

—Descubrirás que aquí es más cómodo —dijo.

Acto seguido, encendió las velas de un candelabro de brazos y lo colocó junto a ella. Se quedó ahí, y ella retuvo el aliento, pensando si podría estar a punto de acariciarla y qué debería hacer si lo hacía. Pero entonces él volvió a su asiento detrás del escritorio.

Se iba a portar correctamente, por lo tanto ella también.

Pero a pesar del espacio que los separaba, trabajaban en un silencio agradable y tenso a la vez. El frufrú de los papeles en las manos de él parecía susurrar asuntos íntimos, y el seductor brillo de los leños del hogar parecía hablar de pasión.

Eres una rica heredera, se dijo, que pronto podrías ser la duquesa de Bridgewater, si te agarras firme a la cordura. ¿Renunciarías a eso para ser la señora Fitzroger, la esposa de un hombre ligado a un archiconocido escándalo? Aún no había descubierto cuál era ese escándalo, y sospechaba que parte del motivo de no haberlo hecho era que no deseaba saberlo.

Él terminó de revisar los papeles de su caja, la colocó en el suelo y subió la última al escritorio. Después fue hasta el arcón de leña y puso un tronco en el fuego; el leño crujió y saltaron llamas nuevas. Luego se detuvo entre el sofá y el escritorio.

—Te has manchado la mejilla —le dijo.

Se encontraron sus ojos. Ella esperó, con la esperanza de que él fuera a quitarle la mancha, pero no lo hizo, así que se frotó las dos mejillas.

—¿Mejor?

Él sonrió con los ojos.

—No, a menos que esté de moda el colorete gris.

Entonces él se le acercó, sacando un pañuelo, y le giró la cabeza hacia él. Sí, se estaba derritiendo, se le estaban ablandando las entrañas, la sangre iba abandonando a chorros su cerebro...

Él le frotó las dos mejillas con el pañuelo y luego dijo:

—No ha mejorado mucho. Tal vez deberías ir a tu habitación a lavarte.

¿Es que quería librarse de ella?

—Es un camino muy largo por esta casa tan fría, y hay más papeles por revisar.

Pasado un momento, él retrocedió y volvió al escritorio a levantar la tapa de la nueva caja.

—Más de lo mismo.

—¿No hay nada de interés en esa última? —preguntó ella, simplemente porque deseaba que hablaran.

—No —contestó él, volviéndose a sentar—. Y nada que se remonte a los años sesenta.

—¿Qué es lo que buscamos? ¿Documentos que confirmen la aventura de Betty Crowley con el rey?

Él sacó un papel y lo miró.

—Sí.

Ella tenía que creerle, pero al mismo tiempo estaba segura de que había algo más.

—¿Cuándo murió Betty Crowley?

—En mil setecientos dieciocho.

—O sea, que podría haber escrito cartas hasta entonces.

Él levantó la vista, sorprendido.

—Cierto, y no hemos encontrado absolutamente nada escrito por ella.

—Sospechoso, ¿no te parece? Esta no es una búsqueda ociosa, Fitzroger, eso lo veo. —Al no obtener respuesta, continuó—: Dime la verdad. Quiero ayudarte.

Entonces él se echó hacia atrás, sus largos dedos apoyados sobre los papeles.

—Si sigues fisgoneando, Damaris, tendré que evitarte.

—No veo cómo podrías evitarme en esta casa con tan pocas habitaciones habitables.

—Soy resistente al frío.

12

Aun cuando no entendió realmente sus palabras, Damaris reconoció un precipicio y se apresuró a dar marcha atrás.

—Creo que la viuda tiene que tener cualquier documento que tenga que ver con la conexión real.

—Yo también —dijo él, pasado un momento.

—Entonces, ¿cuando vas a registrar su habitación para encontrarlo?

Algo se movió en los labios y ojos de él; parecía un gesto de impaciencia, pero ella creyó ver humor también.

—¿Cómo podría hacer eso yo?

—Igual como abres las cerraduras. De verdad me gustaría que me enseñaras.

—No —dijo él, y sacó otro documento de la caja, poniendo fin a la conversación.

Eso no lo permitiría.

—Estoy segura de que esto iría mejor si trabajáramos juntos.

Él la miró.

—¿Qué has dicho?

—Juntos, codo con codo.

Se levantó y cogió una silla para llevarla hasta el escritorio. Él se la quitó para llevarla él. Ella se lo permitió, pero dijo:

—No soy una enclenque, ¿sabes? He movido muebles más pesados, en mis tiempos.

Al mirarlo a los ojos no pudo pensar en otra cosa que en sus labios sobre los suyos, su cuerpo apretado contra el de ella.

Él le puso las manos en los hombros, pero sólo para sentarla en la silla, con tanta firmeza que a Damaris le chocaron los dientes. Él abrió la boca como si fuera a pedirle disculpas, pero fue y se sentó.

—¿Cuál es exactamente tu brillante plan?

Sentarme en tu regazo y besarte.

Lo único que le impidió hacer eso fue la certeza de que si hacía algo tan estúpido él se marcharía de la sala y tal vez de la casa. Reconocía lo que vibraba entre ellos, como ella, pero estaba resuelto a resistir la tentación. Una voluntad fuerte podía ser muy irritante...

—Me vaga la mente —dijo. Y, cielos, cómo me vaga—. Estoy segura de que no presto suficiente atención a las cartas. Si trabajáramos juntos...

—A mí no me vaga la mente.

Ella lo miró a los ojos.

—¿No?

A él se le colorearon las mejillas y desvió la vista.

—Muy bien. —Cogió la carta que tenía delante y la abrió—: Seis de diciembre de mil seiscientos noventa y siete, de sir Roger Midcall sobre la nueva catedral de San Pablo, y también recomendando un preparado contra las pulgas.

Damaris cogió el siguiente papel, consciente de estar en íntima proximidad con él.

—Sin fecha. Un muy eficaz tratamiento para las lombrices en los niños. Alhova, ajenjo y zarzaparrilla. He usado algo bastante parecido.

—¿Tenías lombrices?

—Asistiendo a los pobres, señor.

Pero al menos bromeaba, pensó, lo cual era algo.

Él cogió el siguiente.

—Parece que hemos encontrado una veta de recetas. Píldoras compuestas por brea noruega y raíz de énula. Eficaz contra el escorbuto.

—Esa no la conozco —comentó ella. Cogió un papel doblado en dos y lo abrió. Lo miró un momento y luego leyó lentamente—: Purgante Violento de la señora Betty.

Él se acercó más y cogió un lado del papel, pero ella dijo:

—No hay nada de interés en esto, y podría no ser la misma Betty.

—Cierto, pero si lo es, tenemos su letra. Se dice que Betty Prease era una señora muy sosegada y dulce. ¿Qué necesidad podía tener de un purgante violento?

—Para librar al cuerpo de venenos. —Lo miró—. No de ese tipo.

—Lo sé, pero uno no puede dejar de hacer conexiones. El principal ingrediente parece ser diascordium. ¿Qué es eso?

—Un preparado, pero se compone principalmente de *Teucrium scordium*, más conocido por teucrio de agua.

—Más conocido para algunos —comentó él, esta vez con una verdadera sonrisa. Pero soltó el papel, rompiendo la conexión, y sacó otro de la caja.

Echaron una somera mirada a una serie de remedios y se detuvieron en uno, al ver la misma pulcra letra del Purgante

Violento de la señora Betty. Damaris la puso al lado de la otra, las observó y al final dijo:

—Betty Prease no le pondría ese nombre a su receta, ¿verdad?

Él se echó atrás emitiendo un gruñido.

—Claro que no. Qué espeso estoy.

Damaris sacó otro papel, una carta de ruegos de un pariente lejano, pensando si a él le vagaría la cabeza por el mismo motivo que le vagaba a ella. Eso esperaba. Ansiaba apoyarse en él, recostarse en él, apretarse contra él.

Él le puso una mano en el brazo y entonces cayó en la cuenta de que ya se había apoyado. Lo miró, tan cerca, los labios tan cerca...

¿Qué mal hay en un beso?, le susurró su hambriento cuerpo. Un solo beso.

Al mismo tiempo él la empujó suavemente para enderezarla, así que ella se enderezó. Faltaba por revisar la mitad de la caja y más de la mitad de la que había dejado abandonada en el sofá, y estaba jugando con fuego.

Se levantó, moviendo los hombros.

—Me estoy poniendo rígida —dijo.

Caminó por la sala para dar credibilidad a sus palabras, teniendo buen cuidado de no mirarlo. En realidad debería marcharse de allí, antes que se le hiciera trizas el autodominio.

—Necesitamos ver la letra de Betty Prease en algo que se sepa que está escrito por ella —dijo él.

Su tono resuelto rompió el hechizo, y ella se volvió a mirarlo, contenta de poder agarrarse a algo práctico.

—La viuda tiene que tener algo —sugirió.

—Seguro. ¿También debo robárselo?

—En realidad, estaba pensando que alguien podría pedírselo durante la comida.

Él se la quedó mirando fíjamente, como si sus palabras lo hubieran sorprendido.

—¿Por qué no? —preguntó entonces—. No estamos haciendo nada malo. —E instintivamente añadió—: ¿Verdad?

La expresión impasible de él indicaba que la pregunta tenía sentido, pero dijo:

—No, nada malo. Ash puede pedírselo. A él es al único que tolera de todos nosotros en estos momentos.

—Ya está, entonces. Puede pedirle cualquiera y todos los papeles relativos a su abuela. ¿Cómo podría negarse?

—Estamos hablando de lady Ashart viuda —dijo él, irónico—, pero es posible que no vea ningún mal en eso.

—¿Es que hay algún mal? —explotó ella, ya en el límite de la frustración—. ¿Por qué no me dices qué pasa? ¡Esto es absolutamente estúpido!

—No. Es importante y peligroso, y no quiero que te involucres.

El silencio pasó por la sala como un relámpago sin el trueno.

Él hizo una honda inspiración. Ella lo vio en el movimiento de su pecho antes de que se levantara y le diera la espalda.

—No debería haber dicho eso. Olvídalo. No, no puedes olvidarlo. Te pido que no se lo repitas a los demás.

Ella avanzó hasta el escritorio, acercándose a él.

—Ese asunto de Genova. Fue un ataque...

—No —dijo él, silenciándola con la tranquila firmeza de su voz. Se volvió a mirarla—. Estoy haciendo todo lo posible por manteneros seguros a todos. Y creo que en este momento todos lo estáis.

—Todos...

—No puedo decir más. Ya he dicho demasiado.

Flexionó las manos unas cuantas veces y se serenó, recuperando su engañosa calma.

El conocimiento de verdades era como cantar, pensó Damaris, como las veces en que las notas salen perfectas y se deslizan en la melodía como un pájaro en el aire. Ahora sabía la verdad y no se quedaría callada.

—Necesitas a alguien. A alguien con quien hablar de todo esto. Déjame que sea yo.

—No seas ridícula.

El tono que empleó debería haberla hecho temblar, pero avanzó hasta apoyarse en el escritorio que los separaba.

—Trataré de no hacer muchas preguntas, pero quiero ayudarte. Lo necesito. Porque es importante y peligroso, ¿no lo ves? Si querías que ignorara esto, no deberías haberme dicho eso.

—¿Tienes la intención de amontonar las brasas encendidas sobre mi cabeza?

—No sé cuales son mis intenciones. Estoy perpleja. No conozco este terreno, estas casas, linajes y vidas grandiosas entretejidas con la historia. No conozco a los hombres. Me desconcertáis, todos. Estoy segura de que no debería decirte estas cosas, pero ¿qué puedo hacer aparte de ser sincera?

—Damaris, Damaris, ¿no sabes que el mundo persigue y mata a los sinceros?

Rodeó el escritorio, le cogió las manos, las levantaó hasta sus labios y le besó suavemente cada una, sin dejar de mirarla a los ojos.

En ese momento no era sincera, pensó ella. Si lo fuera, se habría reído, llorado o hecho algo desastrosamente revelador.

—No puedo explicarle mis escurridizos secretos a una mujer sincera —dijo él con la boca sobre sus dedos.

—He dicho sincera, no indiscreta.

—Pero si te interrogan, ¿podrías mentir?

Seguía sosteniéndole las manos. Ella dobló los dedos sobre las manos de él, y no se las soltó.

—Mentiré por tu causa. Dime los secretos que puedas, por favor, Fitzroger.

—Llámame Fitz.

Eso la cogió desprevenida, y retiró las manos antes de darse cuenta de lo que hacía.

—¿Por qué me molesta eso? —preguntó, y se contestó a sí misma—: Porque no podemos ser algo más que amigos. No podemos.

—Mis amigos me llaman Fitz —dijo él, como si no percibiera la angustia de ella.

—¿Y las que son más que amigas?

A él se le curvaron los labios.

—Fitz.

—¿Nadie te llama Octavius? ¿Nadie, nadie? Tiene su cierta dignidad.

—Significa octavo, ¿qué dignidad hay en eso? Además, es muy distante para las amantes, ¿no te parece? —Apoyó las caderas en el escritorio—. ¿Cómo me llamarías si fuéramos amantes?

Ella retuvo el aliento, pero si él quería llevar la conversación por derroteros pecaminosos, ella volaría con él. Por un rato al menos.

241

—¿Un diminutivo? —sugirió—. ¿Octi?

—No —sonrió él.

—O igual podría ser en lenguaje llano, Ocho. Tienes razón. Es una manera ridícula de poner los nombres a los hijos. Tal vez resultaría mejor en francés, *huit*. —Ladeó la cabeza—. Si se pronuncia como *wheat**, hace juego con tu pelo.

—¿Áspero como el heno?

—Noo.

Eso le trajo el recuerdo de ese beso en el coche, cuando ella le cogió el pelo, que no era sedoso, pero tampoco era áspero. En su recuerdo su pelo estaba vivo, como estaba vivo él, en cada hueso, en cada músculo, en cada fibra.

No supo quién de los dos se movió, cómo llegó a estar en sus brazos, pero sí reconoció el inevitable *crescendo* del dueto que habían estado cantando. Introdujo los dedos por su pelo ondulado color trigo y unió su boca a la de él, desesperada. Se apretó más, o él la estrechó más con sus fuertes brazos, con una mano entre sus hombros y la otra apoderada de su cintura por la espalda.

Duquesa de Bridgewater, se dijo, pero eso era, después de todo, sólo un beso.

Sólo un beso, pero capaz de sacarle todos los pensamientos de la cabeza, capaz de convertirla en un ser de fiera pasión física. Lo rodeó con los brazos, necesitada de estar más cerca, mucho más cerca de lo que permitía la ropa.

Él interrumpió el beso en la boca para dejarle una estela de besos en la mejilla y alrededor de la oreja. Ella deseó más y giró la cabeza, buscando sus labios con la boca.

—Mi niñera me llamaba Tottie —musitó él.

---

* En castellano significa *trigo*. (N. de la T.)

A ella le entró la risa.

—¡Yo no podría!

—¿Ni siquiera en privado?

Ella negó con la cabeza apoyada en su hombro.

—¿Ni siquiera en la secreta intimidad de una cama encortinada? —preguntó él en un susurro.

A ella se le debilitaron las piernas y se aferró a él, pero entonces encontró la fuerza para desprenderse de sus brazos, para apartarse del abrasador fuego.

—Perdón —dijo él, soltándola, serio y pensativo.

En un instante lo había perdido, pensó ella, y eso no lo pudo soportar.

—¡No! No pidas perdón, quiero decir. Me ha gustado. Y necesito práctícar. En coqueteo y esos... —Necesitaba hablar de esas cosas para sacarlas de ese peligroso rincón—. Para la corte. ¿No hay coqueteo y besos en la corte?

—Lección número uno, no se te ocurra besar a nadie así en la corte —dijo él concisamente—. Lección número dos, no estés sola con nadie así en la corte. Lección número tres, evita a los hombres como yo en la corte.

—¡Uy, Dios! —exclamó ella, poniéndose una mano en el pecho—. ¿La corte está llena de hombres como vos, señor?

Pero él no sonrió.

—En los aspectos más bajos, sí.

—¿Y en los más elevados, de dulces encantos?

Al instante deseó retirar las palabras, pero una voz que sonó en el dormitorio contiguo los salvó. Por tácito acuerdo, rodearon el escritorio y se sentaron como si hubieran pasado todo ese tiempo absortos en los papeles.

Entró lady Thalia, sonriendo de oreja a oreja.

—Me siento mucho mejor. Ay, Dios, ¿se han ido de aquí Genova y Ashart? Traviesos, traviesos, pero pronto se casarán, y estoy segura de que vosotros dos habéis sido buenos. Damaris, querida, creo que deberías cambiarte para comer. Es incómodo hacerlo en esta casa tan fría, pero estoy segura de que Sophia espera cierta formalidad.

Damaris titubeó, con la esperanza de que Fitzroger, Fitz, se ofreciera a acompañarla por la casa. Pero no lo hizo, de modo que salió sola.

En esa casa le resultó muy cómodo encontrar a Maisie en la habitación, haciendo labor de aguja. Se cambió rápidamente, eligiendo un vestido de seda en colores recatados, a rayas azules y blancas, porque ya era hora de que fuera sensata. Incluso añadió un amplio pañuelo de gasa para cubrirse el escote, pues el corpiño era escotado.

La recatada modestia podría aplacar a la viuda también, y tal vez estaría más dispuesta a soltar los documentos de Betty Prease. Pero cuál era la finalidad de obtener esos documentos; todavía no tenía ni idea.

Sin embargo, mientras estaba sentada para que Maisie le arreglara el pelo, comprendió que Betty Prease no era el misterio que deseaba desvelar. Era Fitz y ella. Sólo le quedaban unos pocos días hasta que se trasladaran a Londres, donde todo cambiaría. Allí estaría vigilada por lady Arradale. Tendría menos tiempo para estar con Fitz, y probablemente en ningún momento se quedarían a solas. Entraría en la sociedad y se esperaría que eligiera a un marido con título.

—¿Dónde está su manguito de visón, señorita Damaris? —preguntó Maisie.

Damaris se ruborizó, sin ningún motivo.

—Lo olvidé en el vestíbulo. —Eso no era una mentira del todo—. Lo recogeré cuando baje.

Pero un instante después llegó una criada con el manguito.

—Con los atentos saludos del señor Fitzroger, señorita.

Damaris no pudo evitar estremecerse porque él había pensado en eso; incluso acababa de tocarlo, sin embargo Maisie estaba enfurruñada mascullando algo sobre «ese hombre».

—¿Por qué estás tan en contra del señor Fitzroger? —le preguntó poniéndose la capa roja y cogiendo el manguito.

Maisie se ruborizó.

—Quiere casarse con usted, por eso.

—No, no quiere. Y si quisiera, yo no lo aceptaría. Pero si yo quisiera, ¿por qué te preocupa tanto?

—Porque le romperá el corazón, seguro —dijo Maisie, pero no la miró, y estaba retorciéndose la falda.

—Es por algo más.

Maisie estuvo un momento moviendo la boca y al final lo soltó a borbotones:

—¡Quiero ser la doncella de una lady, señorita! Allá abajo tomamos nuestro rango de nuestro empleador. Siendo usted marquesa yo habría tenido uno de los rangos más elevados. Que bonito habría sido. Si se casa con ese, no estaré mejor de lo que estoy ahora.

—No tenía idea —dijo Damaris, moviendo la cabeza—. Qué extraordinario. —Sería mejor no decirle a Maisie que cabía la posibilidad de que se convirtiera en duquesa en la jerarquía de los criados, porque no habría manera de vivir con ella—. No puedo casarme según tu conveniencia, Maisie.

Además, ¿no preferirías casarte tú en lugar de ser aunque sea una duquesa en la sala de los criados?

Maisie se ruborizó.

—Podría, señorita Damaris, pero sólo con el hombre correcto.

—Entonces pensamos igual en estas cosas.

—Entonces, ¿no se va a meter en problemas con ese?

—Es mi intención tomar la decisión correcta —contestó Damaris y salió de la habitación.

Y se encontró con Fitzroger fuera de la puerta.

—Tengo mi habitación aquí —explicó él, apuntando a la puerta de la habitación contigua—. Iba a ser la de lady Thalia, pero claro, ella está con Genova. La habitación que ocupo normalmente está al otro lado de la biblioteca pequeña, pero Ash deseaba ocuparla para estar cerca, así que acepté cedérsela.

—Ah —dijo Damaris, reprimiendo la risa.

Nunca lo había oído parlotear así, tan rápido. ¿Estaría tan desasosegado como ella? ¿Y por el mismo motivo?

Debía estarlo. No la habría besado si hubiera estado controlado. Ella tenía hecha un lío la cabeza y se sentía medio loca, pero por lo menos él podría encontrarse en el mismo estado. Él le ofreció el brazo y ella pasó el suyo, entrelazándolo, sintiéndose como si tuviera burbujas flotando en el cerebro, burbujas de posibilidades pecaminosas que le hacían imposible tomar decisiones sensatas.

Había leído historias de personas que se arrojaron al desastre de esa manera, Lancelote y Ginebra, Romeo y Julieta, María Estuardo y Bothwell, y nunca las había entendido. Ahora sí las entendía, y le vino muy bien ir cogida del brazo de él al bajar la escalera, porque igual podría haberse saltado un peldaño de lo aturdida y distraída que estaba.

La viuda los estaba esperando en medio de la marchita elegancia de un pequeño comedor. Su expresión era glacial, pero la sala estaba caliente.

Todos ocuparon sus asientos; Ashart y Genova a un lado de la mesa, ella y Fitzroger al otro, y la viuda y lady Thalia en las cabeceras.

Lady Ashart tocó una campanilla y entraron los criados a poner sobre la mesa las fuentes del primer plato. La comida era bastante sencilla, pero tolerable. Damaris comió tratando de distraerse de Fitzroger y buscando maneras de desviar la conversación hacia Betty Prease. Pero esta pasó del tema del tiempo a libros sobre asuntos públicos de poca importancia.

Cuando terminaron el segundo plato, ya estaba dispuesta a sacar el tema sin buscar preámbulos. Pero Ashart se le adelantó diciendo por fin:

—Hemos estado revisando viejos papeles de los Prease, Nani. Espero que no te importe.

—Un poco tarde para preguntar si me importa —dijo la viuda, pero sin un aumento de la frialdad—. No logro imaginarme para qué.

—Pensamos que sería divertido buscar pruebas del romance entre Betty Crowley y el rey.

Damaris estaba comiendo tarta de pera, pero observando a la viuda. Le pareció que su regordeta cara se quedaba inmóvil, aunque podía ser por una simple molestia.

—Te aseguro que por tus venas corre sangre real, Ashart —dijo la viuda—. Está escrito en tu cara, si no en otra parte.

—Eso me parece a mí también —dijo Genova.

Lady Ashart hizo como si no la hubiera oído.

—Yo lo encuentro más parecido a Carlos primero que a Carlos segundo —dijo Fitzroger. Y añadió—: Y tal vez al príncipe Enrique.

Damaris se había vuelto automáticamente a mirar a Fitzroger cuando habló, por lo que al volver a mirar a la viuda ya se le había pasado la reacción. Aun así, percibió algo en la atmósfera, y la expresión de lady Ashart parecía cambiada; tenía los labios más apretados, los ojos fijos.

¿El príncipe Enrique?

La conversación parecía a punto de morir, así que preguntó lo primero que se le ocurrió:

—¿Qué tipo de mujer era su famosa antepasada, lady Ashart? Una belleza fascinante, sin duda.

La viuda levantó su doble papada.

—Fue una dama muy admirada por todos los que la conocieron, y por algo más que su apariencia. Una dama de callada dignidad y piadosa bondad, libre de todo interés en los placeres mundanos.

Damaris se la quedó mirando, casi sin atreverse a preguntar lo que ya era obvio: ¿Cómo, entonces, fue la amante del viejo Rowley, el rey más disoluto de Inglaterra?

—Siempre he supuesto que sus virtudes surgieron de la penitencia —dijo lady Thalia.

—¡Cómo si hubiera tenido algo de qué arrepentirse! —exclamó la viuda. Se levantó, logrando hacer majestuoso el movimiento, aun cuando su elevación de estar sentada a de pie no fuera muy grande—. Estoy segura de que todos preferiríais trasladaros arriba.

Dicho eso salió de la sala pisando fuerte y cerró la puerta con un elocuente clic.

Todos se miraron unos a otros.

—¿Compartir la cama del rey es un deber sagrado? —aventuró Ashart.

Damaris esperó a que Fitzroger hiciera la sugerencia, pero puesto que él no la hizo, se lanzó ella:

—O eso no ocurrió nunca, y todo es un cuento.

—Ah, sí que ocurrió —dijo lady Thalia—. Todos sabían que Randolph era muy incapaz de... —Movió una mano en gesto vago—. Bueno, sus heridas de guerra, ¿sabéis?

Damaris comprendió que lady Thalia podría saber muchísimo sobre esos acontecimientos. Aún era una jovencita a comienzos del siglo, pero tuvo que haber conocido a algunas de las personas que formaban la corte de Carlos II. Incluso pudo haber conocido a hombres que combatieron en la Guerra Civil.

Ashart apuró lo que le quedaba de vino.

—Nani no puede tener las dos cosas. O Betty fue la puta del rey o no tenemos sangre real.

Nuevamente, nadie dijo lo obvio.

—O hubo un matrimonio secreto —dijo Damaris entonces.

Eso generó una onda de pasmado silencio.

—Qué interesante —comentó lady Thalia.

Ashart se levantó y ayudó a Genova a hacer lo mismo retirándole la silla.

—Pero imposible —dijo—. Betty concibió a mi bisabuelo en mil seiscientos sesenta, el mismo año de la Restauración. El rey recién restaurado se acostaba con cualquiera, pero jamás se habría casado con una plebeya. Necesitaba dinero, poder, y una esposa que le creara alianzas con reyes del Continente. Por eso se casó con Catalina de Braganza. Vamos, ordenaré que nos sirvan el té arriba.

Fitzroger ayudó a lady Thalia, así que Damaris se las arregló sola, sin dejar de darle vueltas al asunto.

Cuando salieron del comedor, Thalia iba cogida del brazo de Fitzroger. Damaris debería haberse cogido del otro, pero se puso al otro lado de lady Thalia.

—¿Qué cree usted, lady Thalia? ¿Fue la amante del rey la señora Betty?

—Me tientas a ser traviesa —dijo la anciana haciéndole un guiño—, pero digamos que su hijo no fue engendrado por Randolph Prease.

Damaris entendió. Randolph Prease era incapaz de engendrar un hijo debido a las heridas de guerra que le dañaron esa parte de la anatomía. Pero eso no hacía al caso. Nadie pensaba que él era el padre. Se aceptaba que Carlos II era el padre del hijo de Betty, pero ahí era donde entraban los detalles contradictorios.

Como dijera Ashart, el rey Carlos no se habría casado jamás con una plebeya. Sin embargo la viuda insistía en que Betty Crowley había sido una dama virtuosa.

Fitzroger introdujo el nombre de Enrique Estuardo, el príncipe olvidado, el que murió tan joven, lo más seguro hacía la época en que Betty Crowley concibió a su hijo. Bien pensado, el asunto era fascinante, pero con alarmantes implicaciones.

Cuando entraron en el salón de caza, iba pensando qué decir, qué preguntar, pero Ashart habló primero:

—¿Betty Prease fue piadosa y buena toda su vida, Thalia? ¿O en su juventud fue una sirena fatal?

Lady Thalia fue a sentarse en un sillón cerca del fuego y apoyó los pies en el escabel.

—Sólo la vi dos veces, querido, y en sus últimos años. Una vez fue cuando pasé un tiempo en Cambridgeshire con los Wallboroughs. Todos fuimos a un baile en la casa Storton. Ahí fue donde mi hermano conoció a la viuda, Sophia Prease en ese tiempo, lo que habría sido mucho mejor que no hubiera ocurrido. Después asistió a la boda. En su viudez vivió en unos aposentos particulares en Storton, y rara vez salía, a no ser para ocuparse de buenas obras. En esa zona abundan los asilos para pobres y los hospitales de beneficencia.

—No está mal —comentó Genova.

—Pero es una prueba evidente de una conciencia culpable —observó Ash—. Resuelto el enigma. Betty Crowley cometió un desliz y perdió su virtud, tal vez una sola vez, e hizo penitencia el resto de su vida. Tengo sangre real en las venas, sin problemas, porque es de una línea bastarda, pero a Nani no le gusta reconocer la debilidad de su abuela.

En eso entraron dos criadas con las bandejas del té. Thalia le hizo un gesto a Genova:

—Tú te ocupas de todo, querida. Pronto serás la señora aquí.

Mientras Genova asumía el papel de anfitriona sirviendo el té, Damaris comprendió que lady Thalia no era ni una fracción de lo tonta que parecía. Eso había sido un comentario intencionado que las criadas lo trasladarían a la sala del personal de servicio.

Debía reconocer que el resumen de Ashart tenía lógica. En sí misma sentía lo fácil que sería dejar resbalar la prudencia y la virtud ante el atractivo de un cierto tipo de hombre. Qué más daba que Betty hubiera pecado con el vicioso y mundano rey Carlos o con su hermano menor, que era mucho más cercano a ella en edad.

Sólo importaba si había habido matrimonio.

Porque si el príncipe Enrique engendró a Charles Prease y también se casó con Betty Crowley, la línea de descendencia de Ashart era «legítima». Ella no entendía del todo el asunto de la línea de sucesión, pero creía que eso significaba que Ashart tenía derecho al trono de Inglaterra.

Y bueno, eso sí que sería un secreto de Estado que haría erizar la piel.

Ya se había derramado muchísima sangre por el trono. Primero el duque de Monmouth, luego el levantamiento de 1715 para instalar en el trono al hijo de Jacobo II en lugar del hannoveriano Jorge I. Más recientemente el levantamiento de 1745, que llevó a tantísimas muertes, entre otras a la sangrienta matanza en Culloden.

No podía tener recuerdos de los acontecimientos de 1745, porque era muy pequeña entonces, pero sí tenía muy vivas en la memoria las historias que oyó en su infancia, porque el ejército rebelde pasó muy cerca de Worksop en su marcha para tomar Londres. Durante un tiempo, no demasiado largo, pareció que los jacobitas llegarían allí y triunfarían.

Miró a Fitzroger, que estaba de pie junto a una ventana, sumido en sus pensamientos. Daría mucho más de un penique por saber lo que estaba pensando.

Lady Thalia propuso una tarde de whist.

Tal vez Fitz percibió su reacción, porque dijo:

—¿Por qué no jugamos a otro tipo de juego? Después de todo no queremos que una vez en Londres Damaris pierda toda su fortuna jugando al faraón o al monte.

—¡Como si fuera a jugar! —exclamó Damaris.

Él la miró.

—La pasión por el juego puede ser tan inesperada e irresistible como cualquier otra.

Ella deseó que el calor que sintió en las mejillas no significara que las tenía rojas.

A lady Thalia no le fascinó la idea, pero tal vez comprendió que no podían pasarse jugando al whist todo el tiempo.

En cuanto a Damaris, los juegos de cartas que jugaron esa tarde los encontró más fáciles y más interesantes que el whist. Todos parecían una manera tonta de arriesgar dinero, pero puesto que usaban fichas en forma de pececitos de madreperla, no le importó.

Se acabó la luz natural y empezó a dominar la luz de las velas. Mientras exploraban, desde las peligrosas jugadas en el faraón a las frívolas elucubraciones, Damaris no tardó en comprender que la advertencia de Fitz podría ser real. Le fascinaba recoger una teórica fortuna en guineas y, cuando la perdía, eso la estimulaba a volver a jugar para recuperarla; siempre estaba segura de que le volvería la suerte. En algún momento Ashart ordenó que les llevaran clarete y galletas, y el vino no le mejoró el autodominio.

Lo comentó y Fitz dijo:

—Otra lección. El juego de cartas suele ir acompañado de vino. Aprende a mantener firme la cabeza. O por lo menos a darte cuenta de cuando te empieza a bambolear.

Ese era un buen consejo, aplicable al amor también, no sólo a las cartas. Si en ella ardía la pasión por ganar, también ardía otra clase de pasión. A medida que el ocaso iba dando paso a la noche, ese círculo de cinco personas iluminado por las velas fue entretejiendo un peligroso hechizo, y para ella Fitz brillaba en el centro de todo.

Al principio él se había mantenido ligeramente apartado, pero finalmente lo contagió la alegría del ambiente. Ya estaba relajado, y su rápido ingenio y llana sonrisa la tocaban, la conmovían, la deslumbraban. Ahí estaba ese brillo o resplandor otra vez, y en ese momento le parecía que era el resplandor de una sincera alegría, como la que le vio ese día en la competición de esgrima.

¿Por qué le costaba tanto estar alegre? ¿Qué era esa oscuridad que lo rodeaba? Tenía que ser el escándalo, y ella debería dejar de evitarlo y preguntarle a lady Thalia. Al fin y al cabo, el dinero hace milagros; podía erradicar las sombras.

Mañana, se prometió. Mañana se lo preguntaría a lady Thalia. Apostó y ganó, rogando que el pecado que descubriera no fuera demasiado negro. Deseaba estrechar ese magnífico círculo y mantener a Fitz a salvo dentro. Envolverlo en serpentinas doradas de alegría y mantenerlo eternamente bajo la luz.

13

Ya avanzada esa noche, Fitz iba caminando por el terreno de Cheynings, formando nubes plateadas con su aliento y haciendo crujir con las botas los restos de nieve congelados. Tenía que inspeccionarlo todo antes de acostarse, pero también necesitaba escapar de la excesiva proximidad de Damaris. Había esperado que el aire nocturno invernal se llevara las tonterías que le llenaban la mente.

No lo estaba consiguiendo.

Todo el día había estado consciente de la atención que ella le brindaba. Había intentado mantenerse a distancia, pero no había manera de que ella hiciera caso a sus advertencias. Y eso no era de extrañar, ya que él le correspondía, caramba.

Demonios, otra vez estaba pensando en ella, y eso era como abrir un bote de mermelada cerca de un nido de avispas. Ya no tenía en la mente otra cosa que ese zumbido. Un villano podría acercársele sigilosamente por detrás y matarlo de un garrotazo sin ninguna dificultad.

Había sobrevalorado exageradamente su autodominio. Ese beso en la biblioteca pequeña no debería haber ocurrido; tampoco debería haberla invitado a llamarlo Fitz. Esa velada de alegres juegos de apuestas había sido desastrosa. Estaba

⌐co por ella, ardía de pasión por ella, por su inteligencia, su franqueza y energía, su estúpido valor y su pirática resolución para obtener lo que deseaba.

Si el mundo fuera distinto, se arrodillaría a sus pies a suplicarle que lo hiciera suyo, pero el mundo era como era. Y el estaba como estaba, cargado justamente por su pecado.

Miró la inútil luna en el cielo lleno de misteriosas estrellas. A Ash le fascinaba la realidad de los planetas y los astros, dónde estaban, qué eran. Él prefería que fueran un misterio, a no se sabía que altura; un constante recordatorio de que en el cielo y la tierra existía algo más que lo obvio.

Eso le sirvió para despejar la cabeza. Por su bien y por el de Damaris, debía marcharse. Pero para tener la libertad de hacerlo, primero debía ocuparse de la seguridad de Ash, lo que significaba encontrar cualquier documento relativo a Betty Crowley y a su hijo.

Todas las pistas apuntaban a que había habido un matrimonio secreto, y eso significaba desastre. No era de extrañar que el rey estuviera preocupado. No era de extrañar que algunas personas desearan ver muerto a Ashart.

Sería imposible demostrar que ese matrimonio no había ocurrido, por lo tanto la mejor solución era encontrar la prueba de que sí ocurrió. Una vez que lo encontraran, se podría destruir, a ser posible delante del rey. Esa era la única manera de poner fin a todo ese peligro.

Pensó que Damaris ya podría estar armando las piezas; qué inteligencia la suya.

Bloqueó ese pensamiento, pero no antes de recordar la observación de ella, de que cualquier documento importante tenía que tenerlo guardado la viuda. Tenía razón.

Sonrió al recordar su sugerencia de que robara los papeles. Tenía que llevar la piratería en la sangre.

Hizo una fuerte inspiración. ¡No debía pensar en ella!

Hizo la ronda por todos los alrededores de la casa, verificando que los guardias estuvieran en sus puestos. Finalmente entró en la casa por una puerta lateral, y la cerró con llave. El corredor en que se encontraba estaba oscuro como la boca del lobo, pero conocía bastante bien la casa, por lo que no tuvo dificultad para encontrar el camino hasta la escalera de servicio y subir a su habitación. Una vez allí, sacó su linterna y la armó.

Era una variación de una linterna de contrabandista, diseñada para dar luz cuando fuera necesario, pero para dar muy poca cuando estaba cerrada. Se había mandado hacer esa a mitad de tamaño y con goznes, para poder plegar las caras cuando no la necesitara. Así desmontada podía llevarla en el bolsillo.

En un instante la transformó en un objeto piramidal y abrió una portezuela para poner la vela. Después de encenderla, la cerró para que sólo se viera una insinuación de luz por los agujeros de arriba que daban salida al humo.

Dejando a un lado la linterna, se quitó las botas y se puso las blandas zapatillas de piel, perfectas para no romper el silencio de la noche. Reemplazó los gruesos guantes que usaba para el exterior por unos de piel fina. La casa estaba fría, y no podía arriesgarse a ninguna torpeza. Un manguito, pensó, sonriendo irónico, podría ser un accesorio útil para un ladrón.

Echó a andar por el corredor y bajó la escalera hacia el vestíbulo sólo con la ayuda de la débil luz de la luna. El aire estaba tan frío que se le erizó la piel, pero todo estaba silencioso.

Demasiado silencioso. Entonces cayó en la cuenta de que se le había acabado la cuerda al reloj de pared. Cheynings solía hacerlo pensar en un mausoleo. Tal vez por eso tenía la extraña sensación de que lo estaban observando. Percibió movimiento y miró hacia lo alto de la escalera, pero nada perturbaba allí las sombras arrojadas por la luz de la luna.

Fantasmas, lo único que faltaba en Cheynings.

Sacudió la cabeza. Lo más probable era que fueran ratones. Cheynings necesitaba unos cuantos gatos, pero la viuda los detestaba.

Echó a andar hacia la izquierda, donde dos puertas llevaban a los aposentos de cinco habitaciones de la viuda. La puerta de la derecha daba al comedor y la de la izquierda al salón contiguo. En el salón había una puerta que comunicaba con el dormitorio, y más allá del dormitorio había un vestidor. Ese cuarto tenía una puerta que salía a un corredor de atrás, pero no tendría por qué necesitar esa salida.

El lugar más indicado para tener documentos era el despacho, que estaba más allá del comedor, y que sería difícil de registrar. Además, no creía que la viuda fuera a guardar documentos explosivos allí, ni siquiera en un cajón bajo llave. Querría tener esos documentos seguros, pero también tratarlos con reverencia y poder sacarlos de vez en cuando en la intimidad.

Eso significaba que el lugar más probable fuera el dormitorio, el más peligroso de invadir. Consideró la posibilidad de postergar la búsqueda para hacerla a la luz del día, pero eso no serviría. Los criados y la viuda podrían entrar y salir de ahí en cualquier momento a lo largo de toda la jornada.

Tenía que hacerlo ya. La viuda solía alardear de que dormía bien; consecuencia de una vida virtuosa y arduo trabajo, decía. Él había oído decir que tomaba un poco de opio para dormir. Eso esperaba.

Antes había tenido buen cuidado de fijarse en que la puerta del comedor estaba en buen estado de mantenimiento y se abría sin chirriar, así que esperaba que la del salón estuviera en iguales condiciones. Lo estaba, así que pudo entrar silenciosamente. Las cortinas estaban descorridas, por lo que la débil luz de la luna le permitió encontrar el camino hasta la puerta del dormitorio.

Esta también se abrió sin ningún chirrido y se encontró dentro de la habitación absolutamente a oscuras. Avanzó un paso, notando que se le hundían las zapatillas en una mullida alfombra. Estupendo. Podría caminar por ahí sin hacer ruido.

Oyó un ruido y se quedó inmóvil. Pasado un momento sin respirar, se relajó. Era un ronquido parecido al que se hace al sorber por la nariz. Esperó, contó hasta tres y volvió a oírlo. El sonido venía de delante de él, por lo que ahí tenía que estar la cama. A la derecha se oía el tic tac de un reloj; tal vez estaba sobre la repisa del hogar. Con sumo cuidado, cerró lentamente la puerta.

Un sonido de campana lo hizo pegar un salto que casi lo hace salirse de la piel.

El reloj había comenzado a dar las doce de la noche. Cuando por fin se quedó en silencio, aguzó los oídos, con la mano en el pomo, por si era necesario escapar como un rayo. Continuaban los suaves ronquidos. La viuda ya estaba tan acostumbrada al reloj que no la despertaba, pero eso no significaba que no la despertara un ruido extraño. La mente es lista en ese sentido.

Esperó inmóvil unos cuantos minutos, hasta estar seguro de que estaba dormida, y entonces avanzó hasta tocar la gruesa cortina; la siguió por los tres lados, confirmando que estaba totalmente cerrada. Sólo entonces abrió una portezuela de la linterna.

Tenía los nervios de punta, lo que era bastante extraño, porque eso era considerablemente menos peligroso que la mayoría de los otros registros que había hecho. Dudaba que la viuda tuviera una pistola debajo de la almohada, y si la tenía no era probable que le disparara si se despertaba. Y no podía llamar guardias para que lo metieran en prisión y lo torturaran. Además, que lo descubrieran allí no podía ser causa de ningún desastre diplomático.

Pero sería desastroso de todos modos.

La viuda le ordenaría que se marchara y a Ash le resultaría difícil impedirlo. Y era posible que no deseara hacerlo a menos que le explicara su conducta, lo cual, por su promesa de silencio, no podía hacer fácilmente.

Y si Ash se ponía de su parte, la situación empeoraría; Ash se marcharía a Londres, lo que sería peligroso y significaría también abandonar el lugar donde con más probabilidad estaban los papeles.

Se serenó y comenzó la búsqueda. Había pocos muebles en la habitación, y su atención la captó inmediatamente un escritorio de señora, cuyo estilo lo sorprendió. El escritorio del despacho de la viuda era inmenso y sencillo, pero delicado, de finas patas talladas, paneles decorados y figuras labradas. ¿Un gusto secreto por la frivolidad? Lo dudaba. Toda esa decoración servía para ocultar compartimientos secretos, y también trampas. Lo contempló detenidamente, atento a los suaves ronquidos.

Afortunadamente la llave estaba en la cerradura, así que la giró, haciendo sólo un ligerísimo clic, y levantó la tapa. Papel, tinta, arena, lacre, casillas con cartas dobladas. Los papeles secretos no estarían a la vista, ni siquiera en ese escritorio.

Miró atentamente la superficie para escribir, calculando las dimensiones del escritorio, y vio unos cuantos lugares donde podría haber espacio extra. Dejó la linterna en el suelo, se quitó los guantes, se los guardó en los bolsillos, y pasó los dedos por debajo del borde labrado del frontal. Presionó, empujó, tiró, al principio con suavidad y luego con más firmeza.

Esta vez el clic sonó fuerte y un ronquido fue interrumpido por un bufido.

—Qué...

La voz detrás de las cortinas sonó adormilada, pero él no estaba dispuesto a correr ningún riesgo. Cerró la tapa del escritorio y avanzó sigilosamente hasta agacharse a los pies de la cama. Cerró la portezuela de la linterna y esperó. Si ella abría la cortina, por el lado que fuera, no lo vería. Si se bajaba de la cama él podía esconderse en el otro lado.

Pero, maldición, demonios, en esa negra oscuridad la tenue luz que salía por los agujeros de arriba de la linterna podría delatarlo. No podía apagar la vela sin abrir aquel artilugio, y aun si lograba apagar la llama, siempre quedaría el olor del humo. Ella gritaría pidiendo auxilio, entrarían los criados corriendo y él quedaría allí atrapado.

—¡¿Quién está ahí?! —exclamó la viuda. Se apartaron las cortinas, por el lado derecho de él—. ¿Jane? ¿Eres tú? ¿Qué estás haciendo, mujer estúpida?

Él ya iba gateando hacia la izquierda. Era el momento de escapar por la puerta del salón. Aunque ella lo oyera, no lo vería. Se estaba incorporando cuando sonaron las argollas de las cortinas de la izquierda. De un salto volvió a esconderse al pie de la cama.

—¿Quién anda ahí? ¡Sal! ¡Muéstrate!

Que la peste se llevara a esa vieja dragona, aunque tuvo que admirar su valor. Tal vez sí que tenía una pistola debajo de la almohada. Igual hasta la tenía amartillada y apuntándole.

—¡Sal a la vista he dicho!

En cualquier momento se pondría a gritar pidiendo auxilio, y si los criados no estaban despiertos ya, vendrían entonces. Y ahí estaba él, cogido como un hurón en una trampa. Lo único que podía hacer era esperar para ver por qué lado se bajaría de la cama y entonces lograr escapar corriendo antes que ella pudiera identificarlo.

¿Cuántos hombres de seis pies* de altura y pelo rubio había en esa casa? Después de años de sobrevivir a ese tipo de cosas contra enemigos mucho más expertos, iba a verse sorprendido por una anciana en una casa ruinosa y helada debido a una estúpida saga de pecados y disparates reales.

Un fuerte ruido proveniente de algún lugar de la casa lo sobresaltó.

Luego un grito.

Pum, pum, pum...

Los ruidos parecían de alguien cayendo por la escalera. Se incorporó para correr a prestar auxilio, y entonces cayó en la cuenta de que no podía ir.

Silencio mortal.

Literalmente.

---

* 6 pies equilvalen a 1,83 m. *(N. de la T.)*

Lo recorrió un escalofrío. Tenía la impresión de que el grito sonó como si fuera de Damaris.

La viuda estaba mascullando y moviéndose, y él no lograba concentrarse para determinar por los ruidos lo que estaba haciendo. Bajando de la cama por la izquierda.

Muévete hacia la derecha.

Le llegaron unos vagos sonidos que le indicaron que ella había encontrado la bata y se la estaba poniendo. Le zumbaba la cabeza por la necesidad de salir corriendo por el vestidor para ir a ver si había sido Damaris y si estaba bien.

Una puerta se cerró con un golpe en alguna parte, en la distancia.

Se abrió la puerta del salón y unos fuertes pasos se alejaron.

—¿Qué pasa? —preguntó la viuda desde una cierta distancia.

Fitz ya había entrado corriendo en el vestidor, y estaba buscando desesperado la puerta de servicio que tenía que haber allí. Abre la linterna, imbécil. Ahí estaba.

Cuando salió al corredor oyó exclamar a la viuda «¡Dios nos salve a todos!» Se le evaporó el sentido de la orientación y corrió un trecho hacia el lado contrario, hasta que se dio cuenta y se corrigió, entrando catapultado en el vestíbulo.

—¡Sirvientes! ¡Ashart! ¡Alguien! —estaba gritando la viuda a voz en grito.

Por todos lados se oían golpes de puertas, pies presurosos, voces.

Fitz llegó corriendo hasta el cuerpo caído, que ocupaba el último peldaño de abajo y parte del suelo de baldosas. Camisón blanco. Bata oscura. Cabellos largos recogidos en una trenza.

Damaris.

Se arrodilló a un lado y comprobó si respiraba.

—Respira. Gracias a Dios.

—¡Claro que respira! —ladró la viuda—. Eso ya lo he visto yo. ¿Qué le pasa?

—Al parecer se ha caído por la escalera —contestó él, palpando la pequeña y delicada cabeza de Damaris en busca de chichones.

—Es usted un insolente, señor. Siempre lo he pensado. Y ella también. ¿Qué hacía vagando por la casa a medianoche? Jamás debería haberme relacionado con una criatura así. Nunca fue digna...

Fitz se desentendió de la parrafada y centró la atención en examinar a Damaris, en busca de posibles lesiones o heridas, consciente de que iban llegando más y más personas, todas emitiendo exclamaciones y hablando. En ese momento comprendió cómo se sintió Ash cuando Genova pareció estar cerca de la muerte. Deseaba coger a Damaris en sus brazos y suplicarle que le hablara, que volviera en sí, que viviera. Deseaba bañarla en besos sanadores.

—Damaris —le dijo, apartándole suavemente unos mechones de su pálida cara—. Vamos, háblame...vamos. ¿Dónde te duele?

Ella gimió y abrió los párpados. Lo miró.

El gemido no fue muy convincente y él vio risa en sus ojos.

Apenas logró reprimir un gemido. La estrangularía. Pero por el momento, le giró la cara hacia el pecho de él.

—Chhss, creo que no hay ninguna lesión grave.

Genova ya estaba ahí, arrodillada a su lado.

—¿Puedes mover los brazos y las piernas, Damaris?

Damaris la miró, con la expresión más controlada.

—Creo que sí —musitó con voz patética, flexionando los brazos y las piernas—. Sólo me duelen un poco.

Sólo cuando Genova le estiró la ropa toda arrugada, cubriéndola, Fitz cayó en la cuenta de que acababa de ver flexionarse una hermosa pierna desnuda, una pierna blanca, delgada, de suaves y lisos músculos, que no lo ayudaba en nada a recuperar la cordura.

Entonces Ash se arrodilló también a su lado.

—¿Estás seguro de que está bien?

—Eso me parece.

—Ay, Dios, ay, Dios.

Esa era lady Thalia, que venía bajando la escalera, añadiendo otra vela a la colección. Probablemente ese vestíbulo jamás había estado tan iluminado por la noche desde hacía... cuántos años. La mayor parte del escaso personal de la casa parecía estar ahí.

—¿Estabas caminando sonámbula, querida? —preguntó lady Thalia, en peligro de caerse escalera abajo con su colección de chales que le arrastraban.

Ash subió corriendo a ayudarla.

—Creo que sí —repuso Damaris, con una vocecita débil, confundida, y le echó otra mirada pícara a Fitz.

La estrangularía. Decididamente.

—¡Fuera de aquí todos! —ladró la viuda al grupo de criados, que iba aumentando en número—. No aceptaré mañana un mal servicio debido a esta tontería. ¡Fuera, fuera! —Cuando ya se iban alejando los criados, volvió las armas hacia Damaris—. Caminando sonámula, desde luego. Fisgoneando, más bien. Desperté pensando que pasaba algo.

—¿Por qué iba a andar fisgoneando por la casa? —preguntó Damaris, tal vez con demasiado vigor para su estado—. Sobre todo —añadió, sentándose y haciendo un gesto de dolor—, siendo esta casa tan fría y húmeda.

Fitz deseó aplaudirle la valentía, pero se limitó a quitarse la chaqueta y ponérsela sobre los hombros.

—Ahora te vas a congelar tú —dijo ella, sorbiendo por la nariz, en un gesto que a él le pareció muy sincero. Estaba descalza.

—Señor Fitzroger, ¿por qué está totalmente vestido a estas horas de la noche? —preguntó la viuda.

Condenación.

—Salí a caminar, lady Ashart.

—¿Fuera? —exclamó ella, dando a entender con su tono que eso era una clara prueba de locura.

—Me gusta el aire fresco.

—¿Qué es eso? —preguntó ella, apuntando.

Él giró la cabeza y vio la linterna a su lado, con la vela apagada. Por primera vez en años se sintió sobrecogido por el pánico; la viuda estaba oliscando en busca de un delincuente como un terrier detrás de una rata. Cogió la linterna y abrió una portezuela.

—Diseño mío, lady Ashart. Es ideal para iluminar los senderos en una noche oscura.

Ella lo miró fijamente, emitió un bufido de frustración y echó a andar pisando fuerte en dirección a sus aposentos.

—Menos mal —dijo Ash, pasado un momento— que no se fijó que saliste a hacer tu paseo de medianoche en zapatillas que, además, están notablemente intactas después de esa pequeña excursión.

Fitz se miró las zapatillas. Esa era la última maldita gota. ¿Cuando fue la última vez que lo pillaron en una situación incómoda y él soltó un cuento tan lleno de contradicciones? Y evidentemente ahora Ash tendría preguntas serias que hacerle.

—Necesito ponerme de pie —dijo Damaris, tendiéndole la mano.

¿Para desviar la conversación?, pensó él. ¿Qué sabía ella? ¿Qué sospechaba? ¿Por qué demonios no estaba durmiendo virtuosamente?

—¿Estás segura de que no te has hecho daño?

—Nada importante.

—De todos modos, te llevaré hasta tu cama.

Un toque de oro que saliera de ese desastre, pensó al cogerla en brazos, toda ella tierna, esbelta, ligera, deseable.

—Muy juicioso —dijo Thalia comenzando a subir la escalera—. Seguro que mañana te vas a sentir rígida, querida. Yo me caí así una vez y al principio no sentía nada, pero ay, lo dolorida que estuve al día siguiente. Tengo un linimento muy bueno. Tu doncella te puede friccionar con él las piernas y la espalda.

Fitz ahogó un gemido al imaginarse eso. El solo peso de Damaris lo excitaba. Subir en brazos por la escalera a una mujer no era tarea fácil, pero le encantaba tenerla tan pegada a él, tan dependiente de él, tan confiada.

Genova pasó por un lado corriendo para dar alcance a Ash, que estaba ayudando a lady Thalia a subir, para evitar otro accidente, y él aprovechó esa oportunidad para decirle:

—Me gustaría darte una paliza.

Le gustaría hacerle muchas otras cosas, todas muchísimo más agradables, pero tal vez a eso se debía que sus sentimientos fueran tan violentos acerca de esa broma.

La trenza le caía por delante, y nunca se había imaginado que tuviera el pelo tan largo. Debía caerle hasta más abajo de la cintura cuando se lo soltaba. Deseó ahogarse en ese pelo, besarle el arco y el empeine de ese blanco y elegante pie.

Sin embargo, la trenza y la sencillez de su bata sugería una inocencia de escolar. Demonios, a pesar de sus veintiún años, Damaris Myddleton bien podría haberse criado en un convento. Él era un canalla por sentir esos deseos.

—¿Por qué me miras tan enfadado? —susurró ella—. Acabo de salvarte.

—¿Arriesgando tu vida? ¿Debo darte las gracias?

—Como si yo...

—¿Damaris? ¿Pasa algo? —preguntó Genova, volviendo hacia ellos mientras Ash acompañaba a lady Thalia a su habitación.

Fitz deseó decir que él era capaz de cuidar de Damaris, ponerla en la cama y friccionarle el dolorido cuerpo con el linimento...

—Me está sermoneando por ponerme en peligro —se quejó Damaris—. Una persona no puede evitar caminar sonámbula.

—Tal vez deberíamos encerrarte con llave por la noche —masculló él.

—¡Ni te atrevas!

—Damaris, Fitz —dijo Genova en tono tranquilizador—. Todos estamos con los nervios de punta. Te vamos a llevar a tu cama. ¿A no ser que prefieras dormir con Thalia esta noche?

—No, no, estaré bien. Maisie comparte la cama conmigo.

—Pero por lo visto duerme demasiado profundo para ser buena guardiana —masculló Fitz.

Genova dirigía la marcha llevando su vela, así que él la siguió, agraviado porque no habría ninguna posibilidad de cometer el más mínimo indecoro, aun cuando se caparía antes de cometer alguno.

Por lo menos fue él quien la puso en la cama. Depositó su carga sobre la sábana en medio de los revoloteos y alboroto de Maisie, con su cofia y sus chales y los ojos como platos. Damaris lo miró, y a él le pareció extraño que a la tenue luz del ya mortecino fuego del hogar y una vela pudiera verle con tanta claridad la oscura línea de sus pestañas y su tersa y blanca piel.

Ella movió los labios como si quisiera decir algo, pero luego le sonrió, casi triste, antes que la doncella lo sacara de la habitación y le cerrara la puerta en las narices.

Juiciosa doncella.

Decididamente tenía que marcharse de allí, porque una jovencita no se arroja escalera abajo para ayudar a un hombre a no ser que crea estar enamorada de él. Y a pesar de toda su voluntad y buenas intenciones, no sabía si podría resistirse si ella se le arrojaba en los brazos. Se retiró a su habitación y buscó refugio en la bebida, lo cual fue muy poco juicioso, porque pasada media hora se abrió la puerta y entró Damaris. Venía envuelta en una capa de piel plateada, y se puso el dedo en los labios, lo cual era innecesario ya que él había perdido totalmente la facultad del habla.

Ella caminó hacia él sin dar muestras de su reciente coqueteo con la muerte.

—Tenemos que volver a intentarlo —le dijo.

—¿Tenemos? —logró graznar él, pues tenía la boca reseca y la garganta oprimida.

¿Intentar qué? Ni siquiera logró encontrar la fuerza para levantarse del sillón.

Ella ya estaba a dos palmos de él, una gata ceñuda dentro de un marco de piel gris.

—¿Estás borracho?

—Nooo. Tres copas de coñac no son nada.

La oyó canturrear de esa manera escéptica tan suya.

—Será mejor que esperemos hasta mañana entonces, pero podemos planearlo. Esta noche habría resultado mejor si hubieras confiado en mí.

A él se le agrandaron los ojos de asombro.

—¿Por qué demonios tendría que hacer eso?

No era prudente mirarla. Estaba de pie casi tocándole las rodillas con las de ella, los ojos serenos y críticos, echándose hacia atrás la capucha de la capa. Debajo llevaría esa sencilla bata sobre el blanquísimo camisón. El pelo seguía recogido en una trenza, que le caía por delante. Se imaginó deshaciéndosela hasta que los cabellos le cayeran a todo alrededor, velando su cuerpo.

Su blanco cuerpo desnudo.

En la cama de él.

—¿Por qué? —repitió ella—. Porque necesitas ayuda. Sabes que la necesitas. Te habrías encontrado en un buen apuro si yo no te hubiera visto y montando esa distracción.

Necesitaba escapar. Para escapar tenía que ponerse de pie. Si se ponía de pie quedarían tocándose casi por todas partes.

Pensó, tratando de encontrar la manera de salir del apuro, pero al final recurrió a la brusquedad.

—Vete —le dijo.

Su expresión herida le dolió, pero tenía que protegerla y protegerse él.

—No manifiestas mucha gratitud.

—No te pedí que arriesgaras el cuello.

—Y no lo arriesgué. Lancé un grito, pisé fuerte sobre unos cuantos peldaños y luego me tendí trágicamente al pie de la escalera.

—¡Enseñándole las piernas a todo el mundo!

Ella se inclinó, con las cejas tan fruncidas que casi se tocaban en medio del entrecejo.

—Habría sido bastante sospechoso, ¿verdad?, si la ropa se me hubiera arreglado sola en perfecto decoro. Tan sospechoso como tus zapatillas limpias y secas, que te delataron.

Condenada arpía inteligente. Le cogió la trenza y se la tiró, acercándola más. Ella se resistió, cogiéndole la muñeca.

—¡Suéltame!

—Has venido aquí por propia voluntad, ¿no? ¿A qué, Damaris? ¿Para qué?

Vio en ella un repentino temor, pero necesitaba una lección.

—Para que volviéramos abajo a buscar los papeles —protestó ella.

Pero él sabía que no. Estaba jugando con fuego y necesitaba quemarse para que no volviera a hacerlo. La acercó más aún, le cogió la cabeza con la otra mano y la besó fuerte. Su intención era que el beso fuera duro, violento, pero si alguien se quemó fue él.

Le liberó los dulces y ardientes labios y se levantó de un salto, haciéndola a un lado con tanta brusquedad que ella se tambaleó, mirándolo con los ojos agrandados por la conmoción.

Él le dio la espalda y se pasó las manos por el pelo enterrando los dedos.

—¿Te irás ahora?

—Por supuesto —repuso ella con una vocecita débil y llorosa—. Si estás empeñado en ser cruel.

Ay, Dios. Bajó las manos de la cabeza y se giró a mirarla.

—Damaris, sabes que no deberías estar aquí.

—Nadie lo sabrá. Maisie está roncando otra vez y, además, ella no se lo diría a nadie.

—Los criados siempre cotillean.

—No cuando el cotilleo podría obligar a un matrimonio que la criada no desea que ocurra. Ella quiere que yo me case con un título.

—Juiciosa Maisie. Pero si alguien te sorprendiera aquí podrías acabar en el altar conmigo. Y tú también deseas casarte con un título.

—¿A qué podrían venir aquí Ashart, Genova o lady Thalia desde la otra ala? Pero si vinieran no me obligarían a casarme contigo. Todos están de acuerdo en que eres totalmente inconveniente para mí como marido.

—Entonces probablemente Ashart me retaría a duelo. Como huésped en su casa, él te considera bajo su protección. ¿Deseas que alguien muera por tus caprichos? Tal vez te golpeaste en la cabeza cuando te caíste. Esa es la única explicación de esto.

—¡No me caí! —protestó ella, pero al parecer las palabras de él habían dado en el blanco—. Lo siento entonces. Tienes razón. Pero no hay ningún peligro...

—¡Ningún peligro!

La atrajo hacia él y le dio otro violento beso.

Sabía que no debía, sabía que se estaba sumergiendo en el centro del fuego, pero no pudo parar. El deseo le avasalló hasta la última gota de sensatez y autodominio.

El pensamiento se evaporó y sólo pudo sentir, sentir el placer y el hambre de más. La levantó en brazos y la llevó a la cama; allí le abrió el broche de la capa forrada de piel y la extendió, enmarcándola en plateada blandura.

Ella tenía los ojos muy abiertos, los labios separados, pero no mostraba ni consternación ni miedo.

Con las manos temblorosas le abrió la bata, consciente de distantes y clamorosas advertencias, pero más apremiado por la conciencia del inminente éxtasis.

Miró esos ojos de gata, tal vez con la esperanza de ver en ellos algo que lo rescatara, pero los ojos estaban oscuros de deseo.

Ella sonrió, lo agarró y lo hizo caer encima de ella para obtener más besos, besos interminables, besos más maravillosos al tener su cuerpo en las manos y su delicado y cálido aroma.

Jazmín.

Deshonra.

No podía importarle. No en ese momento, cuando ella le estaba acariciando la espalda con manos ávidas, arqueándose debajo de él con pasión, abriéndole las piernas para que él quedara anidado entre sus muslos. Con la mano izquierda buscó y encontró la maravillosa tersura de su pecho, y la sintió reaccionar con una exclamación.

Probablemente él era el primero que la tocaba así.

No debería tocarla así.

—¡Ah, sí! —musitó ella, doblando una pierna por encima de él, apretándolo más a ella, arqueándose contra él.

Él le levantó el camisón hasta acariciar la sedosa y cálida piel del muslo y luego buscó los botones de sus calzas, que estaban tan cerca.

Pero encontró un vestigio de sensatez y se detuvo.

Ella tenía el pecho agitado, subiendo y bajando, igual que el de él. Le vibraba el cuerpo de ansias, apretado al de él, y sus manos le apretaban con fuerza los brazos.

Ella tenía los ojos cerrados, pero él vio el cambio en su expresión. Estaba comenzando a pensar también.

Le besó los labios, de la forma más suave y ligera posible.

—Damaris, mírame.

Ella lo miró, resentida.

Ay, Dios, cómo la amaba por esa pronta y gloriosa pasión, por encima de todos sus otros dones. Pero no era para él.

—¿Deseas casarte conmigo? —le preguntó.

—Esa es una proposición muy descortés.

—Contéstame.

Ella desvió la cara, pero él esperó, y pasado un momento, tal como él sabía que haría, volvió a mirarlo.

—Tal vez.

—Deseas ser una duquesa —le recordó él, desenganchándole la pierna—. Una de las más grandes damas del país.

Pero ella se aferró a su camisa.

—No sé si deseo ser señora de una casa grandiosa.

—No tomes a Cheynings por modelo.

—No la tomo. Lo digo en serio, Fitz. Deseo un hogar. Un verdadero hogar.

Él le desprendió las manos y se bajó de la cama.

—No lo lograrás conmigo.

Ella le tendió una mano, con lágrimas en los ojos, suplicándole en silencio. Él se la cogió pero aprovechó para levantarla y bajarla de la cama.

—Te conviene casarte con un hombre de título y posición y eso es lo que debes hacer. —Intentaba ser duro, pero tuvo que limpiarle una lágrima que le corría por la mejilla y deseó volver a cogerla en sus brazos para consolarla—. Sí, hay pasión entre nosotros, Damaris, pero no es eso lo que importa. Si permito que te atrape, me odiarás todos los días de tu vida.

Empezó a abotonarle la bata, pero ella se apartó y se la abotonó sola.

—Tal vez no —dijo.

Dios santo, ¿él había hecho eso? Mirando en retrospectiva, comprendió que no debería haber ido tras ella esa primera mañana. Ella estaría muchísimo mejor si la hubiera cogido sir Henry después. Ni siquiera una paliza le habría arruinado la vida.

Fue a ponerse junto al hogar, donde las llamas lamían el último leño negro. Sabía lo que debía hacer, aun cuando le doliera como un sable enterrado en el vientre.

—Es hora de que sepas la verdad sobre mí.

Élla lo miró con los ojos muy abiertos como anticipándose al sufrimiento.

—No soy recibido en sociedad —continuó él—. Ashart y Rothgar son excepciones, Ash por amistad y Rothgar por el bien de Ash y porque le soy de utilidad. Los que me excluyen lo hacen justificadamente. —Le costó esfuerzo mirarla a los ojos, pero la miró—. Me acosté con la mujer de mi hermano. Eso hirió a todos los involucrados y separó a mi familia. Fue causa de una pelea con mi hermano durante la cual se cayó y se golpeó la cabeza. Desde entonces ha sido propenso a violentos ataques de ira, lo que hace más difícil aún la situación de mi madre y mis hermanas. Su mujer, mi acompañante en el pecado, se arrojó por la escalera poco después y se rompió el cuello. —Vio que los ojos de ella estaban oscurecidos por el horror—. La historia es muy sabida y mi hermano sigue sediento de mi sangre. No quiero ponerle encima la carga de matarme, así que debo marcharme del país tan pronto como pueda. Ahora vuelve a tu dormitorio y olvida lo que ha ocurrido aquí.

Ella cogió su capa, tal vez ahogando un sollozo, y luego se quedó ahí, tragándose las lágrimas.

Sin poder contenerse, él cogió la capa y se la puso sobre los hombros.

—Lo siento, Damaris.

No podía ni empezar a hacer la lista de todas las cosas que lamentaba.

Ella lo miró, arrugando la cara al sorber las lágrimas.

—Pero estás haciendo algo importante aquí, manteniendo a salvo a la gente. Eso no puedes negarlo.

—Lo uno no afecta a lo otro.

—Pues debería.

Él no intentó contestar a eso.

—Muy bien, entonces —dijo ella, con el mentón firme y alzado—. Dije que te ayudaría y te ayudaré. Mañana encontraré una manera de tener ocupada a la viuda para que puedas volver a buscar los papeles en su habitación.

Dicho eso salió de la habitación, y de pronto Fitz se volvió hacia la pared, estremecido por la pérdida, por las lágrimas y los violentos restos de la pasión no satisfecha.

14

A la mañana siguiente, Genova y lady Thalia rodearon de mimos y atenciones a Damaris, al parecer sin creer que no se sentía peor por el accidente. Era muy posible que eso lo explicara su cara, que reflejaba la noche sin dormir y su angustia por lo que le había contado Fitz.

Era realista. No esperaba que los hombres fueran puros, mucho menos los hombres mundanos, pero lo que había hecho Fitzroger... La peor traición posible a un hermano, que había dejado al pobre hombre lesionado, trastornado y viudo.

No era de extrañar que su familia no deseara tener nada que ver con él; y tampoco lo deseaba ella. El dolor que le producía esa idea le indicaba la magnitud de su locura, y le hacía ver la suerte que tuvo al escapar.

Al mismo tiempo, había saboreado el éxtasis en sus brazos, y eso su cuerpo no lo olvidaría. Se sentía magullada y casi enferma por eso. La escasa luz invernal la deslumbraba, y el aire frío le raía la piel. El roce de sus pieles la hacían estremecerse de esa recordada necesidad. Su mente no lograba conciliar lo que él le había dicho con lo que ella sabía de él en su corazón.

Los hombres estaban ocupados en alguna parte, así que aún no tendría que encontrarse con Fitz. No sabía qué haría cuando se encontraran. No tenía una mínima idea de cómo debía tratarlo.

Mientras lady Thalia parloteaba, pensó en preguntarle sobre la historia de Fitz, pero no tenía ni un asomo de duda de que él le dijo toda la verdad. Cada palabra sonaba a verdad.

No soportaba pensarlo, pero no podía parar. Aun en el caso de que nadie más en el mundo lo supiera, ella no podía tener nada que ver con él. La verdad es que era tan débil que le importaba que tanta gente lo supiera. Cualquier esposa compartiría su vergüenza.

Esposa. Sí, había estado pensando en comprarlo para su placer.

Nada más. Le dolía el corazón.

¡Tenía que parar o se volvería loca! De repente el relato de lady Thalia de una anécdota de su juventud le recordó otras cosas. Todavía estaba el asunto de la sangre real de Ashart. Si sus conjeturas sobre el príncipe Enrique eran ciertas, era importante.

Esa noche le había prometido a Fitz ayudarlo para que volviera a los aposentos de la viuda, pero sería mejor si no fuera necesario. Lady Thalia había conocido a Betty Prease cuando esta ya era mayor, y tal vez sabía algo.

Podría probar de interrogarla otra vez, aunque no creía que la anciana ocultara secretos. Pero podría haber olvidado algo. Si revisaban juntas los papeles Prease que faltaba revisar, tal vez alguno le traería algún recuerdo olvidado.

Eso era mejor que estar ahí sentada deprimiéndose.

Lo propuso, y las tres entraron en la biblioteca, aunque lady Thalia no iba muy entusiasmada. Se quedó a un lado sentada mientras Genova y ella iban clasificando papeles, diciendo lo que eran.

La anciana sí recordó algunos cotilleos, pero no eran importantes y muy pronto comenzó a bostezar.

—Qué aburridas son esas cosas antiguas —declaró—. Os dejaré en esto y me iré a leer un libro. *Cándido*. Qué escandalosamente entretenido.

Cuando salió lady Thalia y cerró la puerta, Genova dejó en el escritorio una lista de lavandería, demostrando que tenía muy poco interés también.

—¿Sabes en qué andaba Fitzroger anoche? —preguntó.

—No lo sé muy bien, pero está claramente empeñado en descubrir lo de la sangre real de Ashart. Y si hay algún papel relacionado con esa aventura real, lo más probable es que lo tenga la viuda.

—O sea, que estuvo registrando sus aposentos. Habría habido una hecatombe si lo hubieran sorprendido. —La miró fijamente—. Y ¿tú te arrojaste por la escalera para ayudarlo a escapar?

Damaris puso los ojos en blanco.

—¿Por qué todos me creen una estúpida? Lógicamente no me arrojé. Hice todos los ruidos convenientes y luego me tendí ahí en posición trágica.

—Qué inteligente eres.

—Estoy bastante orgullosa de eso, te diré, aunque si hubiera tenido tiempo para planearlo podría haberlo hecho mejor. Fitzroger se guarda demasiado las cosas.

—Sospecho que esa es su manera de ser. Con su historia —miró a Damaris preocupada—. Le pregunté los detalles a Thalia.

—No te preocupes —se apresuró a decir Damaris—, lo sé todo. Es un seductor incestuoso, inicuo, y no puedo tener nada que ver con él.

Genova pareció sorprendida por esa descripción, pero no la discutió.

—Me sorprende que Ashart y Rothgar le permitan la entrada en su casa poniendo en peligro a damas inocentes —masculló Damaris.

—Hay un profundo afecto entre Ashart y Fitzroger —dijo Genova amablemente—. Las amistades son así a veces, casi como enamorarse. En opinión de Ash, el escándalo ocurrió hace muchísimo tiempo y ya debería estar olvidado, pero el mundo no es tan complaciente.

—Pero lord Rothgar me hizo venir aquí con Fitz —alegó Damaris, aliviada por poder hablar de esas cosas con alguien—. Me ordenó que viniera aquí. Tenía que saber que yo quedaría en compañía de él.

—Sí —dijo Genova, ceñuda—. Eso es raro.

—O sea, ¿que no es todo tan malo? —Ay, patética esperanza.

—No creo que sea eso. Tal vez lord Rothgar da por sentado que una mujer bajo su protección es intocable.

—Lo cual me deja incapacitada para elegir yo.

—De elegir mal —corrigió Genova.

Damaris se ruborizó.

—No veo por qué no debería tomar yo mis propias decisiones.

—A los ojos del mundo, Rothgar es ahora el responsable de tu seguridad y bienestar. Damaris, ten cuidado —añadió en tono apremiante—. Piensa en Ashart. Al enviarte aquí, en cierta forma Rothgar le ha cedido tu custodia a Ashart. No querrías una pelea entre Ash y Fitz por tu causa.

Damaris miró el papel que tenía en la mano, un certificado de entierro de un bebé nacido muerto. Genova le cogió la mano y se la apretó.

—Mi querida Damaris, las cosas son muy extrañas en estos momentos. En Londres será diferente. Conocerás a otros hombres. Podría ser que conocieras a unos cuantos, en especial de la variedad apuestos y encantadores.

Damaris detestó ser la causa de tanta aflicción y logró esbozar una sonrisa.

—Sin duda tienes razón. —Colocó el papel en el rimero que le pareció era de nacimientos, matrimonios y muertes—. Volviendo al tema de Betty Crowley y el rey —dijo enérgicamente—, hay algo importante en eso, así que creo que deberíamos ayudar a Fitz a registrar los aposentos de la viuda. No puede volverlo a intentar esta noche, porque seguro que ella tomará precauciones. Así que tiene que ser durante el día, y tenemos que buscar la manera de sacarla de ahí para que no estorbe.

Genova pareció sorprendida y luego negó con la cabeza.

—Lo siento, no puedo hacer nada de eso sin la conformidad de Ash. Estamos hablando de robarle a su abuela.

—No es robar exactamente.

Genova no se convenció.

—Entonces le pediré la aprobación a Ash —dijo Damaris.

—Jamás la dará.

Damaris consiguió no perder la paciencia.

—Entonces por favor recuérdale que le pida cualquier papel que tenga durante la comida de hoy.

Y cuando ella se niegue, pensó, quizá esté más dispuesto a aprobar el latrocinio.

Fitz había hecho frente al interrogatorio de Ash con la mejor arma: la verdad. Al menos la mayor parte.

—Me pareció que la viuda no soltaría ningún papel por muy cortésmente que se lo pidieras. Así que pensé que sería mejor entrar sigilosamente y cogerlo.

Estaban en las zonas bajas del sótano, buscando el lugar por donde tenía que entrar el agua de la lluvia. Esa mañana Ash había querido salir a cabalgar y él consiguió desviarle la atención hacia ese problema.

—No volverá a ocurrir nada de eso —dijo Ash, haciendo un mal gesto al apartar unas gruesas telarañas.

A Fitz no lo sorprendía que Ash estuviera disgustado. Si él estuviera en su lugar, estaría furioso.

—Como quieras —dijo, consciente de que tal vez tendría que romper esa promesa implícita—. Fue un capricho de medianoche.

—¿Y la caída de Damaris por la escalera?

—Vaya por Dios, ¿es que crees que la recluté yo para que ofreciera una distracción? Te aseguro que no.

—Estupendo. Ahora está a mi cargo y no permitiré que le ocurra nada malo.

Esa advertencia, pensó Fitz, se refería a algo más que a aventuras. Pero en eso estaba totalmente de acuerdo con su amigo. No había pegado ojo esa noche, pero sentía una especie de paz en el alma. Ocurriera lo que ocurriera, Damaris estaba a salvo de él.

Encontraron la prueba que buscaban, una mancha blanca en la pared de piedra.

—¿Y qué hace uno con algo así? —preguntó Ash—. Y no es que no me entusiasme sondear estas profundidades. Vivo esperando encontrar un esqueleto.

—Tal vez de la última persona que estuvo aquí. ¿Sabes el camino de vuelta?

—Deberíamos haber desenrollado un ovillo de lana, ¿verdad? —Ash levantó la vista hacia el techo de rugosa piedra que formaba una bóveda de cañón—. Esto debe de ser parte de la casa anterior. Fascinante. Supongo que tengo que aprender arquitectura. ¿O es simple albañilería?

A Fitz no le extrañó que Ash encontrara eso más un desafío que una carga aplastante. Tenía un excelente cerebro y, aparte de estudiar astronomía, poco había hecho con él.

Ash estaba raspando la pared manchada con un palo que había encontrado, y se volvió a mirarlo.

—Lo sé, debería haberme dedicado a esto antes, pero Nani siempre se ha ocupado de las cosas y yo sabía que se disgustaría si yo intentaba hacer cambios. La verdad, pienso si no se desintegrará de aburrimiento si deja de llevar la propiedad. Aparte de que es un trabajo condenadamente difícil buscar el favor en la corte, ¿sabes?

—¿He dicho algo?

Ash se echó a reír.

—Estoy discutiendo con mi conciencia. Vamos. No podemos hacer otra cosa que mirar hacia el futuro.

Fitz lo siguió, deseando que eso fuera cierto y pensando cuánto tiempo más podría impedirle a Ash hacer una inspección exhaustiva de sus propiedades. Esa situación no podía continuar. En su mensaje a Rothgar había añadido una frase críptica pidiéndole permiso para decirle a Ash el peligro que corría. Le había dado un día de plazo al marqués.

Encontraron a Genova y Damaris en la biblioteca pequeña, metiendo documentos en las cajas, y vieron que cada caja llevaba una lista ordenada de los tipos de documentos que contenía.

—He adquirido una secretaria extra además de una esposa —comentó Ash.

—Yo no, señor —protestó Genova, apartándose un mechón de su sucia cara—. Es Damaris la que ha insistido.

—Me gustan las cosas ordenadas y en su lugar —dijo Damaris, a la defensiva.

—Y yo lo apruebo —dijo Fitz.

No la había visto desde la noche anterior, y todos los nervios de su cuerpo estaban conscientes de eso, sobre todo ahí. El día anterior se habían besado en esa sala. Tal vez el olor rancio de los papeles viejos se convertiría para él en algo erótico para siempre.

Ash le estaba quitando las manchas de polvo de la cara a Genova, igual que había hecho estúpidamente él con Damaris.

Ella fue a ponerse a su lado, casi como si no hubiera cambiado nada, a excepción de sus ojeras y una nueva manera de ladear el mentón.

—No encontramos nada relacionado con Betty Crowley —le dijo—. Lady Thalia nos ayudó un rato, pero no recordó nada de interés.

Entonces entró la anciana a preguntar alegremente si jugarían al whist.

Era el momento de hacer preguntas claras, pensó Fitz.

—Lady Thalia, ¿recuerda algo de la juventud de Betty Crowley? ¿Alguna historia? ¿Algo que pudiera haber dicho?

Lady Thalia arrugó la frente, pensando.

—Creo que no —contestó al fin—. Lo que sí le pregunté fue cómo era la corte del rey Carlos, y dijo que nunca había estado allí.

—¿Nunca? —exclamó Genova—. ¿Cómo conoció al rey entonces?

—En esos tiempos los reyes recorrían el país —dijo Ash—. Basta de esto. Hemos revisado los papeles y no hemos encontrado nada. Rothgar tendrá que conformarse con eso.

A Ash se le estaba acabando la paciencia, pero Fitz tenía que insistir.

—Ibas a preguntarle a la viuda si tiene algo.

—Muy bien, se lo preguntaré durante la comida.

Ante la complacida sorpresa de Damaris, Ashart preguntó por los papeles casi al comenzar la comida.

—Nani, necesito ver cualquier documento que tengas concerniente a Betty Prease.

La viuda no detuvo el movimiento de llevarse la cucharada de sopa a la boca.

—No tengo ninguno.

—¿Ninguno? ¿Nada en absoluto concerniente a tu abuela?

—Ni siquiera una carta —contestó la viuda sin pestañear.

¿Cómo llamaban a un animal mítico que miraba así? Basilisco.

—Qué extraño —terció lady Thalia—, pero hay casos así. A veces las personas destruyen todos sus papeles antes de morir, por temor a que la gente descubra algo. O sus parientes lo hacen después, por el mismo motivo. Es probable que en este caso haya ocurrido eso. ¡Tendría algunos recuerdos sabrosos!

—Cesa esa estúpida cháchara —ladró la viuda—. Era una mujer irreprochable.

Damaris miró fijamente una fuente de patatas para no preguntar cómo era posible que lo fuera. O al menos para sugerirlo. Rogó que Ashart insistiera, pero él comenzó a hacerle preguntas sobre algunos problemas de los cimientos.

Eso le cambió el humor, y la única explicación que dio fue que no era urgente. Eso llevó a otras preguntas sobre las condiciones en que se encontraba la casa, y la atmósfera se fue enfriando y acalorando al mismo tiempo.

Ese era el camino equivocado, en opinión de Damaris y, peor aún, daba a la viuda un pretexto para retirarse. Tal como se imaginó, a mitad del segundo plato lady Ashart se levantó y salió del comedor pisando fuerte. Damaris habría mirado a Fitz poniendo los ojos en blanco, si no fuera porque estaba sentada al lado de él.

¿Aceptaría entonces Ashart que Fitz robara los papeles?

Terminaron rápidamente la comida, volvieron al salón de arriba y les llevaron el té. Conversaron de todo un poco. Damaris ardía en impaciencia por sacar el tema peligroso, pero decidió fiarse de Fitz y dejar que él eligiera el momento.

Tan pronto como salieron las criadas, él habló:

—Tiene algo, Ash, y me gustaría buscarlo.

—No. Es una anciana difícil, pero tiene derecho a guardar sus secretos. No tenemos ningún derecho a invadir su intimidad sólo para que tú ganes el favor de Rothgar.

—¿No te interesa saber la verdad sobre tu linaje?

—¿Por qué habría de interesarme? Los compañeros de cama de la señora Betty no tienen ninguna importancia ahora, pero sí el hecho de que esta casa se está desmoronando a nuestro alrededor. —Miró a Genova, pesaroso—. Es un desastre, cariño. Tenemos trabajo para años.

Ella le sonrió.

—Una vida de trabajo, espero. No se me ocurre nada más encantador.

Damaris miró a Fitz hasta que él la miró, y le envió el mensaje de que ella todavía podría sacar a la viuda de sus aposentos. Él desvió la vista, pero no antes que ella viera la expresión de sus ojos, una expresión muy similar a la de la noche anterior antes de contarle lo del escándalo. Sintió un escalofrío, y no por una corriente de aire. Casi se levantó del sillón para acercarse a él, pero en ese momento él comenzó a hablar:

—Ya es hora de que explique lo que pasa —dijo—. La vida de Ash podría estar en peligro.

Ash lo miró sorprendido, pero se limitó a decir:

—Continúa.

—Dado que yo ya soy amigo tuyo, unas personas del gobierno me pidieron que te vigilara. Como sabes, Ash, mi trabajo en el ejército consistía en mantener a salvo a hombres eminentes.

—¿Por qué no se me dijo? —preguntó Ashart, con expresión escéptica y molesta.

—En ese sentido las órdenes fueron estrictas y concretas. Ahora las estoy incumpliendo, pero antes de entrar en detalles, cada uno de vosotros debéis prometerme que guardaréis el secreto.

—Supongo que tú hiciste esa misma promesa —dijo Ash en tono glacial.

Damaris casi vio a Fitz levantar un muro de protección entre él y el amigo que podría perder muy pronto.

—Y me duele romperla —dijo Fitz, en tono sereno—, pero un oficial en funciones debe tener cierto poder de discernimiento y decisión. No pido otra cosa de vosotros, simplemente que no reveléis la verdad a no ser que sea por un bien mayor.

—¿Qué bien mayor? —preguntó Ashart.

—La seguridad de la Corona y del país.

Ah. Damaris comprendió que se confirmaban sus peores temores.

—Yo lo prometo —dijo Genova, con esa calma que era como aceite en aguas revueltas.

—Y yo —se apresuró a añadir ella.

Lady Thalia añadió su promesa y por último, si bien algo renuente, Ashart. Pero dijo:

—¿La enfermedad de Genova tuvo que ver con esto?

Ay, Dios. Por la expresión de Fitz, Damaris vio que le había mentido; que la sidra caliente había sido envenenada. Debió contarle la misma historia a Ashart y el efecto sería explosivo.

—Eso supongo —dijo Fitz—. No hubo ninguna otra víctima.

Ashart se levantó de un salto.

—Maldit...

Fuera lo que fuera lo que iba a hacer, Genova ya estaba de pie entre él y Fitz.

—No puedes pensar que Fitz me pondría en peligro adrede, Ash. ¡Escúchalo!

Pasado un largo momento, el marqués soltó el aliento, pero sin disminuir ni en un ápice su actitud belicosa. Volvieron a sentarse, pero Genova le cogió una mano a Ash.

Damaris tuvo la impresión de que estaba sujetando a un tigre con una correa. Rogó que el poder del amor fuera lo bastante fuerte.

—Recibí las órdenes hace un mes —continuó Fitz—, pero hasta el viaje para venir aquí no vi ninguna señal. Llegué a la conclusión de que el peligro era leve o incluso imaginario. Esas alarmas de la corte suelen serlo. Sin embargo, me advirtieron que tu compromiso lo aumentaba. Yo lo consideré con escepticismo, pero resultó ser cierto, si suponemos que el intento de envenenar a Genova pretendía impedir vuestro matrimonio. Y no logro ver ningún otro motivo.

Ashart frunció el ceño.

—¿Por qué habría de importarle a alguien mi matrimonio? Ni siquiera tengo un heredero esperando entre bastidores.

—A Sophia le importa, querido —observó lady Thalia.

Ash la miró indignado.

—No voy a creer que Nani intentó matar a Genova.

—La supuesta amenaza —interrumpió Fitz—, nace de tu sangre real Estuardo, y es por eso que necesitamos cualquier documento que tenga la viuda relacionado con Betty Crowley.

—Explícate —dijo Ashart.

Damaris no se había imaginado que Ashart fuera capaz de una furia tan glacial. Fitz parecía impasible, pero eso tenía que ser muy doloroso para él, en muchos sentidos.

—Mi suposición es que tu antepasado Charles Prease debería haberse llamado Charles Estuardo. Que era legítimo.

—¿Un hijo del viejo Rowley? ¡Ridículo!

—Hijo del príncipe Enrique Estuardo, nacido después de su muerte, y después de su boda secreta con Betty Crowley.

Damaris se acordó de respirar. El silencio indicaba que todos entendían las implicaciones también. Pero entonces lady Thalia se cubrió la boca con una mano.

—Oh, qué trágico. Yo la creía una mujer fría, cuando su situación era tan parecida a la mía. Claro que yo no tenía por qué mantener en secreto mi amor ni mi luto.

Genova se precipitó a consolarla, porque a la anciana le corrían las lágrimas por las mejillas. Eso dejó libre a Ashart. Damaris mantuvo la atención puesta en los dos hombres, preparada para hacer algo, sólo el cielo sabía qué, para impedir que se mataran.

—Perdonadme, por favor —dijo lady Thalia limpiándose los ojos—. Viejas penas. Viejos sufrimientos. Continúa, Fitz. Es una historia sorprendente.

—Una historia ridícula —ladró Ashart—, pero termínala.

—¿Qué más mecesito decir? Lo entiendes.

Ashart se levantó y empezó a pasearse por la sala.

—¿Qué? ¿Que Nani debería ser la reina de Inglaterra?

Damaris ahogó una exclamación, porque no se le había ocurrido eso. Pero claro, la corona pasaba a mujeres, por lo tanto, sí, la marquesa viuda, la única hija superviviente de Charles Prease, o Charles Estuardo, era la siguiente en la línea de sucesión.

—¿Has olvidado la Ley de Sucesión? —preguntó Ashart—. Excluye específicamente del derecho al trono a cualquier Estuardo que quede. Por lo tanto, ¿qué amenaza representamos?

¿Es que voy a dirigir un levantamiento para apoyar la causa de mi abuela? ¿Con qué? ¿Con un ejército de doce mozos de cuadra?

—Francia —dijo Fitz.

Ashart se quedó inmóvil.

—Ni ella ni yo seríamos un títere de Francia.

—Por definición, un títere está controlado por el que mueve los hilos.

—Condenación...

Damaris saltó a ponerse entre los dos antes que volaran los puños.

—Explica lo de Francia —dijo.

Pasado un tenso momento, Fitz se giró hacia ella.

—Francia es nuestra enemiga desde muy antiguo, y acaba de salir de la guerra con la cola entre las piernas. Al rey Luis le encantaría crear disturbios. Tal vez no en Inglaterra. Tal vez no en Escocia, que aún no se ha recuperado de la derrota del cuarenta y cinco. Pero Irlanda está siempre preparada para crear problemas, sobre todo problemas católicos.

—¡Soy protestante! —exclamó Ash.

—Tienes una tía en un convento francés.

—Ah, vaya por Dios. Y ¿eso ahora nos persigue? La tía Henrietta eligió eso para escapar de Nani, por nada más. Pero ¿quieres decir que está en peligro también?

—Es posible. Está en algún lugar en la línea de sucesión y fácilmente podría caer en poder del rey francés. Ash, todo esto es una locura, sí, pero eso no anula el peligro. En Inglaterra todavía hay personas descontentas bajo el gobierno alemán.

—El rey es tan inglés como tú y como yo.

—No. Mis antepasados se remontan a la Conquista, como los tuyos. Y aún más, ninguno de nosotros gobierna un electorado alemán cuyos intereses a veces ponemos en primer lugar. El rey fue abucheado en el teatro por el asunto Wilkes.

—Una agitación temporal.

—Probablemente, pero no es extraño que las personas que rodean al rey estén nerviosas.

—Puede extrañarme a mí. Por el amor de Dios, ¿qué desean esos locos? ¿Matar a toda mi familia para eliminar esa absurda amenaza?

La respuesta era claramente sí. Damaris no se había imaginado que el silencio pudiera ser tan ruidoso. Cuando vio que nadie iba a hablar, dijo:

—O sea, ¿que si encontramos los papeles que interesan, todo esto se acaba?

—¿Cómo? —preguntó Ashart—. Si encontramos la prueba de un matrimonio se enciende la mecha.

—Pero una vez que se encuentra, la mecha se puede extinguir —dijo Fitz.

Ashart lo miró ceñudo.

—¿Y si ella no tiene tal prueba?

—Entonces hay muchas posibilidades de que no exista y podamos relajarnos.

—A no ser que alguien decida envenenar mi comida, por si acaso. O la de Genova. O la de nuestros hijos. Esto es intolerable.

—Cierto. Sería mejor encontrar las pruebas del matrimonio y destruirlas, y cada vez más estoy más seguro de que existen.

Ash se giró a mirar a lady Thalia.

—¿Tu comentario?

La anciana estaba insólitamente seria.

—Tiene que ser cierto, me parece. Betty Prease nunca encajó en el papel de una deshonesta amante real. Y tener la prueba explicaría el orgullo y la ambición de Sophia. Pobre Sophia, cargada con un marido indolente y dos hijos incapaces de conseguir ni siquiera su modesto objetivo de gobernar Gran Bretaña desde detrás del trono. Tú estás mejor equipado para eso, pero no creo que esté en tu naturaleza. Rothgar es el único por el que corre verdadera sangre real. Se ve al Estuardo en él, sobre todo a ese brillante y encantador pragmatista Carlos segundo.

Ashart y Genova se pusieron a hablar en voz baja, mientras el resto esperaba. Fitz se dedicó a contemplar las llamas, pensativo.

Pasado un rato, Ash se volvió hacia Fitz y le habló en tono abrupto:

—Y si buscamos, ¿cómo lo haremos? ¿Cómo encuentra alguien unas cuantas hojas de papel?

—Un concienzudo registro de una habitación en busca de papeles se diferencia muy poco de buscar peligros ocultos, y yo soy experto en eso. Encontré un compartimiento secreto en el escritorio de su dormitorio, y ese parece ser el lugar más probable.

Ashart continuaba reacio.

—Me disgusta la idea de que alguien registre la habitación de mi abuela. ¿Por qué no le explicamos sencillamente la situación? Así ella nos entregará lo que tenga.

—¿Crees que no entiende la situación?

—No sabe lo del peligro inmediato.

Damaris vio que esa idea sorprendía a Fitz, lo vio sopesar las opciones. Ella misma no sabía qué consideraba mejor.

—Así que esto se convierte en apostar a la suerte —dijo Fitz al fin—. ¿Soportaría ver destruidas las preciosas pruebas? En ese caso, todo bien. Si no, se apresurará a guardarlas en otra parte donde no las encontraremos jamás.

Ash palideció.

—Me cuesta creer que esté tan desquiciada, que sea tan poco compasiva. Tengo que probar con razones. —Pasado un largo silencio añadió—: Pero tú vendrás conmigo. Si se niega, la sujetaremos de alguna manera y tú irás a coger los papeles.

Damaris pensó si ella sería la única a la que le costaba imaginarse a esos dos hombretones rebajándose a dominar por la fuerza a una anciana.

—Creo que deberíamos ir todos —sugirió.

Ashart la miró con una expresión que indicaba que la encontraba impertinente, pero Genova apoyó la idea.

—Podría ser muy difícil para vosotros, cariño.

—Y ¿qué pretexto damos para irrumpir en su habitación?

—Ninguno —dijo Genova tranquilamente—. Simplemente entramos. ¿Quieres venir con nosotros, Thalia?

Lady Thalia seguía pensativa y triste, desaparecida su acostumbrada alegría.

—Creo que no, querida. Pero sed todo lo amables que podáis. Y si se me necesita después, estaré preparada.

Atravesaron el salón real sumidos en un profundo silencio. A Damaris le pareció que no era la única que al pasar miraba los retratos de Betty Crowley y el príncipe Enrique y pensaba en los trágicos amantes.

No le costaba imaginárselo. Un breve periodo de dichoso amor, impregnado por el mágico conocimiento de haber encontrado a una persona especial con quien compartir la vida. Las promesas de matrimonio, una o dos noches de pasión y luego el viaje de Enrique a Londres para informar a su hermano de lo que había hecho, enfrentar su ira y acabar con eso de una vez por todas.

Betty se habría quedado esperándolo, soñando, haciendo planes, hasta que le llegó la noticia de la muerte de él. Tal vez por un amigo, tal vez por un mensajero del rey.

Ashart golpeó la puerta del salón de su abuela y sin esperar respuesta la abrió y entró, encabezando la marcha. El salón estaba atiborrado, observó Damaris, como si la viuda se hubiera dedicado a amontonar muebles y más muebles. Sobre una mesa vio un libro grande y delgado, todo encuadernado en plata. En la cubierta llevaba grabado un blasón y debajo, en letras grabadas, se leía: *La ilustre historia de la familia Prease.*

Encima de la repisa del hogar colgaban dos retratos pequeños. Uno parecía ser el del padre de la viuda, el llamado Charles Prease, lord Vesey. El otro era de una joven de cara redonda, mucho colorete y una boca que indicaba testarudez.

Sesenta años mayor, pero igual de testaruda, la marquesa de Ashart viuda estaba sentada debajo de su retrato, comiendo pastel con un tenedor, y una bandeja de té al lado. Los miró sobresaltada.

—¿Ashart? ¿Qué significa esto?

—Tengo que hablar de algunas cosas contigo, Nani.

—¿Acompañado?

Dio la impresión de que la viuda entrecerraba los ojos y hacía un leve cambio de posición como si pensara irse a su dormitorio. Damaris sintió el deseo de caminar hacia ese lado, para bloquear la puerta, pero no era ese su papel allí; seguro que Fitz tenía preparada esa parte de la acción.

—Nani —dijo Ash—, no sé como ha surgido la sospecha de que tu padre no era un bastardo real...

—¡Qué!

—... que era legítimo. El hijo legítimo del príncipe Enrique y Betty Crowley.

Los labios fruncidos se apretaron, pero Damaris creyó ver un repentino destello en sus ojos casi hundidos sobre unas bolsas fofas. Tal vez después de todo ese tiempo le alegraba que saliera a la luz la verdad.

—Si eso es cierto, esta es una situación peligrosa —continuó Ashart.

—¿Cómo? Es cosa del pasado.

Cambió la atmósfera. No lo había negado.

Ashart se le acercó más.

—¿Cómo? Dándote un maldito derecho al trono.

—Como si a mí me interesaran esas cosas —dijo lady Ashart y se metió otro trozo de pastel en la boca con el tenedor—. Y, por supuesto —añadió cuando ya se lo había tragado—, todo eso es una pura tontería.

Una negación que llegaba demasiado tarde.

Aposta.

—Creo que no —dijo Ashart, siguiéndole el juego con toda la paciencia del mundo—. Parece que algunas personas han decidido que la manera más sencilla de poner fin a este problema es eliminar la línea, comenzando por mí, y preferiblemente antes de que engendre una nueva generación. De ahí el ataque a Genova.

La viuda lo miró ceñuda, como si el juego ya no fuera lo que había pensado. Dejó a un lado el plato.

—¿Ataque? Tengo entendido que fue una de las muchas personas que se indispusieron por culpa de una jarra de sidra contaminada.

—Era veneno, y sólo fue ella la afectada.

La impresión que causó eso en la viuda indicó que por lo menos ese pecado no era atribuible a ella.

—¿Veneno? ¡Obra de ese impostor alemán, supongo! —escupió.

Eso era traición, por lo que Ashart se asustó y fue a arrodillarse ante ella.

—Nani, no digas eso. Eso tiene que terminar, ya. Tienes la prueba del matrimonio. Dámela, y yo me encargaré de que se destruya.

—¡¿Qué?! ¡Jamás!

—¿Prefieres verme muerto?

Ella negó con la cabeza, con lo que se le agitaron las fofas mejillas.

—No, eso nunca, pero comprendo que es hora de hacerlo público. —Se inclinó hacia él, sonriéndole afectuosa—. No pretenderemos el trono, por supuesto, mi querido niño, pero exigiremos nuestros derechos. Ser tratados como la realeza que somos, como primos favoritos del rey.

—Nani...

—Una vez que se sepa todo no habrá ningún peligro.

Ashart se incorporó bruscamente.

—¡Ningún peligro! Seríamos el foco de atención de todos los revoltosos, de aquí y del extranjero. Y ¿para qué? ¿Para ser un puro ornamento de la realeza de segunda clase?

La viuda también se levantó.

—¡Por dinero, hijo! Dinero y poder. Lo bastante para aplastar a los Malloren de una vez por todas.

Ashart cerró los ojos y los mantuvo así un momento, como si estuviera desesperado.

Por el rabillo del ojo, Damaris vio que Fitz iba avanzando lentamente hacia la puerta del dormitorio.

La viuda se sobresaltó, como si se hubiera olvidado totalmente de su existencia, de la de todos ellos. Después corrió hacia la puerta con notable agilidad. Fitz le cogió el brazo, pero ella se giró con el tenedor de postre en la mano. Hizo ademán de atacarlo con él, y Fitz vaciló.

Tal como se lo había imaginado, pensó Damaris. Miró alrededor y fue a coger el libro encuadernado en plata. Era bastante pesado, pero como le dijera a Fitz, estaba acostumbrada a mover muebles ella sola.

Así armada, pasó al lado de ellos con la intención de ir a montar guardia delante de la puerta. La viuda se giró, la miró furibunda y la atacó con el tenedor, pero al enterrarlo en el libro, soltó un chillido. El chillido igual podía deberse a que Damaris le cerraba el paso como a que había arañado la tapa de su precioso libro.

Fitz le cogió las muñecas a la anciana por detrás, pero él era tan alto y ella tan baja que le resultaba incómodo sujetarla. Se notaba lo mucho que se esforzaba él en no hacerle daño, pero la viuda se debatía como una loca, tratando de soltarse. Ashart estaba inmóvil, como paralizado.

Entonces Damaris avanzó y le golpeó la cabeza con el libro. Tuvo buen cuidado de que sólo fuera un golpe muy suave, pero la anciana llevaba una peineta de plata en el pelo, imitación de un adorno de plumas, que con el golpe hizo un clic metálico que tal vez la asustó y tuvo el efecto de dejarla inmóvil.

Fitz le quitó el tenedor.

Pero ya estaba Ashart ahí, que se arrodilló ante ella y le cogió las manos.

—Nani, tienes que poner fin a esto. Es una locura.

—¿Ahora me llamas loca? —Le corrían las lágrimas por las fláccidas mejillas, pero su voz sonaba furiosa—. Nunca pensé que te volverías en mi contra. No lo pensé de ti. Nunca nadie me ha querido. La mano de Dios se ha alzado contra mí, pero ¡que me traicione mi último descendiente!

—No soy el último —dijo él cansinamente—, pero no te abandonaré. Vamos, ven a sentarte para que podamos hablar.

Pero ella se soltó las manos y miró alrededor como enloquecida.

—¡Ese hombre! ¡Ese libertino! ¿Qué está haciendo? Él fue el que entró en mi habitación, lo sé. ¡Buscando! ¡Mis papeles!

Volvió a correr hacia la puerta, pero Fitz ya estaba saliendo con una bolsa de documentos de seda roja en la mano. La anciana emitió un aullido casi animal y se abalanzó sobre él, pero Fitz le hurtó el cuerpo, aunque tendiéndole una mano para afirmarla. Al mismo tiempo le lanzó la bolsa a Ashart.

Fue un movimiento ágil, diestro, de un espadachín, y a pesar de todo Damaris sintió lástima de la anciana, que no tenía ni la menor posibilidad contra él, y que realmente había estado sobrecargada de tragedias en su vida.

La viuda se cogió de la mano de Fitz para no caerse, pero enseguida se soltó y retrocedió, con una mata de pelo blanco volando al desprenderse de las horquillas.

—¿Ashart? —dijo, con la voz embargada por una mezcla de súplica y orden—. No. No los destruyas.

En ese momento salió su doncella del dormitorio. Al instante la anciana adoptó una dignidad de reina.

—Atiéndeme —ladró y entró en su dormitorio con la cabeza muy erguida.

La doncella miró a Ashart con los ojos como platos y cerró la puerta entre ellos.

Damaris cayó en la cuenta de que seguía con el libro en las manos, y fue a colocarlo con sumo cuidado en la mesa, alisando inútilmente los arañazos hechos por el tenedor. Después fue a sentarse, porque sentía débiles las rodillas.

Genova se acercó a Ashart y le cogió las manos.

Damaris pensó que lo que necesitaban todos era salir de esa sala, pero aún no estaba preparada para caminar.

Entonces se abrió la puerta del dormitorio.

No podía decirse que la lady Ashart viuda estuviera recuperada, pero llevaba el pelo arreglado, tenía la cara seca y su expresión firme y arrogante.

—Me iré a vivir con Henrietta.

Esa fue la primera vez que el marqués de Ashart se quedó con la boca abierta.

—Está en un convento. Un convento católico. En Francia.

—Un lugar conveniente para pasar mis últimos años, y ella siempre ha sido la que menos problemas me ha dado. Me marcharé inmediatamente.

—Se está poniendo el sol y...

—Hockney se las arreglará —interrumpió ella.

Hockney era el jefe de los jinetes de escolta que dirigían esos viajes.

—Cogeré el mejor coche, por supuesto —continuó—, y ocuparé la casa de Londres mientras se organiza todo. Pero procuraré no molestarte más tiempo del que sea necesario. Una vez que deje estas costas, me temo que es posible que no volvamos a vernos, Ash, pero estoy segura de que no sufrirás por eso. Tú con tu esposa de humilde cuna.

Acto seguido entró en su dormitorio y alguien, posiblemente la doncella, cerró la puerta otra vez.

Ashart fue a sentarse en el sofá y apoyó la cabeza en el respaldo.

—Siempre la última palabra —musitó. Y luego añadió—: Ay, Dios, pobre tía Henrietta. ¿Qué pecado habrá cometido para merecer ese destino?

15

Subieron, se instalaron en la biblioteca pequeña y se lo contaron todo a lady Thalia.

—Caramba, caramba. Tal vez lamento habérmelo perdido. ¡Muy bien, Damaris! Y a Francia. Sophia siempre ha sido muy extraordinaria. Sólo cabe esperar que encuentre la paz en un convento. Al fin y al cabo, las monjas deben agradecer las cruces que llevan, ¿verdad? Ahora, Ashart, dinos qué tienes ahí.

Ashart fue a sentarse tras el escritorio, abrió la bolsa y sacó los documentos doblados. Leyó cada uno.

—Un certificado del matrimonio —explicó—. En la casa de un tal Arthur Cheviot, y la ceremonia la celebró el propio capellán del príncipe. Ahora es ilegal, pero en ese tiempo no. Tres cartas de amor, una enviada desde Londres, en que el príncipe le dice que está enfermo y ojalá tuviera a su dulce esposa para cuidarlo. Confirmación añadida. Y un dibujo del príncipe, con una nota escrita en el margen que dice: «Mi bienamado príncipe y marido, Enrique».

—Ay, Dios, qué triste —exclamó lady Thalia.

—¿No hay un retrato de ella? —preguntó Genova.

—No —repuso Ashart, doblando los papeles y guardándolos en la bolsa—. Ella sigue siendo un enigma.

—Pero ¿por qué mantener en secreto el matrimonio? —preguntó Damaris.

—Es posible que no lo sepamos nunca —dijo Fitz—, pero si Betty era la virtuosa dama del campo que parece ser, tal vez no desease tener conexión con la corte de la Restauración. Era notablemente amoral.

—Pero arruinó su reputación y privó a su hijo de la corona.

—En su vejez fue una mujer muy resuelta —dijo lady Thalia—. Me la imagino tomando esa decisión que explica Fitz. Además, reconocer el matrimonio hubiera significado perder la custodia de su hijo, ¿no? Probablemente lo habrían criado en los aposentos reales de los niños.

—Y cuando tomó esa decisión —añadió Fitz—, no se le ocurriría pensar que su hijo pudiera gobernar alguna vez. Carlos estaba a punto de casarse, y era notablemente viril, y Jacobo ya había engendrado dos hijas. Entiendo que pudiera haber decidido que era mejor ser considerada la puta del rey y vivir su vida en el campo criando a su hijo según sus principios morales.

—Supongo que tienes razón —dijo Damaris—. Era una mujer extraordinaria. Me gustaría haberla conocido.

—Esos papeles deben ir a Londres lo antes posible —le dijo Fitz a Ashart.

—Hoy no. Ya es tarde para viajar, en todo caso, y dejaremos que Nani se ponga en camino. —Miró el brillante cielo crepuscular que se veía por la ventana, claramente preocupado por ella.

—Hockney cuidará de ella —lo tranquilizó Fitz—, es probable que hoy sólo lleguen hasta Leatherhead. Ahora ya no se quedará aquí.

—Lo sé —asintió Ashart—. Mañana a primera hora partiremos para Londres. Le enviaré un mensaje a Rothgar para que se encuentre allí con nosotros. Me alegrará acabar con esto.

—Ashart, queridísimo —dijo lady Thalia, todos sus años reflejados en su cara, a pesar de los volantes y cintas—, ¿sería posible que yo fuera a visitar la tumba de Richard? No está lejos, y hace tanto tiempo que no he ido. —Suspiró, mirando hacia el pasado—. No creo que nuestros restos terrenales sean importantes. Su retrato significa mucho más para mí —musitó, tocándose el medallón que siempre llevaba puesto—. Pero pensando en la pobre Betty, me gustaría ir.

—¿Es seguro? —le preguntó Ashart a Fitz.

—Creo que sí. No hay la más mínima ventaja para nadie en hacerle daño a lady Thalia. ¿Adónde desea ir? —le preguntó a la anciana.

—Al camposanto de la iglesia Saint Bartolph. Está a menos de dos millas. En Elmstead, justo al lado de la casa donde vivía Richard.

—Iré a ordenar que preparen un coche —dijo Fitz y salió.

Lady Thalia entró en el dormitorio a ponerse ropa de abrigo. Ashart y Genova comenzaron a hablar en voz baja. Para dejarlos solos, Damaris fue a asomarse a la ventana. No era su opinión que la naturaleza se configurara a conveniencia de los asuntos humanos, pero era perfecto que ese día tuvieran la primera gloriosa puesta de sol que veía desde hacía semanas.

Tenían los papeles, por lo que pronto Ashart y Genova estarían a salvo.

La viuda se marchaba, y Genova no tendría que compartir esa casa con la rencorosa anciana.

Y al día siguiente se marcharían de allí. Tenía sentimientos encontrados respecto a eso, pero sabía que era para mejor. No podía haber ningún futuro para ella con Fitzroger, aunque siempre que él estaba cerca se le disolvía la razón.

En Londres estaría mejor. Estaría ocupada en los últimos preparativos para su presentación en la corte, en comprarse ropa nueva, sobre todo un espléndido vestido para la corte, y tal vez en algunas clases de comportamiento cortesano, aunque en eso se consideraba bastante preparada. Lord Henry había sido muy concienzudo en algunos aspectos.

Estaría Bridgewater, que igual resultaba ser un hombre encantador y capaz de hacerle hormiguear la piel con sólo mirarlo.

Comprarlo sería bastante sencillo, pero insistiría en un galanteo. Él bien podía trabajar un poco por el premio. Y, como ya tenía decidido, no daría nada por supuesto mientras él no le hubiera pedido formalmente la mano y estuviera firmado el contrato de matrimonio.

Entonces llevaría la vida que había planeado desde que se enteró de la magnitud de su fortuna. Sería una duquesa, una de las damas más grandes del país; tendría las galas y la corona de hojas de fresa doradas. Sería mecenas de las artes, en particular de la música. También fomentaría su interés especial, la medicina, promoviendo mejores tratamientos y la atención médica a los pobres.

Ya le había dado dinero al doctor Telford para que hiciera realidad su sueño: una clínica y hospital de beneficiencia en Worksop. En calidad de duquesa de Bridgewater haría lo mismo en otras partes. Era un futuro excelente, pero la idea de ese futuro la hacía sentirse hueca.

Sacudió la cabeza para despejársela. Sería mejor cuando el duque fuera una persona real y no un retrato en un informe. Como dijera Genova, no tenía experiencia con los hombres.

En eso entró Fitz a anunciar que lady Thalia ya iba de camino y que estaban preparando el coche para la viuda.

—He hablado con Hockney. No dejará que se ponga en peligro. Además, con este tiempo despejado podrán viajar de noche sin ningún problema.

—La puesta de sol es magnífica —dijo Damaris—. ¿Podríamos tal vez salir un rato a admirarla?

Todos miraron hacia la ventana como si la puesta de sol fuera la Segunda Venida.

—¡Uy, sí! —exclamó Genova—. No he respirado aire fresco desde que llegamos.

—Es peligroso, cariño —dijo Ashart—. El asesino todavía no sabe que las cosas han cambiado.

Genova hizo un gesto de pena, pero no discutió.

—Podríamos salir si nos mantenemos cerca de la casa —dijo Fitz entonces—. No hay ninguna señal de que nuestro asesino esté tan desesperado como para acercarse mucho. Aprovechó una oportunidad en Pickmanwell, un golpe apresurado, descuidado, en el que no corría ningún riesgo, pero tiene que saber que tarde o temprano nos iremos a Londres. Ese es un marco mucho más prometedor, y no representas ninguna amenaza mientras no te cases, Ash, porque la legitimidad es la clave de todo.

Ashart se levantó, pero miró la bolsa con los documentos.

—¿Qué hago con esto? No puedo asegurar que Nani no intente venir a buscarlo antes de marcharse. —Se la metió en el bolsillo, pero moviendo la cabeza se la pasó a Fitz—. Guárdalo tú y protege a las damas. Yo debo quedarme dentro. —Miró a Genova—. Es posible que Nani desee hablar conmigo.

—¿Es prudente eso? —preguntó Genova—. Tal vez yo también debería quedarme.

—No —dijo él, sonriendo—. Tú te mereces respirar aire fresco y disfrutar de un hermoso cielo. No te preocupes. No le rogaré que se quede.

No aceptó discusión, así que Damaris, Genova y Fitz se pusieron ropa de abrigo y salieron de la casa por la puerta principal.

—Francamente maravilloso —comentó Damaris, sonriendo ante los extraordinarios tonos rosa y dorado—. Dios ofrece esplendores que superan la habilidad humana.

—Crepúsculo invernal —dijo Fitz cuando ella se giró a sonreírle.

A pesar de todo, seguía habiendo hilos brillantes entre ellos, pensó Damaris, y los disfrutaría mientras pudiera. Como la luz del crepúsculo, pronto se los tragaría la oscuridad.

Bajaron la escalinata y echaron a caminar hacia el lado suroeste de la casa. Ni siquiera la luz dorada del sol poniente lograba disimular el lamentable estado de los jardines. Los rosales trepadores se extendían por todas partes, débiles y sin podar, y las estatuas estaban cubiertas de hiedra.

—Y no sé nada de jardinería —suspiró Genova.

—Contratarás jardineros —dijo Damaris.

—Para eso hace falta dinero.

—No creo que Ashart esté tan pobre como para tener que ahorrar en eso. Y mucho menos si vende sus botones de diamante.

—Tienes una cabeza práctica —sonrió Genova.

Damaris tomó por un pedregoso sendero, tratando de no ensuciarse la capa. Fitz caminaba detrás de ellas. Cierto que el sendero sólo permitía el paso a dos personas, pero ella sabía que él quería ponerse entre ellas y el parque, por si acaso.

El sendero pasaba entre la casa y una especie de arreglo de árboles desnudos entre los cuales se elevaban estatuas cubiertas de hiedra. Pero le captó la atención una fea prolongación de la casa que parecía estar hecha de sucios cuadrados grises.

—¡Ah, es un invernadero!

—Con los vidrios muy sucios —dijo Genova—, en los paneles que hay vidrio. Pero podría ser precioso. Da al sur.

Dicho eso, Genova echó a caminar hacia el invernadero, y Fitz la siguió. Damaris se quedó donde estaba; no quería ver más suciedad ni destrucción. Contempló las pobres estatuas desnudas pensando si agradecerían estar envueltas de hojas. Suponía que su decrepitud era antigua, no reciente, pero no le gustaba. Si ella tuviera estatuas en su casa tendrían que estar enteras. Al fin y al cabo esas estatuas griegas o romanas no las hicieron sin brazos ni, como en un caso, sin cabeza.

Tal vez no encajaba en ese mundo. No admiraba las estatuas rotas, y no deseaba una casa laberíntica por hogar. ¿Qué malo tenía una casa moderna, llena de luz, sin corrientes de aire y lo suficientemente grande para ser elegante y cómoda? Si se casara con un hombre como Fitz, comprendió, un hombre sin propiedades, podrían comprar o construir una casa exactamente tal como la desearan.

Esos eran pensamientos peligrosos, pecaminosos, pero no se pudo resistir. Si había decisiones que tomar, debía tomarlas antes de llegar a Londres.

Debía tomarlas ya.

Oyó un ruido y se giró a mirar. Fitz estaba empujando la destartalada puerta para que Genova pudiera entrar en el invernadero. Volvió a girarse a mirar las silenciosas estatuas. Por una fracción de segundo, un rayo de luz le hizo parecer que alguien se movía entre las estatuas.

Se estaba volviendo loca.

Ya era irracional pensar siquiera en casarse con Fitz. De todos modos, si no fuera por su pasado... Se obligó a ser sincera; la verdad era que se casaría con él si su delito no fuera tan del dominio público.

Pero lo era.

¿Por qué tenía dientes tan afilados ese escándalo? Eso no era justo. Cualquiera podía cometer un error.

Pero a las personas las colgaban por un error.

Exhaló el aliento formando una nube blanca. ¿Cuándo ocurrió? Tal vez se desvanecería con el tiempo.

Pero ¿no entró en el ejército por eso? Recordó su anécdota sobre su espada nueva. Seguro que dijo que tenía quince años.

¿Quince? Tal vez era más escandaloso aún, pensó, que un niño de quince años fuera tan precoz..., y sin embargo... ¿qué edad tendría la mujer de su hermano? Todo empezaba a parecerle distinto.

Fitz era el octavo hijo, y su hermano, lord Leyden, era probablemente el primero. Podría haber hasta veinte años entre ellos, o sea, que a menos que el hermano se hubiera casado con una mujer muy joven...

Se quedó mirando sin ver la estatua de un héroe con corona de laurel, pensando en las implicaciones. Él no le dijo quién sedujo a quién...

Un golpe en el pecho la empujó hacia atrás y cayó sentada en el suelo con una fuerza abrumadora. Sintió extenderse un dolor por el pecho, y se atragantó, tratando de respirar. Se miró el pecho y vio un palito con plumas, ¡una flecha!, sobresaliendo por entre los pechos. Trató de cogerlo, pero no le respondieron las manos. Un círculo negro comenzó a cerrarse sobre ella.

Intentó aferrarse a la conciencia, trató de gritar, pero la oscuridad se la tragó.

Fitz oyó un ruido suave, se giró a mirar, y vio a Damaris caer de espaldas. Corrió hasta el cuerpo caído y se puso de rodillas a su lado. Si esa era otra bromita... Entonces vio la flecha que le sobresalía del pecho.

Se sintió como si se le hubiera parado el corazón.

Genova llegó a arrodillarse a su lado.

—¡Dios mío!

Damaris estaba inconsciente, pero él le buscó el pulso, desesperado. Aun no se veía sangre, pero nadie sobrevivía a una herida así. Le cogió con fuerza una mano enguantada, pero ella iba a morir ante sus ojos.

Genova le cogió la otra.

—Todo está bien. Todo estará bien —dijo.

Él no supo si se refería a Damaris, a él, o a ella misma, pero su palidez contradecía sus palabras.

Como si la hubieran llamado, Damaris se movió y se le agitaron los párpados. Trató de levantar la mano hacia el pecho.

—Duele... duele...

—Lo sé, mi amor —dijo él dulcemente, parpadeando para despejarse los ojos. Zeus, ¿qué hacer?

Se acordó del peligro y se giró a escudriñar toda esa parte, soltándole la mano para poder protegerla con su cuerpo, aunque ya era demasiado tarde. Demasiado tarde, demasiado tarde.

Había estado custodiando a Genova y dejado que mataran a Damaris.

Ese disparo tan recto tenía que haber salido de lo que llamaban el bosquecillo griego, donde los anchos troncos de los árboles y las estatuas de tamaño natural ofrecían muchos lugares para esconderse. Cuando el asesino tratara de escapar, los hombres de Rothgar podrían cogerlo, pero ¿de qué serviría eso? De todos modos, hizo los movimientos necesarios. Sacó una pistola pequeña del bolsillo.

—¿Sabes manejar esto? —le preguntó a Genova. Ella asintió, así que se la pasó—. Ve a buscar ayuda. Envía a buscar a un médico. Si se te acerca alguien dispárale, pero espera a que se acerque. Es imposible darle si está a mucha distancia.

Ella asintió, se incorporó y echó a correr.

Damaris estaba consciente, pero temblando, y movía la mano cerca del astil de la flecha como si quisiera tocarlo, pero le daba miedo. Él le cogió la mano y se la sujetó con firmeza. Ella lo miró, con las pupilas dilatadas y la boca entreabierta para hacer cortas y dolorosas respiraciones.

—Tendremos ayuda pronto, mi amor —dijo, suplicando un milagro pero sin esperarlo.

Tal vez lo más amable sería dejarla morir rápido, pero no podía rendirse sin dar la batalla. El astil de la flecha sobresalía por debajo de un botón de la chaquetilla acolchada. No veía sangre pero la ropa de abajo estaría empapada. Tenía que ver la herida; como si pudiera hacer algo. Siempre que eso no le aumentara el sufrimiento.

—Necesito las dos manos libres un momento, cariño.

Se soltó la mano que ella le tenía cogida. Notó que sus ojos parecían menos desesperados, valiente niña, pero su respiración continuaba entrecortada y superficial, dolorosa.

—Tengo que cortarte la ropa.

Algo en los ojos de ella sugirió un comentario travieso, pero cuando hizo una inspiración para hablar, se atragantó de dolor y volvió a mover la mano hacia la flecha. Él se la detuvo. Hizo acopio de toda su fuerza para hablar calmado.

—Eso no servirá. Si ha de haber comentarios indecentes, saldrán de mí. —Debería estar vigilando por si se producía otro ataque, pensó, pero ¿con qué fin? El mal ya estaba hecho—. Esta recatada chaquetilla acolchada tendrá que salir.

Sacó su navaja y la abrió, agradeciendo que siguiera afilada como una hoja de afeitar. La metió por el cuello y cortó la parte gruesa y dura, luego rasgó en línea recta hacia abajo hasta llegar al borde, la otra parte gruesa y dura. Trató de mantener inmóvil la parte central, pero aún así la oyó emitir un suave gemido.

Debajo, el corsé estaba salpicado de sangre.

Pero entonces vio que las manchas rojas eran botones de rosa bordados. Una esperanza débil e irracional comenzó a atormentarlo.

—Ahora el corsé, preciosa —dijo, imitando el tono de un villano en una obra de teatro—. Esta fuerte jaula de pureza debe salir.

La flecha estaba enterrada en la rígida prenda con ballenas que le ceñía el cuerpo, y al parecer había atravesado la lámina de madera que reforzaba de arriba abajo el centro delantero. No vio la manera de cortarla por ninguna parte sin hacerle daño. Trató de rasgar la gruesa tela entre dos ballenas.

—¡No! —gritó ella, al instante.

La voz le salió embargada de dolor, pero sonó bastante bien para ser de una persona herida de muerte, y él había visto a muchos en ese trance. Algunas personas enfrentaban la muerte con estoica calma o incluso con alegría, pero de todos modos siempre se les veía en la cara.

Con el corazón desbocado, sin atreverse a forjarse esperanzas, tocó el astil, observándole la cara. Ella se limitó a mirarlo, más despabilada por momentos.

Reteniendo el aliento, empujó el astil hacia un lado, notando con los dedos que no había la resistencia que había esperado. Ella se encogió emitiendo un sonido de molestia, pero el sonido fue más parecido a un «¡ay!» que a un alarido de dolor de muerte. ¿Es que la flecha se había quebrado en el punto de entrada? Improbable.

Armándose de resolución, lo cogió firme y tiró de él, sacándolo.

—¡Ay!

Pero no fue un grito, no salió sangre y no estaba quebrado por el extremo.

Lo que tenía en la mano era un dardo emplumado de unas cinco pulgadas de largo con la afilada punta de flecha metálica aplastada. Se le balanceó el cuerpo, medio mareado por el alivio, y casi se echó a reír como un loco.

—Salvada por tu corsé —logró decir—. No se te enterró, Damaris, no pasó de la lámina de refuerzo del corsé.

Ella se incorporó para sentarse y al instante volvió a gemir y palideció.

—¡Despacio! —exclamó él, sosteniéndola hasta dejarla tendida—. El impacto podría haberte roto un hueso. Déjame ver.

Un agujero en la tela con botones de rosa bordados que cubría la lámina de madera indicaba el lugar donde golpeó el dardo. Debajo del agujero se veía claramente la lámina de madera hundida y rota, doblada en forma de V. Entonces entendió.

—Las señoras estáis mejor armadas que muchos soldados, pero creo que se te han enterrado unas cuantas astillas de la lámina. —Se imaginó que más parecerían pequeñas dagas de madera—. ¿Así es como lo sientes?

—Es posible. Y un dolor —musitó ella.

—Por el golpe.

Ojalá el golpe no le hubiera aplastado el esternón, pensó. Con una ballesta se podía disparar una flecha con enorme fuerza, pero ese pequeño dardo tuvo que ser disparado con una ballesta en miniatura. Astuto artilugio, pero eso lo pensaría después.

—Tengo que llevarte a la casa, pero si lo hago se te podría clavar alguna astilla más. Será mejor que te corte el corsé.

—Qué gallardo.

—Di algo más de ese estilo y sospecharé que organizaste perversamente esto para seducirme.

Ella movió los labios como tratando de hacer un gesto travieso.

Fitz sostuvo la lámina central lo más inmóvil que pudo y empezó a rasgar la tela del corsé y la camisola de abajo. Como un cirujano al amputar una extremidad, se decidió por la rapidez, pero cuando levantó la parte central para ver los daños, continuó muy, muy lento.

Sangre. La suficiente para alarmarse si no acabara de volver del umbral del terror. Tenía enterradas en la carne unas astillas que parecían afilados colmillos.

—¡Para! —exclamó ella, cogiéndole la muñeca—. Duele.

—Por lo menos ya puedes quejarte más fuerte. —Se inclinó a mirar debajo del corsé, tratando de olvidar que estaba inclinado sobre su pecho—. Tienes enterrados bordes mellados de ambos lados, mi amor, pero ninguno es muy largo. —Se enderezó para mirarla a la cara—. No puedo hacer otra cosa que sacarlos, si no te dolerá aún más si te muevo.

—Hazlo, entonces.

Le apartó el corsé del cuerpo. Ella solamente ahogó una exclamación, pero se puso blanca. Se extendió la sangre, roja, así que le levantó las faldas y cortó un trozo de tela de la orilla de la camisola, formó una compresa y la puso sobre la herida. Pero ella volvió a gritar de dolor, cogiéndole las manos.

—Astillas —dijo, frustrado por no poder ahorrarle ni siquiera un poco de dolor—. Voy a tener que llevarte tal como estás. Procuraré no hacerte daño.

Ella asintió.

Se sacó el alfiler de la corbata y con él unió los dos lados de la camisola, para dejarla lo más decente posible, y cubrirle su exquisito pecho, un montículo blanco y firme coronado por un precioso pezón rosado.

Ella no era para él.

Viviría.

Eso le bastaba.

Y quien fuera el que hizo eso no tardaría en estar ardiendo en el infierno.

La cogió en brazos y se puso de pie. Vio que el movimiento la hizo sufrir, pero no emitió ninguna queja, sólo dijo:

—Astillas. Qué tonta me siento.

—No. Podrías estar muerta.

—Pero ¿por qué? ¿Qué ha pasado? ¿Con qué me han atacado?

Él se había metido el dardo en el bolsillo para examinarlo después, así que mientras la llevaba rápidamente hacia la casa, y a la seguridad, le explicó:

—Con un dardo, probablemente disparado con una ballesta pequeña. He visto artilugios de esos. Son lo bastante pequeños para ocultarlos en la ropa, pero pueden ser letales.

—Pero ¿quién querría matarme?

Él no había tenido tiempo de pensar en eso. Pero cuando estaban entrando en la casa ya tenía una idea más clara sobre la identidad del asesino: quien fuera el que iba a heredar la fortuna de Damaris.

Genova llegó corriendo a recibirlos.

—Envié a buscar al doctor. Ash está con la viuda. —Miró a Damaris—. ¡Damaris! ¿Cómo estás?

Fitz se detuvo. Ahora que ya estaban dentro de la casa, a salvo, el alivio amenazaba con desmoronarlo.

—La flecha chocó con la lámina de refuerzo de su corsé. Por la gracia de Dios ha escapado de morir, pero sólo por la gracia de Dios.

—Gracias al cielo. Gracias al cielo. Estaba segura...

—Tiene enterradas astillas que hay que sacar —dijo él, reuniendo sus fuerzas, y empezando a subir la escalera.

Genova lo acompañó, y fue delante abriendo las puertas. Cuando él depositó a Damaris en la cama, Genova le quitó la capa por debajo y luego le cubrió el pecho con una manta.

—¿Cómo te sientes? —le preguntó Fitz, deseando apartarle unos mechones de la cara, muy consciente de que su autodominio estaba sujeto sólo por un hilo.

—Segura. Gracias a ti.

—Fracasé rotundamente en mantenerte a salvo. —Al ver que ella se movía, añadió—: Quédate quieta hasta que te saquen las astillas.

Él no podía quedarse ahí para esa operación, pero detestaba dejarla. Había poco peligro para ella en la casa, pero de todos modos deseaba estar cerca.

—¿Por qué a mí? —preguntó ella—. Tenía echado hacia atrás la capucha. Nadie podía confundirme con Genova.

Él no deseaba asustarla más, pero era mejor decirle la verdad.

—Estoy comprendiendo, demasiado tarde, que tú podrías haber sido el objetivo todo el tiempo. Por tu dinero, supongo. ¿Sabes quién es tu heredero?

Ella agrandó los ojos.

—No. Nunca se me ocurrió preguntar. Qué estúpida soy.

—A mí debería habérseme ocurrido. Estaba obsesionado por el peligro que corría Ash.

—Tienes que irte, Fitz —dijo Genova—. No podemos sacarle las astillas mientras estés tú aquí. Y habría que decírselo a Ash. —Al verlo vacilar, añadió—: Estoy segura de que todos estamos a salvo en la casa, pero, por si acaso, tengo tu pistola.

—Es una tontería, claro, pero está bien tomar precauciones —dijo él.

Seguía sintiéndose como si llevara zapatos de plomo, pero se obligó a caminar hasta la puerta. Allí se giró y vio que Damaris lo estaba mirando ceñuda.

—Encuentro tan tonto todo esto —dijo.

—Cariño, ojalá lo fuera —dijo él, y se marchó.

—Está locamente enamorado de ti —dijo Genova, entonces.

—¿De veras? —preguntó Damaris, mirándola.

—Lloró cuando creyó que te ibas a morir.

—Porque falló a la hora de protegerme. Fue por vergüenza, no por amor.

—Te llamó «mi amor». Lo tienes todo en contra para casarte con él, pero los sentimientos de esa intensidad no son algo para pasar por alto.

Damaris se puso una mano en el lugar donde sentía vibrar la piel desgarrada; un lugar tan cerca de su corazón herido.

—Creo que él se resistiría más que yo.

En ese momento entró Maisie corriendo.

—¿Qué ha estado haciendo ahora, señorita Damaris? ¡Es que no puedo dejarla fuera de mi vista!

No había manera de ocultar la verdad, así que Damaris le contó la historia.

La doncella se agarró del poste de la cama.

—¿Alguien le disparó, señorita?

—Sí, pero no se lo vas a decir a nadie. Diremos que me caí y me magullé.

—¿Y la ropa ensangrentada? —preguntó Genova.

—Me corté con un trozo de cristal. Llevaremos las pruebas a Londres, en todo caso. Nos vamos mañana, Maisie.

—¡Gracias al cielo! Pero ¿y qué del que hizo esto?

Damaris miró a Genova a los ojos, ceñuda, pero contestó:

—Ya se están ocupando de eso. Ahora, por favor, trae las pinzas y sácame las astillas.

Maisie corrió a la cómoda, mascullando, y se alcanzó a oír «ese Fitzroger...»

Genova quitó el largo alfiler de corbata para apartarle la camisola rota. Damaris observó que era de plata con una simple esfera en la punta. Fitz debería tener algo más fino, pensó.

Después de ese careo con la muerte, ya estaba segura. Lo deseaba a él, con o sin escándalo. Él era su apuesto héroe por excelencia.

—¿Quién es tu heredero? —preguntó Genova acercándose con un paño mojado para limpiarle la sangre.

Damaris cayó en la cuenta de que había estado evitando ese pensamiento.

—No lo sé.

—¿La familia de tu padre?

—Lo echaron, y él no les tenía ningún afecto.

—Un amigo, tal vez. Incluso alguien de Oriente.

—Eso me parece lo más probable. Qué extraño tener un enemigo mortal al que no he visto nunca.

Llegó Maisie con el pequeño botiquín de Damaris.

—Todo es obra de él —gruñó, cogiendo el paño que le pasaba Genova—. Ay, pobrecilla. Toda herida, toda hinchada. Esto va a doler.

—Hazlo, simplemente, y vigila que no me quede ninguna astilla.

Le dolió, pero era el tipo de dolor que se podía soportar, sobre todo porque Genova le tenía cogida la mano, y porque un hombre había llorado por ella, creyendo que la perdía. Sabía que no estaba en condiciones de pensar con claridad, pero lo deseaba a él. Para siempre. La vida es muy corta y arriesgada para buscar el segundo mejor.

—Ya está, señorita. Creo que las he quitado todas. ¿Qué pongo en la herida?

Damaris le pidió que le pasara un espejo. Mirándose las heriditas vio que eran bastante poca cosa para tanto alboroto y molestia, pero siempre estaba el peligro de una infección.

—La pomada verde y luego el ungüento basilicón. Encima un paño limpio. Supongo que tendré que llevar una venda enrollada para sujetarlo. Y luego necesitaré una camisola limpia y mi bata.

—¡No se va a levantar, señorita! Tiene que quedarse en la cama después de ese horrible golpe.

—Me volveré loca acostada aquí. Quiero levantarme y quiero beber un poco de té dulce con coñac. Pero no demasiado dulce.

Maisie le puso las pomadas en la herida y una compresa. Después Genova la ayudó a sentarse y la sostuvo mientras Maisie le enrollaba una larga venda alrededor del cuerpo. No le dolió mucho, pero la cabeza le daba vueltas. Estaba empezando a asimilar la idea de que alguien había tratado de matarla.

Dos veces.

Recordó al hombre de los dientes protuberantes y comprendió que él había envenenado la sidra en Pickmanwell. No se había equivocado al juzgar su desagradable expresión. Y le envió el veneno a ella. ¿Sería él su heredero? ¿O un asesino a sueldo?

Necesitó apoyarse en el brazo de Genova para caminar hasta uno de los sillones junto al hogar. Maisie le puso un escabel bajo los pies y la envolvió en una manta de lana. Damaris no puso objeciones. No hacía frío en la habitación, pero se sentía helada hasta la médula de los huesos.

Maisie salió a toda prisa y Genova puso otro leño en el fuego; después se fue a asomar a la ventana, que a esa hora no tenía hielo, aunque lo tendría por la noche.

—¿Supongo que no hay nadie acechando por ahí? —preguntó Damaris.

—No, claro que no —repuso Genova, girándose a mirarla—. No me cabe duda de que estás segura aquí dentro de la casa.

—Qué estúpido no saber quién es mi heredero. Debería haber exigido ver el testamento de mi padre en lugar de conformarme con que mis abogados me explicaran las partes pertinentes con palabras sencillas. —Suspiró—. Encontré tan tedioso leer el testamento de mi madre que cuando me enteré de que mi padre me nombraba en el suyo me alegró que me ahorraran el trabajo. Y este es el castigo por mi pereza.

—No te juzgues con tanta dureza. ¿Quién se iba a imaginar tanta maldad?

—Tan pronto como lleguemos a Londres voy a leerlo palabra por palabra.

Pero primero tendría que llegar a Londres sin que la mataran, pensó, mirando hacia la ventana. Una bala o un dardo se puede disparar desde cualquier parte.

Llegó Maisie con la tetera y dos tazas. Genova lo sirvió y le añadió leche. Cuando cogió un segundo terrón de azúcar, Damaris la detuvo.

—No demasiado dulce, recuerda.

Se miraron sonriendo traviesas y Genova le pasó la taza.

A medida que fue bebiendo se le fue pasando el frío. Se le estabilizó el ritmo cardiaco, pero continuó pensando en el momento en que sintió el fuerte golpe en el pecho, se miró y vio la flecha sobresaliendo ahí.

Eso tenía tanto sentido como hurgarse una muela dolorida con la esperanza de que esta vez no doliera, pero no podía evitarlo. Podría haber muerto.

Sonó un golpe en la puerta y Maisie fue a abrir. Era Fitzroger, que pidió permiso para entrar.

Damaris se lo dio y él se le acercó.

—¿Duele mucho?

Ella cayó en la cuenta de que tenía la mano en el pecho.

—No. No me duele nada ahora que ya no hay astillas.

—¿Estás bien para estar levantada? —le preguntó él preocupado, pero no en un tono de amor o pasión que fuera apreciable.

—Sí, de verdad.

—¿Podrás viajar mañana, entonces? Hay que llevar esos papeles al rey, y estaré más feliz de verte protegida y a salvo en la casa de Rothgar en Londres.

—Sí, estoy segura.

—¿Hubo algo sospechoso en esa caída en Pickmanwell, Damaris? —le preguntó entonces, con el ceño ligeramente fruncido.

—He estado pensando en eso. Alguien chocó conmigo, pero había mucha gente en la calle. Entonces, cuando caí al suelo, dejé de ver la luna. Pensé que me había medio desmayado, pero podría haber habido alguien inclinado sobre mí.

—Ojalá me lo hubieras dicho. Podría haber adivinado antes lo que ocurría. Menudo guardaespaldas he resultado ser.

Antes que ella pudiera contestar a eso, golpeó la puerta Ashart y lo hicieron pasar.

—Esto es enloquecedor, ignominioso, ¡qué le hayan disparado a una alojada aquí! ¿Cómo vamos a llevar a Damaris a Londres segura?

Fitz ya volvía a estar tranquilo.

—No diremos ni una palabra sobre nuestros planes hasta el último momento, y viajaremos con seis jinetes de escolta. No creo que nuestro hombre intente un ataque frontal sobre un grupo bien custodiado. Si no paramos más que una vez para cambiar los caballos, llegaremos en menos de cuatro horas.

—Después de todo, yo no he estado nunca en peligro —dijo Ashart.

—El peligro era y sigue siendo muy real. Rothgar no habría tomado medidas sin estar seguro de eso. Simplemente los que te desean muerto están menos desesperados.

—¿Desesperados? —preguntó Damaris.

—El atacante actuó temerariamente —dijo Fitz—. Casi lo cogió uno de los guardias que patrullan la propiedad. El guardia aún no sabía que te habían disparado, así que no lo persiguió; pensó que era un cazador furtivo y simplemente se aseguró de que saliera de la propiedad.

—Pero ¿por qué desesperado? —preguntó Damaris—. Si el asesino es mi heredero, tiene que haberlo sido durante años. ¿Por qué correr tantos riesgos ahora?

—Eso lo sabremos cuando lo cojamos...

En ese momento entró lady Thalia envuelta en pieles.

—Supe que Damaris se cayó. ¿Cómo te sientes ahora, querida?

Genova la hizo sentarse en el sillón desocupado y le contó la verdad. Lady Thalia se llevó una mano a la boca.

—¡Oh, qué maldad hay en el mundo! Y por dinero. Tienes que dormir en mi habitación esta noche, querida. La habitación de Ashart, quiero decir. Sin duda esa es mucho más segura.

—Ah, eso no será necesario —contestó Damaris.

—En realidad —terció Fitz—, esta ala es más fácil de proteger. Los únicos accesos son la escalera de servicio y el arco del salón real. Pondré alambres de alarma en los dos.

—¿Alambres de alarma? —preguntó Ashart, asombrado.

—Trucos del oficio. Si se toca el alambre, se produce una pequeña explosión. El mecanismo es igual al del gatillo de una pistola.

—Vaya. Nada de caminar sonámbula esta noche, Damaris —dijo Ashart.

—No, lo prometo.

Había caído la oscuridad apagando las últimas trazas del glorioso rojo. Nadie dijo nada de que acechará algun peligro en el exterior, pero Fitz fue a cerrar las persianas y correr las cortinas. En alguna parte fuera podría haber alguien vigilando de todos modos, pensó Damaris, empeñado en matarla por su dinero.

Como si lo hubiera expresado en voz alta, Fitz dijo:

—Tengo la casa muy vigilada. Estás segura.

Ella le creyó, pero el miedo seguía latiéndole como un tambor en el pulso, y tenía que pasarse controlando el impulsivo movimiento de la mano para tocarse el lugar de la herida en el centro del pecho. Con qué facilidad habría muerto.

Entonces lady Thalia sugirió que se trasladaran al grandioso dormitorio a jugar alegremente al monte. Damaris fue la primera en aceptar. Necesitaba una distracción. Pero se dejó llevar en brazos por Fitz.

Él era de ella, aunque aún no lo sabía, y se deleitó con su contacto.

Ashart ordenó que pusieran más velas y llevaran ponche de ron para alegrar los ánimos. Tal vez Damaris bebió más de lo que debía, porque se le pasó el miedo, y el miedo a algo más que a un asesino.

Fitz parecía abstraído.

Ella comprendió que él estaba haciendo los planes para el viaje del día siguiente, tratando de anticiparse a cualquier peligro para prevenirlo. La preocupó que él pudiera estar haciendo otros planes también, sobre cómo abandonarla y marcharse de Inglaterra lo más pronto posible.

16

Fitz se esforzaba en concentrarse en el juego, pero una machacona voz le repetía en la cabeza, como un martilleo: «Podría haber muerto, podría haber muerto».

Podía aducir que aun en el caso de que hubiera estado al lado de Damaris no podría haber parado el dardo, pero ese pensamiento no le servía de ningún consuelo.

Porque podría haber muerto.

Dejaron de jugar a las diez, como si el reloj al dar la hora hubiera señalado el fin del juego y el comienzo de la última noche en Cheynings. Volvió a hacer un repaso de la organización de la seguridad; no podía haber más errores. Ya había apostado guardias alrededor de la casa, pero con tantas ventanas y puertas no podía convertirla en una fortaleza. Por lo tanto la habitación de Damaris tenía que ser inexpugnable.

Él y Ashart la acompañaron por la lóbrega y helada casa. Él la habría llevado en brazos, pero ella se negó.

—Me sentiría una farsante después de haber disfrutado del juego. Ni siquiera me duele el pecho. Siempre he cicatrizado bien.

Por la expresión de su cara parecía contenta y alegre, pero mientras iban caminando por los oscuros corredores, él notó que le volvía el miedo.

Ashart se marchó cuando Damaris entró en su habitación, y él se quedó un momento para explicarles las alarmas a ella y a su nerviosa doncella.

—Esto refuerza la seguridad, pero no intentes bajar hasta que yo me haya levantado mañana.

Maisie se inclinó en una reverencia.

—No bajaré, señor.

Le dio las buenas noches a Damaris y cerró la puerta, ocultando la vista de la habitación iluminada por las velas, un alegre fuego en el hogar y el camisón blanco con volantes de encajes que estaba colgado sobre la rejilla. Era el mismo o similar al que llevaba la noche anterior cuando invadió su habitación.

Sacudió la cabeza para despejársela y extendió alambres delgados de un lado al otro en las dos entradas a ese corredor, la del arco que daba al salón real y la puerta de la escalera de servicio. Los puso a la altura de la espinilla, para que cogieran a un hombre, pero no a los roedores. Luego les conectó el mecanismo activador, dejándolo amartillado. Se sintió quijotescamente tentado de echarse en el umbral de la puerta de Damaris, pero no lo hizo, no sólo porque se vería tremendamente ridículo si alguien lo sorprendía allí, sino porque él también necesitaba dormir si quería estar despabilado al día siguiente.

Entró en su habitación, se desvistió y se lavó, pero estaba demasiado nervioso para dormir. Se puso la bata de grueso terciopelo reversible, apagó las velas y se sentó en el sillón junto al hogar a beber una copa de coñac, obligándose a pensar en el enemigo, no en la mujer que estaba en la habitación contigua.

Si el heredero de Damaris deseaba matarla, ¿por qué no lo había intentado hace años? Seguro que habría sido mucho más fácil cuando vivía en Worksop.

¿Qué había cambiado?

La madre de Damaris había muerto hacía un año, en noviembre, y ella había cumplido la mayoría de edad en octubre pasado. Si eso era importante, ¿por qué no actuar entonces? ¿Tan bien custodiada estaba en Thornfield Hall que había sido imposible?

En Rothgar Abbey no hubo ningún ataque, pero la seguridad allí, si bien discreta, era importante. Un villano no se habría arriesgado a entrar en la propiedad.

El ataque en el camino sugería que el asesino los había seguido, que tal vez los estuvo observando en Rothgar Abbey por si veía una posibilidad. Paciente y cauteloso.

¿Por qué entonces el ataque de esa tarde?

La puerta hizo un suave chirrido que le indicó que se abría. Se quedó completamente inmóvil, lamentando haber puesto su cuchillo debajo de la almohada y tener la pistola lejos del alcance de su mano, aunque ya sabía, desesperado, quién era.

—¿Fitz?

La voz sonó apenas un susurro, pero de todos modos le hizo chisporrotear todas las partes del cuerpo. Se levantó y fue hasta la puerta.

—¿Qué pasa?

Ella entró y cerró la puerta.

—Se me ha ocurrido una idea.

—Damaris...

—Chss, es importante.

—No es seguro.

—¿Aquí? —preguntó ella, mirando alrededor.

Él dejó que su silencio hablara por él y ella ladeó la cabeza.

—No creo que me vaya a volver loca de lujuria, aun cuando te ves espléndido con esa bata de color claro que hace juego con tu pelo rubio. Como un caballero fantasma.

Acto seguido fue a sentarse en el sillón de enfrente al que había estado ocupando él. Nuevamente llevaba su bata oscura, pero por arriba asomaba el cuello alto de su camisón con su volante de encaje y por las mangas los volantes más anchos. No llevaba el pelo en una trenza sino recogido atrás con una cinta que ya se estaba soltando. Cabellos sedosos, pensó él, reteniendo el aliento.

Al sentarse quedó de espaldas a él, pero se giró a mirarlo con los ojos muy abiertos como una gatita. Aunque era mucho más peligrosa que una gata.

—Parece que no has considerado la posibilidad de que yo me vuelva loco de lujuria —le dijo.

—No creo que te puedas volver loco por nada.

—Qué poco conoces a los hombres —comentó él, pero caminó hasta ella—. ¿Coñac?

—Sí, por favor. Le he tomado gusto.

—Dios nos ampare a todos.

Pero sirvió un poco en una copa, se la pasó, llenó la de él y se sentó.

Ella se echó el pelo hacia delante y la cascada oscura cayó hacia abajo, aparentemente marcando más el pecho que cubría.

—Sé que no debería estar aquí —dijo, y añadió con un destello travieso en los ojos—. Pero después de todo, tus alambres nos aseguran que nadie va a venir a interrumpirnos, ¿verdad?

Él entrecerró brevemente los ojos.

—Alguien debería estrangularte. Y supongo que tu doncella está durmiendo profundamente. Muy bien, y ¿tu idea tan urgente?

—Mi testamento. Y el miedo. No podía dormir. Sé que estoy segura, pero cada crujido de la casa, los ratones...

No, de ninguna manera podía cogerla en sus brazos.

—¿Qué pasa con tu testamento?

—¿Qué? Ah, no tengo testamento. Una vez que haga uno anulará el de mi padre y no tendrá ningún sentido matarme, para nadie, ¿verdad?

—Aparte de quienquiera que le dejes tu dinero —señaló él, pero, por Zeus, pensó, tenía razón. Qué embotada tenía la cabeza.

Ella descartó ese comentario con un movimiento de la mano.

—Puedo dejárselo a una persona de la que esté segura. A Rothgar. A ti.

—A mí no —dijo él secamente—. Podría derrumbarme bajo la tentación.

Podría derrumbarse bajo la tentación que presentaba ella en ese momento: su cara iluminada por la resolución y el entusiasmo, medio escolar, medio sirena, medio colega aventurera. Encajaba en su locura que las mitades fueran tres.

Se levantó para pasearse por la habitación, para pensar, para escapar de la tentación de mirarla.

—Es un buen plan, pero tiene un punto débil. El asesino, si es tu heredero, no sabrá que han cambiado las cosas.

—Podemos darlo a conocer.

—¿Cómo? —Tuvo que volverse a mirarla, no podía llevar una conversación dándole la espalda—. ¿Dejando caer hojas informativas desde el coche a lo largo de todo el camino a Londres?

Ella frunció el ceño de una manera que lo hicieron desear besarle cada arruguita.

—Tiene que haber una manera. ¡Ah! Llegamos a Londres, yo hago venir a mis abogados, me entero de quién es mi heredero y le envío una nota informándolo de que han cambiado sus expectativas.

—O yo lo mato. Pero eso da por supuesto que es fácil encontrarlo. ¿Y si es uno de los colegas de tu padre en el extranjero?

Ella bebió un sorbo de coñac.

—Eso es posible, ¿verdad? Incluso explica por qué no ha atacado antes. Podría haberle llevado un tiempo llegar aquí. Pondré un aviso en los diarios entonces.

—Eso resultaría. —Dejó a un lado la copa—. Es hora de que vuelvas a tu habitación.

—No, espera. Si escribo mi testamento, ¿tendrá validez?

—Si tienes testigos, creo que sí.

—Entonces puedo escribirlo ahora y tú ser mi testigo.

—Creo que se necesitan dos testigos. Déjalo para mañana. En realidad, déjalo para cuando lleguemos a Londres y pueda redactarse correctamente.

Tenía que sacarla de allí. Corrió el riesgo de levantarla del sillón.

—Vamos.

Ella no se resistió, pero dijo:

—No, debe hacerse de antes que nos marchemos. ¿No lo ves? Si algo va mal mañana, me niego a dejar que ese villano se beneficie. ¡Me nieeego!

Su energía y resolución lo deslumbraron.

—Ah, qué magnífica eres.

—¿Sí?

Lo estaba mirando con los ojos brillantes y él comprendió que debía retirar esas palabras, pero dijo:

—Sabes que lo eres.

—Tú eres magnífico también.

Él negó con la cabeza.

—Soy una criatura ruin. Por cierto, escribe tu testamento antes de que nos vayamos, pero te prometo que si ese bellaco logra matarte, Damaris, le daré caza, y antes de morir deseará haber sido cogido, juzgado y colgado por el sistema judicial.

Damaris sintió recorrer el cuerpo por un estremecimiento, pero no era de miedo. Se acercó más a él y las palabras le salieron por la lengua sin pensarlo, sin tener tiempo de censurarlas y tragárselas:

—Te deseo, Octavius Fitzroger.

Él no movió ni un músculo.

—Es el ponche. Vamos, tienes que volver a tu cama.

Trató de llevarla, pero ella hurtó el cuerpo y bloqueó la puerta.

—No puedo dormir.

La asustaba su inmovilidad, pero no se dejaría rechazar. Esa era la última noche que les quedaba, su última oportunidad.

—No es de extrañar, si no estás en la cama —dijo él.

—Ni estando en mi cama podré dormir. De verdad, Fitz. ¿No puedo quedarme aquí hasta que esté cansada? —No sabía qué deseaba exactamente, aparte de estar con él—. Me siento segura aquí contigo. Tal vez podríamos conversar.

—Conversar —dijo él, y ella creyó oírlo suspirar; igual podría haber sido una risa—. Claro.

17

Él puso más leña en el fuego, cada movimiento hablándole de su maravilloso cuerpo.

La tentación puso sus perversos deseos en palabras: «Si hiciéramos el amor aquí esta noche, él no me abandonaría. Su honor no se lo permitiría».

Las llamas lamieron los leños y los encendieron, iluminando más la habitación.

Volvió a sentarse en el sillón, él se sentó en el otro, reclinándose en el respaldo, todo dorado claro, brillante a la luz del fuego.

—Cuéntame cómo era tu vida en Worksop —dijo.

Ella reprimió una sonrisa ante esa hábil jugada. Su intención había sido que hablaran de él. De todos modos, habló de su vida en la casa Birch, con todo lo aburrida que era.

—Mi madre era una mujer rara, hija única de padres mayores. Su madre murió cuando ella tenía tres años. La crió mi abuelo, que era un hombre distante. Era médico pero también un caballero erudito. Murió cuando yo tenía diez años, pero yo ya me había dado cuenta de que él habría sido más feliz si sus pacientes hubieran sido estatuas. Sin emociones exigentes, quiero decir.

—Autómatas, como los que tanto admira Rothgar.

—Sí, exactamente. Ruedas dentadas y muelles.

—No puede haber sido un hogar agradable —dijo él.

Parecía relajado, o por lo menos resignado. Tal vez a ella le bastaría conversar así, porque era agradable. Pero eso lo soltaría, y ella lo quería atado. Contra todas las leyes de la amistad, el honor y la sociedad, ella deseaba a Octavius Fitzroger atado a ella sin esperanzas de escapar.

—No —dijo—, pero no tenía con qué compararlo. Ni siquiera teníamos parientes cercanos. El abuelo tenía familia en el campo, en Devon, creo, pero nunca viajaba a verlos, ni ellos venían a vernos a nosotros. Si alguna vez hubo comunicación con la familia de mi abuela, acabó con su muerte antes que yo naciera. Mi padre estaba distanciado de su familia.

—¿Tuviste una institutriz?

—Mi madre me enseñaba, porque decía que no había dinero para contratar a alguien.

—Tenéis que haber ido a la iglesia, por lo menos

—Puntualmente, pero nunca nos quedábamos después del servicio. Creo que mi madre, quizás, encontraba vergonzosa la ausencia de mi padre. Aun cuando era un comerciante que trabajaba en tierras lejanas, era extraña su ausencia.

—¿Crees que ella lo amaba?

—Tal vez al principio, pero si lo amaba, él mató su amor. Por la época en que yo ya tenía cierta capacidad de razonamiento, diría que ella creía que él le pertenecía. Su actitud hacia él siempre era de rabia hirviente. En algún momento se enteró de que él mantenía a una amante en Londres, y eso la enfureció, pero no creo que se sintiera herida. Sólo furiosa. Porque pensaba que él le pertenecía. Porque ella lo compró con su dote.

En ese momento Damaris comprendió que una rabia similar de posesión había hervido en ella por Ashart. Qué bendición que no resultara nada de eso, porque, aparte del precio, no habría sido diferente a lo de su madre.

—No se me habría ocurrido que una amante en Londres le fuera muy útil a un hombre que vivía en el extranjero —comentó él.

—Cierto, pero dudo que ella estuviera equivocada. —Encontraba muy raro hablar de esas cosas con un hombre, pero añadió—: Supongo que él le pagaba para que estuviera disponible en las raras ocasiones en que la necesitaba.

—Muy eficiente. ¿La menciona en su testamento?

—No lo sé. Ese es justamente el tipo de cosas que mis abogados no me dirían.

A él se le curvaron los labios.

—Eso seguro. Pero tu madre tenía derecho a sentirse amargada y furiosa si él cogió su dinero y la dejó en la pobreza, en especial cuando se hizo rico y derrochaba dinero en otras mujeres.

—Pero es que no fue así. Eso lo descubrí después que ella murió. Él siempre envió dinero, y las cantidades fueron aumentando a lo largo de los años. En eso, al menos, era honrado. Podríamos haber vivido en el lujo, pero ella usaba lo mínimo que podía y decía que eso era lo que enviaba él. —Agitó la cabeza y suspiró—. Era una especie de locura. ¿Creería que eso lo obligaría a volver? ¿Que iba a renunciar a Sarawak, las Molucas y Java por la casa Birch de Worksop, porque ella nos mantenía en la miseria a ella y a mí?

—Si de verdad lo odiaba a él, podría haber odiado su dinero también.

—Esa es una explicación tan buena como cualquiera otra —dijo ella—. Pero ¿qué me dices de tu familia y tus primeros años? —Tenía la intención de casarse con él a pesar del escándalo, pero seguía esperando encontrar una manera de borrarlo; por lo tanto necesitaba saber más acerca de su familia—. ¿Entraste en el ejército a los quince años?

—Sí —repuso él, girando la cabeza hacia el fuego—. No estábamos aislados como vosotras. Los Fitzroger de Cleeve tienen un importante lugar en el condado, ya que han vivido allí desde la Conquista. No muy lejos de mi casa están las ruinas del castillo Carrisford, construido por uno de mis antepasados. Fitzroger de Cleeve combatió al lado de Enrique primero y se convirtió en uno de sus grandes barones. Hay una historia romántica sobre él, por haber capturado a una heredera... —Se interrumpió y continuó con el otro tema—: Así que no estábamos aislados, pero no éramos felices. Mi madre tuvo demasiados hijos, diez en total, y perdió a muchos. Mi padre le echaba la culpa al destino, no a sí mismo. Mi hermana mayor, Sally, fue boba de nacimiento. Tiene treinta y tres años y piensa y actúa como una niña pequeña.

—¿Cuántos hermanos y hermanas tienes? Vivos, quiero decir.

Él la miró.

—Hugh, el mayor, que ahora es lord Leyden. Antes que él hubo otro Hugh, pero murió. Sally, Libella y yo.

Cuatro de diez hijos, pensó ella. Y una era tonta, el otro un bruto. Pobre madre.

—¿Libella? —preguntó.

Él sonrió.

—La última, la más pequeña, pero es la que tiene más vitalidad. Libella significa décima, o pequeñita, pero siempre la hemos llamado Libby. Está atrapada ahí ahora, cuidando de madre y de Sally, y tratando de impedir las crueldades de Hugh. La liberaría si pudiera, pero no puedo. —Un movimiento del fuego le hizo brillar los ojos como llamas—. Soy totalmente impotente respecto a mi vida.

—¿Por qué?

—Lo sabes.

Habían llegado al punto esencial. Damaris hizo dos respiraciones lentas y profundas.

—¿Porque te acostaste con la esposa de tu hermano? Con la mujer de Hugh, supongo. ¿Qué edad tenía?

Él frunció el ceño, como si estuviera desconcertado.

—Veinticinco, creo.

—Diez años mayor que tú.

—Yo era precoz. —Se levantó y se alejó del hogar—. No deberíamos hablar de estas cosas.

—¿Por qué no? Al parecer todo el mundo habla.

Él se volvió a mirarla, pero desde la oscuridad, cerca de la cama.

—Sí, todo el mundo habla. No te conviene tener nada que ver conmigo, Damaris.

—¿No me corresponde a mí decidir eso?

—No.

Ella se levantó de un salto.

—Sólo tenías quince años. ¡No fue culpa tuya!

—¿Qué es culpa? Ya tenía edad para distinguir el bien del mal.

—¿Y sabías que eso estaba mal?

Pensó que no iba a contestar, pero entonces él dijo:

—De eso hace media vida. Ya no sé lo que sabía, ni lo que pensaba, ni lo que sentía ni lo que deseaba. Sin embargo, es como la marca del ladrón. No se puede borrar.

Ella avanzó hacia él.

—No es una marca, es historia antigua. ¿Te acuerdas de lo que me dijiste respecto a mi vergüenza? Se graba en tu mente, pero no en las mentes de los demás.

Él emitió una risita.

—Ah, sí, es cierto. Comprende esto, Damaris. Hugh mantuvo el asunto hirviendo a fuego suave mientras yo estuve fuera, pero cometí el error de volver a Inglaterra y de ir a Cleeve Court a ver si mis hermanas y mi madre me necesitaban. Eché brea sobre las viejas brasas. Ahora le dice a todo el que quiera oírlo que me va a matar cuando me vea. Incluso me ha puesto un pleito, alegando que soy el responsable de la muerte de Orinda.

Ese sí era un golpe bajo.

—¿Cómo puede asegurar eso?

—Ella se mató no mucho después de que yo me marché.

Damaris se armó de valor para continuar luchando.

—¿Crees que se mató por haberte perdido?

Por la cara de él pasó una expresión de humor negro.

—¿Lo considerarías demasiada presunción? No. Ella no sentía nada por mí, aparte de un hambre físico y odio a Hugh. Pero yo la abandoné y ella eligió la muerte.

—Sólo tenías quince años —repitió ella con vehemencia—. ¿Por qué entraste en el ejército?

—Me arrastró ahí mi padre. O hacía eso o me moría de hambre.

Ay, pobre muchacho. Pero no se iba a debilitar.

—O sea, ¿que deberías haberla llevado contigo como tu amante? —preguntó ella en tono duro, adrede.

—No debería haberla deshonrado, para empezar.

—Fitz, «ella» te deshonró a «ti»

Él retrocedió bruscamente, pero ella le cogió la parte delantera de la bata y lo sacudió.

—No fue culpa tuya. Ella te utilizó. No tienes ninguna culpa en eso.

Él retrocedió antes que ella volviera a cogerlo, pero lo detuvo la cama.

—Lo cual no importa nada. —Le cogió las muñecas—. Mi nombre está hundido en el lodo, Damaris, y no quiero arrastrarte a él.

—No me importa. Podemos entablar esta batalla. Y hacerlo juntos. ¿Por qué no retas a tu hermano? Mátalo. Estoy segura de que eres capaz.

Él se soltó las muñecas.

—¡Jamás! Le hice daño una vez. No volveré a hacer eso jamás.

—¿Aun cuando hace daño a otros? Llevó a Orinda a la muerte. Y ¿qué les está haciendo a tu madre y a tus hermanas?

—Maldita sea, Damaris. Basta ya.

—No. Lucharé por ti, Octavius Fitzroger. Por nosotros. Te quiero —añadió, volviendo a cogerle la bata—. Deseo verte feliz. Deseo verte tranquilo y vestido de sedas y diamantes.

Le estaba desabotonando la bata con dedos temblorosos aun cuando le iba quedando claro, botón a botón, que él no llevaba nada debajo. Él la empujó para apartarla, pero ella se mantuvo firme y lo empujó más fuerte, tirándolo sobre la cama y cayendo encima de él.

—¡Eres mío! ¿No lo entiendes? Eres mío, así que tu hermano es mi enemigo y utilizaré el dinero como arma. El dinero puede silenciarlo. Si te lleva ante la justicia, el dinero puede comprar más y mejores abogados...

Él la besó.

A ella se le rompió el control en una silenciosa explosión y ya era demasiado tarde para tener cautela. Además, eso era lo que deseaba, para eso había ido allí, para sentir el fuego en la sangre, el éxtasis de su contacto, el calor que fusionaría los grilletes alrededor de los dos.

Él la hizo rodar, sin dejar de besarla, en un loco enredo de piernas, brazos y ropa que la hizo reír cuando él le dejó libre la boca y empezó a besarle los pechos.

¿Le había roto el camisón? No le importaba. Le tironeó la bata, notando que se desprendía un botón. Cuando no pudo soltar más botones, se la levantó hasta que sus manos encontraron su carne firme.

Él rodó hacia un lado y se quitó la bata. Ella se quitó la suya, sin dejar de mirarlo, deleitando sus ojos. Cielo santo, ¿había algo más hermoso en el mundo? Sentía el cuerpo como una sola pulsación, fuerte, hambrienta, hambrienta de él.

Él le estaba rasgando el camisón, rompiéndole el duro refuerzo de la abertura del cuello. Ella se cogió ambos lados y lo continuó rasgando hasta llegar al dobladillo, que no pudo romper.

Él lo rompió, pero sus ojos estaban fijos en su pecho, en la venda.

—Estás herida.

Ella le cogió el pelo y le bajó la cabeza.

—Ya no. Ámame, ámame.

La vehemente unión de sus bocas ardientes le obnubilaron la razón, haciéndola olvidar todo lo que no fueran sus ansias de él, de su fuerza, de su olor, de sus deliciosos músculos moviéndose bajo la sedosa piel. Se los acarició, palpándolos, friccionándolos, poseyéndolos, mientras él le devoraba los labios y luego los pechos.

Se arqueó todo lo que pudo, gimiendo de salvaje placer, abriendo más las piernas porque sabía dónde lo necesitaba más. Se moriría si él no se introducía en ella y la llenaba, calmándole la ardiente necesidad.

Sintió presión ahí, ah, sí, y empujó, deseando muchísimo más, y entonces cayó en la cuenta de que era su mano la que estaba ahí. Pero entonces lo que él le hacía con la mano la llevó más allá de todo lo que no fuera dicha y enardecidas ansias.

Le vibraba el cuerpo, le vibraba la cabeza, sentía los pechos llenos, de intenso y ávido deseo. La ardiente boca de él le producía ahí un milagro de placer que le bajaba hasta donde con la mano le estaba produciendo ese otro placer que la iba a matar, pero no le importaba.

Se aferró fuertemente a él, retorciéndose en una desesperada exigencia de más y más y más, oyéndose jadear los intentos de decirlo. Al mismo tiempo se sentía como si tuviera algo mal, algo bloqueado. Y como no podía parar, y no quería que él parara, se moriría así.

Entonces se hizo trizas, voló o cayó. Lo único que sabía era que el placer que sentía superaba cualquier cosa que pudiera haberse imaginado en su vida, un placer que sus suaves caricias le hacían continuar y continuar mientras le ahogaba los jadeos y gemidos con su boca.

Cuando salió del torbellino, empezó a devorarlo ella, impulsada a capturarlo, a montarlo a horcajadas, deseando más.

Él se veía tan trastornado como ella a la luz del hogar, embriagado, embelesado y desesperado. Le lamió la cara, le mordisqueó la mandíbula y luego la oreja. A pesar de todo ese salvaje placer, deseaba más, y sabía qué deseaba. Su cuerpo sabía lo que necesitaba para estar completo.

—Tómame —le susurró y le mordisqueó el lóbulo—. Ahora. Complétame, por favor.

Él apretó las manos en sus caderas. Ella se deslizó hacia abajo para lamerle y mordisquearle el pecho, deslizando las manos por sus lisos músculos, siguiendo el arco de sus costillas. Se había movido hacia un lado para verlo mejor y entonces le vio el pene. Tan grande, y sin embargo dentro de su cuerpo todavía sensible comenzó una vibración, una vibración de apasionado reconocimiento.

—Ahora —dijo rodeándole suavemente el miembro con la mano.

Él se estremeció, pero no le apartó la mano, así que ella se tendió de espaldas, atrayéndolo a ella. Temió estar haciéndolo mal, incluso haciendo el más tremendo ridículo, pero prefería hacer eso a perderlo. Además, encontraba normal y correcto rogarle así, mirarlo a los ojos y atraerlo más y más hasta que sintió la presión de su miembro en su ardiente y ávida entrada, mientras le retumbaba de deseo el corazón.

Él cerró los ojos, como si estuviera combatiendo, o sufriendo, pero de repente, la penetró. Entonces ella sintió un dolor agudo, pero apretó los dientes y se tragó el grito, empujando para introducirlo más. Eso no podía parar ahí. No podía. Era tan eternamente correcto...

Él abrió los ojos y la miró, al parecer casi aturdido, pero amando. Entonces gimió su nombre y empezó a moverse en fuertes y profundas embestidas, que ella correspondía aún cuando le dolía, porque deseaba eso más que ninguna otra cosa en la vida.

Vagamente se fijó cómo él se sostenía, cómo su pecho no le presionaba en ningún momento el lugar donde podría dolerle. Incluso *in extremis* él pensaba en ella y lo amó con un amor casi insoportable.

No volvió a sentir ese placer perfecto, pero le encantó esa loca agitación y los signos de éxtasis en él. Sus gemidos ahogados, sus estremecimientos, sus vibraciones en lo profundo de ella, donde estaban absoluta e infinitamente unidos.

Le acarició la espalda, subiendo y bajando las manos desde los hombros a las nalgas, una y otra vez, flotando en saciada maravilla. Nunca se lo había imaginado. Era un error, pensó, mantener eso en secreto. Todos deberían saberlo. Todos deberían hacer eso con la mayor frecuencia posible.

Pobre Betty Crowley, cuyo marido murió tan pronto después de la boda, y cuyo segundo marido era incapaz.

Él se quedó completamente inmóvil, con la cabeza apoyada al lado de la de ella, respirando profundamente, casi desesperado. En ese momento ella presintió algo terrible, terriblemente malo.

Él se apartó y rodó hasta quedar de espaldas, desmoronado.

—Habría sido mejor que te hubiera matado.

—No seas tonto.

Intentó acariciarlo, pero él volvió a ponerse encima de ella.

—Maldita sea, por el Hades, Damaris, ¡acabo de deshonrarte!

—¡Ay!

Él se apartó casi de un salto.

—Zeus, perdona. —Pero entonces la miró, con los dientes apretados y le rodeó el cuello con una mano—. De verdad, debería estrangularte.

Ella tragó saliva, consciente de la facilidad con que él podría hacerlo, y de que estaba verdaderamente furioso.

—Me ha dolido el pecho —musitó, sintiendo el escozor de las lágrimas en los ojos—. Un poco. Y no me has deshonrado, porque quiero casarme contigo.

—Entonces me has deshonrado a mí. Rothgar me matará.

—Puedes derrotarlo.

Él bajó de encima de ella prácticamente levitando.

—¿Crees que mataría a un hombre por esto? ¿Cuando soy yo el que he hecho el mal?

Ella se sentó, tragándose las lágrimas. No, no deseaba que él matara a nadie, y mucho menos a un hombre que había sido bueno con ella, pero eso era una batalla, una batalla por el tesoro que deseaba más que ninguna otra cosa en la vida.

—Te amo, Fitz. Y tú me amas. Niégalo si puedes.

—Lo niego.

—Entonces digo que eres un mentiroso.

Recordó lo que él le dijo una vez, que se alejaría de cualquier mujer que dudara de su palabra.

Él le dio la espalda y, haciendo una respiración profunda, se sentó en el borde de la cama, con la cabeza echada hacia atrás. Ella debería tener la cabeza en cosas más elevadas, pero la verdad es que era un hombre muy hermoso.

—Puedo casarme con quien quiera —dijo, con la voz más tranquila que pudo—, y deseo casarme contigo. Rothgar no tiene nada que decir. Soy mayor de edad. Puede retener mi dinero, pero a mí eso me importa un rábano.

—¿Y cómo piensas sobrevivir?

—Contigo, y con préstamos de los prestamistas.

Él apoyó los codos en las rodillas y bajó la cabeza hasta sus manos, y su desesperación la silenció finalmente. Realmente él consideraba terribles y deshonrosos sus actos.

Y entonces comprendió.

Demasiado tarde comprendió lo que acababa de hacer.

Cuando tenía quince años, una mujer llamada Orinda le robó su honor, despreocupadamente, por lujuria y para herir a su marido. A lo largo de los años, él había recreado laboriosamente ese honor, aun cuando el destino se interponía una y otra vez.

Y esa noche ella, cogiendo lo que deseaba, había vuelto a robárselo. Él creía que no debían casarse, pero ella lo forzó a una situación en que debía casarse con ella o perder la honra.

Qué más daba que nadie más supiera lo que habían hecho. Él lo sabía, y el honor es más que la reputación. Vive en el alma de la persona.

Qué parecida era a su egoísta y pirático padre.

Todas las palabras le parecieron frívolas. Ansiaba consolarlo, tranquilizarlo, pedirle disculpas, y sin embargo seguía deseando encontrar la manera de poseerlo. Alargó la mano para tocarlo, pero él se la apartó. Era muy probable que él la abandonara, lo cual la heriría a ella y lo mataría a él.

Él se levantó, cogió su bata y cubrió su largo y esbelto cuerpo. Después se giró a mirarla desde una distancia de más de dos yardas.

—Esto es lo que haremos. Si resulta que te has quedado embarazada, me casaré contigo, si todavía lo deseas. Mientras tanto no le dirás esto a nadie. Será como si nunca hubiera ocurrido. Mañana nos iremos a Londres y ahí encontraremos a tu heredero y eliminaremos el peligro. Seguirás el plan de Rothgar y te presentarás en sociedad. Conocerás a hombres convenientes, buenos partidos, muchos de ellos hombres mucho mejores que yo. El duque de Bridgewater podría ser exactamente de tu gusto.

—¿Cómo puedo casarme con otro hombre ahora?

—Es posible ocultar la falta de himen a la mayoría de los hombres. Además, dados tus atributos financieros, es probable que tu marido deje de lado cualquier sospecha.

—No —susurró ella—. Por favor, no seas cruel.

Se bajó de la cama poniéndose la ropa, sintiéndose sucia por primera vez. Le dolía la entrepierna, y le dolía el pecho, donde la habían herido dos veces, una por encima del corazón y otra en lo más profundo.

—No es mi intención ser cruel —dijo él—. ¿Harás lo que digo?

Ella le dio la espalda a esa voz sin alma, abotonándose la bata a la tenue luz del hogar.

—¿Qué otra opción tengo?

—Puedes decirle a Rothgar lo que ha ocurrido aquí. O a Ashart, si es por eso. Puede que me maten o que me vea obligado a casarme contigo. ¿Quieres apostar?

Ella se volvió a mirarlo con los ojos empañados.

—¿Obligado? ¿Tan terrible sería?

—Soy el peor marido posible para ti, Damaris. Quiero protegerte.

—¿Lo desee yo o no?

—Lo desees o no.

El fuego ya daba un calor muy tenue y sentía en los pies descalzos las corrientes de aire frío.

—Me lo agradecerás algún día —dijo él—. Espero que me agradez...

Un chillido le interrumpió la frase.

—¡Maisie! —exclamó Damaris, corriendo hacia la puerta.

Él le cogió un brazo.

—No deben sorprenderte saliendo de aquí así.

El pelo suelto, el camisón roto, que seguro tendría manchas de sangre.

Sonó otro chillido de Maisie y luego la oyeron exclamar:

—¿Señorita Damaris? Sálvanos, Señor, ¡la han raptado!

Un instante después una explosión estremeció el aire, y Maisie gritó de verdad, y continuó gritando.

Fitz había aumentado la presión de la mano en su brazo, pero entonces la apartó.

—Quédate aquí. Yo iré a verla. Entonces sales y entras discretamente en tu habitación. —La miró y luego negó con la cabeza—. Arréglate lo mejor que puedas.

Entonces la besó con desesperación y ella tuvo la impresión de que el destino estaba en contra de que se separaran.

Él se apartó y abrió la puerta, y se encontró en medio de un mar de luz. Ashart estaba bajo el arco con una vela encendida en la mano. La luz casi cegó a Damaris, tanto que le costó ver a Maisie, que estaba con las dos manos sobre la boca, detrás de él.

El silencio crujió como hielo delgado. Ashart se giró hacia Maisie.

—Vuelve a la habitación y mantén la boca cerrada.

Maisie asintió enérgicamente y desapareció en la habitación.

—¿Ash? ¿Damaris? ¿Fitz? —dijo Genova, apareciendo con otra vela encendida.

La verdad, Damaris habría preferido menos luz que más.

A Genova le bastó una mirada para entenderlo todo, por lo que fue a ponerse junto a Ashart, cerca de su tigre. Damaris deseó desmayarse. Como dijera Genova, Ashart se consideraba su protector, el sustituto de Rothgar en esa casa. Y en opinión de él, ella había sido violada.

¿Tal vez insistiría en una boda? La expresión de sus ojos hablaba de muerte.

Él avanzó y Damaris y Fitz retrocedieron, hasta que quedaron todos dentro de la habitación.

—Debería matarte —dijo Ashart.

—No me forzó —protestó Damaris—. Yo vine aquí y entonces...

—Y él se aprovechó. No he hecho caso de su reputación, lo cual ha sido una estupidez, obviamente.

—Tenía quince años cuando...

—No —la interrumpió Fitz, cogiéndole el brazo. Miró a los glaciales ojos de Ashart—. Sí, he hecho muy mal. Pero decidas lo que decidas, sería mucho mejor que yo os acompañara a todos a Londres para ocuparme de la seguridad de Damaris.

Ashart tenía la mano libre apretada en un puño, pero por lo demás se veía perfectamente controlado. Damaris encontró eso más aterrador que una franca furia.

—Muy bien. Rothgar puede arreglárselas contigo, ya que eres hombre de él, supongo. ¿Si tengo tu palabra de que no huirás antes de oír su juicio?

—¡No! —protestó Damaris.

—La tienes —dijo Fitz.

Entonces Ashart la miró a ella.

—Tú vuelve a tu habitación y quédate ahí.

La glacial autoridad casi la hizo inclinarse en una servil reverencia. Nunca se había imaginado que pudiera ser tan aterrador.

Genova la instó a salir de la habitación. Damaris no quería dejar solos a los dos hombres, pero Genova sacó también a Ashart al pasar, de modo que los tres quedaron en el corredor al otro lado de la puerta cerrada.

—Fue culpa mía —insistió Damaris; se mojó los labios y dejó al descubierto su vergüenza—: Yo lo deseaba y me pareció que esta era la mejor manera de quebrar su voluntad.

Los ojos de Ashart la perforaron.

—Entonces pasa la noche de rodillas rogando que no hayas matado a un hombre bueno con tu codicia.

Dicho eso la cogió del brazo, la hizo entrar en su habitación y cerró la puerta. Damaris apoyó la espalda en la puerta, con las lágrimas corriéndole por la cara y otro mar más agolpándosele en el pecho.

Se cubrió la boca para ahogar los sollozos. Entonces Maisie corrió a cogerla en sus brazos.

—Ay, cuánto lo siento, señorita Damaris. No me lo imaginé. Pero ¿cómo pudo? Ah, ese hombre terrible. Se lo advertí, se lo advertí.

Damaris estalló en desgarradores sollozos en sus brazos.

18

Damaris durmió porque Maisie insistió en que tomara láudano. Se despertó cuando abrieron las persianas, atontada por el opio, y recordando la otra vez que despertó de un sueño drogada. Tampoco ahora deseaba enfrentar a las personas que conocían su vergüenza, pero esta vez de ninguna manera podía huir. No podía abandonar a Fitz.

Seguro que lograría convencer a Rothgar de que ella se había buscado su deshonra, ¿verdad? Aun en el caso de que les prohibiera casarse, no podía matar a Fitz por haber sido seducido por ella.

Pero sabía lo bastante acerca de los hombres para comprender que podría matarlo. El reto se atribuiría a algún otro motivo para salvarle el honor a ella, pero ocurriría, y Fitz moriría. No se defendería, porque se consideraba culpable.

Todo era culpa suya. ¿Cómo no se le ocurrió? ¿Cómo pudo no pensar en lo que significaría para él ser seducido por una mujer a la que no debía tocar? Él, que fue seducido por su cuñada cuando era un niño.

Volvió a dolerle la garganta, pero no volvería a llorar. Con llorar no lograría nada, a no ser que pudiera mover a piedad a Rothgar. Sí, se reservaría las lágrimas para eso.

—Arriba, señorita —dijo Maisie, en un lastimoso intento de animarla—. Nos marchamos dentro de una hora. Tengo todo el equipaje listo, y usted tiene que tomar el desayuno. Aquí está su agua caliente. Vamos, venga, señorita. Tiene que levantarse.

Maisie le había explicado que esa noche se despertó al sentir pasar un ratón cerca de la cara. Y claro, chilló. Entonces vio que ella no estaba en la cama y salió corriendo y gritando para pedir auxilio. Y se disparó esa antipática arma. Le había pedido disculpas, largo y tendido, intercalando reproches por esa locura y pronosticando toda suerte de desastres. Todos por culpa de Fitz.

Y todos ellos posibles, aceptó Damaris bajándose de la cama, pero lo único que importaba era que Fitz estuviera a salvo. Caminó hasta el mueble con la jofaina, consciente de los cambios en su cuerpo y de la irritación, pero deseando estar con Fitz otra vez.

Se desvistió, se lavó y se puso la camisola que esperaba delante del fuego.

—¿Cómo está su herida, señorita? —preguntó Maisie.

Damaris la había olvidado, y se tocó la zona.

—Sanando.

A diferencia de la imaginaria que le sangraba adentro, pensó.

—Siéntese y coma, señorita. Ahí está su chocolate tal como le gusta y pan que ayer era fresco.

A Damaris se le rebeló el estómago, pero necesitaba estar fuerte. Bebió un poco de chocolate y comió un trozo de pan, contemplando las llamas, tratando de ver una salida de ese círculo de fuego.

Huiría hasta los confines de la tierra con Fitz, pero aún en el caso de que escaparan de Ashart y de Rothgar, sabía que él no aceptaría. La acompañaría a Londres y se sometería al juicio.

Y era probable que la odiara.

—¡Señorita Damaris, por favor! En cualquier momento golpearán la puerta para sacar el equipaje.

A toda prisa, Damaris se puso un grueso vestido azul. Maisie la obligó a sentarse, le rehizo la trenza y luego se la enrolló en la nuca, afirmando el moño con horquillas. Ay, si la vida pudiera ordenarse enrollándola con tanta facilidad. Entonces recordó el desencadenante de la noche pasada, el pretexto: su testamento.

—¿Dónde está mi escritorio?

—En el baúl grande, señorita —repuso Maisie, poniéndole un sombrero de tres picos y sujetándoselo con otra horquilla—. ¿Lo va a querer ahora?

Damaris se levantó y fue hasta el baúl cerrado.

—Necesito papel. ¡La llave!

Maisie la sacó del bolsillo rezongando, pero la giró en la cerradura y abrió la tapa. Sacó el escritorio de madera de debajo de una capa de ropa. Damaris lo llevó a la mesa, lo abrió, sacó un papel y quitó la tapa del pequeño tintero. Mojó la pluma sin recortarla y se detuvo, recordando a Fitz sacándole punta con su afilada navaja esa primera mañana cuando la convenció de volver a Rothgar Abbey.

La navaja que usó la tarde anterior para romperle la ropa.

Le había caído una gota de tinta sobre el papel. Empezó a hacerla a un lado pero ¿qué importaba una mancha de tinta? Comenzó a escribir, tratando de imitar el estilo que recordaba del testamento de su madre. Debería hacerlo sencillo, pero se sorprendió escribiendo la lista de legados que deseaba dejar, como si pudiera ocurrir. Como si pudiera morir ese día.

Oyó pasos acercándose.

—Ahí vienen los hombres a recoger el equipaje, señorita. Este no es el momento de escribir cartas.

Sonó un golpe en la puerta. Damaris asintió y Maisie fue a abrirla. Entraron dos hombres, inclinaron sus cabezas y se dirigieron al baúl.

—¿Sabe leer y escribir alguno de ustedes? —preguntó Damaris.

Los hombres, que educadamente habían evitado mirarla, la miraron.

—Yo sé, señorita —dijo uno, un hombre corpulento y canoso de brillantes ojos azules.

—¿Su nombre?

—Silas Brown, señorita.

—Venga aquí, si me hace el favor, señor Brown. Este es mi testamento, que acabo de escribir. Ahora lo voy a firmar, y después deseo que firme usted como testigo.

El hombre asintió.

Damaris firmó, mojó la pluma y se la pasó. Él firmó con su nombre completo, con letra pareja y firme.

—Gracias. Maisie, tú harás de testigo también.

Maisie pareció alarmada, pero sabía leer y escribir. Se limpió las manos en la falda, cogió la pluma y con sumo cuidado escribió su nombre completo, Maisie Duncott, debajo del de Silas Brown.

Damaris soltó el aliento que tenía retenido y sonrió.

—Gracias a los dos. Maisie, guarda el escritorio, por favor.

Le dio una corona al mozo por el servicio. No bien estuvo cerrado con llave el baúl, los hombres se lo llevaron. La tinta ya estaba seca en el testamento, así que Damaris lo dobló, pensando qué hacer con él. No quería llevarlo ella, por si le ocurría algo que significara perderlo o destruirlo.

Le gustaría dárselo a Fitz, pero no creía que le permitieran acercarse a él. Tendría que ser Ashart, y el solo pensarlo le produjo un estremecimiento.

—¿Ya está lista, entonces, señorita?

Damaris logró esbozar una sonrisa.

—Sí, por supuesto. No te preocupes. No me he vuelto loca. Una vez que estemos en Londres, podremos enderezar todo esto.

—Sí, señorita —dijo Maisie, pero su expresión reflejaba tanta duda como los pensamientos de ella.

Maisie la ayudó a ponerse la capa y le pasó los guantes marrón oscuro. Estaba todo lo preparada que podía estar para hacer frente al día, así que salió de la habitación. Al ver a Fitz fuera de la puerta, se detuvo en seco.

—Escolta —dijo él, impasible—. Es muy improbable un ataque entre aquí y el coche, pero no correremos ningún riesgo.

Ella deseó decirle muchas cosas, pero era como si él se hubiera encajonado en hielo. Ella ya había supuesto eso, pero en aquel momento le dolió como si un rayo le hubiera atravesado el corazón.

—Gracias. —Le pasó el papel doblado—. Llévame esto, por favor.

Él lo cogió.

—¿Tu testamento?

—Sí.

—¿Con testigos?

—Maisie y uno de los mozos.

—¿Cuál?

—Silas Brown.

—Uno de los hombres de Rothgar. Servirá.

Se metió el papel en el bolsillo de la chaqueta y le hizo un gesto para que pasara delante de él bajo el arco.

Ella se detuvo un momento, buscando algo que decir, algo que pudiera servir. Una acalorada pelea podría derretir el hielo, pero pensó que tal vez era el hielo lo que lo mantenía entero a él. Echó a andar, pasó por entre los peligrosos retratos Trayce, Prease y Estuardo, y más allá bajó la escalera hasta el vestíbulo, donde esperaban los demás. Cuando se reunió con ellos, Fitz se quedó a un lado, aparte.

¿Lo sabría lady Thalia?, pensó. Tenía que saberlo. Habría oído la explosión activada por el alambre.

Entró una criada e hizo su reverencia.

—Todo está listo, milord.

—Vamos a salir por la puerta lateral del lado este —dijo Ashart.

Se veía tan tranquilo como Fitz, pero Damaris percibió el fuego bajo la fachada: una furia hirviente. Reconoció que él se sentía responsable de su deshonra y que nada que pudiera decir ella arreglaría nada.

—El coche se puede acercar hasta la puerta, ahí —explicó Ashart—; estará menos expuesto que en la puerta principal.

Caminaron a toda prisa hasta donde esperaba el coche. Había seis caballos enganchados, golpeando el suelo con los cascos, echando el aliento blanco al frío aire de la mañana. Damaris, Genova y lady Thalia subieron ayudadas por Ashart. Fitz mantuvo las distancias, aunque Damaris supuso que ya no era tanto por aislarse como por su atención a cualquier señal de peligro.

Se iba a sentar en el asiento que miraba hacia atrás, pero Genova insistió en ocuparlo ella. Fitz y Ashart montaron sus caballos y se unieron a los otros cuatro jinetes de escolta. Y el coche se puso en marcha. Damaris deseaba llegar a Londres, donde estaban las respuestas que la mantendrían a salvo, pero también lo temía.

¿Qué haría su tutor, el Marqués Negro?

Deseaba poder conversarlo con Genova, pero era posible que lady Thalia no lo supiera todo. En todo caso, no sabía si existían palabras para expresar el dolor y el miedo que la consumían. Ni siquiera podía mirar a Fitz; iba cabalgando al otro lado del coche, más adelante, fuera de su vista. A propósito, lo sabía.

Miró a lady Thalia, que había amado y perdido a su amor. La anciana la miró, sus ojos serenos y en cierto modo confortantes. Pero entonces esos ojos se agrandaron y animaron.

—¿Whist entre tres, queridas?

Damaris aceptó. Cualquier cosa para pasar ese viaje.

Pararon varias veces para cambiar caballos, pero en ninguna parada se quedaron más tiempo del absolutamente necesario. Cuando hubieron transcurrido tres horas, según el reloj de Genova, los caseríos empezaron a estar más juntos, y gran parte del terreno que bordeaba el camino lo ocupaban las huertas que proveían de verduras a la populosa ciudad.

Muy pronto el camino empezó a estar más transitado y ni siquiera el cuerno que tocaba un mozo lograba despejarlo de percherones cargados, peatones, carretas y otros vehículos. Damaris se hundió en el asiento, comprendiendo lo fácil que le resultaría a cualquiera acercarse al coche y disparar dentro. Tal vez por ese motivo Ashart iba muy cerca del coche por un lado y Fitz por el otro. Por fin pudo verlo, su héroe, su amante y su desesperación.

Las casas ya eran más grandes y estaban más juntas, y luego los cascos de los caballos empezaron a repiquetear sobre las calzadas adoquinadas de las calles, pasando por entre hileras de casas nuevas y elevadas. El nombre de una, de ladrillos negros sobre piedra más clara, la sobresaltó: Rosemary Terrace.

Ese bloque de casas era parte de su herencia. En realidad nunca había visto ninguna de sus propiedades. Esa idea le resultó tan extraña que acercó la cara a la ventanilla para mirarla, olvidando la cautela.

—¿Conoces a alguien ahí? —le preguntó Genova.

—No —contestó, volviendo a echarse hacia atrás.

¿De qué le servía su enorme riqueza si no le permitía tener lo que deseaba?

No mucho después entraron en una magnífica plaza. Estaba construida alrededor de un jardín vallado y con un estanque en el interior. Una mujer y dos niños estaban a la orilla del agua arrojando trozos de pan a un grupo de bulliciosos y entusiasmados patos. La mayoría de las casas que rodeaban la plaza estaban construidas sobre terraplenes, con estrechas terrazas, pero algunas eran mansiones. El coche entró en el patio de la mansión más grande.

Habían llegado a la casa Malloren, donde debía enfrentarse a Rothgar.

Sintió débiles las piernas cuando bajó del coche y entró con los demás en un enorme vestíbulo revestido por paneles de madera. Qué distinto al de Cheynings. Allí crepitaba un fuego en el hogar y todo estaba iluminado por la luz que brillaba a través de un enorme abanico sobre la puerta. De alguna parte llegaban los aromas de una mezcla de pétalos secos que traían recuerdos del verano. Sobre una mesa había una maceta con crocus obligados a florecer temprano. Una promesa de primavera.

¿En qué estado se encontraría su vida cuando llegara la primavera?, pensó.

Aunque una sonriente ama de llaves y criadas y lacayos de aspecto simpático y acogedor estaban en fila esperando atenderlos, ella se sentía nerviosa y angustiada, rogando tener un poco de tiempo antes de encontrarse cara a cara con su tutor.

Pero entonces él salió de la parte de atrás de la casa.

—Bienvenidos a la casa Malloren. Lady Arradale continúa en la abadía para concluir nuestra fiesta allí, pero yo me vine antes para ocuparme de estas novedades. Gracias por avisarme, Ashart. Señoras, ¿deseáis subir a vuestras habitaciones?

Por un breve instante, Damaris pensó que Ashart le había enviado la noticia de su deshonra, pero enseguida comprendió que lo de novedades se refería a los documentos. Si Rothgar captaba alguna insinuación de otros desastres, no lo demostraba. Deseaba escapar de él, pero también deseaba quedarse para tomar posición junto a Fitz, para defenderlo. Lo habría hecho si no creyera que eso empeoraría las cosas.

La cobardía o la sensatez, no supo decidir cuál, la impulsó a subir con Genova y lady Thalia. Cuando llegó a lo alto de la escalera, miró atrás, a Fitz, que estaba elegantemente erguido entre dos hombres poderosos que podrían destruirlo con una sola palabra.

Él captó su mirada y le sonrió. Si con eso quiso tranquilizarla, no lo consiguió.

Fitz se permitió contemplar a Damaris hasta que desapareció en lo alto de la escalera. Ya no tenía ningún sentido la discreción. El omnisciente tenía que ser hábil en leer las expresiones, y Ash parecía un gruñido ambulante. Cuando ella desapareció, se volvió hacia los dos hombres, consciente, con objetivo aturdimiento, de que era posible que no volviera a verla nunca más. Lo más que podía rogar era que su capacidad para proteger a las personas le comprara unos cuantos días de gracia.

Rothgar les indicó un corredor.

—¿Si me hacéis el favor de venir a mi despacho? —Caminaron hacia el despacho. Nada más entrar, dijo—: ¿Tienes los papeles, Ashart? ¿Puedo verlos?

Ash le pasó la bolsa.

—Tomad asiento, por favor —dijo Rothgar y fue a instalarse tras su escritorio a leerlos.

Ash le dirigió una perforadora mirada a Fitz y se sentó, aunque daba la impresión de que habría preferido pasearse por la sala. Tal vez la mirada era una orden de que no se atreviera a ponerse cómodo, pensó Fitz, pero de todos modos él prefería estar de pie. Eso le daba la ilusión de que estaba al mando de su destino.

—Así que hubo matrimonio —dijo Rothgar, levantando la vista. Dobló los papeles—. Lamentable.

—Pero de poca importancia, dada la Ley de Sucesión —dijo Ashart, en tono monótono, sin inflexiones.

—Cualquier elemento de duda afligirá inevitablemente a Su Majestad, y hay un algo en su naturaleza que sufre de aflicción.

Fitz se preguntó qué vendría a continuación.

—Creo —continuó Rothgar— que el príncipe Enrique celebró una forma sentimental de boda con Betty Crowley, pero sin testigos. Yo podría hacer redactar un documento así, idéntico a este certificado de matrimonio. —Miró a Ash—. A ti te corresponde decirlo, primo.

Ash emitió una risita aguda.

—Eres un demonio tramposo. Vamos, por supuesto. Lo que sea que nos saque de este embrollo.

—Una vez que esté listo eso, los documentos han de presentarse al rey, que así tranquilizará a aquellos que están nerviosos. Tú has de presentárselos.

—Demostrando así que estoy dispuesto a renunciar a cualquier derecho.

—Y asegurarte la amabilidad de Su Majestad. —Miró el reloj—. He pedido una audiencia privada con el rey a las cuatro en punto, si eso te va bien.

—Mejor salir de esto cuanto antes —dijo Ash, levantándose—. Será mejor que vaya a avisar a Henri. Le dará un ataque de desesperación; apenas quedan cuatro horas, justo el tiempo de empolvarme el pelo. —Se detuvo—. Hay otros asuntos...

—Respecto a Damaris.

Por un instante Fitz pensó que realmente Rothgar era omnisciente; pero comprendió que sólo se refería a la seguridad de Damaris.

—Debería haberme anticipado al peligro —continuó Rothgar—. Has hecho lo correcto al traerla aquí. Ashart, sé que habrías preferido alojarte en tu casa, pero la presencia tuya y de Fitzroger aquí servirá para protegerla aún más.

—Agradezco la invitación. Es muy probable que en mi casa ya esté residiendo nuestra abuela.

Le explicó brevemente los planes de la viuda. En los labios de Rothgar pareció insinuarse una sonrisa.

—Nuestro regalo a Francia —musitó. Y añadió—: Podría ir bien. Es posible que sea más feliz lejos de sus fantasmas. En cuanto a Damaris, alguien llegará dentro de unos momentos con el testamento de su padre, que revelará al enemigo, y entonces podremos ocuparnos de él.

—Haré todo lo que pueda por ayudar —dijo Ash, y continuó donde estaba, vacilante.

Fitz se preparó, pero entonces Ash le dirigió una compleja y sombría mirada y salió.

Un respiro, pero sólo un respiro, pensó Fitz. La pérdida de la confianza de su amigo era un castigo extra que debía soportar.

—Tu informe —dijo Rothgar, entonces.

Fitz le explicó los detalles y actividades en torno a los papeles.

—Por lo visto has roto tu promesa de guardar el secreto. En muchos pedazos.

Fitz había olvidado ese pecado, y la paciencia se le estaba agotando.

—Necesitaba la colaboración de Ashart.

—Pero ¿lady Thalia?

—La juzgo más discreta de lo que podría parecer.

Pasado un momento, Rothgar asintió.

—Y si da pie a algún cotilleo, será inofensivo sin las pruebas.

Abrió una cajita de rapé de marfil y oro y le ofreció. Fitz declinó.

—Entonces, ¿Ashart está a salvo ahora, milord?

—Tan pronto como el rey informe a los otros de que no es un peligro.

—¿Ahora me puede decir quién deseaba ver muerto a Ashart?

Rothgar inhaló una pizca de rapé, mirándolo atentamente.

—Siempre que no intentes una venganza. Bute y Cumberland.

El conde de Bute, el que fuera el mentor del rey durante años. Y el duque de Cumberland, el tío militar del rey, el cruel «Carnicero» de Culloden, e indeseado protector suyo.

Rothgar cerró su cajita.

—Cumberland fue el que te propuso a ti para que lo asesinaras.

La conmoción fue un dolor casi tan profundo como el de perder a Damaris.

—¿Pensó que yo haría eso?

—No es un hombre de entendimiento sutil. Y ahora, tu paga.

—No he hecho nada. Y a Ashart no lo atacaron.

—Tal vez porque estabas en guardia —dijo Rothgar—. Cumberland, por lo menos, conoce tus talentos. —Abrió un cajón con llave y sacó un papel—. ¿Te viene bien un cheque bancario? Puedo dártelas en monedas si prefieres.

Fitz cogió el cheque por mil guineas y lo miró. Ese había sido su objetivo en otro tiempo, su medio para marcharse de Inglaterra. Ya no significaba nada.

—Gracias, milord.

—Espero que continúes a mi servicio un poco más, por el bien de Damaris.

—Por supuesto, milord. Pero no necesito paga por eso.

—¿Trabajarás por amor?

Fitz lo miró, pero no se arriesgó a contestar.

—Ella tiene que permanecer en la casa por ahora —continuó Rothgar—. Tú serás su protector, dentro y fuera de la casa. Pero tendrás que salir en algún momento para aumentar tu guardarropa. Es posible que le ordenen ir a la corte en cualquier momento, y tú deberás acompañarla.

Fitz había esperado evitar ese tema.

—Dudo que me admitan.

—Mi querido Fitzroger, si el rey excluyera a todos los tocados por el escándalo, su corte sería muy poco numerosa.

—Estoy algo más que tocado, milord.

—Su Majestad tiene una elevada opinión de ti, gracias a Cumberland, y a eso se debe que te eligiera para que protegieras a Ashart. Podemos utilizar eso en tu favor. Dada tu participación en encontrar estos documentos, se le podría persuadir de que hiciera públicos algunos detalles de tus servicios a lo largo de los años. Te presentaré en la primera recepción, a no ser que Ashart desee hacerlo primero. ¿Estáis reñidos?

La horrorosa idea de ser presentado en la corte, esencial para ser aceptado en la sociedad, dejó incapacitado a Fitz para arreglárselas con esa pregunta a bocajarro. No tenía sentido decir no, pero si decía sí, ¿cómo lo explicaría?

Rothgar pareció aceptar su silencio, o tal vez simplemente se enteró por ese silencio de lo que deseaba saber. Sacó del cajón una bolsa de piel.

—Nos saltaremos las sutilezas del Sheba's —dijo, lanzándosela—. Eso es para los gastos, pero sigo recomendando Pargeter's para resultados instantáneos.

Fitz cogió la bolsa al vuelo, con el cerebro todavía atontado. No deseaba ir a la corte. No deseaba alternar en sociedad, ni siquiera aunque lo toleraran. Detrás de la tolerancia estaban las repulsas, y debía evitar encontrarse con Hugh a toda costa.

—Preferiría ocuparme de coger al villano, milord.

—Mientras no sepamos quién es el heredero, tenemos que esperar, e incluso entonces podría no ser fácil encontrarlo.

Fitz recordó el papel que tenía en el bolsillo.

—Damaris hizo un testamento esta mañana, así que el heredero ya no tiene nada que ganar.

—¿Idea tuya? —preguntó Rothgar.

Qué irritante tenía que ser para una mujer inteligente, pensó Fitz, que la gente siempre supusiera que un hombre pensaba por ella.

—Totalmente de ella —contestó.

—¿Quién es su nuevo heredero, entonces?

—No lo dijo. —No iba a darle el documento a Rothgar para que lo leyera sin el permiso de Damaris—. Su principal urgencia era asegurar que si el asesino tenía éxito, no se beneficiara de él.

—Una jovencita extraordinaria. No sé muy bien si debo meterle prisa para que entre en la seguridad del matrimonio lo antes posible o disuadirla de casarse para ver en qué podría convertirse como mujer independiente. ¿Tienes alguna opinión?

—¿Yo, milord? —preguntó Fitz, poniéndose en guardia al instante.

—Has estado recluido con ella unos cuantos días —dijo Rothgar, observándolo.

Fitz comprendió que estaba jugando con él, pero dio la batalla lo mejor que pudo:

—Tengo un elevado concepto de la señorita Myddleton. Es valiente e inteligente, pero aún le falta conocimiento del mundo.

A excepción del que había conseguido en su cama, pensó.

—Tomando en cuenta su crianza, es una maravilla. O sea, ¿que debería casarse?

—¿Por qué no?

—El marido correcto es esencial.

—Tiene la mira puesta en el duque de Bridgewater.

Rothgar enarcó las cejas.

—Una opción conveniente. Tu hermano está en la ciudad.

Ese brusco cambio de tema era un tipo de ataque, y esa noticia era mala.

—Esperaba que pasara el invierno en el campo.

—Ha estado aquí desde antes de Navidad, dejando claras sus violentas intenciones hacia ti. Puesto que vas a acompañar a Damaris en todas y cualquier salida, espero que logres evitar incidentes embarazosos.

—Siempre hago todo lo posible, milord.

—Y yo siempre espero perfección.

—No soy su sirviente —repuso Fitz.

No había sido su intención lanzar un reto tan claro, pero ya estaba hecho.

—Espero perfección de mis protegidos también.

Fitz retrocedió un paso antes de darse cuenta para evitarlo.

—¿Protegido, milord?

—Eres un hombre de muchos y excelentes talentos...

—¡Por el amor de Dios! Si revisa mis últimas misiones verá una sucesión de desastres. Genova habría muerto sin los conocimientos de Damaris, y sólo la mano de Dios salvó a Damaris de esa flecha de ballesta. A eso puede añadir que se me pasó por alto que el ataque en Pickmanwell iba dirigido a ella.

¿Alguien habría gritado en esa sala antes?, pensó. Tal vez estaba suplicando una ejecución acelerada.

Rothgar pareció no notarlo.

—Eres duro contigo mismo, lo cual considero una señal de carácter —dijo—. Te encuentro admirable en muchos aspectos, Fitzroger. Yendo más al caso, podrías serme de utilidad, y por lo tanto serlo para Inglaterra. Tengo entendido que piensas irte a las colonias. Creo que eso es desaconsejable por muchos motivos.

Fitz estaba haciendo respiraciones profundas para calmarse, por lo que le resultó difícil hablar.

—Sin embargo, milord, esa es mi intención. Me marcharé tan pronto como la señorita Myddleton esté a salvo.

Se le había oprimido la garganta por otra tremenda aflicción. Primero Ash, y ahora Rothgar, le ofrecían oportunidades por las que antes habría derramado su sangre. Con Ash sería construir un marquesado. Con Rothgar podría ser la construcción de una nación.

Pero si se quedaba, aun cuando pudiera hacerse por lo menos tolerable su reputación, Hugh lo perseguiría hasta las mismas puertas del infierno, y uno de ellos tendría que matar al otro.

—Piénsalo —dijo Rothgar, como si no se diera cuenta de su aflicción—. Adelante —dijo, en respuesta a un golpe en la puerta.

Entró un lacayo.

—Ha llegado el caballero abogado de la señorita Myddleton, milord.

Rothgar se dirigió a la puerta.

—Acompáñame, Fitzroger.

Fitz no deseaba otra cosa que estar un rato en algún lugar tranquilo para recuperarse, pero se echó la bolsa en el bolsillo y obedeció.

En una de las salas de recibo los esperaba un caballero de edad madura. El señor Dinwiddie parecía impresionado por la grandeza del personaje ante el que se encontraba. Su sobrio traje marrón era correcto y discreto, pero Fitz calculó que había puesto especial esmero en llevar esas medias níveas, los zapatos bien lustrados y la peluca empolvada.

El abogado prácticamente se dobló en dos, pero Rothgar no tardó en tenerlo sentado a sus anchas y hablando de asuntos jurídicos impersonales.

Fitz decidió quedarse de pie, en parte porque así podía situarse detrás de Rothgar. Estaba controlado, pero no sabía si sería capaz de ocultar todas sus reacciones cuando entrara Damaris.

Y no estaba equivocado. Cuando ella entró en la sala, le pareció que el aire se enrarecía, le dio un vuelco el corazón y estaba seguro de que su anhelo estaba marcado en su cara, aun cuando desvió la vista tan pronto como le hizo una leve inclinación.

Una única mirada le bastó. Nuevamente vestía en azul celeste, color que la hacía parecer fría y severa. Pero el vestido era elegante, con faldas muy anchas sobre los aros del miriñaque, y el corpiño era bastante escotado. Preciosos encajes formaban espuma alrededor de sus codos y unos volantes de encaje adornaban el escote sobre la elevación de sus pechos.

Sus preciosos pechos...

Por lo menos había tenido la sensatez de ponerse un chal grueso sobre los hombros, aquel de colores rosa y fuego, que hacía resaltar la satinada blancura de su piel.

Cayó en la cuenta de que la estaba mirando después de todo, y que Rothgar se había levantado, por lo que podría haber visto su expresión. Pero era casi seguro que Rothgar ya conocía sus sentimientos.

Mientras se sentaba, Damaris lo miró con expresión interrogante. ¿Qué? Ah, sí. ¿Ash se lo había dicho a Rothgar? Negó levemente con la cabeza.

Ella sonrió y dijo:

—¿Mi testamento, Fitzroger?

Él caminó hasta ella y se lo entregó. Ella le dio las gracias y se volvió hacia el abogado.

—Si quieres hablar a solas con el señor Dinwiddie —dijo Rothgar—, puedes hacerlo.

—No, no, por supuesto que no, milord.

—Fitzroger sólo ha venido por tu seguridad, pero estoy seguro de que ahora estará de acuerdo en que el señor Dinwiddie no presenta ningún peligro serio.

El abogado se echó a reír como si eso hubiera sido un fabuloso chiste, pero Fitz sabía que no lo había sido. Rothgar no estaba dispuesto a correr ningún riesgo.

—Usted lo ha dicho, milord —dijo, hizo su inclinación y salió de la sala.

19

Damaris se las arregló para no girarse a mirar salir a Fitz, pero habría preferido con mucho que se quedara. Por peligroso y arrobador que fuera, ella se sentía capaz de hacer cualquier cosa cuando él estaba a su lado.

O sea, ¿que Ashart aún no le había dicho a su primo lo ocurrido? ¿Significaría eso que había cambiado de decisión? Eso sería fantástico, pero no lo creía probable.

El señor Dinwiddie se aclaró la garganta.

—Permítame decirle qué placer es para mí volverla a ver, señorita Myddleton, y verla tan bien.

—Gracias, señor Dinwiddie.

—Y con tan excelente tutor —añadió el hombre, haciendo una untuosa inclinación hacia el marqués.

Damaris comprendió que había cambiado en eso también. Respetaba y hasta cierto punto temía al marqués de Rothgar, pero ya no lo consideraba un ser divino.

—El marqués es todo bondad —dijo—. Ahora bien, señor Dinwiddie, tengo que hacerle una petición y algunas preguntas.

Él sonrió de oreja a oreja.

—Estaré encantado de servirle en lo que sea. —Sacó una bolsa de papeles—. Aquí tengo el testamento de su padre. ¿Qué es lo que desea saber, querida mía?

Damaris mantuvo su sonrisa.

—Deseo leer el documento.

—Le aseguro, querida mía, que hemos puesto en lenguaje sencillo todo lo que la afecta de modo importante. Sin embargo, si tuviera la amabilidad de decirme qué otras partes le despiertan curiosidad, será un honor para mí explicárselas.

Damaris sintió la tentación de apelar a Rothgar, pero simplemente tendió la mano.

—Gracias, señor, pero deseo leerlo yo.

Dinwiddie sí apeló al marqués.

—Milord, es un documento algo difícil para una dama.

—De todos modos deseo intentarlo —dijo Damaris antes que Rothgar pudiera intervenir.

El abogado miró a Rothgar nuevamente en busca de ayuda, pero luego se levantó de mala gana y le entregó la bolsa. ¿Qué esperaba, que ella lo rompiera en trocitos para divertirse?

Sacó el fajo de papeles, resuelta a leerlo todo, palabra por palabra. Se saltó los preámbulos usuales, y empezó a leer las palabras exactas sobre la división del imperio comercial de su padre en Oriente. En la versión simplificada que le enviaron no aparecían nombres.

Después de leerlo en silencio, lo leyó en voz alta:

—A mis fieles administradores Johan Bose de Cantón, Pierre Malashe de Camboya, Joshua Hind de Mocha y Amal Smith de Cochinchina, dejo las casas comerciales que me han administrado, libres y enteras con toda la mercancía y el dinero en caja, con la condición de que envíen prontamente un quinto de los beneficios trimestrales a Inglaterra a beneficio de mi hija Damaris, de casa Birch, Worksop, mientras viva. A su muerte acaba la obligación. Esto ella no puede transferirlo a ninguna otra persona ni por testamento ni por contrato.

Estuvo a punto de atraer la atención sobre los posibles villanos, pero recordó que el abogado no sabía nada de los ataques, por lo tanto miró significativamente a Rothgar. Él asintió.

—Continúa.

Ella pasó la vista por la siguiente parte, comentando:

—Sumas a varias personas de Inglaterra, supongo que hombres que le llevaban sus asuntos aquí. No creo que tuviera amigos íntimos, puesto que venía tan rara vez.

Miró al señor Dinwiddie, por cortesía, pero él se aclaró la garganta:

—Más que rara vez, señorita Myddleton.

—Sólo tres veces, que yo recuerde.

Él la miró a ella y luego a Rothgar, nervioso.

—Eh... esto... me temo que no siempre visitaba Worksop.

Damaris bajó la vista al testamento. No era de extrañar que su madre hubiera estado demente de furia. Marcus Myddleton no sólo la había abandonado poco después de casarse sino que en sus muchas visitas a Inglaterra no las visitaba a ella ni a su hija. Sin duda prefería a su amante de Londres, el muy canalla.

Leyó en silencio las dos páginas siguientes, relativas a su herencia, preguntándose por qué le habría dejado todo eso a ella. ¿Sentimiento de culpabilidad? No lo creía. Si alguna vez descubría sus motivos, seguro que los encontraría desagradables.

Ah, la sucesión, por fin.

Esa parte la leyó en voz alta:

—Si mi principal heredera, mi hija Damaris, muriera antes de cumplir la mayoría de edad, o intestada —se saltó la palabrería legal—, su herencia pasará a mi hijo, Marcus Aaron Butler... —Miró al abogado—. ¿Su hijo?

El señor Dinwiddie se ruborizó un poco.

—Una indiscreción juvenil, señorita Myddleton.

Ella pensó que era sorprendente que hubiera un solo bastardo, pero entonces captó la palabra «juvenil».

—¿Qué edad tiene?

—Unos veinticinco años, creo.

Bueno, por lo menos había nacido antes de que se casaran sus padres. Su madre se había librado de eso. Pero qué extraño tener un hermano del que no sabía nada. Bueno, a excepción de que él podría estar tratando de matarla.

Miró el papel y buscó el lugar donde se había quedado.

—... a mi hijo, Marcus Aaron Butler, a veces llamado Mark Myddleton, hijo de Rosemary Butler, nacida en Oxter, Surrey, a veces llamada Rose Myddleton.

¡Rosemary! Y él había sido el dueño de Rosemary Terrace.

—La señorita Myddleton desea saber más acerca de su heredero —dijo Rothgar.

—¿Y a este Marcus Myddleton no le dejó nada? —preguntó Damaris, antes que el abogado pudiera contestar—. ¿Cómo pudo ser tan cruel mi padre?

—No, no —dijo el señor Dinwiddie—. Se hicieron provisiones separadas para su madre y para él antes de la muerte de su padre. Anualidades y fondos en fideicomiso. Más aún, la anualidad de que disfrutó su madre en vida pasó a él a su muerte no hace mucho. Es un joven en situación muy acomodada.

—¿Cuándo murió su madre? —preguntó Rothgar.

Si el abogado hubiera tenido orejas de perro, se le abrían levantado.

—En noviembre pasado, creo, milord. ¿Tiene alguna importancia eso?

—¿El caballero sabe que es el heredero de la señorita Myddleton?

—No lo sé, milord, pero un testamento, una vez comprobada la autenticidad, es un documento público. —Estaba claro que había sacado algunas conclusiones, porque añadió—: ¿Podría sugerirle, señorita Myddleton, que hiciera su testamento tan pronto como sea posible?

Ella le enseñó el papel que tenía en la mano.

—Ya lo he hecho, señor, pero ahora, si tiene tiempo, quiero que redacte uno más formal.

—Por supuesto.

Se levantó a coger el documento y se sentó a leerlo, levantando y bajando sus espesas cejas unas veces. Damaris rogó que no lo fuera a leer en voz alta. No la avergonzaba lo que había hecho, pero no necesitaba problemas extras en esos momentos.

—Breve y no del todo en la forma correcta, pero habría servido ante el tribunal; sí que habría servido.

Rothgar se levantó.

—Comenzaré la búsqueda del señor Butler Myddleton.

Damaris lo miró.

—Debería comenzar por un bloque de casas llamado Rosemary Terrace, milord. Me pertenece. Pasamos al lado en el camino hacia aquí.

—Ya lo creo.

—¿Y existe una manera de propagar rápidamente la noticia de que yo he hecho mi testamento, milord?

Él pensó un momento y luego sonrió.

—Hay un periódico de formato grande que sale todas las tardes para publicar los cotilleos de la sociedad. Lo cual lo hace popular en todas las casas. El *Town Crier* imprime cualquier cosa previo pago, pero la noticia atraerá más la atención si es sorprendente. ¿Tendrías algún inconveniente en dejar pasmosas sumas a instituciones de caridad, que serían también beneficiarias de tu testamento?

Damaris le sonrió, comprendiendo.

—Ninguno. A hospitales. Supongo que mis fideicomisarios lo aprobarán.

El señor Dinwiddie parecía algo preocupado por esos temerarios legados, pero asintió.

—Yo me encargaré de todo —dijo Rothgar—. Llámame si necesitas ayuda o consejo, Damaris.

Cuando Rothgar hubo salido, el señor Dinwiddie volvió a pasar rápidamente la vista por el testamento redactado por ella.

—¿Cincuenta mil guineas al señor Fitzroger, querida mía?

Damaris trató de no ruborizarse.

—Si yo hubiera muerto en el camino hacia aquí, ¿por qué no habría de recibir él un poco de dinero?

—Colijo que él es en cierto modo el responsable de su seguridad. Por lo tanto, si usted hubiera muerto en el camino él no se merecería esa enorme recompensa. ¿Otras cincuenta mil guineas a la señorita Genova Smith?

—Una amiga.

—Una anualidad de cien libras a su doncella, Maisie Duncott. Bonita suma.

—Una cucharadita del total. Por favor, no ponga objeciones, señor Dinwiddie. Después de todo, es mi testamento.

—¿El resto al marqués de Rothgar para que lo use en obras benéficas? Ah, bueno, supongo que tiene los hombros bastante anchos.

Entonces entró un lacayo con un escritorio portátil, y el señor Dinwiddie le indicó a Damaris una silla junto a la mesa.

—Redactemos el documento que desea —dijo.

De pronto Damaris sintió que no tenía paciencia para eso. Quería hablar con Fitz para averiguar qué iba a hacer Ashart. Quería hablar con él acerca de ese hermano, de su padre y de la misteriosa Rosemary, que debía de ser la amante que tanto enfurecía a su madre. Simplemente deseaba hablar con Fitz, y de momento daba la impresión de que nadie se lo impediría.

—Por favor, ponga ese testamento en la mejor forma legal, señor. Tengo la intención de casarme pronto, así que tendré que rehacerlo. Envíeme a llamar cuando esté listo.

Salió, suponiendo que tendría que buscar a Fitz, pero él estaba en el vestíbulo. Claro, de guardia. Y con expresión distante.

—Guau —dijo, con el fin de hacer una gracia, y fue recompensada con un asomo de sonrisa. ¿Dónde podrían hablar? Había un lacayo cerca—. ¿Me harías el favor de ayudarme en una tarea? —le preguntó.

—¿Qué tarea?

La seca pregunta le dolió, pero insistió:

—Podemos llevar a Maisie si quieres que nos vigile. Cuando murió mi madre, descubrí un arcón cerrado con llave debajo de su cama. Es un viejo arcón muy navegado, pero no vi señales de la llave. Me llevaron con tanta prisa a Thornfield Hall que no alcancé a decidir qué hacer con él, y no sabía que ha viajado conmigo. Lord Henry debió ordenar que lo cargaran en el coche. Ahora ha enviado todas mis pertenencias aquí, incluido eso. Pienso que debería abrirlo, pero me da miedo.

Él se puso alerta.

—¿Sospechas de alguna trampa?

—Nada físico. —Miró intencionadamente hacia el lacayo—. Vamos a una sala de recibo un momento.

Echó a andar por el vestíbulo hacia otra sala, rogando que él la siguiera.

Él la siguió pero cuando llegaron a la sala, se quedó junto a la puerta abierta. Ella pasó junto a él y la cerró.

—Esto es secreto. Tengo un hermanastro, y él es mi heredero.

—Lo sé. Rothgar me lo dijo hace un momento.

Ella le escrutó la cara.

—¿Sigue confiando en ti? ¿Ashart no se lo ha dicho?

—No, no se lo ha dicho. Supongo que porque no quiere privarte de mi protección. Y no es que yo haya sido de mucha utilidad.

Ella le puso una mano en la manga.

—Sí, lo has sido.

Él se desprendió suavemente el brazo y empezó a abrir la puerta.

—¡No! Me portaré bien.

Él siguió con la mano en el pomo, pero no la abrió.

—Tengo un montón de problemas girando por mi cabeza —dijo ella—. No quiero que el villano sea mi hermano.

—¿Quién, si no él?

—Cualquiera de esos herederos del extranjero que tienen que enviarme un quinto de sus beneficios cada año.

—Esa carga la han tenido desde hace años. ¿Por qué este acto tan repentino? La madre de este Marcus Butler murió hace sólo unas semanas. Es posible que él no supiera toda la historia hasta entonces.

Ella le dio la espalda y caminó unos pasos por la sala, arrebujándose el chal. El fuego del hogar era pequeño y sólo quitaba el frío de la habitación.

—Pero es mi hermano. Mi único pariente.

—Los hermanos no siempre son una bendición. Por el amor de Dios, Damaris. ¿Qué quieres que haga? ¿Que permita que te mate?

Ella se giró a mirarlo.

—No. Pero Rothgar va a propagar la noticia de mi testamento. Una vez que mi hermano sepa que mi muerte no lo beneficiará en nada, se acabará todo, ¿verdad? No puedo ser causa de la muerte de un hermano, Fitz, no más de lo que puedes tú.

—Yo mataría a Hugh si te amenazara —dijo él, mirándola con fuego en los ojos—. ¿Necesito recordarte que ese precioso hermano tuyo podría haber logrado su objetivo si no hubiera sido por una caprichosa casualidad? Podrías haber muerto, Damaris. Él tiene que morir.

—Me gustaría que dejaras de hablar de matar como si no fuera nada para ti.

—No, no es nada, pero he matado y veo su finalidad.

—¿Venganza? Eso es vil.

—Eliminación.

Ella se puso una mano en el cuello.

—Dios santo. ¿Puedo prohibirlo?

Él hizo una inspiración y mantuvo los ojos cerrados un momento.

—Sabes que puedes ordenarme y prohibirme lo que sea.

Eso era como una puerta abierta, una que ella ansiaba cruzar para ordenarle que huyera con ella a algún lugar seguro, pero no podía hacer eso. Él la había abierto confiando en que ella no se aprovecharía de esa manera.

—Entonces te prohíbo matar o herir a mi hermano, a menos que vuelva a atacarme.

—Se hará como lo deseas —dijo él, haciéndole una venia—. Ahora, ¿el arcón?

Diciendo eso volvió a girarse hacia la puerta.

—¡Espera! Tengo que decirte otra cosa. Es importante en este contexto, Fitz.

Él se giró, pero apoyó la espalda en la puerta, casi como si le flaquearan las piernas.

—Ay, cariño, vamos —dijo ella avanzando hacia él.

—No. Di lo que necesitas decir.

—No es nada después de todo. Simplemente que... yo creía que mi padre había vuelto a Inglaterra sólo tres veces en mi vida, pero al parecer volvió en otras ocasiones y no se molestó en ir visitar a su mujer ni a su hija.

—No puedes haber albergado la ilusión de que te tenía cariño.

—Debo haberla tenido, si no, no me sentiría así.

—Entonces tal vez sí que te quería.

Ella negó con la cabeza.

—Me mimaba muchísimo cuando nos visitaba, pero no me quería de verdad. Eso lo veo ahora. Simplemente atormentaba a mi madre robándole mi afecto. Y tan pronto como se marchaba, se olvidaba de mí.

Él se enderezó.

—Damaris, ya hemos hablado de eso de imaginar que somos el centro del mundo. Tu padre era dueño de un imperio comercial que debía exigirle todos los momentos de vigilia. Seguro que os descuidó, pero no tenía tiempo para una guerra tan mezquina.

Ella negó con la cabeza.

—No, no lo conoces. Yo lo conozco por la sangre corrompida que corre por mis venas. Él hacía eso. Me usaba a mí como el arma que tenía a mano para ganar la guerra. Y era una guerra. No la entiendo, pero lo era. —Se paseó un momento, alejándose de él, y luego volvió—. Tengo miedo de mi herencia, Fitz. Creo que él y mi madre eran de naturaleza más similar de lo que parecía. Él tenía poco tiempo para dedicarlo a una aversión obsesiva, y ella no tenía tiempo para otra cosa. Sé por qué ella lo odiaba a él, pero ¿por qué él la odiaba a ella? Él ganó. Lo tenía todo. Le tengo miedo a lo que hay en ese arcón.

—Entonces déjamelo a mí. Yo lo revisaré y te diré lo que hay.

—No, necesito hacerlo yo.

—Muy bien.

Abrió la puerta y se hizo a un lado para que ella pasara.

—¿Llamo a Maisie? —preguntó ella al acercarse.

—Creo que somos lo bastante fuertes. ¿Dónde está?

Esas palabras la ataban, pensó ella, como si hubiera hecho una promesa. Si la conducta perfecta era el precio de su compañía, lo pagaría.

—En una habitación para cajas —dijo, pasando por su lado.

—Damaris —dijo entonces él.

Ella se detuvo.

—Piensa que podrías tener lo mejor de tus padres, no lo peor. Cualquier cualidad puede ser buena y mala.

—¿La obsesión?

—La capacidad de centrar la atención en un objetivo.

—Como lo hice con Ashart —dijo ella. Como lo estoy haciendo contigo, pensó—. ¿Y el despecho?

Él negó con la cabeza.

—Por lo que sé, tu padre era valiente, creativo, trabajador y capaz de atraerse el servicio de personas bien dispuestas. De tu madre sé poco, y probablemente estaba torcida por el cruel maltrato de él, pero sospecho que en alguna parte encontrarás a una mujer práctica e ingeniosa.

—Entonces, ¿por qué no pudo dejar a un lado su error y forjarse una nueva vida con los fragmentos?

—Ahora habla tu padre —sonrió él—, pero tu madre tenía un corazón más apasionado, menos pragmático. Como tú —añadió en voz baja.

—Ese es un don peligroso —dijo ella, sonriendo tristemente.

Echó a andar delante de él hasta el pequeño cuarto donde estaba el sencillo arcón de madera en medio de otros cajones, cajas y baúles.

—Reconozco ese olor —dijo, arrugando la nariz—. El dormitorio de mi madre olía así.

—Porque tenía el arcón debajo de la cama. —Fitz puso sobre un montón de cajas el candelabro de brazos que había cogido y abrió la pequeña ventana—. Por lo menos el hedor no es de un cadáver.

—¡Santo cielo! Ni siquiera lo sugieras.

—Pudrición general, diría yo, con una capa de especias y perfumes. Veamos estas maravillas de Oriente. ¿Tienes la llave?

—No. No sé dónde está.

Él se arrodilló y probó con sus ganzúas. Damaris apoyó la espalda en la puerta cerrada y se dio permiso para admirar sus ágiles movimientos y su seria concentración. Estaba a punto de resolver el problema de su seguridad, pero ¿de qué le servía la vida sin él?

Él abrió la cerradura y se levantó.

—¿Deseas el honor?

Ella se acercó.

—Ese poco de valor creo que lo tengo.

Trató de abrirlo, pero la tapa estaba pegada. Él le echó una mano, tal vez antes de pensar que el contacto entre ellos era imprudente. No bien se abrió la tapa, retrocedió. El olor la hizo retrocer a ella también.

—¡Qué asco!

Volvió a acercarse y cogió con sumo cuidado una tela de seda manchada sin remedio por una pegajosa mazamorra de color gris. Soltó la tela y después se llevó los dedos a la nariz para olerlos.

—Ámbar gris, la sustancia que se encuentra en las vísceras del cachalote y se usa para hacer perfumes. Preciosa en cantidades pequeñas, pero horrorosa en exceso.

—Como algunas personas que conozco.

Esa era una broma. Lo miró con sorprendido placer. No cambiaba nada, pero era maravilloso.

—Tal vez deberíamos hacer esto al aire libre —sugirió.

—Pero sería muy peligroso —dijo él. Le pasó un pañuelo—. No te limpies los dedos en la falda. ¿Para qué poner ámbar gris en esta preciosa seda? ¿Tan descuidada era tu madre?

—Era la antítesis del descuido. No. Sospecho que este arcón es un esmerado legado de odio.

Apartó la tela de seda y quedaron a la vista unos frascos rotos, en otro tiempo hermosos, y manchas de diversos colores. A un lado sobresalía una especie de caja de madera delgada. La sacó y vio que era una carpeta. Desató los cordones de seda y la abrió; contenía dibujos orientales, cada uno roto en cuatro trozos.

—Y luego los guardó cuidadosamente —comentó, devolviendo la carpeta a su lugar—. Estaba loca de remate, y era mi madre.

Él la rodeó con un brazo y la atrajo hacia si. Ella notó en el cuerpo de él que se dio cuenta de que no debía hacer eso, pero no la apartó.

—Estaba muy dolida —dijo, friccionándole la espalda—. Cualquiera se puede poner así cuando está sufriendo una pena tan profunda.

¿Estaría pensando en su hermano?

Damaris encontró fuerza en esa ternura, la fuerza suficiente para apartarse.

—Él le envió estas cosas para herirla, como un insulto, como un recordatorio de que su mundo estaba en Oriente, no en Worksop. Ella golpeó rompiéndolas. Pero ¿para qué guardarlas? ¿Para qué vivir con este hedor? —Se contestó ella misma—: Santo cielo, para recordar. Para no sanar jamás. Y tal vez porque esperaba que algún día él sabría lo que había hecho con ellas. Tal vez esperaba morir ella primero, porque se puso histérica cuando recibimos la noticia de su muerte. Yo no lograba entender por qué. Supuse que ella tenía que amarlo después de todo. Pero era porque él se le escapó por última vez, definitivamente. Estaba loca, ¡loca!

Él le cogió la cara entre las manos.

—No sigas, cariño. Ellos solucionaron mutuamente su rencor. Deja que muera con ellos.

Ella pensó que tal vez iba a besarla, y rogó que la besara, pero se apartó y cerró el arcón.

—Déjame que te libre de esto.

La sugerencia era sensata, pero ella se rebeló.

—No. Tal vez haya algo que se pueda rescatar.

Él pareció escéptico, pero volvió a abrir el arcón.

Ella se agachó y apartó otra capa de tela, una especie de exquisita prenda de vestir, toda tiesa, manchada y hedionda, pero lo único que encontró debajo fue un enredo de rollos de pergamino aplastados, figurillas destrozadas y más frascos quebrados.

—Y lo de debajo sólo puede ser peor —dijo.

Se enderezó, tirando de un cordón dorado que sobresalía por un lado. Salió una bolsa de cuero dorado. El cuero estaba manchado, pero al abrirlo vio que el contenido estaba intacto.

—Documentos. —Retrocedió para vaciar la bolsa sobre una superficie plana. Cogió un papel, lo desdobló y lo leyó—. Una copia de una carta que le envió. Las mismas quejas de abandono y crueldad. ¿Con qué fin?

—No podía soltar el hueso, por amargo que supiera.

Ella lo miró.

—Como yo con Ashart.

—Él no es amargo para el gusto de ninguna mujer.

—Ya no es de mi gusto —dijo ella. No deseaba molestarlo, así que abrió otra carta—. Más de lo mismo. ¿Para qué?

Él le quitó la carta.

—Darle vueltas y vueltas a estas cosas es otro tipo de veneno. A veces los actos de las personas no tienen ningún sentido, y consumirse pensando en ellos es destructivo. Déjame que yo revise este arcón.

—Gracias —dijo ella, pero metió los papeles en la bolsa.

—Deberías dejarme destruir esos también. Si los conservas, conservarás lo que representan.

—No los guardaré. Pero creo que por lo menos debo echarles una mirada antes de quemarlos.

Salieron del cuarto y casi chocaron con un lacayo.

—Su abogado ha preguntado por usted, señorita Myddleton.

—Gracias —dijo ella. Cuando el lacayo se alejó, se volvió hacia Fitz—. ¿Estoy presentable?

Él sonrió.

—No para la corte, tal vez, pero decente para abogados.

Otra broma. Le devolvió el pañuelo y no pudo resistir la tentación de decirle algo que no debía:

—Te amo, Fitz. Resulte lo que resulte de todo esto, te amo. Eso es un tesoro, y no permitiré que se estropee.

—Pero los aceites preciosos pueden estropear la seda. Algunas combinaciones no están destinadas a ser. —Le acarició la mejilla—. Los corazones no se rompen, Damaris. Se resquebrajan un poco pero con el tiempo sanan. Como los sabañones.

Ella gimió ante ese descenso a lo vulgar, y se alejó a toda prisa. A pesar del humor no había ninguna alegría en su resquebrajado corazón. Era capaz de luchar contra el resto del mundo, pero ¿cómo luchar con él, la persona más fuerte que había conocido en su vida?

Cuando estaba llegando a la sala de recibo, cayó en la cuenta de que llevaba en la mano la bolsa y esta estaba impregnada del agrio olor a ámbar gris y a especias. Se la entregó a un lacayo que se encontraba ahí de pie como una estatua, para que se la llevara a su dormitorio.

En la sala se encontró con su testamento listo para firmarlo. Rothgar estaba ahí con dos hombres que parecían criados de rango superior. Leyó el documento y lo firmó; luego firmaron los hombres dando fe de su firma. En teoría, ya estaba a salvo, pero eso dependía de que su hermanastro se enterara de la existencia del testamento.

Y de que estuviera lo bastante cuerdo para aceptar que había perdido.

Una vez que se marcharon el señor Dinwiddie y los testigos, le preguntó a Rothgar:

—¿Ya se sabe algo de mi hermano?

—Tenías razón respecto a que su madre y él vivían en Rosemary Terrace. Con el apellido Myddleton. Pero después de que murió ella, él se marchó y vendió la casa. Aún no he descubierto dónde vive ahora. Cuando lo descubramos, dudo que esté convenientemente esperándonos.

—¿Cómo pudo esperar salir ilesa de esto?

—Si tu muerte hubiera parecido accidental, todo le habría ido bien. El ataque con la ballesta es de lo más curioso. Supongo que tendrá una coartada.

—Lo cual sólo significa que tiene a otra persona para que le haga el trabajo. La bebida de Pickmanwell fue probablemente la obra de un hombre con los dientes protuberantes. ¿Sabemos si mi hermano tiene algún parecido con él?

—No. Es rechoncho, robusto y moreno, y de dientes derechos y parejos.

—Esa descripción es muy parecida a la de mi padre, lo cual es natural. —Miró al marqués—. Fitzroger desea matarlo.

—Un instinto natural. Dadas las circunstancias, ay de mí, eso sería asesinato. Hay maneras de tratar con este tipo de personas sin matarlas.

Ella se estremeció.

—Podría no ser culpa suya. Es la sangre de mi padre que corre por nosotros. Lo que deseamos lo cogemos, se interponga lo que se interponga en nuestro camino, sea persona o cosa.

—Sin embargo, no creo que tú llegaras a matar por dinero, y mucho menos si ya posees suficiente para vivir.

—No.

—Hacer eso es malo, Damaris. La vida no es sagrada; si lo fuera no ejecutaríamos a los criminales ni haríamos la guerra. Pero una vida vale más que el oro. Siempre vale más que el oro. —La miró pensativo—. Le has dejado una sustanciosa suma a Fitzroger.

El repentino cambio de tema era un truco de él, pero ella ya lo estaba aprendiendo.

—Creo que no le he dado permiso para leer mi testamento, lord Rothgar.

—Cierto, pero me pareció importante saber a quién debo vigilar ahora.

—A Fitz no. —Vio que él arqueaba ligeramente las cejas, pero no se arredró por haberlo llamado por su sobrenombre—. Ni a Maisie ni a Genova tampoco. ¿Debería vigilarle a usted, milord?

Él sonrió.

—Eso siempre, pero yo no pondría veneno en tu vino para ganar esa carga.

Ella perdió la paciencia con las sutilezas y la esgrima.

—Milord, ¿el escándalo de Fitzroger es tan terrible como piensa él?

Él la observó atentamente.

—Lo pillaron en flagrante delito con la mujer de su hermano. En una pelea posterior, su hermano recibió un golpe en la cabeza que lo dejó sujeto a imprevisibles ataques de ira.

—Tenía quince años, y ella tenía que ser mucho mayor.

—Veinticinco años, creo.

—¿No lo exime en algo de culpa eso?

—Querida mía, colgamos a niños de quince años por robar pan. Muchos opinan que es juicioso cortar esos brotes venenosos cuando aún son pequeños.

—La carrera militar de Fitz alega que él no es un brote venenoso.

—Para muchos sigue siendo una planta dudosa.

El hecho de que él estuviera hablando de eso con ella, ¿significaría que no descartaba la posibilidad de matrimonio? ¿O que no lo consideraba impensable?

—¿Por qué sigue siendo dudoso? —preguntó—. Está claro que en ciertos círculos se fían muchísimo de él.

Él la llevó hasta un sillón, y cuando los dos estuvieron sentados le explicó:

—Hace cinco años lo sacaron de su regimiento para que sirviera de acompañante a generales y diplomáticos. Pocos saben que ha sido un muy bien dotado guardaespaldas y que ha salvado muchas vidas. A veces la diplomacia exige que se mantengan en secreto los actos de defensa e incluso los ataques. Pero la consecuencia fue que algunos pensaron que él se había forjado una vida fácil, de ocio, lejos del campo de batalla.

—Eso es horriblemente injusto.

—Sin duda. ¿Lo deseas para ti?

Ella ya sabía que esa pregunta llegaría tarde o temprano, pero aún así, le quitó el aliento.

—Sí —contestó al fin—. Pero él se cree indigno de mí debido a ese escándalo. No, me parece que se debe más a esa lesión de su hermano. Los dolores de cabeza, esos ataques de locura. ¿Cómo he de resolver esto?

—Para que los pajaritos jueguen donde las águilas no se atrevan a posarse —dijo él—. Los hechos no se pueden cambiar.

—¿No?

Ella sospechaba que él los cambiaba siempre que le convenía. Le pareció ver que se le curvaban los labios.

—Su hermano se los recuerda siempre que puede, y Fitzroger nunca los ha negado.

—¿Cuál es la verdad sobre la muerte de su cuñada?

—Por sentimientos de culpa y vergüenza se arrojó por la escalera.

—O la empujaron.

—O la empujaron. Pero lady Leyden dijo al mundo que su hijo estaba durmiendo en ese momento, drogado a causa de uno de sus fuertes dolores de cabeza, los cuales, claro esta, son consecuencia de la brutalidad de Fitzroger.

—Vamos, cielo santo. —Recordó lo que le dijera Fitz sobre su madre—. Perdió a demasiados hijos y temía perder a otro. Aun cuando fuera un monstruo.

—¿Alguna vez una madre reconoce que un hijo es un monstruo?

—¿Acaso las madres no adoran al más pequeño normalmente? —protestó Damaris, pero luego suspiró—. La pobre mujer soportó muchos años de partos y muertes de hijos. Tal vez perdió la capacidad de tomarles afecto y se aferró al que parecía más fuerte y con más probabilidades de sobrevivir. —Lo miró a los ojos—. ¿Por qué me envió a Cheynings con Fitzroger?

—Servía a una finalidad —dijo él, pero sonrió—. Tienes razón. Jugué con vuestras vidas. Una adicción mía. Quería ver qué ocurriría entre vosotros, porque veo posibilidades.

—¿Desea que nos casemos, milord?

—Sólo si es para bien —dijo él, y se levantó—. Una vez que estés fuera de peligro, consideraremos más el asunto.

Ella se levantó de un salto, profundamente frustrada.

—Pero tan pronto como yo esté fuera de peligro él se marchará.

O Ashart revelaría su pecado, recordó. ¿Podría eso hacer cambiar de opinión a Rothgar?

Una vez él había condenado la seducción y supuso que fuera lo que fuera que confesara ella, él opinaría como Ashart. Consideraría responsable a Fitz. Se lavaría las manos con respecto a él. O peor.

—Amo a Fitzroger —dijo francamente, dando a Fitz la única protección que se le ocurrió—. Tengo la intención de casarme con él, diga lo que diga usted. Por lo tanto, debo mantenerlo a salvo.

—Lamentablemente, querida mía, nadie tiene el poder de proteger totalmente a alguien.

En el vestíbulo sonó una dulce campana.

—Nos llaman a comer —dijo él, abriendo la puerta y ofreciéndole la mano. Y anticipándose a su objeción, dijo—: Es juicioso comer cuando necesitamos estar fuertes.

La cháchara de lady Thalia con la amable ayuda de Genova le hizo más soportable la comida. Damaris consiguió comer algo de la deliciosa comida y participar en la conversación de tanto en tanto. Ashart estaba pensativo, y Fitz tan distante que era como si estuviera simulando no estar ahí.

Después, Rothgar y Ashart fueron a prepararse para ir a la corte mientras las damas tomaban té. Fitzroger no se les unió.

Los dos marqueses entraron en el salón antes de marcharse, y Damaris no pudo evitar impresionarse. Los había visto a los dos haciendo gala de su grandeza el día de Navidad en Rothgar Abbey, cuando Ashart llevaba su traje dorado claro con los botones de diamante. En ese momento, para la audiencia privada, su apariencia era menos ostentosa, pero no menos potente.

En la comida Ashart ya tenía el pelo empolvado, pero Rothgar no. Tenía que ser una peluca lo que llevaba puesto, pero estaba hecha con mucha pericia. Su traje era gris marengo, exquisitamente bordado en blanco y plata con toques dorados que captaban la luz. Podría haber unos diminutos diamantes también. Resplandecía, y en su pecho brillaba una condecoración.

Ashart llevaba un traje de vivo color chocolate, bordado en rojo y oro. Unos rubíes brillaban sobre la gorguera de encaje y también en una oreja, donde siempre llevaba un pendiente aunque rara vez con piedra preciosa.

Los dos llevaban espadas de gala, también llenas de joyas, verdaderas obras de arte. Damaris pensó que no eran menos mortales por eso, aunque la inminente batalla no la lucharían con acero.

Todos suponían que el rey estaría agradecido, pero la historia le decía que los reyes son temperamentales e imprevisibles. Por el bien de Genova, esperaba que todo fuera tal como estaba planeado.

20

Cuando se marcharon Ashart y Rothgar, Fitz también desapareció. Las tres damas jugaron al casino, ocultando los nervios con osadas apuestas y descartes, pero revelándolos con constantes miradas al reloj.

Ya habían transcurrido más de dos horas cuando regresaron los cortesanos.

Ashart se inclinaba a restar importancia a la empresa, pero todo había ido bien. El rey estaba encantado de que se hubiera resuelto el misterio, y a su satisfacción. Estaba dispuesto a recibir nuevamente a Ashart en la corte e incluso a colmarlo de favores.

A todos se les alegró el ánimo con el alivio, y Damaris deseó que Fitz estuviera ahí también, para celebrarlo con ellos.

Pero entonces Rothgar dijo:

—Hay una novedad problemática. El rey desea examinar a la novia de Ashart. Se te ordena asistir al salón mañana, Genova.

Genova palideció y le cogió la mano a Ashart.

—¡No estoy preparada! —Entonces, como si viera una salvación, añadió—: Todavía no tengo un vestido para la corte, así que no puedo ir.

Rothgar descartó eso.

—Aquí hay vestidos para la corte, de mi hermana Elf y de Chastity, la esposa de mi hermano Cyn. Las dos son de tallas similares a la tuya. Las modistas pueden hacer cambios e incluso rehacerlos, si lo deseas.

—¿De la noche a la mañana?

—Pero por supuesto —dijo él, haciendo un gesto como si eso no fuera nada—. Me ocuparé de que los saquen para que puedas elegir.

—Pero ¡es que no sé qué conviene!

Ashart le besó la mano.

—Me encanta verte nerviosa, Genni. ¿Me permitirás que te aconseje?

—Ah, por supuesto.

—Tú también necesitas un vestido —le dijo entonces Rothgar a Damaris—, y deberías ponerte tus rubíes.

Damaris pegó un salto.

—¿Yo? ¿Por qué? Esto no tiene nada que ver conmigo.

—Ya eres un centro de atención por ti misma. Londres zumba con los comentarios sobre la gran heredera que tiene tanto dinero que no sólo hace beneficiarios de su testamento a hospitales, sino que además dispone de dinero inmediato para dejar bien instaladas a tres personas. Eso, más el rumor de que cantas, significa que también vas a asistir. Vas a cantar.

—Pero si hace un siglo que no he tenido tiempo para practicar debidamente.

—No me cabe duda de que tu voz va a agradar. ¿Dónde está Fitzroger?

Rothgar tocó una campanilla. Cuando entró un lacayo, le ordenó ir a buscar a Fitz.

—Está cerca, milord —dijo el lacayo.

Entonces entró Fitz. Había estado fuera, montando guardia, y aunque en ese momento parecía casi aburrido, Damaris notó que venía preparado para el desastre.

—Date prisa en equiparte, Fitzroger —le dijo Rothgar—. Tienes que ir a la corte también.

Por la cara de Fitz pasó una expresión que podría ser de terror, observó Damaris.

—¿Para qué, milord?

—Para proteger a Damaris. Es posible que su hermanastro aún no se haya enterado de la noticia.

—Dudo que le admitan ahí —dijo Fitz.

—Se admite a cualquier caballero convenientemente vestido.

—Pargeter's debe de estar cerrado.

Esa era otra competición de esgrima, y Fitz parecía estar a la defensiva.

—No me cabe duda de que sabes cómo abrir esas puertas.

Damaris pensó que Rothgar se refería a las ganzúas, pero enseguida comprendió que se refería a dinero. Debía de haberle dado dinero.

Pero si Fitz prefería no ir, no debía ir.

—Seguro que estaré a salvo, milord —dijo.

—Eso nunca es seguro. Y el rey desea que Fitz vaya.

Ese golpe de gracia puso fin al asalto.

Damaris fue a ponerse al lado de Fitz, esperando aliviarle la tensión.

—¿Qué es Pargeter's?

—Una tienda de ropa de segunda mano de la clase grandiosa.

De segunda mano. Detestó eso, pero no podía poner objeciones. De todos modos...

—Me gustaría poder acompañarte. Tú te comprarás algo muy ordinario.

Él sonrió irónico.

—Conozco los usos de la corte, Damaris. Créeme, resplandeceré.

Ella observó como salía él y luego se quedó con Genova y lady Thalia esperando que Ashart fuera a cambiarse las galas por ropa más normal y trajeran los vestidos de dondequiera los tuvieran guardados. No tuvieron que esperar demasiado tiempo. Pronto llevaron a todo el grupo a un dormitorio desocupado donde estaban expuestos cuatro vestidos preciosos, con elaborados adornos, montados en perchas de tal manera que parecía que dentro de cada uno había una dama sin cabeza.

Lady Thalia se sentó a observar, y Ashart se puso a su lado. Damaris y Genova se pasearon alrededor de cada vestido. Uno era crema con adornos rosa claro; otro amarillo apagado con adornos dorados; otro verde claro, y el otro de un color beis fuerte con flores bordadas. Este fue el que Damaris encontró pasmosamente bello, pero dejó que Genova eligiera primero; ella tenía que elegir ese. Los demás eran de colores que le sentarían horriblemente mal.

—No lo sé —dijo Genova, mirando a Ashart—. Elige tú.

—El crema —dijo él, justo en el momento en que entraba una modista seguida por tres ayudantas.

Damaris casi exclamó una protesta. Él tenía que saber lo que hacía, pero en su opinión, la combinación crema con rosa haría parecer a Genova una chillona maceta.

—Quítele los adornos rosa y reemplácelos por azules —le dijo él a la modista—. No celeste. Azul cielo de verano. Cintas y pasamanería en varios matices de azul. Flores blancas y perlas. Un poco de hilo de plata para que capte la luz de las velas.

Dicho eso pasó a examinar, sin ningún azoramiento visible, las prendas interiores y accesorios que estaban extendidos en la cama. Cogió una camisola.

—Esta. El encaje es muy bonito. Y estas medias de seda —añadió, cogiendo un par de medias con flores bordadas.

—Yo tengo mis medias —protestó Genova.

—Sin adornos, seguro, pero si quieres... —Dejó las medias sobre la cama—. No habrá exhibición de tobillos en este evento—. Se volvió hacia Damaris—. ¿Necesitas consejo también?

Su tono era indiferente, pero su rabia o bien se había evaporado o la tenía muy bien tapada.

—Admiro ese con bordados. ¿Servirá?

Él lo pensó.

—¿Con rubíes? Sí. Ciertamente los otros dos son horribles. Os dejo, señoras, para las pruebas. Mañana tendréis que practicar maniobrar con los miriñaques por la corte.

Se dirigió a la puerta.

Tenía que saberlo, se dijo Damaris. Lo siguió y le preguntó:

—¿Se lo vas a decir a Rothgar?

Él la miró con expresión sombría.

—No lo sé.

* * *

Después de una hora de pruebas, Damaris y Genova empezaron a practicar las reverencias y modales para la corte, dirigidas por lady Thalia. Una y otra y otra vez, sin cesar, se inclinaron en una profunda reverencia, flexionando las rodillas, ensayando luego el retroceso ante la presencia del rey sin pisarse las faldas.

A Damaris la habían ejercitado en esas cosas en Thornfield Hall, pero eso le dejaba tiempo para inquietarse por tener que cantar y sobre por qué le habían ordenado asistir a Fitz.

Lady Thalia no tardó en opinar que ella aprobaría, así que le permitió marcharse. Casi sin pensarlo llegó a la sala de música y se puso a hacer ejercicios vocales. De todos modos, no se le calmaba la mente.

La convocatoria del rey a Fitz, ¿sería algo bueno o algo malo?

En un mundo justo, el rey le estaría agradecido, pero el mundo solía ser injusto. Temía que los cortesanos lo excluyeran, pero si el rey lo reconocía, eso podría mejorar las cosas. Pensaran lo que pensaran, los cortesanos vacilarían en mostrarse francamente groseros.

Terminó su práctica y salió de la sala de música con la ilusión de tener un anochecer tranquilo, pero descubrió que Rothgar había invitado a un pequeño grupo para jugar a las cartas, oír música y cenar.

Cuando fue a disculparse para no asistir, Rothgar le insistió en que debía hacerlo. «Eso te creará aliados. Personas con las que te encontrarás mañana en el salón de la corte. Aliados para ti y para Fitzroger.»

Eso la persuadió, así que subió a ponerse elegante y entró en el salón para su primera reunión social en Londres.

Fitzroger ya estaba allí. Vestía un traje de satén azul oscuro que se podía situar muy bien a medio camino entre su acostumbrada sencillez y el brillo de todos los que lo rodeaban.

Ella lo encontró maravilloso, pero de todos modos deseaba verlo brillar.

Le presentaron a tantas personas que empezó a marearse, pero ya le parecía que todo iba a ir bien cuando anunciaron al duque de Bridgewater. Le echó una mirada a Rothgar. ¿Coincidencia? Lo dudaba.

¿Habría juzgado todo mal? ¿Es que él la iba a presionar para que se casara con el duque en lugar de con Fitz?

Observó atentamente al duque desde el otro lado del salón. Daba la impresión de ser un hombre amable, y vestía elegante, pero como si la ropa no tuviera importancia para él. Eso le gustó. Era algo bajo y de constitución menuda. Sabía que en otro tiempo lo habían considerado de salud frágil. Fuera cual fuera la verdad sobre eso, le pareció que viviría una larga vida.

Pero no con ella.

Cuando la presentaron a él, se inclinó en una reverencia.

—Admiro lo que he oído acerca de sus canales, excelencia.

A él se le iluminaron los ojos.

—¿Sí? Irá bien, ¿sabe? Muchos lo dudaban, pero ahora lo ven. Pronto habrá canales a lo largo y ancho de toda Inglaterra, acelerando el progreso, haciendo agradables los viajes. Mucho mejor deslizarse por un canal, señorita Myddleton, que ir dando saltos a lo largo de un camino.

—¿No será muy lento, excelencia?

—¿Para qué las prisas? Disfruta el viaje, digo yo. Sin embargo, todavía necesito dinero. Entiendo que es usted una heredera.

Ella casi se echó a reír ante esa franca actitud, pero también encontró encantadora esa franqueza. Era como el doctor Telford cuando hablaba de un prometedor tratamiento nuevo: nada importaba más.

—¿Busca más inversores? —preguntó, acentuando levemente la última palabra.

—Eso siempre, querida señora, siempre. Pero si está interesada en una relación más íntima, no me disgustaría.

Dicho eso él le hizo una venia y se alejó. Damaris miró a Fitz, y lo sorprendió mirándola. Al instante él volvió la atención a las dos mujeres exageradamente pintadas que estaban sentadas una a cada lado de él, mirándolo con una expresión predadora en los ojos y un cierto ángulo insinuante en sus cuerpos.

Sintiendo salir un gruñido del fondo de la garganta, Damaris caminó hacia ellos, agitando el abanico y deseando poder golpear a las dos arpías con él. Mientras Fitz se las presentaba, lady Tresham y señora Fayne, ella comprendió que tal vez se pintaban tanto las caras para disimular que ya hacía tiempo habían dejado atrás los treinta años.

—Qué delicia conocer al duque de los canales —comentó—. Es fascinante.

Lady Tresham enarcó una ceja con cara de aburrimiento.

—No habla de otra cosa que de vías acuáticas. ¿Eso la divierte, señorita Myddleton?

Fitz pidió disculpas y se alejó.

A Damaris la alegró haberle dado la oportunidad de escapar.

—Un duque siempre es interesante, ¿no cree?

—Especialmente uno soltero —dijo la señora Fayne, burlona.

—¿Conoce bien a Fitzroger? —preguntó lady Tresham, con intencionada sorpresa—. Es un hombre muy apuesto, aunque algo inicuo para una simple niña. Sin embargo —añadió, lamiéndose bien lamidos los labios rojo escarlata—, la iniquidad es más fascinante que el rango, ¿verdad, señorita Myddleton?

—¿Iniquidad? —preguntó Damaris, fingiendo ignorancia.

—¿No la han advertido? —preguntó la señora Fayne, arqueando unas cejas demasiado oscuras para ser naturales—. Muy inicuo. Demasiado inicuo para oídos inocentes. Francamente, es sorprendente que Rothgar permita que Fitzroger se una a sus invitados.

—Pero un regalo delicioso para nosotras, Susannah.

—Se aloja aquí —dijo Damaris, tratando de no ser todo lo mordaz que deseaba. Y para proteger a Fitz se lanzó a la exageración—. El marqués espera grandes cosas de él.

—Entonces es de esperar que la capa protectora de Rothgar impida que Leyden lleve a cabo sus horripilantes amenazas —dijo la señora Fayne, estremeciéndose teatralmente—. Qué hombre más desagradable.

—Pero todo a consecuencia de su lesión —le recordó lady Tresham—. Sufrió —añadió, dirigiendo una maliciosa mirada a Damaris— durante una situación muy interesante.

Damaris adoptó un aire de mundano tedio, rogando que fuera convincente, y dijo:

—¿Cuando sorprendió a Fitzroger en la cama con su esposa? Todo el mundo lo sabe.

Las dos mujeres la miraron sorprendidas.

—Así es —dijo lady Tresham al fin—. Eso convierte a Fitzroger en un muy delicioso fruto prohibido.

Todos los hombres que no sean tu marido deberían ser frutos prohibidos, pensó Damaris indignada, pero mantuvo la sonrisa en los labios, viendo una oportunidad de crear una grieta en la deshonra que aprisionaba a Fitz.

¿Se atrevería?

¿Cómo no se iba a atrever?

—Tuvo que haber sido muy joven —musitó.

La señora Fayne emitió una aguda risita.

—¡Querida mía! Ha llevado una vida muy protegida si no sabe de las maldades que son capaces los jovencitos imberbes.

Damaris puso cara de desconcertada ingenuidad.

—Sí, es cierto, he llevado una vida protegida, señora. Mi padre estaba en Oriente amasando su fortuna y mi madre prefería llevar una vida sosegada en su ausencia. ¿Usted cree que pudo haber ocurrido como dicen? —preguntó en voz más baja.

Aprovechó la ocasión para mirar a Fitz, lo cual le permitió ver cómo muchos lo eludían sutilmente. Él se lo advirtió; ella no le creyó del todo. Pero en lugar de hacerla dudar de sus actos, eso los hacía imperiosos. Estaba segura de que esas dos mujeres eran cotillas de primera clase.

—¿Cómo, si no? —preguntó la señora Fayne—. La pobre Orinda Fitzroger se mató por la vergüenza no mucho después.

—Pero el hermano de Fitzroger era mucho mayor, así que debía doblarlo en tamaño. Todo eso me parece tan improbable... Pero —suspiró—, como usted dice, sé muy poco del mundo.

—Se toma mucho interés por él, señorita Myddleton —dijo lady Tresham, mirándola con los ojos entornados.

Damaris paró el golpe.

—Fitzroger me hizo un servicio, así que no quiero pensar mal de él. En una parada en una posada de postas, un bellaco intentó atacarme. Fitzroger corrió a salvarme.

—Sin duda para ganar sus favores. Estoy segura de que es usted muy juiciosa, querida mía, para dejarse entrampar fácilmente.

—¿Entrampar? —repitió Damaris, riendo—. Ah, él es francamente frío conmigo. Pero en asuntos de protección, me han dicho que es digno de confianza. Se pasó años protegiendo la vida y la seguridad de los más grandes hombres de nuestro tiempo, ¿sabe?

Era evidente que ellas no lo sabían. Demasiado tarde, siempre demasiado tarde cuando el fuego ardía en ella; pensó si eso no sería un secreto. Bueno, ya lo había sacado a relucir. Las dos cotillas la estaban mirando fijamente.

—¿Sí? —ronroneó la señora Fayne.

—Pues sí. —Presa por un penique, presa por una guinea, como decían—. Incluso a personajes de la realeza. Sé que ustedes no dirán nada —las dos mujeres se le acercaron más—, pero tengo la impresión de que el rey quiere recompensarlo mañana. Tal vez incluso armándolo caballero. Es posible que una de las vidas que ha salvado fuera la de Su Majestad.

Todos eran «tal vez», se dijo. No estaba mintiendo descaradamente.

—No lo reciben en la corte —protestó lady Tresham.

Pero era evidente que ya estaba casi temblando del deseo de ser la primera en propagar esa noticia.

Damaris agradeció al cielo el tener por lo menos algo sólido.

—Creo que comprobará que sí. Eso demostrará que esa vieja historia es una tontería, ¿verdad? —Les dedicó a las dos una alegre y, esperaba, candorosa sonrisa—. Tal vez su hermano se lo inventó todo, dado que está algo desquiciado.

—Sí que recuerdo que Leyden —dijo la señora Fayne—, en ese tiempo simplemente señor Fitzroger, era dado a horrorosos ataques de ira antes del incidente. —Levantó su monóculo y miró fijamente a Fitzroger—. Pero él nunca lo ha negado.

Damaris estuvo a punto de decir que tal vez nadie se lo había preguntado, pero claro, alguna de esas mujeres podría preguntárselo, y él confirmaría cada palabra.

Su única opción era arriesgada.

—Entonces tal vez es cierto. Aun cuando era prácticamente un niño, fue un pecado terrible. Pero claro —añadió, mirando a una y a otra con expresión confundida—, ¿por qué lord Rothgar le manifiesta tanta estimación? ¿Por qué lo va a hacer el rey? Eso lo dejo a ustedes, queridas señoras, porque yo no logro imaginármelo.

—Leyden siempre ha sido un patán —dijo lady Tresham—. Con la aprobación del rey...

—Y la de Rothgar... —aportó la señora Fayne.

—¿Asistirá al salón mañana? —preguntó lady Tresham a Damaris.

—Creo que sí —repuso ella, lo más titubeante que pudo, dada la triunfante alegría que se le iba acumulando—. Pero

tal vez me he hecho una impresión equivocada. Sólo oí decir...
Pero no, no debo dar pie a elucubraciones ni cotilleos. Discúlpenme, por favor.

Se levantó y se alejó a toda prisa, como si la persiguieran, reprimiendo a duras penas una sonrisa.

—¿En qué travesuras andas?

Ay, maldición, Fitz estaba a su lado. Si los veían en buenas relaciones eso estropearía todo lo que hubiera conseguido.

—Asuntos secretos —dijo secamente y continuó caminando.

Vio que lady Thalia se había quedado sola un momento y fue a sentarse a su lado.

—¿Es que Bella Tresham y Susannah Fayne te han afligido, querida? Seguro que Rothgar las ha invitado por su influencia, lo que significa que son unas cotillas. Pero qué estratagema más peligrosa. No les importa si hacen bien o mal con su prisa por ser las primeras en propagar las noticias.

Eso esperaba Damaris. Había plantado las semillas, y si el rey le manifestaba alguna estimación a Fitz, las semillas florecerían en forma de dudas acerca de esa vieja historia. Pero no debería haber insinuado lo de armarlo caballero. Como siempre, se había precipitado a los extremos.

—No te preocupes por Fitzroger, querida —le dijo lady Thalia—. Estoy segura de que todo irá bien.

—Pero veo cómo la gente lo elude.

—Esas cosas pueden cambiar en un instante.

En cualquier sentido, pensó Damaris.

Una vez que los invitados se marcharon, subió a su dormitorio, muy cansada, pero cuando ya tenía puesto el camisón y Maisie se había ido a su habitación, la energía del desasosiego le impidió acostarse. Eran muchas las cosas que estaban pendiendo de la balanza y que se decidirían al día siguiente.

Estuvo tentada de ir a la habitación de Ashart a suplicarle que guardara el secreto, pero comprendió que eso sería desastroso.

Sintió la tentación de ir a ver a Fitz, sobre todo porque esa noche lo había tratado con frialdad. A lo mejor él creía que ella había cambiado de opinión y ahora favorecía a Bridgewater. Pero no podía hacer eso tampoco. Estaban en la casa Malloren.

Pero sabía cuál era su habitación.

Se había encargado de averiguarlo.

Estaba dos puertas más allá a la derecha.

Dos puertas. Miró en esa dirección, como si pudiera ver a través de las paredes, pero no iría. Podría explicárselo todo por la mañana.

Sus ojos inquietos se posaron en la sucia bolsa que estaba en una mesa lateral; la que contenía las cartas de su madre. La agitación le impedía dormir, así que acercó una silla y un candelabro y se sentó a leerlas. Una vez leída cada amarga vociferación, la iba arrojando al fuego. ¿Qué tipo de persona guarda copias de esas cosas? Entonces llegó a una carta que lo cambió todo:

¡Oh, hombre indigno, despreciable! Oh, cruel embustero. No te bastó la vileza de seducirme con dulces mentiras y luego abandonarme, sino que estás más hundido en el estiércol de lo que me imaginé jamás.

Damaris se quedó mirando ese primer párrafo, sin poder imaginarse a su fría y rígida madre escupiendo semejantes insultos. Y ¿por qué? Trató de leer rápido para llegar al meollo del asunto, pero la carta era tan altisonante y tan llena de improperios que tuvo que ir poco a poco, recogiendo astillitas de realidades.

Cuando tuvo armadas las piezas, se le cayó el papel de las manos. Rayos. Eso explicaba muchísimas cosa. Lo cambiaba todo. Y podría influir en el futuro.

Ya estaba en la puerta, sin pensarlo, y el pensamiento no la detuvo. Tenía que hablar de eso con Fitz. Y sí, todavía deseaba explicarse. Y sí, no estar con él era un vacío físico casi insoportable.

Hacía un rato había oído voces cerca, pero en ese momento no había nadie en el corredor. No golpeó la puerta, por temor a que alguien la oyera; así que simplemente la abrió, entró y se apresuró a cerrarla.

Fitz se giró a mirar, completamente desnudo, iluminado por la luz de una sola vela. Cogió una almohada de la cama y se cubrió la parte delantera, cosa que ella encontró tan divertido que tuvo que taparse la boca para sofocar la risa.

Él tiró a un lado la almohada, cogió su bata y se la puso, pero no antes que ella hubiera contemplado su magnífica desnudez y el comienzo de una erección. Caminó hacia ella, y sólo se había abrochado dos botones cuando le cogió el brazo.

—¿Qué locura se ha apoderado de ti? ¿Qué haces aquí? —dijo, alargando la otra mano para coger la manilla de la puerta.

—Gritaré.

Él se giró y le dirigió una mirada tan fulminante que ella se encogió.

—No. Te prometo que no gritaré. —Y se apresuró a continuar, pero en voz baja—: Tenía que hablar contigo. ¡No! Escucha. De verdad. Descubrí algo. Y no podía dormir sin explicarte que no era mi intención ser fría contigo. No estoy interesada en Bridgewater.

Él la soltó y se alejó unos pasos.

—Entonces eres una tonta.

—¿Una tonta por amarte?

—Vete, Damaris. Por favor.

La súplica pudo con su voluntad.

—Me iré. Dentro de un momento.

En ese instante casi creyó que él tenía razón, que su unión no podría ser jamás. La oscuridad se lo susurraba, haciéndose eco en los ojos velados de él.

—Pero escucha, mi amor —dijo, sin poder evitar llamarlo así—. Te hablé con frialdad porque acababa de convencer a lady Tresham y la señora Fayne de que no me importas nada.

—Eso, por lo menos, fue juicioso.

—Era necesario para que creyeran las semillas de duda que sembré. Acerca de ti y de la mujer de tu hermano.

Él se pasó una mano por el pelo suelto.

—Eso no tiene sentido, Damaris, porque todo es cierto. No quiero verte enredada en esto. Ya has visto cómo me trató la gente.

—Vi cómo te trataban lady Tresham y también la señora Fayne.

Era un intento de broma, pero él contestó serio:

—¿Crees que debería sentirme halagado porque me sopesan como entretenimiento para la cama dos esposas aburridas?

Ella se tragó las lágrimas pero insistió:

—Podríamos no tener la oportunidad para hablar en privado antes de ir al salón de la corte, así que escucha. Sembré dudas sobre esa historia y la apuntalé hablando de la aprobación de Rothgar y el hecho de que el rey te va a aceptar en la corte mañana. Si te preguntan, no lo estropees con la verdad.

—¿Esperas que mienta?

—No que mientas. Pero no metas la verdad en el corazón de la persona que te pregunte.

Él negó con la cabeza.

—No hay esperanzas para nosotros, Damaris. Acéptalo y cásate con Bridgewater.

—¿Y si llevo un hijo tuyo? No voy a endilgarle un hijo a otro hombre.

—Sabes que en ese caso tendré que casarme contigo.

A ella no le gustó esa manera de expresarlo, pero se cogió a sus palabras.

—O sea, ¿que no te marcharás de Inglaterra antes que yo lo sepa?

A él se le tensó la mandíbula, pero al final dijo:

—No me marcharé de Inglaterra antes de que lo sepas.

Le fastidió la idea de obligarlo de ese modo a ir al altar, pero si él tenía que quedarse un par de meses, seguro que ella encontraría alguna solución.

—Hay más —dijo—. Sobre otra cosa. Esas cartas ¿recuerdas? ¿Las copias de las que enviaba mi madre? Mi padre era bígamo.

Él se la quedó mirando, pasmado.

—¿Qué?

Ella sintió una oleada de alivio, por ese tema casi impersonal.

—Cinco años antes de casarse con mi madre, se casó con Rosemary Butler, la madre de mi hermanastro.

—Y Rosemary no había muerto.

—No. Murió en noviembre del pasado año, como sabemos.

—Demonios. Pero no creo que eso afecte a tu herencia, a no ser que el testamento especifique «hija legítima».

—No, yo tampoco creo que afecte, pero no se trata de eso. Mi hermano es el legítimo. ¿No crees que podría haberse enterado de esto a la muerte de su madre y que actuara por rencor?

—No seas tan compasiva. Él disparó esa ballesta. Quería matarte porque así heredaría tu dinero.

—Y debería haberlo heredado.

—El dinero era de tu padre, podía hacer lo que quisiera con él.

—Así que me lo dejó a mí, sabiendo que eso fastidiaría tanto a mi madre que la mataría.

—No creo que haya esperado que ocurriera eso. Como la mayoría de nosotros, sin duda esperaba vivir hasta una edad muy avanzada. ¿Todo eso estaba en una carta?

—Más o menos. Marcus Myddleton era un monstruo. No entiendo por qué mi madre o esa Rosemary no lo mataron cuando se enteraron.

—No tenían sangre Myddleton —dijo él, irónico, y añadió—: Y, claro, habrían matado a la gallina de los huevos de oro.

—A mi madre no le importaba nada el dinero. Yo creo que guardó silencio por su propia reputación. Ya le sentaba mal tener un marido al que rara vez le veía la cara; se habría cortado el cuello antes de decir que era la segunda esposa de un bígamo. Pero la esposa agraviada era la primera, y lo sabía. Está claro por la carta que Rosemary le escribió a mi madre proponiéndole exigirle más dinero a cambio del silencio de ambas. Mi madre rechazó esa idea, por supuesto, pero pensó que tenía un arma. Le escribió a mi padre, amenazándolo con revelarlo todo si él no volvía a Worksop a vivir como su decente marido. ¿Te imaginas?

Él agitó la cabeza.

—Él temblaría de miedo.

—Mmmm. Tiene que haber sabido que era un farol, pero no me extraña que su última visita fuera tan corrosiva. Y yo saltando a su alrededor como un adorador cachorrito.

Él le cogió las manos.

—No tienes por qué sentirte culpable por eso. Eras una niña.

Ella lo miró sarcástica.

—Tenía quince años.

—Ya he dado ese paso, por lo menos —dijo él, apretándole las manos—. Estoy empezando a aceptar que no fui yo el autor de esa maldad. Orinda me sedujo, y un muchachito de esa edad en las manos de una mujer experimentada es como un borrego que llevan al matadero. O bueno, un carnero, digamos. Eso no cambia la manera como lo ve el mundo, pero mi alma está más en paz. En cuanto a la bigamia de tu padre, no cambia nada. No hagas caso.

—Pero Marcus Butler, o Mark Myddleton, tiene la razón de su parte.

—No para intentar asesinar a nadie. Pero te prometí que no lo mataría si puedo evitarlo.

—Está Rothgar también. Ahora está involucrado.

—Tengo bastantes problemas en ese aspecto.

—No creo que Ashart se lo diga. Le pedí que no lo hiciera.

A él le relampaguearon los ojos a la luz de la vela.

—¡Damaris!

—Lo siento, pero si esperas que no sea una esposa entrometida, mandona...

—No serás ningún tipo de esposa.

—¿De nadie?

Él la llevó hacia la puerta.

—Vuelve a tu habitación.

Ella no se resistió hasta que estuvieron en la puerta.

—Tengo un presentimiento terrible para mañana, Fitz.

—No te preocupes. Yo te mantendré a salvo.

—Pero ¿quién te mantendrá a salvo a ti? ¿Y si tu hermano está en la corte?

—Eso es improbable.

Pero ella vio que eso pesaba sobre él.

—¿No deberían encerrarlo?

—Yo no.

—No exageres en tu culpa. No creo que sus ataques de ira se deban a un golpe en la cabeza.

—No sigas, Damaris.

Ella se las arregló para tragarse el resto de las protestas. Ya tendrían tiempo de hablar de eso después.

—¿Qué harás si él aparece en el salón?

—Eludirlo.

—No te marcharás. No antes que el rey te demuestre su aprecio.

—Si el rey no se siente inclinado a sonreírme, Damaris, lo hará otro día.

Ella le cogió los brazos.

—No debes marcharte antes de que te presenten, Fitz. No debes. —No quería decírselo, pero lo dijo—: Sembré semillas en las mentes de esas dos cotillas, lady Tresham y la señora Fayne. Que tú estarás en el salón, lo cual es cierto. Que se supone que el rey te va a manifestar su aprecio, lo cual probablemente es cierto...

—¿Y? —preguntó él mirándola a los ojos, exigiéndole la verdad.

—Di a entender que el favor del rey demostrará que esa vieja historia es una exageración. O un producto de la imaginación demente de tu hermano.

—Damaris...

—Resultará —insistió ella—. Pero sólo si ven que el rey te acepta mañana. —Al ver resistencia en su cara, añadió—: Dijiste que podía darte órdenes.

—Y eso lo explotarás hasta la muerte.

—Hasta que la muerte nos separe —concedió ella—. Cómo me gustaría que no tuvieras siempre esa expresión exasperada conmigo.

—Es probable que se convierta en una expresión fija —dijo él.

Pero ella detectó una nota de humor, que la hizo sonreír feliz.

—Una eterna. Así que te ordeno evitar a tu hermano si puedes, pero aun en el caso de que asista a la corte, incluso si trata de crear problemas, no te marches antes que te presenten.

—Me reservo el derecho a desobedecer cuando esté en el campo de acción. —Al ver que ella abría la boca para protestar, añadió—: No, ya has llegado al límite de tu autoridad. Si llego a encontrarme cara a cara con Hugh, seguiré los dictados de mi conciencia y de mi honor.

Suspirando, ella bajó las manos hasta las de él.

—Supongo que no te amaría si fueras capaz de hacer menos. —Miró hacia la cama—. Ojalá pudiéramos hacer el amor, porque tengo miedo. Pero es un terror irracional, nada más. Y te haría sufrir, mi amor, llevarme a la cama otra vez esta noche, ¿no?

Él le levantó las manos y le besó cada palma.

—Estaría mal, y me siento algo así como un caballero de antaño en la víspera de la batalla. Siento que debo ser sobrio, casto y piadoso.

El contacto de sus labios en las palmas la hizo desear cerrar las manos para guardar esos besos como joyas.

—¿Y lo eran? ¿Sobrios, castos y piadosos antes de la batalla?

A él se curvaron los labios.

—Lo dudo.

Volvió a besarle las manos, luego la frente y la giró hacia la puerta.

—Trataré de obedecer tus órdenes, mi bella dama.

—¿En lo de mi hermano también?

—Si logramos encontrarlo antes que intente alguna nueva maldad.

Abrió la puerta y se asomó a mirar el corredor. Cuando ella estaba saliendo, la detuvo con una mano en la mejilla y la besó una vez, castamente, en los labios, luego la empujó suavemente hacia el corredor. En cuanto llegó a su puerta, ella se volvió a mirar y vio que él estaba ahí todavía, observándola.

En guardia. Su dorado Galahad.

Le envió su amor con una sonrisa y luego entró en su habitación y cerró la puerta.

21

Cuando Damaris abrió los ojos se encontró bañada por la luz del sol que entraba por entre las cortinas abiertas. Era de esperar que el día de sol fuera un buen presagio, pensó. En la casa Malloren su habitación estaba ligeramente perfumada por una mezcla de pétalos de flores secas, y el buen fuego en el hogar la hacía cómoda.

Llegó Maisie con el agua caliente para lavarse y la miró con ojos escrutadores. En busca de pecado, sin duda. Pero se limitó a decir:

—¿Le traigo ahora el desayuno, señorita?

—No. Quiero desayunar abajo.

Allí podría tener la oportunidad de estar con Fitz.

Se bajó de la cama, se puso las zapatillas y la bata y fue hasta su escritorio a escribir una nota.

—Llévale esto a Fitzroger. No sacas nada con hacer morros —añadió—. Tengo la intención de casarme con él. Si deseas ser la doncella de una duquesa, tendrás que buscarte otro empleo.

Maisie hizo morros de todas maneras. Damaris le dio un abrazo.

—El día que me case con Fitzroger te daré una bonita dote. Podrás volver a casa y elegir a cualquier hombre que desees por marido.

Maisie agrandó los ojos y se irguió.

—¡De acuerdo, entonces!

En la nota le pedía a Fitz que la acompañara a bajar a desayunar, a lo cual él no podía negarse. Acababa de terminar de vestirse cuando él golpeó la puerta. Había elegido ropa sencilla porque después tendría que ponerse las galas para la corte.

Bajaron hablando del tiempo y, despreocupadamente, del salón de la corte. Como personas corrientes un día corriente.

—¿Nunca has estado en la corte de Inglaterra? —le preguntó mientras se acercaban a la sala del desayuno.

—Hasta hace poco ni siquiera había estado en Inglaterra —contestó él.

Para evitar a su hermano.

Al entrar descubrieron que Rothgar estaba allí tomando el desayuno; no era lo que Damaris habría elegido. Él tocó una campanilla y apareció un criado a recibir las órdenes. Por lo menos ella no vio nada en él que dijera que Ashart le había revelado su pecado.

La conversación trató de temas impersonales, lo cual a ella le venía a la perfección. Eso era la calma antes de la batalla, y tal vez en esos momentos los soldados hablaban de cosas sin importancia. Pasado un rato, Rothgar pidió disculpas y se marchó, dejándolos solos. Se miraron.

—¿Señal de aprobación? —preguntó Damaris.

—De confianza, al menos. ¿Has decidido qué vas a cantar?

—Rothgar aprobó *Los placeres de la primavera*. No hay nada en los narcisos ni en los cantos de los pájaros que pueda ofender a alguien, y es una pieza sencilla. Sólo espero que la voz no me abandone debido a los nervios. Debería ir a practicar muy pronto.

Los interrumpió la entrada de un lacayo que anunciaba una visita.

—Señor, una dama pregunta por usted. Dice que es su hermana.

—¿Tu hermana? —preguntó Damaris—. ¿Libella?

Fitz frunció el ceño, pero se levantó.

—Tiene que ser. ¿Te quedas aquí mientras yo voy a ver qué quiere?

—Sí, pero me gustaría conocerla.

A él se le curvaron los labios.

—Podría no ser el momento oportuno.

Desde la puerta, Damaris lo observó atravesar el vestíbulo y entrar en una de las salas de recibo. ¿A qué habría venido su hermana? No por algo bueno, estaba segura. Empezó a pasearse por la sala del desayuno, rogando que eso no representara otra carga más para Fitz.

Había dejado la puerta entreabierta. Cuando oyó voces, fue a asomarse nuevamente y vio a Fitz acompañado por una mujer menuda de pelo igualmente rubio abrochándose una sencilla capa roja. El día no estaba frío, pero esa no era ropa adecuada para el invierno.

De pronto Fitz se giró y la vio. Dijo algo a su hermana, y caminó hasta ella.

—Libby ha venido a advertirme de que Hugh se ha enterado de una tonta historia según la cual el rey me va a armar caballero hoy. Eso lo ha desquiciado del todo. Incluso amenazó al rey.

—No —musitó ella, cubriéndose la boca con una mano.

¡Eso era todo obra suya! Y no hacía muchos años, torturaron y mataron a un loco furioso por intentar matar al rey de Francia.

—Tengo que acompañar a Libby a su posada y ver si logro persuadir a madre de mudarse a un sitio seguro. Al parecer cree que Hugh nunca le va a hacer daño.

Damaris creyó ver nuevas arrugas marcadas en su cara, y deseó de todo corazón aliviarlo.

—Madre se niega a considerar la posibilidad de que lo encierren en una institución —le explicó Fitz. Le cogió la mano—. Tengo que irme. Avisaré a Rothgar. Estarás segura aquí. Pero no salgas. Bajo ningún concepto.

—Claro que no. —Titubeó, pero preguntó—: ¿No me vas a presentar a tu hermana?

—No quiero que te involucres.

—Ya lo estoy Fitz, lo quieras o no.

Él movió la cabeza, pero dijo:

—Ven.

Libella Fitzroger era tan bajita y delgada que parecía una niña, pero cuando estuvo cerca, Damaris vio más años en su flacucha cara. La joven sonrió, pero de modo superficial, como si no lograra imaginarse por qué perdían tiempo en finezas sociales.

Fitz se disculpó para ir a hablar con Rothgar, por lo que Damaris se vio obligada a llevar la conversación, pero como no se sintió capaz de hablar de lord Leyden ni de ella y Fitz, la conversación tuvo que limitarse al tiempo y al bullicio de Londres.

Gracias al cielo Fitz no tardó en volver con una espada al cinto. Sin duda llevaba una pistola también, oculta en alguna parte. Damaris había esperado conseguir tener alguna hermana con el matrimonio, pero esa joven triste y ojerosa no era muy prometedora.

Fitz había ordenado que trajeran una silla de manos, y entró un lacayo a anunciar que ya estaba esperando fuera. Salió de la casa con su hermana, y Damaris fue a asomarse a la ventana de la sala para verlo ayudarla a subir a la silla. Cuando los porteadores cogieron las varas y echaron a andar por el patio en dirección a la calle, Fitz ocupó su lugar a un lado.

Damaris estaba admirando su ágil andar cuando vio entrar a un hombre en el patio y oyó el disparo de un arma.

Fitz y los porteadores se arrojaron al suelo. Justo antes de que se le escapara un grito vio que ninguno estaba herido. Los hombres se apiñaron detrás de la silla de manos y Fitz fue a ayudar a salir de ella a su hermana.

El hombre de cara granate, sin sombrero y con la ropa arrugada bajo la agitada capa tenía que ser lord Leyden. Iba atravesando el patio, gritando algo a la vez que se apartaba los pliegues de la capa para desenvainar su espada. La tarea parecía ser excesiva para él, lo cual fue una bendición pues le dio tiempo a Fitz de dejar en un lugar seguro a su hermana antes de correr con la espada ya desenvainada.

—¡Hugh! ¡Para! ¡Piensa! —le gritó.

Fitz tenía que intentarlo, pensó Damaris, pero se enterró un puño en la boca. Eso no tenía ningún sentido; los ojos del hombre casi giraban de locura, y le salía baba por entre los labios. Lo horroroso era que parecía una caricatura de Fitz, más corpulento y con la cara distorsionada por la rabia demencial, pero por lo demás era similar, incluso en el pelo revuelto ya casi liberado de la cinta.

Chocaron las espadas, con tanta fuerza que saltaron chispas. Damaris no pudo quedarse donde estaba. Tenía que hacer algo.

Salió corriendo al vestíbulo y entonces vio que Rothgar y unos seis lacayos iban saliendo de la casa. Corrió tras ellos, pensando por qué todavía duraba el combate cuando Fitz podía derrotar a su hermano en un instante.

Rothgar tenía desenvainada su espada, y sus hombres sostenían cachiporras y pistolas. Uno de los porteadores tenía una pistola y estaba asomado por un lado de la silla apuntándola.

Pero todos se limitaban a observar.

Intervenir en esa loca refriega era arriesgarse a morir, pero también podría distraer a Fitz. Rothgar tenía que saber mejor que ella que Fitz ya podría haber matado a su hermano, pero seguía parando y esquivando golpes, hablando, hablando, hablando.

Pero entonces, cuando lord Leyden comenzó a tambalearse y a mover frenético la espada, Damaris comprendió: Fitz todavía no podía hacerle daño a su hermano ni permitir que este lo matara. Tal vez esperaba hacerlo entrar en razón, pero principalmente lo estaba agotando. En ese momento Leyden se abalanzó, se le dobló una pierna y cayó con una rodilla en el suelo, soltando un gruñido. Pero continuó atacando a su hermano, moviendo la espada como una bestia enloquecida.

—Desármalo —dijo Damaris en voz baja.

Pero Fitz ni siquiera quiso hacer eso. Retrocedió, con la espada baja, sin dejar de hablar.

Su hermano, jadeante, chorreando sudor, lo miró furioso, con odio.

—Te mataré —resolló—. Ven aquí, cabrón, para que pueda matarte. —Hizo un esfuerzo, balanceándose, hasta ponerse de pie y se abalanzó hacia Fitz, encontrando el aliento para gritar—: ¡Te mataré, y mataré al rey que piensa honrarte! Podrido alemán come salchichas...

Traición, clara y rotunda. Tenía que hacer algo, pensó Damaris, así que usó su arma más potente: su voz. Lanzó un grito largo, largo y fuerte para ahogar esas palabras.

Demasiado tarde. En la orilla del patio ya se iba congregando gente, todos con la boca abierta, escuchando.

Por lo menos Leyden dejó de gritar. Pero entonces sacó una pistola del cinturón y la apuntó hacia ella. Damaris se arrojó al suelo aunque vio que Fitz saltaba para doblarle el brazo derecho a su hermano. Sonó el disparo, como un trueno, y ella se acurrucó aún más en el suelo, rogando que la bala no hubiera herido a nadie.

Le dolía la garganta y casi no podía respirar, pero miró. Fitz estaba de pie, claramente ileso, y los hombres de Rothgar estaban inclinados sobre ese loco que seguía despotricando.

Entonces apareció Libella corriendo, pero hacia Fitz, no hacia Hugh.

Eso podría ser una bendición.

Con las fuerzas debilitadas, Damaris se giró en el suelo y se sentó. Temía que su mundo se hubiera oscurecido muchísimo.

La gente agrupada ahí tenía que haber oído la traición gritada por Leyden. En unos instantes la historia ya se habría propagado por todo Londres volando de boca en boca. Dentro de unas horas podrían salir incluso uno o dos periódicos de cotilleo con la historia, aun cuando fuera domingo.

El hermano de Fitz podría morir por esas palabras, y la familia del traidor se arruinaría junto con él. Fitz no podría ir a la corte ese día, y tal vez nunca. Y eso había ocurrido debido al rumor que echó a correr ella impulsivamente acerca de que era posible que el rey hiciera caballero a su odiado hermano.

En ese momento llegó Fitz corriendo, con expresión angustiada.

—¿Estás herida?

Tendría que confesarle lo que había hecho. Pero no en ese momento.

—No —dijo.

Entonces él la ayudó a ponerse de pie.

Contenta se apoyó en él, pero ella también le ofreció consuelo a él. Sabía lo que tenía que haberle costado hacerle daño nuevamente a su hermano; y luego estaba lo de la traición.

—Ay, mi amor, lo siento tanto.

—Yo no.

La voz aguda pertenecía a Libella Fitzroger, que estaba ahí, bajita y con los labios apretados.

—Hugh ha sido un monstruo toda su vida.

Fitz abrió la boca para protestar, pero ella se le adelantó:

—Madre aseguró que su crueldad empezó toda por culpa tuya, pero no fue así. Ah, los dolores de cabeza tal vez, pero no la violencia. Orinda te sedujo porque Hugh era horroroso con ella. Fue una estupidez, claro, pero es que ella era estúpida. Incluso a los diez años, yo sabía eso.

—Chhs —dijo Fitz, tratando de calmarla—. Vamos, entra en la casa otra vez, Libby.

Rodeó con un brazo a cada una y las hizo entrar a toda prisa en la casa. Entonces Damaris recordó el peligro para ella. Había estado fuera en el patio cuando su enemigo le disparó con esa ballesta.

Cuando estuvieron dentro se relajó.

Inmediatamente Libella se liberó del brazo y se giró a mirar a su hermano.

—Tú no tienes la culpa de cómo es Hugh, Tavvy.

Otro apodo familiar, pero Damaris continuó prefiriendo Fitz.

—¿Sabes por qué Sally es como es? —continuó Libella—. No nació así. Hugh la arrojó contra una pared cuando tenía unos dos años porque ella lo fastidiaba. Él era sólo seis años mayor, pero ya era un matón horrendo.

Fitz hizo una honda inspiración.

—¿Por qué no me lo dijiste?

—¿Cuándo? Sólo hace unos años que supe lo de Sal, y tú no volviste nunca a Inglaterra.

—Podrías haberme escrito.

Libella movió los labios y se los mordió.

—Si te hubiera escrito habrías vuelto para intentar ayudarnos, y yo no quería que volvieras. Hugh te habría dado caza y tú te habrías dejado matar. Yo sabía eso. —Miró a Damaris de reojo, con expresión desconfiada y hostil—. Hasta ahora.

—Deberías habérmelo dicho —insistió Fitz.

—¿Con qué fin? —exclamó Libella—. Siempre has sido un idealista, pero esto no es una historia del rey Arturo y sus caballeros. Nadie creería la historia sobre Sal, y sabes que madre la negaría. Creo que se lo niega a sí misma. No había nada que pudieras hacer tú.

—Deberías haber tenido más fe.

—¿En qué? —rió Libella amargamente. Apuntó con el brazo hacia el patio—. Te he visto. No pudiste decidirte a hacerle daño, aun cuando rugía traición. Sólo cuando él amenazó a otra persona... —Se puso la mano enguantada sobre la boca—. Y qué va a ser ahora de todos nosotros, no lo sé.

Fitz la rodeó con un brazo y la atrajo hacia si.

—Todo irá bien, Libby. Lo haremos declarar loco y citaremos su traición como parte de las pruebas.

Ella lo miró ceñuda.

—¿Es eso posible?

—Eso creo. Tengo, como ves, aliados poderosos.

Libella miró alrededor como si viera por primera vez el interior de la casa Malloren. En ese momento entró el marqués, supervisando a sus hombres, que llevaban a peso a lord Leyden, bien atado, pero todavía debatiéndose. Estaba rojo granate, y tenía los ojos desorbitados. Damaris temió que se muriera ahí mismo, pero luego pensó que tal vez eso sería bueno.

—A lord Leyden lo van a acomodar en un dormitorio —dijo Rothgar—, hasta que se decida qué hacer con él. —Sus palabras eran claras: debían encerrarlo—. Me imagino que los demás estarán extrañados por los ruidos. Por favor —hizo un elegante gesto hacia la sala de recibo de la derecha—, habla en privado con tu hermana.

Esa era una amable orden de que se llevara sus asuntos del vestíbulo, y de los oídos de los criados. Obedecieron. Fitz acompañó a su hermana hasta un sofá. Damaris se quedó de pie, sin saber cuál era su papel ahí, pero resuelta a participar; a demostrar que ella formaba parte de esa familia, el cielo la amparara.

Esa no era la familia que había esperado adquirir al casarse, pero era la familia de Fitz, de modo que ahora ya era la suya.

Libella se dejó caer en el sofá, como si el aire frío hubiera sido lo único que la sostenía en pie.

—Madre se opondrá a que lo encierren. Siempre se ha opuesto. Es como si hubiera borrado a todos sus hijos de su mente, menos a uno. No quiere oír nada en contra de él, y no le niega nada. Vive para sus visitas a Cleeve Court, y entre ellas se prepara para la siguiente. —Suspiró—. Lamento lo de tu dinero, Tavvy. Estaba tan contenta que se me escapó y se lo dije a Sal, y ella se lo dijo a madre. Madre me lo exigió y se lo dio todo a Hugh, como una ofrenda a un dios.

Damaris pensó que su pregunta había sido silenciosa, pero Fitz la miró.

—Le envié a Libby el dinero que recibí de la venta de mi comisión. —Se sentó al lado de su hermana y le cogió las manos—. Debería haber comprendido lo mal que estaban las cosas. Debería haber hecho algo.

Libella negó con la cabeza.

—Galahad —dijo, pero en tono cariñoso.

Tal vez Damaris hizo algún movimiento de sorpresa, porque Libella la miró.

—Jugábamos al rey Arturo, o mejor dicho, jugaban Tavvy y sus amigos, Jack Marchant y Harry Fowles. A veces me permitían ser Ginebra. Tavvy nunca quería ser Arturo ni Lancelote. Siempre quería ser Galahad.

Ese atisbo de la infancia de Fitz le rompió el corazón a Damaris. A diferencia de ella, y pese a los problemas de su familia, él había tenido una infancia normal, con amigos y juegos. Se lo imaginó corriendo por el campo y cabalgando un poni cuando él y sus amigos representaban justas y matanzas de dragones.

Y así cuando su vida se rompió, tuvo mucho más que perder.

—He estado esperando que Hugh se muera —dijo Libella de repente—. Por eso no te pedía ayuda, Tavvy. El doctor dice que será pronto. Se ha dañado el corazón y el hígado, y a saber qué más con sus excesos, y ha cogido enfermedades de sus putas también. Pero sigue vivo, y yo lo deseo ver en el infierno.

Se echó a llorar y Fitz la abrazó.

Damaris oyó voces y se asomó al vestíbulo. Allí estaban Genova, Ashart y lady Thalia, mirando asombrados. Todos se habían despertado con el disparo y tenido que vestirse.

Entonces apareció Rothgar y los hizo entrar en la sala de recibo. Tan pronto como se cerró la puerta le dijo a Fitz, que se había levantado:

—He enviado a buscar al doctor Erasmus. Dirige un asilo privado que lleva con los principios más elevados. Podría tener ahí a Leyden mientras tú buscas algo más permanente.

—¿Podríamos salvarlo de la horca? Por mi madre, al menos. No puedo dejar de pensar en Damiens.

—Oh, no —exclamó Damaris y fue a ponerse a su lado.

Los demás también habían emitido exclamaciones. Hacía seis años, un hombre apellidado Damiens intentó asesinar al rey de Francia y fue horriblemente castigado.

—No estamos en Francia —dijo Rothgar—. No torturamos a los locos ni los descuartizamos en una plaza pública, ni siquiera por intentar acabar con la vida del rey. Y afortunadamente, Leyden no llegó a actuar. Fue desafortunado que lo oyeran tantas personas, pero aún así, las excelentes cuerdas vocales de Damaris ahogaron bastante sus palabras.

—Fue lo único que se me ocurrió —dijo ella.

—Espero que no te dañara la voz. Aún tienes que cantar en la corte.

—¿Aún? ¿Después de esto?

—El rey te espera —repuso Rothgar—. Faltan unas cuantas horas todavía. Queda bastante tiempo para prepararse. Bastante tiempo —añadió— para que lleguen al rey las palabras de Leyden.

—¿Desea retrasar mi presentación? —le preguntó Fitz—. Yo no tengo ninguna objeción. Mi familia me necesita.

Damaris le dio un puntapié en el tobillo. Pasado un momento y una mirada a ella, él dijo:

—Pero preferiría seguir adelante, si es posible.

—Entonces, sea. Yo haré algunos ajustes.

Con esa enigmática declaración, Rothgar salió de la sala. Ashart, Genova y lady Thalia empezaron a hacer preguntas, pero Fitz, sin contestarlas, le dijo a Damaris:

—De todos modos debo llevar a Libby de vuelta a la posada e intentar explicarle esto a nuestra madre. Si es que me reconoce. Ash, ¿cuidarás de Damaris?

—Por supuesto. Lamento las complicaciones, Fitz, pero me alegra que te hayas visto obligado a enfrentarte con tu hermano.

Después de pensarlo rápido, Damaris decidió decir algo de lo que les había dicho Libella, aun cuando posiblemente a Fitz no le gustaría.

—Y Fitz no es el responsable de la naturaleza violenta de lord Leyden —dijo—. Al parecer, ha sido así toda su vida.

Fitz le dirigió una mirada dura.

—Seguro que encontrarme en la cama con su mujer no lo mejoró.

—Pero ya no necesitas abandonar el país —dijo Ash—. En realidad, tienes que quedarte para ocuparte de los asuntos de tu familia. Eso no puede disgustarte.

—Hay administradores de propiedad y abogados fideicomisarios —dijo Fitz secamente—, y mis actos podrían depender de otros asuntos.

De la reacción de Rothgar a la relación íntima entre ellos, pensó Damaris. Se percató de la mirada que se cruzó entre Ashart y Fitz, y comprendió que Ashart había hablado por amistad.

—No haré nada para alejarte —dijo Ashart francamente.

Damaris casi se tambaleó de alivio, aun sabiendo que todavía tenía que luchar por su felicidad. A menos que estuviera embarazada, Fitz no se casaría con ella mientras su reputación continuara enlodada, y tener un hermano traidor no la mejoraría.

Pero por lo menos estaba eliminado un peligro.

Fitz se volvió hacia ella y le besó la mano, pero aprovechó eso para susurrarle una orden.

—No reveles más secretos de mi familia.

—De acuerdo, perdona.

—A menos que decidas que eso es lo mejor.

Ella no tuvo respuesta para eso.

A él se le curvaron los labios.

—Volveré tan pronto como pueda. Pórtate bien y vigila tu seguridad.

Acto seguido, se marchó con su hermana. Damaris no logró soportar la cháchara ni las preguntas, así que se retiró a su dormitorio. Su hermoso vestido para la corte estaba extendido sobre la cama y dentro de unas horas tendría que ponérselo para representar su papel. Y cantar.

Probó una escala y, con gran alivio, comprobó que el grito no le había estropeado en nada la voz. La irritación que sintiera tuvo que deberse a la tensión nerviosa. Había desaparecido.

Ni siquiera la perspectiva de cantar delante del rey lograba pesar más sobre ella que la verdadera dificultad. Lo que le ocurriera a Fitz en la corte ese día podría cambiarle la vida. Frustrada, no logró ver nada que pudiera hacer para configurar los acontecimientos.

Así que rezó.

No era una persona acostumbrada a rezar fuera del servicio rutinario de los domingos, pero en ese momento se dirigió directamente a Dios. No le pidió nada para ella, sólo que las cosas se le arreglaran a Fitz, que él encontrara el honor y la dicha que se merecía.

Un golpe en la puerta la interrumpió. Era un lacayo con una petición de Rothgar de que se reuniera con él en su despacho.

—Hemos encontrado a tu hermano —dijo Rothgar en el instante en que ella entró. Vestía traje de montar y en la mano llevaba unos guantes de piel—. Está alojado en la Swan, en Church Lane.

—¿En una posada pública? ¿No prueba eso su inocencia?

—¿Quién otro tiene motivos para matarte? Iré a comprobarlo.

—Quiero ir. —Cuando él la miró sorprendido, explicó—. Es mi hermano. Obligué a Fitzroger a prometer que no le haría daño a no ser en caso de absoluta necesidad. ¿Me promete usted lo mismo?

Él se golpeó la palma con los guantes, pensando.

—No. ¿Te crees capaz de impedírmelo?

Ella lo miró a los ojos.

—Haría lo posible.

—Muy bien —sonrió él—, para esto viajo acompañado, así que puedo mantenerte segura. Harás exactamente lo que yo diga.

Ella no le discutió ese punto, porque subió a toda prisa a ponerse ropa de abrigo. Cuando se estaba poniendo la capa, se detuvo a pensar un momento. A Fitz no le gustaría eso, y se enteraría tarde o temprano.

Le dejó una nota. ¿Cómo terminarla? Sonriendo, escribió: «Con todo mi corazón, Damaris».

Volvería a exasperarse al saber que había salido de la casa, pero si no estaba segura con Rothgar y sus hombres, ¿dónde podría estarlo?

Cuando bajó al vestíbulo descubrió que Rothgar se tomaba muy en serio su seguridad. Había hecho entrar una silla de mano para que ella pudiera subir en ella. Tan pronto como se cerró la puerta, una falange de lacayos armados la rodearon. Así custodiada la sacaron al patio, donde Rothgar montó y se unió a otros tres jinetes armados.

El pequeño ejército atrajo muchísima atención a lo largo del camino hacia la Swan Inn.

22

La Swan era una posada de aspecto acogedor, con dos ventanas saledizas, sita en medio de una hilera de tiendas en una calle estrecha que discurría transversal entre dos anchas de mucho tráfico. Un coche podía pasar por Church Lane, pero muy justo, y tal vez ese era el motivo de que no pasara ninguno. El único tráfico aparte de los peatones eran sillas de manos y una ocasional carreta llevada a mano. Ni siquiera pasaban jinetes, hasta que entró el grupo de Rothgar, alborotando el lugar con el ruido de los cascos de los caballos sobre los adoquines.

Damaris no detectó ni un asomo de peligro ni actividades ominosas. En realidad, la mayoría de la gente parecía ir de camino a la iglesia, cuya torre de aguja se veía al fondo. Tuvo la certeza de que debía haber algún error, pero la entraron en la posada y sólo le permitieron salir cuando estaba cerrada la puerta de la calle y sus guardias se posicionaron alrededor de ella. Bajó de la silla sintiéndose ridícula.

Oyó a Rothgar preguntar por el señor Myddleton, así que se abrió paso por su muro de protección para ir a ponerse a su lado. Él estaba hablando con una gentil dama de edad madura que era a las claras la señora de sus dominios. Ella parecía alarmada y molesta por esa invasión, pero claro, no iba a ofender a un hombre como Rothgar.

—Si viene por aquí, milord.

La siguieron por un corto corredor hasta que ella se detuvo ante una puerta.

—Acabo de servirle la comida al señor Myddleton, milord. Espero que no haya ningún problema.

Damaris tuvo que reprimir la risa ante esa absurda observación, pero no era de extrañar que la mujer estuviera nerviosa. Su establecimiento estaba invadido por hombres dispuestos a armar un alboroto. El aire parecía zumbar de tensión.

Cuando la posadera levantó la mano, Rothgar la hizo a un lado y golpeó él. A Damaris ya le retumbaba el corazón; estaba a punto de conocer a su único hermano, y tal vez perderlo por una pelea.

Se abrió la puerta sin ninguna cautela y apareció un joven bajo pero fornido vestido con un elegante traje de tela color rojo oscuro, con una servilleta en la mano. Se parecía muchísimo a su padre, pensó Damaris, sobre todo en la mandíbula cuadrada, los ojos brillantes y las cejas que casi se juntaban encima del puente de la nariz. Su expresión de educado interrogante se tornó recelosa, pero no se veía en él nada que indicara que se sintiera culpable de algo. Si era el aspirante a su asesino, era un actor excelente.

—¿Señor Butler-Myddleton? Soy lord Rothgar y ella es su hermana, las señorita Damaris Myddleton. Querríamos hablar con usted.

Mark Myddleton abrió ligeramente la boca, sorprendido, pero enseguida retrocedió y con una inclinación de la cabeza los invitó a pasar a un muy decente salón, mantenido caliente por un generoso fuego en el hogar. Tenía que ser el mejor salón de la posada, porque tenía una de las ventanas saledizas que daban a la calle. Cerca de la ventana estaba la mesa con la comida. Parecía que estaba a la mitad de su plato de sopa.

Él hizo un gesto vago, desconcertado, invitándolos a sentarse. Rothgar ayudó a Damaris a quitarse la capa y la llevó hasta un sillón, pero él se quedó de pie.

Ella observó que habían entrado dos lacayos también y estaban apostados junto a la puerta. Miró a su hermano, luego a Rothgar, sin saber qué decir.

—¿Sabe, señor Myddleton, que alguien ha intentado matar a su hermanastra dos veces?

Mark la miró horrorizado.

—Cáspita, no. Me alegra que estés bien, hermana. Tenía la idea de buscar la manera de conocerte, pronto.

Damaris estuvo a punto de decir algo amable, amistoso, pero se contuvo. Si ese no era su asesino, ¿quién, entonces?

—¿Ha estado en Pickmanwell? —preguntó Rothgar.

Mark pareció sinceramente confundido.

—Creo que no. ¿Dónde está eso, milord? —Entonces se puso a la defensiva y se irguió en toda su estatura—. ¿Qué significa esto? No sospechará de mí, ¿verdad?

—Hasta hace poco usted era el heredero de su hermana.

—¿Y es eso motivo para invadir las habitaciones de un hombre honrado?

—¿Cómo lo supo? —preguntó Rothgar.

—¿Supe qué?

—Que era el heredero de su hermana.

Mark apretó las mandíbulas como si no quisiera responder, pero luego dijo:

—Mi padre me lo dijo. Tal vez esperaba que yo armara una escenita de celos. Pero madre sí lo complació.

—Ah, vosotros también —exclamó Damaris—. ¡Qué hombre más horrendo era! Pero seguro, señor, que el hecho de que yo haya recibido la mayor parte de su dinero tiene que haberte causado algún tipo de resentimiento.

Le escrutó la expresión pero no logró ver ningún asomo de evasiva ni de insinceridad.

—Lo siento, por supuesto. Sobre todo siendo yo su hijo legítimo. Y trató muy mal a mi madre. —Se ruborizó—. ¿Lo sabes?

—Sí, pero no toda la historia. Tal vez podrías explicar...

Se abrió la puerta y entró Fitz, haciendo a un lado a un lacayo con un empujón que dejó al hombre tambaleante.

—¡Vamos, la más estúpida de las salidas!

Rothgar sacó un monóculo y lo miró con él.

—¿Me acusas de estupidez, Fitzroger?

Damaris sospechó que Fitz deseó ladrar «¡Sí!», pero no contestó, sino que le dirigió una mirada letal a Mark.

—Así que este es el hermano.

—Y probablemente inocente —dijo Damaris, levantándose de un salto y poniéndose entre ellos.

Fitz le cogió un brazo y la puso a su lado.

—Por el amor de Dios. ¿Quién es entonces?

Rothgar pasó el dedo por el largo mango de su monóculo.

—Excelente pregunta, Myddleton. Parece no haber ningún motivo para atacar a tu hermana aparte del de adquirir su dinero, así que ¿quién otro podría ser su atacante?

De pronto Mark Myddleton tenía una expresión furtiva, y miró hacia un lado, como buscando una respuesta. A Damaris se le cayó el corazón al suelo. Fitz tenía razón.

Pero entonces Mark exhaló un suspiro:

—Creo que podría ser mi hermano.

—¡Rayos! —explotó Fitz—. ¿Nos toma por estúpidos?

—Únete a mí en la estupidez, Fitzroger —musitó Rothgar.

Su tono fue casi de diversión, pero Damaris sintió la presencia del Marqués Negro y de todas sus facultades.

Mark se estuvo paseando un momento por el salón, y finalmente se detuvo a mirarlos.

—Estoy seguro de que mi madre le habría sido fiel a un hombre mejor, o a uno que hubiera estado presente. Pero dadas las circunstancias, tuvo dos hijos que no eran de mi padre. Mi hermanita murió a los tres años, pero William sobrevivió. Es cinco años menor que yo. Al parecer a mi padre no le importó la infidelidad, pero le prohibió a mi madre gastar en él el dinero que enviaba para mí. No había ningún motivo para esa orden, pero él era así, como estoy seguro que sabes, hermana.

¿Sería una estupidez apoyarlo?, pensó ella. No lo pudo evitar:

—Sí, aunque creo que tú lo veías más que yo. Sólo hizo tres visitas a Worksop.

—Entonces te felicito por tu buena suerte.

—Mi madre no lo veía así.

—¿Deseaba verlo más? Mi madre habría sido feliz de no ver nada de él aparte de su dinero. Le tenía terror, pero la aterraba más perder el dinero. —Volvió a guardar silencio un momento, y añadió—: Comenzó su vida siendo hija de un posadero, y temía más que nada en el mundo perder los arreos de una dama. Él le arrojaba lujos como una persona arroja pan a los patos, y ella graznaba.

—A mi madre también le arrojaba lujos, pero ella intentaba morderlo.

Se miraron con una comprensión absoluta. Qué extraño era eso. Fitz le cogió el brazo, como si pensara que ella iba a hacer algo estúpido. Eso pareció devolver a su hermano al tema.

—Madre siempre cumplía sus órdenes, aunque él estuviera lejos. Nos hacía vigilar.

Damaris pensó si habría hecho vigilar la casa Birch también. Lo más probable era que sí. Cómo se divertiría al leer los informes.

—Así que Will compartía nuestra casa y comida —continuó Mark—, pero sólo usaba la ropa desechada por mí. Yo recibía hermosos regalos de cumpleaños y Will recibía lo que madre pensaba que podía justificar. Mientras yo estudiaba en Westminster, él iba a un colegio inferior. Mientras yo me hacía caballero él trabajaba de aprendiz de boticario.

Boticario. Eso podría explicar la bebida envenenada, si es que existía ese William.

—¿Cómo podemos estar seguros de que esa persona existe? —preguntó.

Su hermano la miró perplejo, pero Rothgar contestó:

—Existe. Un William Butler vivía con tu hermano y su madre en Rosemary Terrace, aunque la gente de ahí lo creía un primo pobre. Sin embargo, los últimos años ha vivido como un elegante joven caballero. ¿Myddleton?

Nuevamente se le sonrojaron las mejillas a Mark, y Damaris pensó si tendría el mal genio de su padre. Pero él contestó:

—Cuando murió mi padre yo entré en posesión de unos fondos que él había puesto en fideicomiso, así que ayudé a

Will. En realidad —añadió, encogiéndose de hombros—, lo compartí todo. ¿Por qué no? Había en abundancia y Will era mi hermano y mi amigo. Lo pasábamos muy bien juntos, pero, ay de mí, para él nunca fue suficiente. Eso lo comprendí cuando murió mi madre. —Se giró a mirar a Damaris—. Yo siempre pensé que era ilegítimo y que la existencia de madre como señora Myddleton era una farsa. De todos modos, cuando murió mi padre le pregunté a ella a quién le había dejado su dinero. Ella me dijo que a su familia Myddleton. Yo lo acepté. Como he dicho, tenía bastante y ella tenía bastante. Vivíamos con comodidad. Pero en su lecho de muerte me dijo la verdad: que el dinero había ido a ti. Lloró por esa injusticia y trató de hacerme prometer que te chantajearía con el escándalo de bigamia para que tú me dieras la mitad. Y la mitad de eso debía ir a Will. Yo me negué. Me horrorizó la historia, pero no podía rebajarme a hacer chantaje.

No era como su padre, después de todo, pensó Damaris.

—Sí leí el testamento de mi padre, para comprobar si importaba mi legitimidad, pero no importaba, el dinero era legalmente tuyo, así que ya está, eso fue todo. Pero Will no lo veía así. Tú y el dinero se convirtieron en su obsesión, el dinero que él consideraba legítimamente nuestro. Hablaba sin cesar de lo que haríamos cuando lo tuviéramos, adónde viajaríamos, las grandiosas casas que poseeríamos. Finalmente no pude soportarlo más. Decidí vender la casa, y parte del motivo fue que no deseaba vivir con él. Le di la mitad de lo que saqué, una bonita suma, y él se marchó por su cuenta. Reconozco que pensé que él podría intentar seguir el plan de mi madre, pero no quise saberlo. —Los miró a los tres—. Pero él no haría algo más que eso. No puedo creer que haya intentado algo más que eso.

A pesar de sus palabras, parecía estar a punto de echarse a llorar. Sí que creía que su hermano podía llegar a asesinar por codicia, pensó Damaris.

—¿Posee una ballesta pequeña? —le preguntó dulcemente.

Él se tambaleó hacia atrás y se dejó caer en un sillón.

—Oh, no, no.

—¿Y bien? —preguntó Fitz.

—Siempre le han interesado las armas —contestó Mark, mirándolo—. Le gusta la esgrima, pero también usar armas raras. Hondas, ballestas... Dice que son tan letales como una pistola, detesta las pistolas, y que son más fáciles de mantener y llevar. Pero ¡él no haría eso!

—Alguien tuvo que hacerlo —dijo Fitz—. ¿Dónde está ahora?

Mark se pasó una maciza mano por la cara.

—No lo sé. Hace semanas que no lo veo. Dijo que iría a pasar la Navidad con unos amigos en el campo. —Los miró a uno y a otro—. No tenía idea. ¿Qué debo hacer?

Fitz miró a Rothgar.

—Usted trajo aquí a Damaris.

—Un error, lo confieso. No me imaginé una historia tan enrevesada. Absolutamente extraordinaria. Su hermana ha hecho un nuevo testamento —le dijo a Mark—. Ya no es usted su heredero.

—Lo leí eso ayer en el *Town Crier*. Creo que me sentí aliviado.

—Entonces es posible que su hermano lo sepa también —dijo Fitz—. ¿Seguirá tratando de matarla?

Mark agitó la cabeza.

—Habría dicho que no, señor, pero ahora no estoy tan seguro. Ha llegado a ver todo ese dinero como nuestro. Saber que se ha dilapidado tanto en hospitales de beneficencia, porque así lo consideraría él..., podría enfurecerlo.

—¿Él es su heredero? —le preguntó Fitz—, porque en ese caso, yo en su lugar tendría mucho cuidado.

Mark se puso blanco.

—¡Somos hermanos, señor!

—Le aseguro que eso no es garantía de considerado aprecio.

Mark se levantó del sillón y fue a la mesa a servirse vino, con la mano temblorosa.

—Tenemos que llevar a casa a Damaris, para que esté segura —dijo Fitz.

Pero al instante se giró bruscamente hacia la ventana, y en dos pasos llegó hasta la mesa y le quitó la copa a Mark.

—¡Qué demonios!

Fitz cogió el decantador, lo olió y probó una gota.

—Créame, señor, esto no le habría sentado bien.

Damaris los estaba mirando, pero algo le captó la atención fuera de la ventana. Un movimiento. Miró con atención y entonces vio al hombre de los dientes salientes, mirándolos.

—¡Ahí está! —exclamó—. ¡Ese tiene que ser Will Butler!

Fitz ya había salido corriendo por la puerta; tal vez ya había visto a ese hombre antes y eso fue lo que lo alertó. Pero Butler se iba alejando, abriéndose paso por en medio del gentío. Damaris intentó salir detrás de Fitz, pero se detuvo antes que la detuviera Rothgar, que ordenó a sus lacayos que lo siguieran, y ella fue a asomarse a la ventana, pero con cuidado. Recordaba muy bien el dardo disparado con la ballesta.

Cuando se asomó por un lado de la cortina abierta, vio a Will Butler tratando de pasar por entre la gente, en dirección a la iglesia, como un barco contra viento y marea. Nadie colaboraba, y una carreta cargada casi le bloqueaba el paso.

En ese momento Fitz salió a la calle y gritó:

—¡Detened al ladrón! ¡Diez guineas al que coja al hombre de los dientes protuberantes!

Eso lo cambió todo. Todos pararon para mirar alrededor en busca del ladrón. El hombre que llevaba la carreta le cogió la manga a Butler.

Butler sacó una daga y el hombre retrocedió. Todos los que estaban cerca trataron de alejarse, pero la calle era tan estrecha que era difícil encontrar un camino despejado.

Damaris se cubrió la boca. Además de la daga, Butler llevaba una espada y lo más seguro era que también llevara esa ballesta escondida en alguna parte. Había mujeres y niños allí.

—Alguien va a resultar herido —observó.

Mark abrió una hoja de la ventana y se asomó.

—¡Will, Will! Piensa, hombre. ¡Basta!

Butler lo miró, enseñando sus dientes protuberantes. En un instante apareció la ballesta en su mano y disparó, antes que alguien pudiera hacer algo. Mark lanzó un grito y se tambaleó hacia atrás, cayendo desmoronado en un sillón, con la mano sobre el horrible dardo que le sobresalía de la chaqueta en el hombro.

—¡Me ha disparado! ¡A mí!

Damaris corrió hasta él.

—Sí. Tranquilo. Creo que no es muy grave.

Oyó gritos en la calle y deseó estar de vuelta en la ventana. ¿Qué estaría ocurriendo? ¿Cómo estaría Fitz? Corrió a la puerta y la abrió. Estaban ahí dos de los hombres de Rothgar, con expresión de no saber qué hacer.

—Vaya a buscar a un médico —le ordenó a uno—. Y usted entre a atender a un herido.

Volvió corriendo a la ventana y se puso al lado de Rothgar, que estaba mirando.

Butler ya estaba totalmente rodeado, no podía escapar. Se veía que las personas que estaban cerca de él le habrían dejado espacio si hubieran podido, todo el espacio del mundo, pero el alboroto estaba atrayendo a más y más gente a la calle, desde los dos lados.

Fitz avanzó, desenvainando la espada, y la gente se apretó hacia atrás, dejando un estrecho paso entre los dos hombres.

—¿Quieres luchar? —preguntó.

Butler se balanceó de un pie a otro, mirando alrededor, y luego miró nuevamente a Fitz. Su expresión dejaba claro que estaba asustado, no sabía qué hacer, tal vez todavía esperaba poder escapar de alguna manera.

—No soy un ladrón —protestó, dirigiéndose a todos los que lo rodeaban—. No he hecho nada. No he robado nada. Este hombre es el matón de un hombre que tiene un agravio, nada más. Dejadme paso.

—Acabas de dispararle un dardo a un hombre inocente —dijo Fitz, avanzando casi con despreocupación, aunque precedido por su espada—. Y no es la primera vez. Le disparaste un dardo a una joven inocente en el campo, ¿verdad?

—Yo no, señor —dijo Butler, al tiempo que desenvainaba su espada—. Yo no haría eso. ¿Por qué iba a hacer eso?

—¿Cuántas ballestas pequeñas hay en Inglaterra, pregunto? Extraña coincidencia.

—¡No sé de qué habla! Deje que me marche y no habrá ningún problema. Si no, toda esta buena gente será testigo de lo que ocurra aquí. Será asesinato. Le colgarán.

—¿Adónde irías? Tu hermano ya no volverá a ayudarte; acabas de dispararle. Y el dinero que te dio no te basta, ¿verdad? Tendrás que volver a tu trabajo de boticario, ¿y vivir de tu salario?

Enfurecido, Butler se abalanzó atacándolo con la espada. La gente se apretó contra las paredes, chillando y gritando.

Los residentes de la calle empezaron a abrir las puertas y a hacer entrar a personas a sus casas. Algunos subían a niños pequeños por las ventanas de la primera planta.

Fitz paraba los tajos, pero se limitaba a eso. Aun así el ruido de las espadas era ensordecedor. Esas armas no eran floretes.

A Damaris ya le dolía la boca de lo reseca que la tenía.

—Si Fitz lo mata, ¿lo colgarán? —preguntó.

—¿Por matar a un aspirante a asesino? —dijo Rothgar, en tono indiferente pero tranquilo—. Una veintena de testigos acaban de verlo dispararle a su hermano.

—Entonces, por qué no lo mata?

—Qué muchacha más sanguinaria eres. No es fácil matar a un hombre.

Los dos se giraron al oír un ruido atrás. Entró un médico, que fue a arrodillarse junto al herido y se puso a trabajar. Mark miró a Damaris apenado. Tal vez sufría más por la traición de su hermano que por la herida. Qué lazos más tortuosos crea la sangre, pensó ella.

—¡Te vi luchar a espada, endeble!

Damaris se giró inmediatamente hacia la ventana. Butler se estaba mofando de Fitz, y parecía mucho más confiado. ¿A qué se refería?

—En la casa de milord Rothgar, contra ese loco —continuó, burlón—. Te vi. Él se batía como un niño y no fuiste capaz de tocarlo. Así que demostraré mi honor contigo. Así es como se hace, ¿no? Todas estas buenas gentes son mis testigos. Cuando te mate, demostraré mi inocencia.

—Adelante, pues —dijo Fitz.

Algunas personas habían logrado escapar, por lo que ya era menos densa la multitud y dejaba más espacio para los dos hombres.

—¡Te tengo! —gritó Butler, atacando veloz, demostrando cierta habilidad.

Chocaron las espadas, y Damaris se aferró a algo: la manga de Rothgar. Mark había dicho que a su hermano le gustaba la esgrima. ¿Sería tan bueno...?

—Tranquila, hija. No es un verdadero combate.

Fitz ya estaba demostrándolo, haciendo retroceder a Butler por el espacio más ancho con diestros movimientos. Pero tenía una pequeña desventaja: él tenía cuidado de no herir a la gente, mientras que Butler no. Aun había muchas personas atrapadas en la calle, empujando y moviéndose en todas direcciones para alejarse de la pelea. Un niño empezó a llorar.

—¿No puede dispararle alguien? —preguntó Damaris.

—Es muy peligroso en un espacio tan lleno de gente —dijo Rothgar, aunque tenía una reluciente pistola en la mano.

Butler ya tenía claro que había juzgado mal la pericia de Fitz. Iba retrocediendo, chorreando de sudor, mirando a uno y otro lado, en busca de una salida, como una rata en una trampa. No tardó en quedar detenido por la carreta. Había personas atrapadas allí, que empezaron a empujar con más fuerza mientras otras de más atrás gritaban que las estaban aplastando.

Fitz retrocedió para dar espacio a Butler. Este avanzó un paso y cogió a una niñita que estaba cogida de las faldas de su madre. Un rehén.

La mujer, que tenía un bebé en brazos, empezó a llorar y a suplicar.

Butler tiró a un lado su espada y sacó la daga.

—¡Ahora dejadme pasar! —aulló.

Rothgar levantó la pistola.

Fitz se movió hacia un lado de Will Butler, como para dejarlo pasar con la niñita, y entonces se giró y le enterró la espada en el costado.

Todos observaron en silencio cómo Butler, con expresión de asombro, cayó de rodillas y soltó a la niñita, que cayó al suelo llorando. Un hombre la recogió y se la entregó a su madre. Butler terminó de caer y murió: empezó a manarle sangre de la boca y sus ojos perdieron toda expresión.

Damaris se aferró más a Rothgar. Era la primera vez que veía una muerte violenta, y tenía revuelto el estómago. La gente también estaba en silencio. Unas cuantas personas les habían tapado los ojos a sus hijos, pero la mayoría, de todas las edades, simplemente miraban.

De repente todos parecieron cobrar vida y empezaron a comentar esos extraordinarios sucesos. El hombre de la carreta comenzó a relatar su propia aventura, cuando el muerto intentó matarlo. Otros apuntaban hacia la ventana de la posada Swan, donde un hombre fue herido por el villano.

Fitz continuaba inmóvil, contemplando el cadáver.

Damaris salió por la ventana, oyendo el ruido que hizo al romperse uno de los aros de su miriñaque, y corrió a estrecharlo en sus brazos. Él no dijo nada, pero la abrazó fuertemente, su corazón retumbando contra el de ella. Pero luego se apartó un poquito y apareció un asomo de sonrisa en sus cansados ojos.

—¿Ahora doy la talla del héroe?

Ella se rió, pero llorosa.

—Me arrodillaría, si el suelo no estuviera tan sucio.

Entonces él miró el suelo y se estremeció. Alguien había extendido una sábana sobre el cadáver, pero en esta ya empezaban a formarse manchas rojas, y por entre los adoquines corrían hilillos de sangre. La hizo darse media vuelta y echaron a andar hacia la ventana, donde continuaba Rothgar mirando.

Damaris se sentía apenada y agotada, pero empezó a caer en la cuenta de que volvía a estar libre para caminar por las calles. Además, tenía un hermano que no había intentado matarla.

Y lo mejor de todo, tenía a su héroe. No había fuerza alguna en la tierra que pudiera separarlos. En eso estaba resuelta.

—Vamos —dijo Rothgar—. No podemos llegar tarde a la corte.

Damaris lo miró sorprendida.

—¡Eso es imposible! No podemos ir, después de esto.

—Tiene razón —dijo Fitz—. El rey desaprueba los duelos, y esto estaba más cerca de ser una riña callejera.

—Hay cierto riesgo —convino Rothgar—. ¿Quieres retrasarlo?

No hacía mucho Damaris había insistido en que Fitz debía asistir, pero ya no estaba tan segura. Entonces el salón de la corte contenía la promesa del restablecimiento de la reputación de Fitz, pero ese día él había participado en dos incidentes violentos, y su hermano había gritado su traición.

Lo miró y él le sonrió, irónico.

—Hemos creado mucha expectación. Venga pues, adelante, continuemos este drama hasta el final.

23

Cuando llegaron a la casa Malloren, Damaris sabía que tenía que subir a toda prisa a hacer los complicados preparativos para la presentación en la corte, pero necesitaba pasar un rato a solas con Fitz, así que sin dar ninguna explicación ni ofrecer ninguna disculpa, lo condujo a una sala de recibo. Allí lo llevó hasta el sofá y le retuvo la mano. No sabía qué decir; lo único que sabía era que necesitaban estar juntos en ese momento.

—¿Cómo está tu madre? —le preguntó.

Él le apretó la mano.

—No quiso verme. Tuve que dejar que Libby le diera la noticia. No la quiero —añadió, ceñudo—. No puedo, aun cuando en realidad no es culpa suya. Ya había dejado de amar a sus bebés antes de que naciera yo. Pero nunca será distinta a lo que es.

Ella comprendió que él le estaba pidiendo disculpas por su familia.

—No, pero podemos rescatar a tus hermanas.

—Pero Sally...

—A tus dos hermanas. ¿Quieres que vivamos en Cleeve Court?

—Damaris...

—Ocurra lo que ocurra en el salón de la corte, nos vamos a casar, Fitz. Así pues, ¿quieres vivir en Cleeve Court?

—No —dijo él, medio exasperado, medio divertido—, no particularmente.

—Entonces, ¿por qué no la convertimos en un asilo para tu hermano y otros como él? Si tu madre lo adora, como dices, puede vivir allí en cómodos aposentos y no sufrirá mucho con el cambio.

—Eres aterradora.

—Soy una arpía, ¿recuerdas? Y una con el dinero para poner por obra sus planes.

Él bajó los ojos y estuvo un momento pensando seriamente; después la miró a los ojos.

—Si todo va bien hoy, ¿me harás el honor, muy superior a lo que me merezco, de ser mi esposa, mi dulce arpía?

Ella sonrió entre lágrimas.

—Faltaría más. Pero me casaré contigo aunque todo vaya mal también. Soy pirata, señor, y te he capturado, así que ríndete a tu destino.

Él la cogió en sus brazos para besarla, y el beso habría avanzado a algo más si no hubiera entrado lady Thalia.

—Oh, la la. Apruebo al amor joven, queridos míos, ah, absolutamente, pero los dos «debéis» prepararos para la corte, ¡ahora mismo!

Después de un último y risueño beso, Damaris subió corriendo a su habitación, donde bajo la estricta supervisión de lady Thalia giró hacia aquí y hacia allá y se sometió a los ridículos maquillaje y empolvado. Antes de la hora estaba de pie ante el espejo, contemplando la imagen, en su opinión, de una muñeca de porcelana.

La doncella francesa de lady Thalia le había arreglado el pelo en un complicado peinado de trencitas, rizos y bucles que luego empolvó dejándolo blanco níveo. Una peineta de plata le sostenía un corto velo que caía hacia abajo y unas plumas de avestruz que se elevaban hacia arriba. También tenía la piel muy blanca con pintura, con toques rojos en las mejillas y los labios.

—¡Magnífica! —declaró lady Thalia—. Ahora sólo necesitas los rubíes. Iré a los aposentos de Rothgar a decirle que pronto irás a buscarlos.

Salió a toda prisa. Damaris cogió su abanico dorado y le sonrió a Maisie.

—Deséame buena suerte.

—Ay, sí, por supuesto, señorita Damaris. Está tan hermosa, ¡como una princesa! —Se limpió los ojos con su pañuelo—. Y le deseo felicidad con el señor Fitzroger, señorita. ¡Qué héroe más gallardo! Mejor que un duque, cualquier día.

Damaris la abrazó, con sumo cuidado de no arrugarse el vestido, y al salir se encontró con Fitz, que la estaba esperando fuera junto a la puerta.

Ah, sí que era mejor que un duque, cualquier día.

Por una vez, él llevaba el pelo pulcramente peinado y empolvado. Su traje era de terciopelo dorado acuchillado, dejando ver terciopelo dorado más claro, con franjas verticales de trencillas en hilo de oro en la parte delantera y en los puños y bolsillos. Su largo chaleco de brocado repetía los tonos dorados y lo cerraban botones dorados con piedras engastadas en el centro que parecían zafiros. Eran de vidrio, sin duda, pero el sorprendente toque de color hacía juego con sus ojos. Piedras similares brillaban en las hebillas de sus zapatos.

Damaris se inclinó en una profunda reverencia.

—Señor, me dejáis sin aliento.

Él se inclinó y la enderezó.

—Y vos estáis demasiado pálida.

—Tú también estás más pálido que de costumbre —dijo ella. También lo habían pintado un poco.

—Hacemos lo que debemos.

Se veía más relajado de lo que lo había visto desde hacía días, y se imaginó el esfuerzo que le costaría eso. Ese había sido un día extraordinario, y todavía era posible que fuera todo mal.

Lo único que podía hacer era representar su papel. Echaron a andar por el corredor, ella llenándolo casi de lado a lado con su anchísima falda.

Cuando entraron en la sala de estar particular de Rothgar, él estaba ahí con lady Thalia. El marqués la miró evaluador y pareció aprobarla. Él vestía un traje de terciopelo negro sin acuchillar, que se veía ominoso, aun cuando estaba adornado con flores bordadas en los colores del arco iris.

Rothgar abrió una caja ancha y baja que tenía sobre la mesa. Damaris se acercó a mirar los rubíes que brillaban sobre el terciopelo negro.

—Apenas los había visto —dijo, tocando el collar—. Cuando murió mi madre, nuestro abogado reveló que tenía diversas joyas a su cuidado. Lord Henry se encargó de todo y las guardó con llave en Thornfield Hall. Lo ponían nervioso.

—Comprensible. Representan una fortuna en sí mismas. ¿Me permites que te asista?

Ella asintió, y Rothgar cogió el collar y se lo puso alrededor del cuello y cerró el broche. Ella notó el frío peso de la joya. Era un círculo de rubíes de apreciable tamaño, engastados en oro, intercalados por diamantes. Pero el elemento pasmoso era el rubí liso en forma de lágrima que colgaba en el centro.

Recordó las palabras de Fitz: «Eres un rubí cabujón rojo sangre, una superficie lisa bajo la cual arden fuego y misterio». Lo miró de reojo. ¿Sabría él de la existencia de esa joya cuando dijo eso? ¿Cómo iba a saberlo? Ella no se había puesto esas joyas.

—¡Magnífico! —exclamó lady Thalia, juntando las manos.

Pero entonces Damaris observó que Fitz se había puesto sombrío, tal vez debido a tamaña prueba de su riqueza. Sencillamente tendría que acostumbrarse.

Se puso los pendientes, que eran miniaturas del colgante del collar, y la pulsera de tres vueltas de rubíes. También había un broche, que se puso sobre el cierre de la cintura.

Oyó las voces justo antes que entraran Genova y Ashart.

—Te ves aterradoramente magnífica, Damaris —dijo Genova.

—Yo no pienso lo mismo, pero tú estás preciosa.

El vestido crema con adornos azul vivo era bonito y alegre. Damaris sintió una punzada; ¿por qué ella no podía ser bonita y alegre? Pero eso no tenía nada que ver con la apariencia. Ella era hija de un pirata, heredera de su condenado botín, y no tenía ningún sentido combatir con eso.

Genova llevaba el collar de perlas que se puso para Navidad. Al parecer ese fue un regalo de lady Thalia, no un préstamo. Su único otro adorno eran unos pendientes de perla.

—Tengo un alfiler de zafiro que quiero regalarle a Genova —dijo, mirando a Rothgar.

Pensó que su tutor iba a poner objeciones a que regalara sus posesiones, y se preparó para la batalla, pero él se limitó a salir y pasado un momento volvió con todos sus joyeros. Ella no tardó en encontrar el alfiler y se lo pasó a su amiga.

—Un regalo de cumpleaños atrasado.

Genova se ruborizó pero no protestó.

—Gracias —dijo, prendiéndoselo en el corpiño, entre los pechos—. Es precioso. Y hace juego con mi anillo.

Enseñó el hermoso anillo de zafiro que llevaba en el anular.

Damaris no se había fijado antes, pero lo encontró perfecto, un zafiro redondo del tamaño exacto. No tremendamente vistoso, pero tampoco modesto. El vivo color azul de la piedra transparente decía algo sobre el corazón sincero y diáfano de Genova.

¿Qué anillo le regalaría Fitz a ella? Pensar eso le dio una idea, de modo que mientras los demás hablaban del inminente acontecimiento, fue a cerrar los joyeros y aprovechó sacar algo.

Cuando se giró hacia los demás, vio que Genova estaba practicando nuevamente la reverencia cortesana, y que cada vez se tambaleaba al enderezarse. Todos estaban nerviosos, tal vez cada uno por diferentes motivos.

Rothgar cogió los joyeros y salió. Cuando al cabo de un momento volvió, dijo a todos:

—Las sillas están listas. Es hora de que hagamos nuestra entrada.

—¿No ha querido decir salida, milord? —preguntó Damaris.

—No, no. Más allá de la puerta principal está el mundo, y por lo tanto nuestro escenario.

Ashart le cogió la mano a Genova y salió con ella. Fitz le ofreció la suya a Damaris. Ella cerró los dedos sobre los de él.

Detrás venían Rothgar y Thalia. Esperando que ellos no la oyeran, le dijo a Fitz:

—Tengo un regalo para ti.

Él enarcó una ceja.

Ella abrió la otra mano y le enseñó un anillo, un anillo de hombre de oro macizo con un camafeo ovalado en colores tostado y crema. Lo rodeaban diminutos diamantes, tan pequeños que sólo formaban un delgado brillo en el borde.

—No puedo aceptarte un anillo, Damaris. Todavía no.

—La figura es un estoque con cintas y flores entrelazadas. Tan pronto como lo recordé comprendí que estaba destinado para ti. Es un talismán para hoy. Para que te dé fuerza y paz.

—Si me lo pongo, Rothgar se fijará. Es probable que te viera sacarlo.

—Es mío, y puedo regalarlo a quien yo quiera.

Cuando iban girando hacia la escalera, le puso el anillo en la mano.

—¿Esto era parte del botín de tu padre? —le preguntó él cuando empezaban a bajar.

—Muy probable.

—Sería un tanto embarazoso si me encontrara con el verdadero dueño.

Pero cuando llegaron al vestíbulo y se acercaron los criados con las capas y manguitos, ella vio que él se lo ponía en el dedo del corazón de la mano derecha. No le entraba muy bien.

Mirándola, él se lo puso en el anular. Era su mano derecha, pero ella sabía que en algunos países las mujeres se ponían el anillo de compromiso en ese dedo.

Encantada con esa idea, trató de ocultar su placer mirándose los anillos que llevaba puestos, todos suministrados por ella misma; o mejor dicho, por su padre. Ya comprendía por qué su madre había rechazado todos los regalos, y con furia. Ella, en cambio, los usaría todos, y se haría amiga de su hermano, y esperaba que a Marcus Myddleton le rechinaran los dientes en el infierno.

Entraron seis sillas de mano doradas en el vestíbulo, y todos subieron, las damas primero. Fitz ayudó a Damaris a arreglárselas con los aros del miriñaque y faldas, evitando golpearle las plumas de la cabeza.

—Esto es ridículo —masculló ella.

—Esto es la corte —dijo él y cerró la puerta.

Damaris metió las manos en el manguito de piel, los porteadores cogieron las varas, y se pusieron en marcha.

Tal como predijera Rothgar, una pequeña multitud estaba esperando para verlos salir. Si los desilusionó que los nobles ya estuvieran subidos a sus sillas, no lo manifestaron. Incluso aplaudieron. No era de extrañar que Rothgar hubiera hablado de escenario.

Delante de la procesión de sillas se veía correr al lacayo de Rothgar con su báculo de pomo dorado despejando el camino y anunciando en silencio el inminente paso de los grandes del reino. Ella habría preferido ir discretamente por las calles laterales.

Cuando llegaron a las calles más estrechas que rodeaban el palacio de Saint James, entraron a formar parte de una hilera de sillas de mano y coches. Ahí la gente formaba dos y tres filas a lo largo de las aceras, y los adultos tenían montados a hombros a los niños para que vieran mejor. También los llevaban a los ahorcamientos, pensó Damaris, estremeciéndose. Todo era igual para la chusma.

¿Se habría enterado el rey de lo del hermano de Fitz?

¿Se habría enterado de lo de Will Butler?

¿Qué haría?

¿Debería haber instado a Fitz a no venir?

Entonces pasaron bajo un arco y entraron en un atiborrado patio. Fitz abrió la puerta y la ayudó a bajar de la silla. Se veía totalmente relajado, pero él tenía ese talento. Ella no. El corazón ya empezaba a martillearle de una manera que la hizo temer que se desmayaría. Inspiró aire frío hinchando los pulmones mientras se reunían con los demás para formar en fila y entrar a la presencia real.

A todo alrededor había personas charlando y riendo, demostrando así lo familiarizadas que estaban con todo aquello. Un hombre incluso estaba leyendo un libro. Muchos inclinaban la cabeza o hacían una reverencia ante Rothgar, Ashart y lady Thalia. Captó miradas curiosas hacia ella, que se desviaban al instante; se imaginó los murmullos acerca de la heredera.

La preocupaban más las miradas nada simpáticas dirigidas a Fitz. No le cabía duda de que se susurraban cotilleos detrás de manos y abanicos. No todos serían acerca de él, pero algunos sí, sobre todo si ese mundo ya sabía lo de su hermano y lo de la muerte de William Butler. Un hombre vestido con uniforme militar saludó a Fitz inclinando la cabeza y éste le correspondió el saludo. Buena señal, pero ojalá el oficial no hubiera tenido la expresión de estar haciendo un acto atrevido.

Rogó que sus dos cotillas hubieran hecho su trabajo, y que el rey sonriera.

Entraron en la sala de los guardias, donde les quitaron las capas y manguitos. Recordó la historia sobre la ropa interior extra de lana del rey Carlos I. A ella ahora le haría falta.

Por lo menos la multitud calentaba el aire. Antes que pudiera protestar, se encontró separada de Fitz y entre Rothgar y lady Thalia. Giró la cabeza para asegurarse de que Fitz no se hubiera marchado, pero Rothgar le dijo en voz baja:

—Compórtate. —Cuando ya iban avanzando lentamente, comentó—: ¿Un anillo de regalo?

—Me ha servido bien —contestó ella.

Tuvo que esforzarse en mantener la postura y la calma, al recordar repentinamente que pronto iba a tener que cantar ante toda esa gente. Había tenido la intención de prepararse, pero los acontecimientos no le dejaron tiempo. Aunque comparado con todo lo demás, daba igual si graznaba.

Entraron en el atestado salón donde estaban sus majestades sentados en unos sillones tapizados en rojo que parecían tronos. Sus damas y caballeros de compañía estaban rígidos como estatuas a los lados y detrás, y al lado de la reina había una ornamentada cuna atendida por dos niñeras. Sobre la falda de seda de la reina se movía inquieto un niñito de unos dos años.

Esa era la imagen misma de una familia sana y feliz, lo que le pareció un buen presagio.

La reina Carlota no era bonita. Tenía la cara flaca y cetrina, pero eso no quería decir que no fuera una esposa amada y amorosa. El rey tenía una cara lozana, de buen color, y los ojos algo saltones, y parecía bastante amable, tenía una palabra para cada persona que se inclinaba ante él.

Seguro que no se negaría a reconocer a Fitz, pero ¿le concedería algún favor especial? En ese momento divisó a la señora Fayne, que estaba cerca, con sus ojos de halcón.

No tardó en llegarle el turno, así que mientras lady Thalia la presentaba, flexionó las rodillas y se inclinó en su más profunda reverencia. Cuando se enderezó, el rey le dijo algo a lady Thalia y luego se volvió a ella a mirarle los rubíes. ¡Rayos!, ¿qué debía hacer si se los pedía? Él le hizo un gesto indicándole que se acercara más y sacó un monóculo para examinar la joya central.

—Extraordinario, extraordinario, ¿no os parece, Rothgar?

Rothgar manifestó su acuerdo, diciendo que era realmente una piedra extraordinaria.

Entonces los ojos azules se volvieron hacia su cara.

—Y nos han dicho que tenéis una voz extraordinaria, señorita Myddleton. Cantaréis para nosotros dentro de un momento.

El rey asintió y ella logró retroceder con sumo cuidado para dejar espacio para que Ashart y lady Thalia presentaran a Genova.

Fuera ya de la presencia real inmediata, pudo moverse con normalidad, pero relajarse le fue imposible. Observó a Genova, y todo fue bien, aunque Ashart tuvo que ayudarla un poco cuando retrocedió. ¿Y dónde estaba Fitz? Seguía cerca de la puerta. Separado, solo. Ignorado, aparte de miradas disimuladas.

Algunas personas hacían sus reverencias y se marchaban, pero la mayoría se quedaba, por lo que en el salón se estaba algo incómodo de tan lleno que estaba; al final igual se desmayaría por falta de aire. Entonces fue cuando comprendió que había hecho demasiado bien su trabajo; la gente se quedaba a esperar para ver qué le ocurriría a Fitz. Vio a lady Tresham al otro lado del salón, su cabeza muy junta con la de un hombre apuesto y elegante.

—¿Quién es ese? —preguntó a lady Thalia.

—Walpole. El hombre más cotilla de todos los tiempos habidos y por haber.

Rothgar iba a presentar a Fitz, pero ella vio que en ese momento estaba hablando con alguien. Le pareció que era el primer ministro, Granville. ¿Habría cambiado de opinión?

Pero entonces Rothgar ya estaba al lado de Fitz, haciéndolo avanzar hacia el rey.

Damaris sintió reseca la boca y vagamente pensó en lo desastroso que sería eso para cantar, pero toda su atención estaba enfocada en Fitz y en el rey. El rey debía manifestarle su aprecio. Debía.

La profunda reverencia de Fitz fue tan elegante como la de Rothgar. Todo el mundo se quedó callado.

—Ah, sí —dijo el rey—. El hermano de Leyden, ¿no?

Damaris casi gimió. Se había enterado.

—Sí, vuestra Majestad —repuso Fitz, sin un asomo de nerviosismo.

—Oímos el rumor de que ha estado indispuesto, ¿no?

—Gravemente, señor. Me temo que habrá que encerrarlo en un asilo, por su propia seguridad. Y por la de los demás.

El silencio en el salón era como una manta sofocante.

—Lamentable, pero lleva mucho tiempo perturbado, ¿no?

Ese «¿no?» era una muletilla en la conversación de rey, pero amenazaba con darle un ataque de risa a Damaris.

—Sí, señor —dijo Fitz.

—Desde la infancia, tenemos entendido, ¿no?

¿Es que el rey quería crear dudas sobre la historia sabida de todos? Seguro que eso era una buena señal.

—Dado a miedos y suposiciones irracionales, ¿no? —Antes que Fitz pudiera contestar esa espinosa pregunta, el rey continuó—: Mi tío habla muy bien de vos, Fitzroger. Le salvasteis la vida, dice Cumberland.

Un sibilante murmullo recorrió el salón. Damaris estaba tan nerviosa y emocionada que le zumbaba la cabeza. Esa era la conversación más larga que había tenido el rey con alguien.

—Fue un honor para mí prestar un pequeño servicio, señor —dijo Fitz, haciendo otra reverencia.

—¿Pequeño? —repitió el rey—. ¿Llamáis pequeño servicio a salvar «nuestra» vida?

Fitz guardó silencio un momento pero al final dijo:

—Decididamente no, señor. Eso debe ser el mayor honor de cualquier hombre.

—¡Preservar la paz y la estabilidad de nuestro reino es el mayor honor de cualquier hombre, señor! —exclamó el rey. La severa corrección pareció una reprimenda, pero el rey continuó—: Hemos sabido que hoy contendisteis con una persona que perturbaba nuestra paz, aquí en Londres. Buen hombre. Buen hombre. Tenéis un largo historial de buen servicio. Queremos recompensaros.

Damaris retuvo el aliento, pasmada, pensando si tal vez el rey realmente armaría caballero a Fitz.

—Os nombramos caballero de nuestra cámara privada —dijo entonces el rey, y le tendió la mano.

Damaris no tenía idea qué significaba eso, pero daba la impresión de ser un puesto de mucha confianza. Mientras Fitz expresaba su gratitud al rey y se inclinaba sobre su mano, el salón comenzó a zumbar.

Damaris tuvo que hacer un enorme esfuerzo para no sonreír como una idiota o echarse a reír de puro placer. ¿Cómo consiguió Rothgar persuadir al rey de intervenir haciendo ese papel? El pasado de Fitz quedaba sofocado por sus actos recientes, y él estaba muy elevado en la estima del rey. ¡Que alguien se atreviera a darle la espalda ahora!

Abrió el abanico para ocultar su sonrisa y observó las reacciones. Algunas personas parecían pasmadas, otras se veían deliciosamente intrigadas. Vio a lady Tresham hacer un engreído gesto «Os lo dije» al señor Walpole, que tenía todo el aspecto de no ver las horas de empezar a propagar la historia.

A Fitz lo detuvieron un buen número de personas deseosas de saludarlo con una inclinación de la cabeza o una reverencia, y el oficial uniformado le dio una palmadita en la espalda, sonriendo de oreja a oreja.

Damaris tuvo que morderse el labio para contener las lágrimas de felicidad, y se obligó a desviar la vista y poner cara de hastío. Todo podría estropearse si las cotillas se daban cuenta de lo que sentía por él. Lo sabrían cuando se casaran, así que tendría que esperar, ay, Dios...

—¿Señorita Myddleton?

Pegó un salto al oír la voz del rey, y se apresuró a ir inclinarse en una reverencia.